Hubertus P. Knabe

"Fahnenflucht" mit Marschbefehl

Erinnerungen an eine ambivalente Vater-Sohn-Beziehung

Knotenpunkt Verlag

Die Drucklegung dieses Buches hat Frau Liselotte Zempelin maßgeblich gefördert, eine gute Freundin meines Vaters und unserer Familie. Dafür sei ihr an dieser Stelle ganz lieb gedankt. Im Weiteren bin ich Frau Juliane Lambrecht, Herrn Gerhard Sahm und Herrn Georg Schweiger für ihre freundliche Beratung zu speziellen Fragen zu Dank verpflichtet.

Hubertus Paul Knabe

Impressum

Im Internet: www.knotenpunkt-verlag.de

Lektorat: R. Richter

Umschlaggestaltung: Martin Hentschel
Satz: PRISMA D'SIGN / Martin Hentschel

Papier: LuxoSamtoffset 90g/m²
Herstellung: Brandenburgische Universitätsdruckerei, Potsdam

Abbildungen im Text: Sammlung des Autors
Abbildung auf der Rückseite des Umschlages: Dr. Angela Michel

ISBN: 3-939090-03-4

Inhalt

Vorangestellt

Die Niederschrift meiner Erinnerungen ist bei kritischer Betrachtung ein wenig aus dem Ruder gelaufen. Entstanden ist ein Buch, in dem ich zwar auch häufig vorkomme, doch als die eigentliche Zentralfigur ist mein Vater, Gustav Knabe, anzusehen. Er war eine dominante, in der Regel aus seiner Umgebung herausragende Persönlichkeit. Seine Stärke, seine Entschlusskraft und sein Beharrungsvermögen verschafften ihm bei einigen sogar den Ruf, ein „eiserner Gustav“ zu sein. Sprach es jemand einmal laut aus, winkte er zwar bescheiden ab, aber heruntergegangen ist es ihm wie Öl. Das “Eiserne” legte er nicht immer an der Wohnungstür ab. Ich bekam das ganz besonders zu spüren, als ich den zarten Kinderjahren entwuchs. Er bezeichnete mich als Schwächling oder Feigling, mitunter gar als Idioten. Noch heute habe ich das Gefühl, dass er mich nicht immer mochte. Dabei lasse ich inzwischen den Schwächling und Feigling ohne ernsthaften Einspruch gelten, denn mich hat nie ein großer Mut beseelt. Aber den Idioten weise ich ganz entschieden zurück. Damals nahm ich die Anwürfe schweigend hin, wollte keine Widerworte sagen. Dafür wehrte sich meine Mutter ganz entschieden. Überhaupt nahm sie mich oft in Schutz gegen ihn. Sehr wahrscheinlich war sie es auch, die meinen Vater bei Kriegsende zu jenen ungewöhnlichen Schritten bewog, durch die er mir möglicherweise das Leben rettete.

Das Ende des Zweiten Weltkrieges wurde für mich auf zweifache Weise zu einem Schlüsselerlebnis. Alle gesellschaftlichen Verhältnisse änderten sich in kurzer Zeit von Grund auf. Was gestern noch Norm war, hatte heute keinen Bestand mehr und niemand wusste wirklich, wie es weitergeht. In diesem Umfeld voller Gefahren und chaotischer Vorgänge ließ mich das Schicksal auf eine wunderbare Weise zu meinem Vater finden – und ihn zu mir. Auch nach Jahrzehnten sehe ich in diesem Vorgang viel Mystisches. Immerhin hatte ich ihn jahrelang gefürchtet und nahezu ausschließlich wie ein Fatum hingenommen.

Jenes Zusammenfinden, damals im März fünfundvierzig, wurde möglich durch eine von ihm geschickt eingefädelte Aktion, die durchaus phantasievoll ausgedacht war und sich überraschend gut entwickelte. Im Nachhinein haben wir selbst gestaunt, wenn nicht gar gelacht. Und auch bei jenen, denen wir später unsere Geschichte erzählten, riefen wir in der Regel Unglauben und Gelächter gleichermaßen hervor. Es bleibt jedem Einzelnen überlassen, der Geschichte zu trauen oder Zweifel anzumelden. Ich jedenfalls weiß um die Vorgänge, habe die meisten davon miterlebt, teils in Angst und – teilweise auch mit Freude.

Heute bin ich, der Sohn von damals, schon reicher an Jahren, als sie dem Vater vergönnt gewesen sind. Warum nur habe ich so lange gewartet, um das Nachfolgende niederzuschreiben? Vermutlich wird sich manchem Leser eine solche Frage aufdrängen. Ich könnte ihm nur entgegnen, dass ich das Ganze schon vor längerer Zeit einmal zu Papier gebracht hatte. Entstanden ist ein dicker Schrieb mit weit über sechshundert Seiten. Jenes Manuskript war vor allem unter einer völlig anderen Prämisse verfasst, nämlich streng nach meinen damaligen Tagebuchaufzeichnungen. Diese sind aber nach so vielen Jahren eher wenig interessant für eine unbeteiligte Leserschaft. Deshalb habe ich umgedacht und einen zweiten Anlauf genommen.

Zweifellos wurde ich in eine Zeit gewaltiger Umbrüche hineingeboren. Das zwanzigste und das noch junge einundzwanzigste Jahrhundert ließen und lassen die Menschen in atemberaubender Dynamik vor sich selbst erbeben. Immer wieder können wir erkennen, dass sich ein bejubelter „Fortschritt“ vom Positiven in Gegenteiliges verkehrt. Wir sind unfreiwillig zu Zeitzeugen einer nie zuvor erlebten Anhäufung von Naturkatastrophen geworden. Diese engen, so hoffe ich, als Menetekel den gigantomanen Fortschrittsglauben ein und führen allmählich zu einem konstruktiven Umdenken. Mein Vater, der „eiserne Gustav“, hat nicht mehr erlebt, wie ich Umweltschützer wurde, Bäume zu retten versuchte, die auch ihm am Herzen gelegen hätten. Aber er stünde wohl auf meiner Seite. Dessen bin ich mir ganz sicher, denn als leidenschaftlicher Jäger war er Zeit seines Lebens auch ein Grüner, ein Erhalter. In einem nicht unerheblichen Maße war es auch das Einssein mit seiner Umwelt, das ihn an Leib und Seele so stark machte. Unter seiner „eisernen“ Schale fühlte ich wiederum oft genug ein sensibles Herz schlagen.

Ich war in der Tat der Träumer, im Wald geboren und immer den Bäumen verbunden, die ich als meine Freunde sah. Im Grunde genommen schalt er mich, da bin ich ziemlich sicher, nur deshalb als „Idioten“, weil er selbst nicht mehr so sein konnte wie ich. Die starren Normen seines Berufes ließen genau besehen keinen Raum für Gefühle. Meine Entwicklung beobachtete er mit Ingrimm, weil sie nicht so lief, wie er wollte. Aber das entsprang einer Zeit, die so völlig anders war. Er sah in mir einen Außenseiter, lebensunfähig, wie er der Mutter gegenüber des öfteren äußerte. Heute aber weiß ich, dass er sich in einem tiefen Zwiespalt bewegte, bedingt durch den Beruf, den er sich nicht nur aus freien Stücken, sondern auch mit großem Engagement gewählt hatte. Darin nämlich musste er hart sein, hart gegen sich selbst und gegen seine Untergebenen.

In Flandern, im Oktober 1914, hatte mein Vater so etwas wie die Hölle erlebt beziehungsweise durchschritten. Feindliche Soldaten schossen ihn unter vielen, vielen anderen beim Sturm auf Vailly sur Aisne zusammen. Er lag unter einem Berg von Leichen, lebte aber. Erst nach zwei Tagen haben sie ihn gefunden. Zwei Tage, deren Grauen und Länge sich niemand wirklich ausmalen kann. Die amtliche Todesnachricht war bereits in die Heimat abgeschickt. Sie erreichte die Familie und die Lieben beweinten ihn daheim. Bei dem allgemein herrschenden Tohuwabohu kam die Nachricht vom Überleben erst viel später aus einem Lazarett.

Dort konnte der Schwerverwundete zunächst nur notbehandelt werden. Gefunden hatte man ihn erst, als es an das Bergen der Gefallenen ging. Bei der Suche nach den Erkennungsmarken muss er unter den Toten aufgefallen sein. Er atmete noch, war aber bewusstlos. Die schräg über den Körper getragene Deckenrolle hatte sich beim Fallen über die lebensgefährliche Lungensteckschusswunde gepresst und irgendwann das Blut zum Stillstand gebracht.

Insgesamt acht Verwundungen hatte er erhalten, die meisten davon allerdings leichterer Art. Man hätte meinen sollen, dass ein Krüppel aus dem Krieg heimkehren würde. Seine gewaltige Energie ließ nicht nur die Ärzte staunen, sondern ihn nach verhältnismäßig kurzer Zeit wieder gesund werden. Frontdiensttauglichkeit war vorerst nicht gegeben und der Siebzehnjährige drückte nochmals die Schulbank. Ja, er legte sogar noch das Abitur ab, so recht und schlecht es in den Kriegszeiten eben ging.

Doch der Soldatenberuf schien ihm keineswegs verleidet. Für mich noch immer unbegreiflich, war offenkundig genau das Gegenteil der Fall. Noch als Oberprimaner schrieb er am dreizehnten November 1916 eine „Verpflichtung“ mit folgendem Wortlaut: „Da es mein sehnlichster Wunsch ist, Offizier zu werden, so verpflichte ich mich hiermit, die Offizierslaufbahn als Lebensberuf zu erwählen.“ Sein Vater, der uckermärkische Dorfschullehrer und Kantor Gustav Knabe sen., schrieb sich danach die Finger wund um eine Stelle für seinen Sohn als Fahnenjunker bei irgendeinem Ersatzbataillon. Warum der Sohn ihm die Schreiberei überließ, ist heute nicht mehr zu ergründen. Nach sieben Anläufen hatte er schließlich Glück. Mitte April 1917 datiert die Aufnahmebescheinigung als Fahnenjunker beim Ersatzbataillon des 2. Ermländischen Infanterieregiments Nr. 151. Der Sohn, mein späterer Vater, hat vermutlich gejubelt.

Es begann in Masuren

Ortelsburg, wie heißt es doch heute? Mir ist der polnische Name[1] entfallen - keine böse Absicht, nein, ganz gewiss nicht. Aber ich entsinne mich, ich empfand ihn als unaussprechbar ohne jegliche Kenntnisse der polnischen Sprache. So ist Ortelsburg für mich eben Ortelsburg geblieben, zumal auch meine Erinnerungen an die Stadt in der Vergangenheit kreisen. Damals kannten wir ja nur das gute alte Ortelsburg am Waldpuschsee. Ein schlichtes und recht schmuckloses kleines Städtchen. Der wirklich große Reichtum, wie er landläufig so verstanden wird, war ja in ganz Masuren nicht zu Hause. Das lag vor allem an dem kargen, wenig fruchtbringenden Boden, weithin mit Kiefernwald bestanden. Überhaupt war die Gegend in erster Linie an Bäumen und Seen reich, die mangels höherer Berge als unübersehbar erschienen. In den zahllosen Gewässern tummelten sich viele und sehr unterschiedliche Fische, von denen nicht wenige Leute leben konnten.

Damals, in den vor allem in Berlin sehr turbulenten zwanziger Jahren des vergangenen Jahrhunderts, ging es in Masuren weiter recht geruhsam zu. In den kleinen Städten, zwischen den Dörfern und Gütern bewegte man sich noch mit Kutschen, zu Pferd oder auf dem Fahrrad fort. Die Geschwindigkeit war dementsprechend nicht allzu hoch, kam aber ohne Gestank und ständige Geräuschkulisse zustande. Die Elektrizität hatte, zumal auf dem Lande, bei weitem noch nicht alle Häuser und Gehöfte erreicht. Deshalb wurde weiter mit Petroleumfunzeln hantiert, welche bisweilen ganz schön rußen und blaken konnten. Mich hat die damalige Umständlichkeit der Erzeugung von Licht jedenfalls tief beeindruckt. Zuerst mussten die Petroleumbehälter sorgfältig befüllt werden, und erst dann ließ sich der Docht mit einem Streichholz, Holzstäbchen oder Feuerzeug entzünden. Wurde das Licht sehr lange benötigt, musste der oben abgebrannte Docht durch eine Drehschraube wieder auf die nötige Länge nachgeführt werden.

---

[1] Szczytno.

Die Bevölkerung in Masuren, in erster Linie die unteren Schichten, erholte sich, wie auch im „Reich", nur langsam von den schlimmen Folgen des Ersten Weltkrieges. Im Süden Ostpreußens wurden gerade mühsam die Schäden der Russeninvasion behoben. Obwohl die Ereignisse nahezu ein Jahrzehnt zurücklagen, stellten sich erkennbare Fortschritte nur zögerlich ein. Die Mittel der noch jungen und überdies durch den Versailler Vertrag schwer gebeutelten Republik flossen nicht eben reichlich.

Der karge Boden reichte immerhin aus für die Viehwirtschaft. Die riesigen Waldungen wechselten ab mit Weiden, Wiesen und Äckern, inmitten derer die zahllosen Seen lagen. Bisweilen war das Land auch sumpfig und unzählige Störche stakten mit ihren langen roten Beinen umher. Sie fanden üppige Beute. Ebenso die vielen Graureiher und die verschiedensten Wasservögel, die sich den Gabentisch mit ihnen teilten.

Mein Vater kam schon im Jahre 1919 hierher, nachdem er als Fahnenjunker, zuletzt als Leutnant, bei den Abwehrkämpfen in Frankreich noch etliche Mal verwundet wurde. Das galt damals als sehr heldenhaft. Auskuriert mussten die Verwundungen dennoch werden, und das dauerte. Der Krieg war verloren, das hatte auch persönliche Tapferkeit nicht verhindern können. So nahm mein Vater die Lage gelassen hin. Aber nicht ganz, denn jetzt ging es gegen die Bolschewiken, die ihm als Deutschnationalen gar nicht behagten. Er ließ sich zum Rittmeister Rettich, dem Kommandanten des Panzerzuges 27, delegieren und fuhr mit ihm und seinen Leuten auf der Seite der Weißen unter General Denikin gegen die Roten. Sie bewirkten allerdings nur wenig, denn letztere siegten im Bürgerkrieg und der Panzerzug kam auf das Abstellgleis.

Mein Vater hingegen fand sich zu einem weiteren Intermezzo beim Jägerbataillon Graf Yorck ein. Das Bataillon hatte mit anderen Reichswehr- und Freikorpstruppen die Aufgabe, die deutschen Ostgrenzen zu sichern. Im Oktober 1920 entließ der zuständige Kompaniechef meinen Vater nur sehr ungern. Doch die Truppenreduzierung infolge der Versailler Beschlüsse erforderte beträchtliche personelle „Abgänge", um das Reichsheer auf den vorgeschriebenen Umfang von einhunderttausend Mann zurückzuführen.

Aber die Neidenburger Polizei übernahm den arbeitslosen Militär als „Hilfsarbeiter“. Merkwürdigerweise begann ausgerechnet der Neueingestellte damit, entlang der südostpreußischen Grenze Ortswehren aufzubauen. Die entsprechenden Arbeiten vollzogen sich natürlich insgeheim, damit die alliierten Kontrollkommissionen keinen Wind bekämen. Die neuen Ortswehren versteckten Maschinengewehre und Granatwerfer, sogar Kanonen, in Scheunen und Schuppen. Die Bauern verhielten sich alles andere als abweisend, denn vor den Bolschewiken hatten sie alle Angst. Einmal wären die Heimlichkeiten beinahe aufgeflogen, aber zum Glück sagten alle Beteiligten in übereinstimmender Weise aus. Das funktionierte wahrscheinlich deshalb so gut, weil es sich überwiegend um vorübergehend oder auf Dauer entlassene Soldaten handelte, die von meinem Vater bevorzugt „aufgeboten“ wurden. Nicht nur dafür mochten sie ihn alle sehr. Die von ihm erwartete „subversive“ Tätigkeit muss mein Vater nicht nur mit Umsicht, sondern auch mit viel Engagement ausgeführt haben. Ein Kreispolizeirat stellte ihm dafür Anfang 1922 folgendes Zeugnis aus:

„Leutnant a.D. Gustav Knabe wurde bei meiner Dienststelle - Kreisrat des Kreises Neidenburg - vom Oktober 1920 ab als Hilfsarbeiter beschäftigt. Seine Aufgabe war hauptsächlich die Einrichtung der bei der Bedrohung Ostpreußens durch die bolschewistische Armee von dem Oberpräsidium eingerichteten Ortswehren. Zur Verstärkung der Grenzsicherung mussten Ortswehren mehrfach aufgeboten werden. Sie mussten mit Waffen und Ausrüstung versehen und für ihren Dienst unterwiesen werden. Lt. Knabe hat diese Aufgabe mit großem Verständnis und unermüdlichem Eifer durchgeführt. Wegen der feindlichen Haltung der kommunistischen Arbeiter mussten die notwendigen Transporte größtenteils des Nachts erledigt werden, dies stellte außerordentlich hohe Anforderungen an die Leistungsfähigkeit der Beteiligten. Energie und Leistungsfreudigkeit des Leutnants Knabe hierbei waren vorbildlich. Bei

der schwierigen Aufgabe der Auflösung und Entwaffnung der Ortswehren bewies er Verständnis und Pflichttreue. Auch seine Verschwiegenheit in dienstlichen Angelegenheiten ist hervorzuheben, ebenso sein bei seiner Jugend auffallendes Geschick und seine frische Art, mit Menschen umzugehen. Zusammenfassend möchte ich Lt. Knabe als einen energischen, furchtlosen und recht gewandten Offizier bezeichnen, der für den Dienst als Polizeioffizier ganz besonders geeignet erscheint."

Unterzeichnet hatte das bemerkenswerte Schriftstück der Kreispolizeirat Cinell. Aber Polizeioffizier wollte mein Vater nun gar nicht werden. Zudem war Anfang des Jahres 1922 im Vertrag von Rapallo zwischen Deutschland und der Sowjetunion die Aufnahme gegenseitiger diplomatischer Beziehungen vereinbart worden sowie der beiderseitige Verzicht auf die Erstattung der Kriegskosten. Damit entfiel bereits die Notwendigkeit von Ortswehren. Außerdem war inzwischen wohl doch ein illegales Waffenlager entdeckt worden, und die Ortswehren standen in dem naheliegenden Verdacht, eine paramilitärische Truppe zu sein.

Leutnant Gustav Knabe fand jedoch wieder Zugang zum wirklichen Militär. Das war zumindest ungewöhnlich, denn das in seinem Umfang streng limitierte Reichsheer durfte, wie auch die Reichsmarine, in jedem Jahr nur so viele Rekruten und Offiziere neu einstellen, wie im gleichen Zeitraum Stellen durch Abgang frei wurden. Sein Verpflichtungsschein datiert vom siebten Oktober 1922. Die neuerliche Aufnahme in den Heeresdienst entsprach voll den Vorstellungen meines Vaters, denn nun durfte er, nach einer Zwischenstation in Allenstein, zu seinen geliebten Yorck'schen Jägern zurück. Diese trugen im Hinblick auf ihren Friedensstandort auch die Bezeichnung „Ortelsburger Jäger". Das Bataillon gehörte zum 2.(Preußischen) Infanterieregiment und war zugleich das Jägerbataillon der übergeordneten Division. Es machte aus dem beschaulichen Ortelsburg gleichsam ein grünes Städtchen, allerdings nicht im heute gebräuchlichen ökologischen Sinne. Seine Angehörigen trugen nämlich statt der weißen Waffen-

Graureiher und Storchenringe der Vogelwarte Rossitten

farbe der Infanterie die grüne. Sie selber waren der Herkunft nach beinahe ausschließlich Grünröcke, das meint passionierte Jäger, Förster oder deren Söhne. Sie mussten sich in Wald und Wild auskennen, vor allem aber erstklassige Schützen sein. Ihnen war die Liebe zur freien Natur und ihren Geschöpfen sozusagen angeboren. Die „Ortelsburger Jäger" lebten in bestem Einvernehmen mit der Bürgerschaft des Ortes und der ihn umgebenden Landschaft, um deren ökologisches Gleichgewicht sich noch niemand sorgen musste.

Leutnant Knabe verstand die Naturverbundenheit der ihm anvertrauten Soldaten bestens zu nutzen, auch für nicht vom Militär vorgegebene Zwecke. Er motivierte den ihm unterstellten Zug, immerhin vierzig Mann, dem alten Professor Thienemann, Leiter der Vogelwarte Rossitten auf der Kurischen Nehrung, bei seiner Vogelzugforschung zu helfen. In erster Linie waren alljährlich junge Störche und Graureiher zu beringen. Die (soldatischen) Jäger stiegen, wenn die Alten unterwegs waren, die Bäume hoch zu den Nestjungen und streiften den Kleinen die vorher notierten Ringe so vorsichtig als möglich über. Dann wurden mit Spannung die Rückmeldungen abgewartet, die ihnen die Vogelwarte durchgab. Der Kompaniechef, aber auch der Bataillonskommandeur unterstützten diese Nebentätigkeit ihrer Jäger ausdrücklich, waren sie doch selbst passionierte Naturfreunde.

Das Jägerbataillon Graf Yorck zu Wartenburg konnte auf eine lange Tradition verweisen. Seine Vorläufer waren jene Feldjäger zu Fuß, deren Aufstellung Friedrich der Große angeordnet hatte. Endgültig benannt wurde es erst 1889 nach seinem berühmtesten Kommandeur, dem späteren Generalfeldmarschall Graf Yorck von Wartenburg. Dessen hervorragende Verdienste bestanden in der Mitwirkung bei der Reorganisation des preußischen Heeres sowie im Abschluss der Konvention von Tauroggen. Entsprechend war es um den Stolz der Jäger bestellt. Das Bataillon war auch noch zu jener Zeit etwas ganz Besonderes und bekannt bis weit über die Grenzen Ostpreußens hinaus.

Mitunter machten sie auch auf ungewöhnliche Weise von sich reden. Urheber manch ausgefallener Ereignisse war oft genug besagter Leutnant Knabe. Die von ihm eingefädelten Schelmenstreiche brachten viele Leute zunächst zum Staunen und dann zum Lachen. Es gab da eine verschworene kleine Clique von sechs Leutnants, die zusammenhielten wie Pech und Schwefel, die nichts ausließen, was ihnen Spaß machte, aber größeren Schaden fügten sie niemandem zu. Ich sage „größeren" durchaus absichtsvoll, denn beim Krähenschießen auf dem Marktplatz gab es nicht unerheblichen Aufruhr. Aber davon später.

Zunächst zur Sache mit dem Krokodil. Wie, so werden meine geneigten Leser fragen, kam ein Krokodil in den masurischen Waldpuschsee? Das war schon eine drollige Geschichte. Eines Morgens im August, es ist wohl noch ziemlich früh, die meisten Bürger liegen selig schlummernd in den Betten, ertönt eine wilde Schießerei vom Waldpuschsee herüber. Flinten und Büchsen knallen wie auf einer Treibjagd. Viele Einwohner sind bald hellwach, geraten fast schon in Panik, weil sie denken, die Russen kommen wieder. Denn was sie hören, kann zu so früher Zeit doch kein Übungsschießen der eigenen Soldaten sein. Auf einmal ertönen auf der Straße unter ihren Fenstern begeisterte Rufe. Und beim Blick aus den hastig aufgerissenen Fenstern trauen die Ortelsburger ihren Augen nicht: sechs junge Männer mit umgehängten Jagdwaffen, vermutlich Jägerleutnants, tragen im Triumphzug ein aus vielen Wunden blutendes Krokodil durch die Straße bis hin zum Marktplatz. Immer wieder rufen sie laut: „Das haben wir geschossen - im Waldpuschsee!" Sie ernten allgemeines, ungläubiges Kopfschütteln, aber das exotische, furchteinflößende Tier ist da, und es ist tot und blutet noch fürchterlich.

Auf dem Marktplatz, vor den Redaktionsfenstern der Lokalnachrichten, schiebt sich ein kleiner Auflauf zusammen. Das Blättchen steht gerade kurz vor dem Umbruch. „Das müsst ihr unbedingt noch bringen! Dieses Krokodil wurde heute früh um drei Uhr im Waldpuschsee erlegt!" Triumphierend heben die Männer dabei ihre Trophäe hoch. Auch die Zeitungsmenschen reiben sich ihre Augen – offenkundig eine Sensation! „Jaja, das bringen wir! Sofort!" Und das Ereignis wird pressenotorisch.

Bereits gegen neun Uhr liest ein Gutsbesitzer aus der Umgebung die kurze Notiz, schöpft Verdacht, rennt misstrauisch in sein Jagdzimmer – aber da hängt sein vor Jahren am Sambesi in Deutsch-Ost-Afrika erlegtes Ungeheuer wie eh und je furchteinflößend an der Decke. Kopfschüttelnd setzt er seine Lektüre fort. Kurz darauf kommt sein Töchterchen vom morgendlichen Ausritt an den Frühstückstisch und liest zufällig die betreffenden Zeilen. Da prustet sie los und dem Vater beinahe den Kaffee in das Gesicht. Nun kommt die Wahrheit heraus: sie hat in der Nacht ihrem Verlobten, dem langen Leutnant Haß, heimlich das Fenster geöffnet. Nur diesmal nicht allein aus Liebe. Mit Haß sollten noch drei Kameraden einsteigen und das Krokodil von der Decke nehmen, während die übrigen beiden vor dem Fenster „Schmiere" stehen. Das geschah natürlich absolut leise, so leise wie nur Jäger sein können, um niemanden sonst zu wecken. Die Sechs verschwanden, verrichteten ihren harmlosen Schabernack, kehrten danach zurück und hängten das übrigens fein präparierte und nun restlos gesäuberte Tier wieder sorgfältig an seinem alten Platz auf.

Nach Bekanntwerden der tatsächlichen Zusammenhänge war das Gelächter allgemein. Aber der Jagdherr des ausgestopften Reptils wusste seinen Gästen fortan bedeutungsschwer zu erzählen: „Dieses Krokodil ist zweimal geschossen worden, einmal am Sambesi in Ostafrika und einmal hier im Waldpuschsee!" Selbst die militärischen Vorgesetzten amüsierten sich köstlich. Sie hielten es aber für angebracht, den Sechsen zumindest einen nachsichtigen Verweis wegen Unfugs zu erteilen. Die Bürger der Stadt nahmen das Ereignis überwiegend mit Humor auf, in den sich auch einiger Stolz mischte, „ja, so sind sie nun einmal, unsere Jäger!"

Nicht ganz so glimpflich ging die Unternehmung mit dem Krähenschießen aus. Ortelsburg hatte in seiner Mitte einen geradezu riesenhaften länglichen Marktplatz. Dort fand üblicherweise zweimal in der Woche der Bauernmarkt statt. Außerdem wurde der Platz zumindest einmal in jedem Jahr Veranstaltungsort der Remonte. Dabei boten Bauern und Pferdezüchter ihre noch jungen Tiere den umherziehenden Remontekommissionen der Militärverwaltung zum Kauf an.

Es war wohl ein ganz gewöhnlicher Markttag. In der Frühe des aufkommenden Morgens bewegt sich ein Krümperwagen[2], das war in diesem Falle ein Kastenwagen für Jagdzwecke, auf die Platzmitte zu und hält dort. Von den viersitzigen Bänken hinter dem Kutschbock erheben sich plötzlich sechs Schützen. Vor den zunächst sprachlosen, dann aber laut schreienden Bauern - diese sind gerade mit der Errichtung ihrer Stände beschäftigt - schießen sie ohne jede Vorwarnung wild in die Luft. Die Schützen scheinen geübt und zielen gut, denn etliche Krähen fallen tot herunter, hier und da auch in gerade arrangierte Gemüseauslagen. Blankes Entsetzen greift um sich, als einige Pferde sich wegen der ungewohnten Ballerei losreißen. Die verwirrten Tiere jagen hierhin – dorthin und richten auch einigen Schaden an. Man ruft die Polizei, woraufhin der wachhabende Ordnungshüter erscheint und „nach dem Rechten" schaut.

[2] Überzähliges Trossfahrzeug, das von überzähligen Pferden – Krümperpferden – gezogen wurde und vorrangig dem privaten Bedarf der Offiziere zur Verfügung stand; umgangssprachlich auch eine Bezeichnung für größere Jagdwagen.

Aber die Krähenjäger können eine Genehmigung des Magistrats vorweisen, die ihnen ausdrücklich das Abschießen von Krähen auf dem Marktplatz erlaubt. Genau besehen wurden die Schützen nachgerade darum ersucht. Verschiedene Marktständler hatten schon länger über die sich rasch vermehrenden Krähen Beschwerde geführt. Als schließlich der gezielte Abschuss in Auftrag gegeben wurde, enthielt das entsprechende Dokument keine präzisierende Zeitangaben. Die hatte man in der Verwaltung vergessen und die beauftragten Schützen nutzten das Versehen schamlos aus.

Zunächst machte sich über den Streich einige Verärgerung breit. Doch weil die Krähenschützen anstandslos und unverzüglich für den entstandenen Schaden aufkamen, trug ihnen bald niemand mehr die Sache nach. Die Begleichung der "Spesen" war meinem Vater und seinen Kameraden der Spaß allemal wert.

Apropos Magistrat: Eines Nachts soffen doch die recht trinkfesten Leutnants die zumeist schon glatzköpfigen älteren Herren des Magistrats im damals noch obligatorischen Ratskeller buchstäblich unter den Tisch. Die Honoratioren waren nur noch sehr bedingt gehfähig und schienen die Ziele ihrer Heimwege nicht mehr zuverlässig zu kennen. Die Offiziere erwiesen sich als äußerst hilfsbereit und schrieben den Orientierungslosen die vorher, im nüchternen und ahnungslosen Zustand, freundlichst erfragten Adressen mit Kopierstift auf Stirn oder Glatze. Dann setzten sie ihre Trinkpartner nebeneinander auf die Rathaustreppe und beauftragten zwei Droschkenkutscher, den Magistrat nach Hause zu fahren. Die Gattinnen hatten dann sicher ordentlich zu tun, die ungewöhnlich gut haftende Kopierstiftfarbe von den Köpfen der Heimgesuchten zu entfernen. Über dieses Ereignis blieb aber der Mantel der Geheimhaltung ausgebreitet. Den Arglosen war es zweifellos peinlich, und die Spitzbuben in Uniform hielten ebenfalls dicht und teilten ihren Spaß mit niemandem.

Als mein Vater mir viel später die Begebenheiten erzählte, habe ich mich köstlich amüsiert. Doch heute, über achtzig Jahre nach dem Geschehen, fragte ich mich, was diese Menschen zusammenführte und zu Taten motivierte, die doch völlig untypisch waren für ihr Alter und für den Offiziersstand. Ich bin mir ziemlich sicher, dass die Ortelsburger Spaßvögel eine besondere Art der Lebens-, eigentlich mehr der Überlebensfreude antrieb. Alle sechs hatten vier bis fünf Jahre zuvor die brutalen Geschehnisse des Krieges miterlebt. Es war der Krieg, der ihnen unwiederbringliche Jugendjahre gestohlen hatte. Danach waren sie, individuell in durchaus unterschiedlich gelagerter Form, hin- und hergeschüttelt von den Wirren der unmittelbaren Nachkriegszeit.

Nun aber, in der gewiss manchmal etwas öden Abgeschiedenheit des Daseins in dem stillen Masurenstädtchen, drängte das Erlebte auf Verarbeitung. Diese vollzog sich vermutlich mehr unterschwellig und unbewusst, drängte aber auf jugendgemäße Befreiungsschläge.

Gustav Knabe, den es nach den besonders grauenhaften Erlebnissen vor Vailly möglicherweise am schwersten getroffen hatte, und der zugleich ein besonders hohes Maß an mehr oder weniger gebändigter Energie besaß, musste wohl ihr Anführer gewesen sein. Seine Phantasie und Tollkühnheit kannte kaum Grenzen. Er riss seine Offizierskameraden fraglos mit, sein Charisma machte ihn ganz einfach zu *ihrem* Mann. Wohl mag er nicht alle Streiche ausgeheckt haben, wenngleich sie ihm zuzutrauen waren. Die Sechserbande von Ortelsburg agierte vielmehr nach demokratischem Ritus. Wenn eine Idee eingebracht und für gut befunden war, besprachen sie miteinander die Ausführung und freuten sich schon vorher immens auf das zu erwartende Ergebnis.

Wenn der Schabernack gelungen war, nahm mein Vater ihn auf seine Kappe, noch bevor die Aufregung dem Kommandeur zu Ohren kam. Denn mit diesem war oft genug nicht zu spaßen. Aber Knabe hatte beim “Alten” durch die erfreuliche Zusammenarbeit mit der Vogelwarte einen guten Stand. Darauf bauend trugen sich die “Verschwörer” in der nicht ganz unbegründeten Hoffnung, dass dieser es bei einem mehr oder weniger strengen Verweis bewenden lässt.

Allerdings hielt der Kommandeur auch deshalb auf den Draufgänger so große Stücke, weil dieser im Dienst bei seinen Soldaten sehr beliebt war und seinen Zug trotz allen persönlichen "Ausrutschern" vorbildlich in Schuss hielt. So durfte er, vorausgesetzt er trieb es nicht gar zu arg, ab und an ein wenig auflockernde Abwechslung in das kasernierte Dasein bringen.

Was mir mein Vater allerdings von dem Lagerfeuer im Tanzsaal eines Gasthauses erzählte, das klang dann doch ein bisschen - na ja! Die Sechs wollten zunächst ein Lagerfeuer auf freiem Feld veranstalten. Sie hatten dafür auch die Genehmigung des Kommandeurs. Dann aber wurde das Wetter schlecht. Deshalb bedrängten sie den ihnen sehr gewogenen Gastwirt, seinen Tanzsaal für einen Abend zur Verfügung zu stellen. Sie würden hinterher auch wieder für peinlichste Ordnung sorgen. Der Wunsch war so treuherzig vorgebracht, dass der Wirt schließlich zustimmte, nicht wissend, was sie wirklich im Schilde führten. Als sie dann ein riesenhaftes Stahlblech in den Tanzsaal schleppten, blickte er schon verwundert über seinen Tresen. „Wir machen alles wieder sauber," beteuerten sie abermals. Und der Wirt blieb untätig an seinen Zapfhähnen stehen.

Nach einem guten Weilchen roch es aber brenzlig aus dem Saal. Jetzt fühlte er sich doch bemüßigt, die Marie hinüberzuschicken, um nachzuschauen. Die traute ihren Augen nicht. Da saßen die sechs Leutnants in langen, weißen Nachthemden, aber mit Stahlhelmen auf den Köpfen, rund um ein offenes, wenn auch bescheidenes Feuerchen und grinsten sie an. „Nun brauchen wir aber ein Bierchen, du kommst gerade zur rechten Zeit", so die freundlichen Worte vom langen Leutnant Haß. Entsetzt verließ Marie den Saal und stammelte beim Wirt: „Da is' Feuer im Saal!" Wütend rannte dieser hinüber und schrie: „Was machen Sie denn da?!" „Nur ruhig, Herr Korschat, wir werden alle eventuellen Schäden beseitigen." - „Das hoffe ich doch sehr, besonders an der Decke", denn die begann sich bereits grau zu verfärben. Auf dieses Versprechen hin bekamen die "Feuergespenster" sogar noch ihr Bier und feierten fröhlich weiter. Da sie alle Ausgang genommen hatten und als Offiziere ohnehin privilegiert waren, dauerte das Gelage bis in die halbe Nacht hinein. Der damalige Kommandeur, ein Oberstleutnant Heise, erfuhr natürlich rasch von dem Lagerfeuer beim Gastwirt und es setzte ein „heiliges Donnerwetter“. Aber dann schmunzelte er doch und erteilte für den nächsten Abend die Erlaubnis, um nicht zu sagen den Befehl zur Renovierung des Tanzsaals. Da rückten die Feuerverehrer an mit Eimern und Farbtöpfen, wuschen die Decke, sogar die Wände fein säuberlich ab und strichen alles mit neuer Farbe. Nun erstrahlte der Raum wie neu und der Wirt gab vor Freude sogar einen Schnaps aus. Die Bürger, aber auch die Jäger, sprachen noch lange von dieser Begebenheit und schüttelten teils verwundert, aber auch lachend die Köpfe.

Wann immer mir diese Begebenheiten in den Sinn kommen – am Ende muss ich stets über die Berufswahl meines Vaters nachdenken. Dem jungen Gustav Knabe halte ich zugute, und das heute noch, dass er 1916 fest daran glaubte, Deutschland würde den Krieg gewinnen. Immerhin gab es damals noch viele kriegsbegeisterte junge Menschen neben ihm. Und außerdem: was überblickte schon ein unpolitischer Soldat von der großen Politik und dem Kriegsgeschehen? Aber was ließ ihn trotz des Erlebten immer noch und ausgerechnet einen militärischen Lebensberuf ergreifen? Ein erträumter Sonderstatus? Oder einfach die Sehnsucht nach Kameradschaft, das Aufgehen in einer im Kleinen und Großen klar geordneten Gemeinschaft?

In ihr fand er zweifellos großes Glück und kostete es gerade in den Nachkriegsjahren nach Kräften aus. Die politischen Verhältnisse waren zwar demokratisch, doch hochgradig labil und von extremen Strömungen bedroht. Die Wirtschaft sprang unter dem Druck der Reparationslasten nur schwer an und schlitterte rasch in eine Inflation mit heute unvorstellbaren Folgen. Da konnte man sich sehr wohl glücklich schätzen, wenigstens bescheiden untergekommen zu sein.

Vielleicht leiteten meinen Vater ganz andere Gründe, doch die bleiben mir verschlossen, sooft ich auch grübelnd in den großen Ahornbaum vor dem Fenster meiner Berliner

Wohnung geblickt habe. Gerade ist er wieder gänzlich kahl. Eisige und trockene Dezemberkälte beherrscht die Stadt. Es wird keinen Schnee geben, zumindest vorläufig nicht. Die Pappeln auf der anderen Seite recken ihre Zweige eng am Stamm in die Höhe. Ich liebe diese Bäume alle, denn sie machen das Charakteristische der kleinen Hoflandschaft inmitten der Viergeschosser aus. Bäume überhaupt: ein Stück weiter, in der Guerickestraße, da stand bis vor zirka anderthalb Jahren ein wundervoller alter Ahornbaum. Warum er gefällt werden musste, werde ich wohl nie begreifen. Er war rundum gesund und ich freute mich jedesmal an ihm, wenn ich vorbeiging.

Es muss jemand etwas gegen ihn gehabt haben. In die Höfe hinab kann ich von hier, aus dem dritten Stock mit Hochpaterre, nur sehen, wenn ich an das offene Fenster trete. Aber dafür besteht keine Notwendigkeit, denn ich sitze voller Tatendrang am Schreibtisch und wühle wieder in der Vergangenheit, die bereits zur Geschichte geworden ist. Seit den ersten Gedankenspielen mussten noch über drei Jahrzehnte vergehen, ehe ich mich zu dieser Niederschrift aufraffen konnte. In den Jahren zuvor hat sich so vieles ereignet. Aber erst jetzt ist die große Ruhe über mich gekommen, wie sie wahrscheinlich nur einem Menschen meines Alters eigen sein kann. Zugleich will ich noch einiges bewirken, wohl wissend, dass meine Möglichkeiten dazu bescheiden sind. Es ist ein guter Winternachmittag in diesem Jahr 2004. Jetzt spiegelt sich die Abendröte in der oberen Fensterfront von gegenüber, denn mein Ausblick geht nach Norden.

Nun will ich noch berichten, wie sich Gustav Knabe, Jäger im waidmännischen und militärischen Sinne des Wortes, unbeabsichtigt seine schöne Frau „erjagte". Eines Tages erbat sich Oberförster Paul Schlicht aus den viel weiter nordöstlich von Ortelsburg gelegenen Wäldern bei den soldatischen Jägern einen „erstklassigen Schützen". Einige Abschussböcke mussten aus seinem Bestand verschwinden, um das Gleichgewicht zu halten. Die Entscheidung des Kompaniechefs fiel sofort auf den jungen Leutnant Knabe, der mit Abstand der Beste war.

Er wurde für ein verlängertes Wochenende beurlaubt, um sich der für einen "Jäger" höchst ehrenvollen Aufgabe zu widmen.

Mit kleinem Handgepäck, Jagdbüchse und -tasche stieg dann auch wenig später der als Jägeroffizier weithin Erkennbare in Gerdauen aus dem Bummelzug. Er wurde von dem forstamtlichen Kutscher Nispel empfangen. Zweispännig ging es dann an diesem schon ein wenig herbstlichen Nachmittag die kleine Landstraße in Richtung Trausen hinaus. Nach etwa zwei Kilometern war das niedrige, langgestreckte Forsthaus am Waldrand zu erkennen. Schlicht saß noch in seiner Amtsstube mit dem Sekretär über Papierkram zusammen. Aber sofort nach dem Eintreffen des Gastes ließ er Kutscher Nispel den Einspänner, die Gig, fertig machen, um mit dem Jäger hinauszufahren. Die Eile war auch nötig, denn das Büchsenlicht ließ bereits nach.

Unterwegs wechselten der Forstmann und der Offizier nur wenige Worte mit gedämpfter Stimme, wie das unter Jägern im Wald üblich ist. Knabe ließ seinen Blick schweifen: wundervoller, sehr gepflegter Mischwald, der vor allem in seinem überaus starken Eichenbestand des Oberförsters ganzer Stolz war. Es war ein Vorzeigewald ersten Ranges, der in ganz Ostpreußen wohl seinesgleichen suchen mochte. Sie gelangten an eine der Stellen, wo das Wild seinen Wechsel hatte. Es muss nicht weiter erwähnt werden, dass der Forstmann sein Wild in diesem Teil des Waldes gut kannte. Zudem hatte er lange Jahre selbst gejagt. Er erklärte dem jungen Mann leise, wieviele und welche Tiere zum Abschuss freigegeben sind. Sicherheitshalber fügte er hinzu, dass er sich hundertprozentig bei Auswahl und Treffsicherheit auf ihn verlasse. Doch gleich erschien ihm diese Rede überflüssig. Er versicherte schnell noch, sobald ein Schuss falle, was ohne weiteres im Forsthaus zu hören sei, werde der Kutscher mit dem Krümperwagen, der eine verhältnismäßig große Ladefläche besaß, hinausfahren und ihn abholen. Nachdem er dem zurückbleibenden Jäger väterlich-vertrauensvoll auf die Schulter geklopft hatte, bestieg der „Alte vom Walde“, wie sie ihn im weiten Umkreis nannten, unter einem freundlichen „Waidmannsheil“ seine Gig und fuhr davon. Der Leutnant prüfte die Witterung und suchte sich eine Deckung, damit das heraustretende Wild ihn nicht bemerken und vorzeitig abspringen konnte.

Dann wartete er. Die Dämmerung senkte sich an diesem Oktoberabend verhältnismäßig rasch über das Land. Endlich traten einige Tiere aus der Dickung auf die Waldwiese, um zu äsen. Jetzt sah Knabe auch den Spießer, der unter anderen zu erlegen war. Besonders günstig stand die Witterung nicht, wie er bald bemerken musste, aber es hatte nun keinen Sinn mehr, nach einem besseren Platz zu suchen. Dann wären ihm die Tiere gleich abgesprungen. Ab und zu hob das Wild die Köpfe und sicherte, um dann friedlich weiter zu äsen. Aber der Spießer stand schlecht, kehrte seinem Jäger zumeist die Hinterseite mit der leuchtendweißen Blume zu oder wurde von einzelnen Büschen verdeckt. Ein sauberer Blattschuss war so niemals anzubringen.

Bald, allzu schnell nur, war es vorbei mit dem Büchsenlicht. Damals besaß Knabe noch kein Nachtzielfernrohr. Enttäuscht hängte er sich die Büchse um und verließ vorsichtig, um das Wild nicht zu stören, den Rand der Lichtung. Der Fußweg war nicht sehr weit und bald vernahm der Oberförster von des Jägers Pech. Er war jedoch sehr beeindruckt von dessen Fairness. Dieser Jäger ließ dem Wild lieber eine Chance, anstatt es möglicherweise „krank“ zu schießen. Der Gast wurde in das Herrenzimmer des Oberförsters gebeten, und dort konnte er drei stattliche Trophäenwände bewundern. Beide redeten noch miteinander, während der Alte dem Jungen ein „Trostwässerchen“ eingoss. Sie gewannen Sympathie füreinander, da sie merkten, dass sie sich sowohl vom Menschlichen wie auch vom Waidmännischen her verstanden. Sie ließen sich von ähnlichen Grundsätzen und Sichtweisen leiten. Später bekam der junge Gast noch die Ehefrau und den Rest der Familie des Försters vorgestellt. Drei Töchter waren zu begrüßen, so um die zwanzig oder etwas jünger, eine angeblich schöner als die andere. Man setzte sich an den reich gedeckten Abendbrottisch, und die Gastgeber freuten sich über den gesunden

Appetit des Leutnants. Es waren nicht nur das selbstgebackene Brot, die Butter, der Schinken und die Würste aus eigener Produktion, es war vor allem die freundliche Gesellschaft, die ihn aufleben ließ in dem gastlichen Haus.

Der Hausherr blieb nicht lange. Wegen eines angeborenen Herzleidens, aber auch, weil sein Tagwerk immer sehr früh begann, begab er sich frühzeitig zur Ruhe. Zuvor stellte er noch großzügig eine Flasche guten Mosel auf den Tisch und entkorkte sie einladend. „Als Willkommenstrunk", meinte er, „aber ich muss leider schlafen gehen, der Körper macht sonst nicht mehr mit!" Nun saßen noch die drei jungen Damen, die Mutter mehr „anstandshalber", und der Offizier am niedrigen runden Tisch im Salon. Sie plauderten zwanglos miteinander. Eine der Schönen, mit zwanzig die Älteste, hatte es ihm besonders angetan, und er sollte nicht mehr von ihr loskommen.

Es brauchte noch drei Tage, bis die zum Abschuss vorgesehenen Böcke erlegt waren. Am liebsten wäre der Jäger noch länger geblieben, denn dort sein empfand er wie Balsam für Herz und Seele. Für ihn hatte eine wunderbare Zeit der Liebe begonnen, und er musste nicht allzu lange kämpfen. Die Förstertochter war nach ersten Gesprächen und Küssen so ganz und gar einverstanden mit ihm, wie es ein Mann fast nicht zu erhoffen vermag. Natürlich fielen sie nicht gleich mit der Tür ins Haus und ließen noch einige Zeit vergehen. Sie schrieben sich fleißig, wie man das damals so tat. Es wurde durchaus Wert auf Handgeschriebenes gelegt, was einer gewissen Poesie nicht entbehrte und außerdem Träume offen ließ. Zwar war die Entfernung zwischen ihnen nicht allzu groß, aber ohne besonderen Grund bekam er nicht gleich wieder Urlaub. Und ein junges Mädchen durfte damals nicht so ohne weiteres allein mit der Bahn fortfahren, das gehörte sich nicht. Nach einiger Zeit gestand sie ihrem Vater die Beziehung und schwärmte von ihrem Gustavgeorg. Diese Zusammenziehung des Rufnamens mit einem der anderen Vornamen gehörte zu den Kosenamen, mit denen meine Mutter ihren Geliebten bedachte. Gelegentlich griff er später auch auf diese Namensform zurück.

Der Oberförster wiegte den Kopf. Den Menschen Knabe mochte er, denn er hatte auf ihn einen äußerst vorteilhaften Eindruck gemacht. Wer sich als Jäger verhält wie der Leutnant, der konnte für ihn kein schlechter Mensch sein. Aber er hatte inzwischen bereits erfahren, dass Knabe aus einer kinderreichen Familie stammte und sein Vater als Lehrer und Kantor keine Reichtümer besaß. Ein Offizier der unteren Ränge verfügte normalerweise nicht über ein Einkommen, das einen finanziell gesicherten Ehestand garantierte. Der Oberförster hätte seiner schönen Ältesten eine bessere Partie gewünscht und bat sie um kurze Bedenkzeit. Aber er merkte auch, dass es ihr absolut ernst war und wollte dem gemeinsamen Glück der beiden nicht im Wege stehen. So gab er nach einem weiteren, diesmal längeren Gespräch seine Einwilligung und Waldtraut jubelte.

Als Brautvater befand sich Schlicht eigentlich in einer vorteilhaften Lage. Der alte Janson auf Schloss Gerdauen, dessen umfangreiche Waldungen „Forst Schloss Gerdauen“ er gemeinsam mit drei ihm unterstellten Förstern verwaltete, zahlte ihm ein gutes Gehalt in unkündbarer Stellung. In seinem kleinen Reich lebte er außerdem weitgehend autark, denn er besaß alles, was seine Familie zum Leben benötigte. Er hatte acht Pferde zur Nutzung und in den Ställen standen elf Kühe und zwanzig Schweine. Bienen und zahlreiches Geflügel komplettierten den kleinen Besitz. Dazu kamen zirka vierhundert Morgen Land, die er als Äcker oder Weide nutzen konnte. Der Ertrag machte ihn zu keinem Krösus, garantierte aber ein recht zufriedenstellendes Auskommen. Unweit des Forsthauses befand sich noch ein einzelnes Gehöft, in welchem vier Waldarbeiterfamilien lebten. Diese verrichteten im Sommer auch die Landarbeit. Den Dampfpflug und die Dampfmaschine mit dem Dreschkasten sowie noch weitere Hilfskräfte stellte alljährlich das Hauptgut Kinderhof in Gerdauen. Dessen Oberinspektor Morgenstern galt als Freund des Oberförsters.

Also war alles bestens geregelt und Schlicht sah sich in der Lage, dem jungen Paar in der ersten Zeit spürbar zu helfen - und das tat er dann auch. Knabe konnte nun beim Bataillonskommandeur die notwendige Erlaubnis zur Vermählung einholen. Zuvor hatte er mit dem Schwiegervater über die finanzielle Absicherung der Ehe gesprochen.

Am vierundzwanzigsten Oktober 1924 fand die kirchliche Trauung in der alten Ordenskirche von Gerdauen statt. Es war ein wunderschöner Spätsommertag, warm und sonnig. Die zahlreiche Hochzeitsgesellschaft konnte nach vollzogener Zeremonie vor dem Forsthaus im Freien tafeln, wie es der mehrheitliche Wunsch der Brauteltern und der Jungvermählten war. Zuvor mussten sich alle zu einem kunstvollen Gruppenfoto vor dem gewaltigen Lindenbaum aufstellen, dem allerseits bewunderten Hüter des Forsthauses. Zwar hatte Schlicht noch Bedenken wegen der etwa einhundert Fledermäuse geäußert, die in einer durch Blitzschlag entstandenen Höhlung im Baum wohnten. Sie hätten gestört werden können, aber die Tochter vermochte sich durchzusetzen. Fortan verhielten sich alle ausgesprochen ruhig, denn auf dem Lande gab es für eine solchen Umstand durchaus Verständnis. Letztlich soll auch keines der Tiere zu unrechter Zeit ausgeflogen sein.

Übrigens waren zur Hochzeit einschließlich Bräutigam alle sechs Herren des Schabernack-Zirkels versammelt, wie auch an den Uniformen ersichtlich. Auch Knabes Eltern kamen zu den Feierlichkeiten angereist. Weitere Gäste waren Forstleute, der Oberinspektor Morgenstern sowie andere Mitglieder der Gerdauer Oberschicht. Bei der standesamtlichen Trauung hatten die Leutnante Haß und Heisig auf Wunsch des Bräutigams als Trauzeugen fungiert.

Es schloss sich eine wunderschöne Hochzeitsreise an, die nach Kroatien führte. Dort übte ein Bruder des Oberförsters Schlicht den gleichen Beruf in den Waldungen derer von Thurn und Taxis aus. Das junge Paar genoss dort zwei unbeschwerte glückliche Wochen. Es durchstreifte die Wälder, beobachtete das Wild, wohnte beim Onkel der jungen Frau, der gern bereit war, sie ab und an mitzunehmen auf seinen kleinen Dienstfahrten. Die Gastgeber ließen es an nichts fehlen, denn auch sie lebten in verhältnismäßigem Wohlstand. Sie wollten dem Bruder nicht nachstehen, hatten sie doch auch zu den wohlbewirteten Hochzeitsgästen in Damerau gehört.

Dorthin zurückgekehrt, mussten sich die jungen Eheleute allerdings noch zwei Wochen lang in Geduld üben und voneinander getrennt leben. Die standesgemäße Dienstwohnung in Ortelsburg war nämlich noch nicht ganz fertig. Er lebte also weiter in Ortelsburg, sie in Damerau. Natürlich fieberten beide dem Augenblick des Einzugs entgegen. Knabe kümmerte sich um die Einrichtung und seine Frau kam so oft als möglich nach Ortelsburg und unterstützte ihn nach Kräften. So gelang es ihnen, im selbst abgesteckten sparsamen finanziellen Rahmen mit Phantasie ein geschmackvolles und behagliches Umfeld zu schaffen. Die Finanzierung übernahm Schlicht, und er war großzügig.

Bald lebten sie in ihrem wunderschönen kleinen Nest und gestalteten es weiter aus, so gut sie konnten. Einmal kamen die Eltern der Braut zu Besuch. Schlicht konnte feststellen, dass alles gut arrangiert war und das junge Paar keine Schulden hatte. Das imponierte ihm gewaltig. Denn nichts war ihm mehr zuwider wie Schuldenmacherei. Darin blieb er sich Zeit seines Lebens treu.

Seine Tochter Waldtraut lernte in Ortelsburg nach und nach andere Menschen kennen. Ihr Mann freute sich, dass sie diese Bekanntschaften nicht scheute, denn er war ausgesprochen gesellig. Sie begann sich wohlzufühlen nach der Waldeinsamkeit, die nur wenig Abwechslung geboten hatte. In dem Masurenstädtchen genoss das junge Paar eine schöne Zeit. Waldtraut fügte sich zunehmend ein in das Dasein der Offiziersfrau, der so einiges abgefordert wurde. Das lag daran, dass sehr viel Wert gelegt wurde auf Traditions- und Standesbewusstsein.

Meine Mutter hatte ein gefälliges Äußeres, das sie normalerweise aus ihrer Umgebung hervorhob. Freunde sahen in ihr eine etwas herbe Schönheit. Sie verfügte über ein einnehmendes Wesen und war willensstark zugleich. Wie vielen anderen Frauen war es auch ihr gegeben, ihren Ehegatten zu leiten und zwar an einem längeren und lockeren "Zügel", damit er es nicht bemerkt. Sie konnte sehr klug auf ihn eingehen und befolgte seine Ratschläge, so weit sie nur akzeptabel schienen. Für Streit

Waltraut und Gustav Knabe 1923 in Ortelsburg

und schwere Familienkräche war sie nicht zu haben, so etwas widersprach ihrem Bedürfnis nach Harmonie und Zärtlichkeit. Vater fand bei ihr ausreichend Rückhalt und Verständnis, was der Stabilisierung seiner Persönlichkeit zugute kam.

Eingang zum Falkenhof Ortelsburg

An die Verhältnisse in Ortelsburg kann ich mich nur schwach erinnern, denn ich war noch ziemlich klein. Aber meine Schwester konnte mir später vom dortigen Leben erzählen. Sie war zwei Jahre älter und hat alles viel tiefer verinnerlicht. Sie war eine Pferdenärrin und ging jedes Jahr zu den Remonteaufkäufen auf dem bereits erwähnten riesigen Marktplatz. Dort hatte sie ihre Freude an den schönen Tieren. Ab und zu ließ sich auch der Oberinspektor Morgenstern aus Kinderhof blicken, wenn dort wieder junges Blut an Pferden gebraucht wurde. Zärtlich nannte sie den alten Herrn „Papa Morgenstern“, denn sie mochte ihn sehr. Später, wenn wir während der Schulferien im Forsthaus Damerau waren, gab Papa Morgenstern ihr Reitunterricht, so dass sie, obwohl klein, bald sattelfest war.

Und die Ortelsburger Jäger, das heißt der Zug meines Vaters, der jetzt Oberleutnant war, wandten sich in jenen Tagen einer neuen schönen Aufgabe zu. Vater hatte sich in den Kopf gesetzt, eine Jagdfalkenzucht zu eröffnen. Natürlich besaß er nicht die geringsten Mittel, um dieses kostspielige Unternehmen zu realisieren. Also musste er zunächst Sponsoren suchen. Das gelang sogar ziemlich rasch durch die Vermittlung des Schwiegervaters wie auch des Bataillonskommandeurs, der von der Idee begeistert war. Das benötigte Terrain stellte die Gemeinde kostengünstig zur Verfügung, nachdem Bürgermeister Mey im Rat eindringlich für das Projekt geworben hatte. Er erhoffte sich eine gute Werbung für das Städtchen, und so kam es schließlich auch.

Neben den Jagdfalken beherbergte der Falkenhof später noch einen Kaiseradler namens Sturm, etliche Graureiher und einige verletzt aufgefundene Störche, die gesund gepflegt wurden. Selbst ein verwaistes Rehkitz wuchs in der Obhut des Hofes auf. Die Besucher strömten bald herbei und erfreuten sich an der mit geringsten Mitteln in Eigenleistung geschaffenen Anlage, dem Ortelsburger Falkenhof. So wäre es vermutlich noch lange weiter gegangen. Doch die politischen Verhältnisse sollten sich in einer Weise verändern, die nicht nur der Falkenzucht in Ortelsburg ein Ende setzte.

Kriegseinsatz in Afrika

1939 begann der Zweite Weltkrieg. Nüchterne Beobachter sahen das zwar voraus, allein der Zeitpunkt kam auch für sie unerwartet. Auch mein Vater hatte die unübersehbaren Vorzeichen falsch gedeutet. Als Berufssoldat gehörte er von vornherein zum sofort verfügbaren Kanonenfutter. Und dass auch ich noch geholt werden würde, war damals überhaupt nicht vorstellbar.

Mein Vater war inzwischen zu den Stabsoffizieren aufgerückt. Das klingt durchaus nach einem besonderen Status, doch dieser verhalf ihm nicht dazu, sich einen eigenen Weg durch den Krieg auszusuchen. Er wurde ohne seine Zustimmung zwar in die eine oder andere Angelegenheit verwickelt, hatte aber das kaum vorstellbare Glück, an wirklich mörderischen und kriminellen Einsätzen nicht teilnehmen zu müssen. Am Überfall auf Polen war er nicht beteiligt, aber nach Frankreich musste er mitziehen. Sein Bataillon war an der Peripherie eingesetzt, kämpfte in den Savoyer Bergen. Mit einiger Mühe gelang es, eine französische Gebirgsjägereinheit zu bezwingen. Dann zog es ihn nach Afrika, zu Erwin Rommel. Den später unter der Bezeichnung „Wüstenfuchs" populär gewordenen Offizier hatte er bereits ein Jahr vor dem Krieg auf einer Jagd kennengelernt. Das muss irgendwo im Thüringer Wald gewesen sein. Als er erfuhr, dass Rommel das Afrikakorps führte, brannte er förmlich darauf, zu ihm nach Nordafrika zu kommen. Das sollte ihm tatsächlich gelingen. Der Einsatz dort bescherte ihm seinen größten soldatischen Erfolg und gleich darauf das Scheitern an körperlicher Unzulänglichkeit.

Vor der Abreise nach Afrika stellten sich zunächst einige schwerwiegende Probleme ein. Das von meinem Vater inzwischen geführte Kradschützenbataillon gehörte bereits zu den für einen Sondereinsatz in Afrika vorgesehenen Truppen. Doch ausgerechnet er, der Kommandeur, wurde als nicht tropendienstfähig eingestuft. Sein Kreislauf entsprach nicht den vorgegebenen Normwerten. Da lag er Rommel in den Ohren, und dieser nahm die Ausnahmeregelung auf seine Kappe. Kurz bevor Rommel wieder in eine Maschine stieg, die ihn nach Benghasi bringen sollte, hatten sie noch ein kurzes Gespräch. Darin versicherte Vater im Brustton der Überzeugung, dass er die zu erwartenden Strapazen bewältigen würde. Sein künftiger Chef schob die Vernunft beiseite und sagte ihm in seiner offenen Art: „Weil ich Sie schätze, Oberstleutnant, möchte ich Sie dabei haben, kommen Sie mit Ihrer Truppe, sobald Sie können!"

Das nahm mein Vater als dringende Aufforderung. In kürzester Zeit war sein Bataillon, das KB 15, einsatzbereit, und auch die Soldaten fieberten der Abreise entgegen. Es galt, das von den italienischen Verbündeten an die Engländer verlorene Gebiet, und das war nahezu die gesamte libysche Cyrenaika, zurückzuerobern. Dann sollte gleich weiter vorgestoßen werden nach Ägypten, um möglichst die arabischen Erdölfelder zu besetzen und den Feind an einem empfindlichen Nerv zu treffen.

Anfang April einundvierzig ist es soweit. An die zweihundert Motorräder brummen die Via Balbia entlang. Sie fahren bei vierzig Grad Hitze am Tage und grimmer Kälte in der Nacht mit vielen Zwangspausen Hunderte Kilometer weit gen Osten, um den „Tommy" überraschend anzugreifen. Das bedeutet äußerste Anspannung für Mensch und Material, aber sie wollen es schaffen. Der Kommandeur scheint von dem Wunsch beseelt, nicht nur die Engländer zu packen, sondern auch seinen hoch geschätzten General zu beeindrucken. Das gelang ihm so vollkommen, dass er mit seinem Coup Gegenstand von Kriegsberichten in der heimatlichen Presse wurde.

Rommel trifft er in seinem provisorischen Gefechtsstand in Ain el-Gazala, dort wo das Mittelmeer mit einem blauen Arm tief das Land greift. Tatsächlich ist der General erstaunt über das schnelle Vorrücken der kleinen Truppe und zollt ihm seine Anerkennung. Mein Vater bekommt den Auftrag, das verloren gegangene Wüstenfort Capuzzo zurückzuerobern und mit seiner Vorausabteilung als erste deutsche Einheit die ägyptische Grenze zu überschreiten sowie das Hafenstädtchen Sollum zu besetzen. Da eilt er wieder zu seiner Truppe, lässt aufsitzen, und weiter geht die Jagd nach vorn. Vergessen sind die körperlichen Mängel und er lebt auf wie selten. Den Bataillonskommandeur erfasst eine ähnliche Mischung aus Anspannung und Siegeszuversicht, wie er sie bei seinen Soldaten beobachtet. Da mag der Ghibli ihnen den feinen Wüstensand in Mund und Augen treiben, mögen Hunger und Durst sie plagen, mag so manche Maschine am Straßenrand liegen bleiben, von dem nahezu permanenten Sandsturm unbrauchbar gemacht. Sie alle wachsen über sich selbst hinaus an Durchhaltevermögen und Zähigkeit.

Glücklicherweise stoßen bald Panzerspähwagen sowie eine Panzerjägerabteilung als Verstärkung zu ihnen. Der Vormarsch wird dennoch gefahrvoller und sie haben bald die ersten Verluste durch Tiefflieger. Hinzu kommen tagsüber die Hitze, nachts die Kälte - es ist wirklich ein Wunder, wie der angeschlagene Kreislauf meines Vaters das übersteht. Er lässt sich nichts anmerken, beißt die Zähne zusammen. Hier will er sich beweisen, das ist sein „Orlog", wie er diesen Wüstenkrieg mit einer altmodischen Vokabel benennt. Wenn schon Krieg sein soll, dann muss er wenigstens fair sein, obwohl Fairness natürlich auch wieder ein dehnbarer Begriff ist. Aber er hat es sich immerhin vorgenommen. Es ist wie eine Wahlverwandtschaft zu seinem General, der genau so denkt. Sechs Tage und sechs Nächte sind sie unterwegs durch die glühendheiße Wüste, auf einem Gewaltmarsch, der jedem Einzelnen von ihnen das Letzte abfordert an Kraft und Beharrlichkeit, an Einsatz und Ausdauer. Schlafen wird rationiert wie Wasser und Benzin.

Ridotta Capuzzo zurückerobern ist das erste Ziel. Die Soldaten sind stolz, das Afrikakorps überholt zu haben und seine Spitze zu sein. Das von starken deutschen Kräften belagerte Tobruk haben sie umgangen und stoßen weiter vor. Der Oberstleutnant hat ihnen die Anerkennung des Generals sofort weitergegeben. Das erfreut die Truppe, denn der „Wüstenfuchs" ist auch ihr Idol. Als sie siebzig Kilometer vor Capuzzo stehen, bricht die Nacht herein, blitzschnell, wie es dort üblich ist. Weit auseinandergezogen rastet die Vorausabteilung beiderseits der Straße, Kradschützen mit Maschinengewehr,

Panzerjäger und die inzwischen zusätzlich übernommene Flak als schützende Stachel vorgeschoben. Die Soldaten wickeln sich fröstelnd in ihre dünnen Decken. Im fahlen Schein des österlichen Vollmondes wirkt die Wüste gespenstisch hell. Was mag Vater, was mögen seine Leute in diesen wohlverdienten Augenblicken der Ruhe gedacht haben; nach den offensichtlichen Strapazen der vergangenen Zeit und in Angst vor der Gefahr des bevorstehenden Kampfes?

Ich weiß es nicht. An ihrer Stelle hätte ich möglicherweise kein Auge zugetan. Aber sie waren Soldaten, die sich bereitwillig der Lebensgefahr aussetzten – wie es hieß für Führer, Volk und Vaterland. Heute sieht man das zum Glück überwiegend anders. Die Nachbarstaaten in Europa zu überfallen, war ein Verbrechen. Aber der Feldzug in Afrika stellte sich eine Zeitlang anders dar. Die Angriffsziele befanden sich zunächst auf italienischem Kolonialterritorium, und die Wehrmacht half dem Bundesgenossen, sein Eigentum zurückzuerobern. Das schien doch kein Überfall und kein Angriffskrieg zu sein.

Wie stand es mit General Rommel, dem Idol? Noch glaubte er an Hitler. Zwar musste er sich manchmal mit den Bündnispartnern wegen Versorgungsfragen oder Problemen strategischer Art herumärgern, aber sein Kopf blieb klar. Auf die Unterstützung seiner Soldaten konnte er hundertprozentig rechnen. Nahezu alle liebten ihn. Darin stand mein Vater nicht allein, wie er sich seinerseits auf die ihm Unterstellten verlassen konnte.

Während die meisten von ihnen schlafen, stellt Vater einen Spähtrupp zusammen und schickt ihn in die Nacht nach vorn. Er soll die Lage erkunden: ist Capuzzo von den Briten besetzt oder nicht? Eine Gruppe Kradschützen, eine Zweizentimeter-Flak auf Selbstfahrlafette und ein Funkwagen setzen sich in Bewegung. Nach etwa vierzig Kilometern entdecken sie vor sich eine Minensperre. Sie lässt sich umfahren. Und dann kommt schon ihr letzter Funkspruch. Er teilt lakonisch mit, dass sie unter schwerem Beschuss vor der Festung liegen. Der Spähtrupp wird vollständig aufgerieben. Nur ein einziger Mann kommt mit einem Krad zurück. Seine Meldung besagt, das Fort sei von starken gegnerischen Kräften besetzt, die über Panzer und Artillerie verfügen.

Inzwischen ist der Ostersonntag angebrochen. Aber im Krieg wird im Allgemeinen wohl kaum Rücksicht auf Feiertage genommen. Um zehn Uhr am Morgen, es ist noch kalt und unfreundlich, lässt der Kommandeur angreifen. Die Vorausabteilung trifft am Pistendurchlass auf deutsche Panzerspähwagen. Diese gehören einem stehenden Spähtrupp an, jener Aufklärungsabteilung, die am Vortag Bardia eingenommen hat. Ihre Sicherung ist bereits bis auf fünfzehn Kilometer an das Fort Capuzzo herangeschoben.

Das übliche Bild einer Kriegslandschaft auch hier: Stacheldraht, herrenlose Geschütze, alte Fahrzeuge, Gerippe von Flugzeugen – ein Schrottplatz eigener Art. Das Gelände ist leicht gewellt und ziemlich flach, nur Sand und Steine, selten noch ein kärglicher, niedriger Kameldornbusch. Flache Mulden geben spärliche Deckung gegen Erdsicht. Bereits in der Ferne sichtbar liegt Ridotta Capuzzo, das Angriffsziel. Es stellt einen Eckpunkt des wichtigen Raumes Bardia- Sollum – Capuzzo dar. Von dort mussten sich die Truppen des Generals Bergonzoli Monate vorher nach dreitägigem Widerstand gegen eine britische Übermacht nach Bardia zurückziehen.

Eine halbe Stunde später schiebt sich die Spitze der Vorausabteilung vorsichtig auf einen Höhenstreifen nahe beim Fort. Ein Feuerhagel aus den Rohren mindestens dreier britischer Batterien, vermischt mit Panzergranaten, empfängt die Angreifer. Der Kommandeur setzt seine Truppe aus der Bewegung heraus umgehend zum Sturm an. Schnell ziehen sich die Züge und Gruppen auseinander und entfalten sich zum Angriff. Artillerie fehlt, so dass Panzerjäger und Flak ersatzweise einspringen müssen. Ihre Geschütze werden in Stellung gebracht und geben den Kradschützenkompanien, die von vorn und von den Flanken her gegen Capuzzo vorrücken, Feuerschutz. Am Höhenrand fährt indes eine schwere Flakbatterie auf. Schon nach wenigen Schüssen ziehen sich die Panzer der Verteidiger zurück. Die Kradschützen stürmen, gegen einen verschanzten

Gegner, umfassen ihn und können in das Fort eindringen. Um den abziehenden Briten keine Gelegenheit zu lassen, eine neue Stellung aufzubauen, befiehlt Oberstleutnant Knabe den sofortigen Durchstoß auf Sollum. Während Teile der Vorausabteilung die oberhalb des Örtchens gelegene britische Kaserne attackieren, stößt weiter südlich eine weitere Angriffsgruppe gegen die als unbesetzt aufgeklärte, mit Stacheldraht markierte Grenze zwischen Libyen und Ägypten vor und überschreitet sie.

Das Ergebnis des Vorstoßes beschrieb der zugeteilte Kriegsberichter so:

"Die Engländer, ungefähr ein motorisiertes Infanteriebataillon, müssen Sollum räumen. Der Ort wird gesäubert. Die wichtigen Höhenstellungen an der Küste sind in deutscher Hand. Ein an Zahl und Material überlegener Gegner geschlagen. Um 15.45 Uhr kann der Kommandeur der Vorausabteilung dem Gefechtsstand des Deutschen Afrikakorps vor Tobruk die stolze Meldung funken, dass Sollum am Ostersonntag, 13. April, um 15.45 Uhr erobert worden ist. …Weit von der Nachschubbasis entfernt stehen deutsche Soldaten auf Wacht in der ägyptischen Wüste. Mit Munition müssen sie sparen. Ihr Benzin ist knapp."

Da hatten Oberstleutnant Knabe und seine Vorausabteilung eine Leistung vollbracht, deren Bedeutung sie möglicherweise nicht gleich erkannten. Das änderte sich bald, denn der Draufgänger erhielt eine der höchsten militärischen Auszeichnungen, das Ritterkreuz zum Eisernen Kreuz. In den Augen seiner Vorgesetzten hatte mein Vater offenkundig eine besondere kampfentscheidende Tapferkeitstat vollbracht, deren Würdigung zugleich Ansporn für andere sein sollte. Aber bald darauf, kaum dass die Anspannung verflogen war, machte sich sein Kreislauf mehr als deutlich bemerkbar. Der Ritterkreuzträger musste, so leid ihm das tat, sein Kommando abgeben und das für ihn ungesunde Nordafrika verlassen.

Natürlich waren wir zu Hause, das heißt die Restfamilie mit Mutter, der Schwester und mir, stolz auf ihn. In unserer Vorstellung konnte der Vater nur einen „humanen" Krieg geführt haben, wenn man von einem humanen Krieg überhaupt sprechen kann. Er kam in die Heimat zurück. In einem Münchner Lazarett kurierte er sich aus, missmutig über das Versagen seines Körpers.

Rommel führte den Afrikafeldzug noch eine Weile siegreich weiter, bis er bei El Alamain die entscheidende Schlacht verlor. Er konnte auch sein Afrikakorps nicht mehr retten, nachdem der Nachschub versiegte. Sämtliche Kräfte wurden in den weitaus mörderischeren Kämpfen in den Weiten der Sowjetunion benötigt. Am zwölften Mai 1943 kapitulierte die Panzerarmee Afrika mit zweihundertachtunddreißigtausend deutschen und italienischen Soldaten. Hitlers afrikanisches Abenteuer hatte sein unrühmliches Ende gefunden. Rommel erlebte das Debakel nicht aus der Nähe. Er hatte Afrika bereits im März, ebenfalls aus Gesundheitsgründen, mit schwerem Herzen verlassen müssen.

Nach dem Lazarettaufenthalt und einem längeren Genesungsurlaub stand Vater im pfälzischen Landau einer Ersatzbrigade vor. Sie firmierte als „Schnelle Truppen XII“ und stellte vermutlich so etwas wie eine Eingreiftruppe dar. Wie hat sich wohl deren Schicksal gestaltet ... ? Oberstleutnant Knabe jedenfalls hatte auch dort eine gute und weitaus friedlichere Zeit, die ihn rundum ausfüllte. Zu seinem Stab gehörte neben einigen klugen militärischen Köpfen auch ein musisch veranlagter Stabsfeldwebel. Ernst Kunz war ein Maltalent ohnegleichen. Vater muss die große Begabung rasch erkannt haben und förderte dessen Drang nach künstlerischer Verwirklichung. Einmal sagte er zu ihm: „Kunz, nehmen Sie Staffelei und Palette, gehen Sie raus malen, hier kommen wir auch ohne Sie aus!“ Eine derart großzügige Geste war während des Krieges sicher selten. Kunz dankte es ihm zu Lebzeiten und mich, der ich erst später von diesem “Mäzenatentum” hörte, erfüllt die Erinnerung daran noch heute mit Wärme.

Aus der Dienstvilla in Gera holte Vater seine Frau so bald es ging nach Landau, denn er wollte nicht ohne sie sein. Außerdem war die Geraer Wohnung inzwischen möbliert vermietet an einen überaus “braunen” Kriegsgerichtsrat. Hitler, der „Größte Feldherr aller Zeiten“, kurz GröFaZ, wie ihn die Generale hin-

Oberstleutnant Gustav Knabe 1941

ter vorgehaltener Hand nannten, hatte bereits vor Monaten die Sowjetunion überfallen. Noch siegten seine Soldaten, aber es war abzusehen, dass dies nicht ewig währen würde.

Mein Vater jedenfalls hatte das unerhörte Glück, um diesen, in jeder Beziehung aus dem Ruder laufenden mörderischen Krieg herumzukommen. Und er wollte auch nicht dorthin. Er sah vermutlich klarer als andere, dass dort kein Sieg zu erringen war. Dank seines immer noch labilen Gesundheitszustandes vermochte er es, sich gut herauszuhalten. Er ließ also seine geliebte Gattin zu sich kommen, und in der sonnigen Pfalz führten sie ein für jene Zeit vergleichsweise glückliches Eheleben. Zweifellos befielen ihn bisweilen auch trübe Gedanken über die Zukunft von Deutschland, war doch ein böses Hasardspiel mit sehr ungewissem Ausgang in Gang gesetzt. Der Fahneneid verpflichtete auch ihn weiter zur Treue. Deshalb musste er als Kommandeur seine Schnellen Truppen nach bestem Können auf den Krieg vorbereiten. Seinen Stabsfeldwebel hatte er jedoch nach draußen beordert und dort malte dieser wundervolle Aquarelle. Manchmal durfte ich ihm dabei über die Schulter blicken und bewunderte ihn.

In Landau hielt ich mich nur noch gelegentlich, gewissermaßen urlaubsweise auf. Das "Vaterland" hatte mich inzwischen aus dem Internat in Gumperda zur Heimatflak geholt. Ich musste die höchst kriegswichtigen Leuna-Werke beschützen helfen. Das fiel mir jedoch recht schwer. Wie schon gesagt, bin ich absolut keine Kämpfernatur. Aber der auch mich erfüllende feste Glaube an den Führer und seine angeblich gerechte Sache ließ mich den Dienst tun. Eine kritische Distanz war nicht da, und so verstand ich mich als kleines Rädchen, das zum großen Endsieg beitragen sollte.

Körperlich war ich aus meiner Sicht ganz schön herangewachsen und kräftig. Doch für die Artillerie reichte das eigentlich immer noch nicht aus. Im Vergleich zu den anderen, noch kleineren Familienmitgliedern, war ich mit einsachtundsechzig immerhin der Größte. Das verschaffte mir durchaus einige Genugtuung. Auf Urlaub in Landau durfte ich mit Ernst Kunz in die Landschaft hinausziehen und seine Arbeit verfolgen. Nicht einmal entfernt konnte ich ahnen, dass wir später einmal „Brüder“ werden sollten.

Die Stunden mit dem uniformierten Künstler waren mir eine gute Lehre. Überhaupt hatte das von ihm vertretene Genre in unserer Familie einen guten Stand. Vater zeichnete leidlich und meine Mutter hatte im Aquarellieren ein gewisses Talent, das Ernst später noch erheblich zu schulen vermochte. Nach den langen Wochen in Leuna mit seinen üblen Chemiedüften empfand ich die Streifzüge durch die schöne Landschaft beinahe als unwirklich. Ernst aquarellierte unter anderem das Heidelberger Schloss mit Neckar und Karlsbrücke, die kleine Moschee im Park von Schwetzingen und die alte Reichsfeste Trifels bei Annweiler. Die gemeinsamen Stunden ließen uns Freunde werden. Vielleicht war es auch deshalb der Trifels, der mich später zu ersten schriftstellerischen Versuchen motivierte.

In Landau wohnten die Eltern zunächst im Kommandantenhaus der Kaserne. Aber dieses Quartier war beiden zu groß und zu unpersönlich. Sie brachen mit der Tradition standesgemäßer Riesenwohnungen und zogen irgendwann in ein mit bescheidenen Mitteln ausgebautes vormaliges Taubenhaus. Das reichte mit seinen drei Räumen, Bad und Küche vollkommen aus. Leider hielt dieses Refugium nur eineinhalb

Die Großeltern 1940 auf Besuch in Gera

Hubertus 1943 auf Besuch in Landau: Erkundung eines Panzer IV

Jahre. Bei einem britischen Luftangriff traf eine Bombe exakt das doch recht unscheinbare Häuschen. Mystische Rache für Sollum? Meine Mutter hatte sich mit einem Köfferchen voll Habseligkeiten in einen Luftschutzkeller geflüchtet und Vater lag gerade für ein paar Tage im Lazarett. Er hatte wieder Kreislaufprobleme. Hinterher waren beide froh und zugleich erschüttert. Vorübergehend hausten sie notdürftig bei Freunden. Dann ergab sich für Mutter eine kleine Bleibe in dem Dörfchen Ursenbach im Odenwald, weil dort einer von Vaters Jagdfreunden eine Jagdwohnung besaß.

Die eher beschaulichen Tage in Landau waren für meinen Vater knapp bemessen. Ein Befehl beorderte ihn nach "Osten", zum Glück aber nicht an die Ostfront. Mit einem Stab von ungefähr dreißig Leuten wurde er so eine Art Militärattaché, vielleicht war er auch nur ein Verbindungsoffizier bei dem rumänischen Diktator Marschall Antonescu. Stabsfeldwebel Ernst Kunz gehörte diesem Stab ebenfalls an. Sein Chef ließ ihm ausreichend Freiraum, sich mit der Landschaft Siebenbürgens und der Karpaten zu befassen. Das bezeugen zahlreiche Aquarelle,

Waltraut und Gustav Knabe 1943 in Landau

Tusch- oder Rötelzeichnungen mit entsprechenden Motiven. Vater hat seinen Job sicher so schlecht und recht erledigt, wie es damals, im Jahr vierundvierzig eben möglich war.

Von diesem Jahr war schon über die Hälfte vergangen, als die alliierten Briten, Amerikaner und Franzosen - die aus dem englischen Exil - in der Normandie landeten. Das vermochten die hochdekorierten Feldmarschälle Rommel und von Rundstedt trotz Atlantikwall und eilig errichteten Strandhindernissen nicht zu verhindern. Sie mussten vielmehr erleben, wie die Alliierten die deutschen Besatzer letztlich vor sich hertreiben begannen. Rommel fiel durch sein Wissen um den deutschen Juliwiderstand bei Hitler in Ungnade und wurde am vierzehnten Oktober zum Selbstmord genötigt. Vom "Heldentod" seines Idols erfuhr Vater erst viel später. Aber von jetzt ab war sein Vertrauen zu Hitler und dessen Satrapen schwer erschüttert und er ging zu ihnen auf Distanz.

Schon im August hatten rumänische Offiziere erfolgreich gegen Marschall Antonescu geputscht. Daher musste das kleine deutsche Kommando aus der Hauptstadt Bukarest flüchten.

In einer Handstreichaktion bewahrte es noch dreißig deutsche Tiger-Panzer vor der Vereinnahmung durch die Putschisten. Die Kampfwagen, wie die damalige Bezeichnung lautete, befanden sich noch auf einem Güterzug und wurden mit Waffengewalt einfach umgeleitet. Die aus militärischem Verantwortungsbewusstsein und falsch verstandenem Patriotismus unternommene Tat war letztlich ein kleiner Beitrag, den bereits verlorenen Krieg noch geringfügig zu verlängern.

Danach hatte mein Vater wieder Glück im Unglück. Bei der Flucht hinter die deutschen Linien setzte sein treuer Fahrer Schwager den Wagen auf regennasser Fahrbahn gegen einen Baum. Gustav Knabe musste mit schwerer Gehirnerschütterung erneut in ein Lazarett. Ansonsten wäre ihm die Ostfront ziemlich sicher gewesen und alles Folgende völlig anders verlaufen.

Für mich ging die Zeit als Flakhelfer im Februar fünfundvierzig zu Ende. Mein Vater kurierte noch seine Gehirnerschütterung in lebensichernder Rekonvaleszenz aus. Die Sowjetarmeen überfluteten Ostpreußen. Hunderttausende kamen auf beiden Seiten um, bestialisch ermordet, erfroren oder im eiskalten Wasser der Ostsee ertrunken. Die Nazis logen immer noch das Blaue vom Himmel und wollten die absehbare Niederlage mit Volkssturm, angeblichen Wunderwaffen und Fanatismus in einen "Endsieg" verwandeln. Ihr Führer verkroch sich in seinem Berliner Bunker, um einerseits hilflos, andererseits immer noch gefährlich einem wagnerischen „Heldentod" entgegenzutoben. Dem Volk, das angeblich "seiner nicht würdig" war, wollte er den sicheren Untergang bescheren. Aber nicht mehr alle Funktionsträger waren bereit, ihm weiter bedingungslos zu folgen. Einen von ihnen kenne ich persönlich: das war mein Vater, der für mich am Kriegsende ein Held ganz anderer Art wurde. Und in dieser dunklen Zeit beginnt unsere gemeinsame Geschichte.

Aber vorher müssen der Bauer Sommer aus Ursenbach und ich ihm noch ein großes Lob aussprechen. Es geht um ein Stallgebäude, wie sie in diesem Krieg zu Tausenden zerstört wurden. Doch um den Sommerschen Stall hat sich Vater verdient gemacht. Die Amerikaner, vielleicht waren es auch die Briten, hatten einen Luftangriff auf Ludwigshafen geflogen, hauptsächlich wohl auf die BASF. Ein durch das starke Flakfeuer abgedrängter oder lahm geschossener Bomber musste gemäß Vorschrift seine Bombenlast loswerden. Kurzum, er warf sie auf Äcker in unserer Umgebung, wobei eine jenen Stall mit darüber befindlicher Scheune traf und zerstörte. Die Kühe waren so ziemlich alle hin. Das Haus, in dem meine Mutter gerade allein lebte, aber mit zwei anderen Parteien unter dem Dach, befand sich in direkter Nachbarschaft. Es erlitt nur leichte Beschädigungen und Mutter kam abermals mit dem Schrecken davon. Bauer Sommer hatte dagegen allen Grund, um seine wirtschaftliche Existenz zu fürchten. Er sprach und schrieb verschiedene Ämter an, praktisch ohne Erfolg.

Als dann mein Vater kam, hatte er offene Ohren für den Bauern und kurbelte eine große Wiederaufbauaktion an. Sein alter Standort, die Schnellen Truppen XII, schickten aus Landau drei Lastkraftwagen, um das ebenfalls von Oberst Knabe - so titulierte er inzwischen - organisierte Baumaterial von Weinheim hochzuschaffen. Bald war mit Selbsthilfe der Familie Sommer sowie einem alten Maurer aus dem Nachbardorf das Gebäude wieder hergestellt und der alte Sommer dankte es dem „Obberscht“ wortreich und “ewig”.

Wege im geordneten Chaos

Als sonniger, schon recht warmer Frühlingstag gab sich dieser einundzwanzigste März im sechsten Kriegsjahr. Die übliche Zeitrechnung hatten viele Deutsche damals verdrängt durch die Orientierung an den Kriegsjahren, also an der laufenden Verschlechterung aller Lebensverhältnisse, die auf eine ungewisse Katastrophe zusteuerten. Es war also das Jahr 1945. Als ich am Vormittag losgehe, ist alles noch so friedlich und still in dem kleinen Odenwalddörfchen. Man könnte fast meinen, es herrsche tiefster Friede. Aber im fernen Westen bummert es schon pausenlos. Dort ist die Front.

Mit meinem kleinen Handköfferchen laufe ich die Dorfstraße entlang. Die wenigen Menschen, die mir begegnen, wechseln überwiegend die auf dem Lande üblichen Höflichkeiten mit mir. Hin und wieder drängt auch die bange Ungewissheit nach außen: was soll nun werden? Jeder möchte das eigentlich jeden fragen. Die Antworten sind in aller Regel Phrasen, dumme Phrasen. Die sind üblich in jenen Tagen, vor allem weil äußerste Vorsicht geboten ist. Aus Angst vor Repressalien oder gar Schlimmerem werden Durchhalteparolen wiederholt, manchmal auch zur Aufmunterung. Es wusste auch niemand, wie es wirklich weitergeht, womit noch zu rechnen ist. Ich ziehe weiter, aus dem Dorf hinaus, bergab auf der Straße nach Schriesheim.

Heute sehe ich mich dort entlanggehen. Doch was alles liegt dazwischen? Fast genau sechs Jahrzehnte sind vergangen. Wieder ist März, allerdings ein bis zwei Wochen später. Hinter der großen Rechtskurve vor dem Dorf ist eine lange Häuserzeile abzulaufen, bevor die Straße erneut eine scharfe Rechtskurve einlegt. Jetzt verdeckt ein Berg das markante Panorama. Natürlich hätte mich das Milchauto nach Weinheim mitnehmen können, wie das damals so üblich war. Aber ich habe dieses "Dorftaxi" verpasst, weil ich nicht von meiner Mutter weg wollte. Außerdem musste sie mir unbedingt noch eine Menge Brote schmieren, immer in der Sorge, ich könnte unterwegs verhungern. Nun sitzt sie mit dem Alten zu Hause, der mich am liebsten gestern schon losgeworden wäre. Vielleicht grollt sie mit ihm, hoffentlich. Aber so war das: der Führer hat gerufen!

Der Einberufungsbefehl kam erst vorgestern. Nach Zeulenroda soll ich kommen. Vater drängte gleich auf mich ein: „Du musst sofort los, sie brauchen dich, jeder wird gebraucht jetzt!“ Still hörte ich zu, ließ es wie immer über mich ergehen.

„Möglich, dass er gar nicht weit kommt, so wie die Züge jetzt fahren“, hatte Mutter eingeworfen.

„Ist egal, Befehl ist Befehl!“

„Er muss sich doch erst am zweiundzwanzigsten dort melden, da ist doch noch Zeit.“

„Und was hast du eben von den Zügen gesagt? Neinnein, morgen ist Abfahrt!“ Aber da kannte er seine Frau schlecht. Es gab Situationen, da war sie beinhart. „Nun kommt er eben ein, zwei Tage später, vielleicht kann er gleich noch die Amerikaner begrüßen!“

„Nun aber mal halblang, der wird seinen Kriegsdienst ableisten wie jeder andere auch. Mit Drückebergerei ist hier nichts, das wär ja schon Fahnenflucht.“

Jetzt wurde er fuchsteufelswild, wie sie ihn selten erlebt hatte. Er wollte es zu gerne, dass der feige Sohn seinen Mann steht und das ohne zu wanken. Aber der “eiserne Gustav” stieß auf Granit. Meine Mutter erwies sich als stärker und ich durfte noch einen Tag bleiben. Die Amerikaner taten ihm dagegen den Gefallen, noch nicht zu kommen. Sie besetzten gerade die westliche und die nordwestliche Pfalz.

Der täglich über den Rundfunk gesendete Wehrmachtsbericht, eine eigene Mischung von Durchhaltepropaganda und Darstellung des Frontverlaufes, vermeldete am zwanzigsten März unter anderem: „An der Südgrenze der Rheinpfalz, wo unsere Truppen die Westwallbefestigungen bezogen haben, scheiterten sämtliche Angriffe der 7. amerikanischen Armee unter hohen blutigen Verlusten für den Gegner. Im Kampf gegen Tiefflieger schossen unsere Jäger 15 anglo-amerikanische Flugzeuge ab.“ Es klang fast so, als wären die Amerikaner gestoppt worden. Der gute alte Westwall! Erst viel später erfuhr ich, dass diese kurz vor dem Krieg angelegte Befestigungslinie bis zum Frühjahr 1945 durch Verfall, Entfernung von Installationen und technischem Fortschritt sehr viel von ihrem militärischen Wert verloren hatte.

Vorerst genoss ich den zusätzlich gewonnenen Tag, da konnte der „Chef" grollen, wie er wollte. Mit weiblichem Ausgleichstalent bereitete uns Mutter Musklöße zu. Die aßen wir beide sehr gern. Seine Laune hellte sich zwar auf, aber er blieb trotzdem verschlossen. Das Ganze bedrückte ihn auch weiterhin.

Der Abschiedsschmerz anderntags hielt sich ebenfalls in Grenzen. Mutter und auch ich hatten zumindest feuchte Augen. Vater dagegen blickte ernst. „Halt' dich wacker!", „Und bleib gesund!" Dann ging ich los mit dem Köfferchen, sieben Kilometer bis Schriesheim. Von dort fuhr ein Bimmelbähnchen nach Heidelberg, wo ich mich nach stundenlanger Warterei in den Zug nach Frankfurt drängte, unterwegs in den Krieg.

Nun bin ich erst einmal in die Enge des restlos überfüllten, ohnehin nicht komfortablen Waggons vierter Klasse eingezwängt, Teil einer Masse von Stehenden. Sitzen können nur wenige. Die meisten stehen bei ihren paar Habseligkeiten, in Schnürkartons oder in dürftigen Koffern verpackt. Sie starren ins Ungewisse und sehen die Landschaft nicht wirklich. Der erste Frühlingshauch bleibt ihnen verborgen, und das nicht allein deshalb, weil ihm die von Goethe beschriebene Aufbruchstimmung fehlt. Ich stehe nun eingekeilt zwischen lauter Unbekannten und weiß nicht, ob ich froh sein soll, in den Zug noch hineingekommen zu sein. Mir ist ziemlich wirr im Kopf, weil alles so ungewiss ist. Die Amerikaner überrollen uns, und die Russen überrollen uns - warum tut denn der Führer nichts dagegen? Meine Naivität, meine jugendliche Verbohrtheit, kennt keinen anderen Gedanken.

Es ist Abend geworden. Der Zug fährt nicht, sondern schleicht durch die Gegend, immer der feindlichen Flugzeuge gewärtig. Er ist weitgehend abgedunkelt. Nur die Funken aus dem Schornstein der Lokomotive können uns verraten. Auf dem Weg nach der alten Kaiserstadt Frankfurt am Main bleiben wir in Weinheim hängen. Dort ist die Strecke unterbrochen. Alle müssen zurück; vorerst gibt es kein Weiterkommen mehr. Manche warten ab, sitzen auf dem Bahnsteig, hoffend, dass sie doch noch irgendwie herauskommen. Ich schließe mich einigen an, die es in der anderen Richtung versuchen wollen, vielleicht über Stuttgart.

Die Männer auf den Lokomotiven - was haben sie wohl durchgemacht in jener Zeit? Wie fühlten sie für ihren Zug, für die Hunderte von Menschen darin, wie empfanden sie die tagtäglichen Gefahren für das eigene Leben, wieviele verloren es? Damals sind unzählige Wunder an stillem Heldentum vollbracht worden, zwar unter einem verbrecherischen System, aber doch im Dienste für die Menschen. Die Züge rollten Tag und Nacht und die Fahrpläne wurden manchmal sogar eingehalten. Von oben brachte der Gegner permanent Zerstörung und unten wurden die Gleise wieder mühsam zusammengeflickt. Improvisation überall, weil es schnell gehen musste und weil Material fehlte. Zumeist „Fremdarbeiter" und Häftlinge leisteten die erforderlichen Arbeiten, angeleitet von deutschen Fachkräften und bewacht von Polizei und SS.

Doch zurück zu jenen Ereignissen, die eine scharfe Zäsur in mein noch junges Leben brachten. Zwar hatte mein Kriegseinsatz schon zwei Jahre vorher bei der Flak als Luftwaffenhelfer begonnen. Damals aber waren wir eine kleine Clique von Klassenkameraden aus dem Landschulheim Gumperda. Wir mussten gemeinsam den Flakdienst ableisten, für uns Halbwüchsige ein Abenteuer besonderer Art. Wir fühlten uns wie Erwachsene und durften auch auf Erwachsene schießen, es war ja "nur" der Feind. Der Krieg war außerdem erst dabei, sich zur finalen Katastrophe zu entwickeln. Stalingrad war schon gefallen, aber zu weit weg und zu abstrakt, um das Ausmaß und die historische Bedeutung dieser Niederlage zu erfassen. Wir Jungen fühlten uns stark, waren in politischen Fragen gläubig und ließen bisweilen Sprüche los, welche die Alten mit Kopfschütteln quittierten oder mit Hohngelächter. Letzteres war schlimmer.

Der Zug muss nun wieder zurückfahren und bringt die Menschen nach Heidelberg. Dort ist die Zerstörung noch nicht so weit vorangeschritten. Wieder stehe ich zwischen Fremden und hänge banger gewordenen Gedanken nach. Wo ist noch Sicherheit, warum darf ich meine Jugend nicht ausleben? In meinen schäbigen geschenkten alten Knickerbocker, den ausgetretenen Schuhen, dem viel zu kurzen Mäntelchen bin ich - nun ja - ein Kriegskind wie Unzählige. Es war keine Zeit mehr, mich neu einzukleiden. Vielleicht hätte es sogar etwas zu kaufen gegeben, auf die Kleiderkarte. Immerhin bin ich in der letzten Zeit noch etwas gewachsen, wenn auch nur geringfügig. Aber wir wohnten nun mal in dem abgelegenen Dorf. Dort gab es keine Gelegenheit, an neue Kleidung zu kommen.

Bald ist Mutter allein, wird bangen um ihre beiden Männer. Ihre Tochter wusste sie einigermaßen gut aufgehoben: als Rotkreuzschwester in Lindenfels an der Bergstraße, in einem Reservelazarett. Mutter hatte ihren Kriegsdienst schon hinter sich. Sie musste in Landau Gänseleberpasteten eindosen. Gänseleber etwa für die Truppe oder doch für die NS-Bonzen? Nach außen hin war es jedenfalls ein kriegswichtiger Dienst.

Ich sehe die Menschen im Zug: bleich und abgehärmt im schwachen Licht der blau eingefärbten Verdunklungslampe. Gespräche finden kaum statt, die Stimmung ist gedrückt, eher finster. Dann wieder Heidelberg. Ich steige mit denen aus, die von hier weiterfahren wollen. Kaum sind wir auf dem Bahnsteig, da heulen die Sirenen - Fliegeralarm. Alle hasten in die Luftschutzkeller, sicherheitshalber! Merkwürdigerweise ist Heidelberg bisher noch nicht unmittelbar angegriffen worden. Lediglich einmal sind alliierte Flugzeuge, Verderben speiend, über die Gleisanlagen geflogen und haben dort schwere Schäden angerichtet. Warum die Stadt von Flächenbombardements verschont blieb, die doch nahezu alle deutschen Großstädte so nachhaltig trafen, sollte erst viel später klar werden. In Heidelberg richtete das Hauptquartier der Amerikaner seinen Sitz ein.

Auch jetzt fliegen die Bomberverbände über die Stadt hinweg. Die Menschen können erleichtert wieder auftauchen, weiter auf dem Bahnsteig warten, auf einen Zug hoffend, der sie auf Umwegen an ihr Ziel bringt. Was mag die RAD-Einheit in Zeulenroda machen? Werden sie vielleicht auf mich warten? Ich hätte schon längst dort sein müssen. Schlechtes Gewissen hat schon ein wenig von mir Besitz ergriffen. Deshalb rede ich mir ein, dass jeder jetzt irgendwo gebraucht wird. Ob wir in den Kriegseinsatz kommen? Lieber Gott, gib, dass es nicht dazu kommt! Ich werde bestimmt kein guter Kämpfer sein, auch nicht für Führer, Volk und Vaterland. Vater meinte zwar, ich solle mich zusammenreißen. Aber kann ich das?

Voller Zweifel kämpfe ich mit mir selbst. Ich will gern ein vorbildlicher deutscher Junge sein, doch dem steht meine Persönlichkeit im Wege. Der Krieg, so wurde mir gesagt, sei für uns eine gerechte Sache. Das internationale Judentum habe ihn uns aufgezwungen, obwohl der Führer und Außenminister Ribbentrop immer wieder verhandeln wollten. Den Kaiser hätten die Juden damals auch in die Enge getrieben, bis er nicht mehr anders konnte. Mein Vater, so versuche ich die große Politik zu verstehen, hat bereits heldenhaft für den Kaiser gekämpft, ist für seinen Obersten Kriegsherrn schwer verwundet worden, und letztlich war alles umsonst. Nun ist er in seinen zweiten großen Krieg gezogen, und diesmal darf es nicht umsonst sein. Der Glaube an eine ausgleichende Gerechtigkeit war auch schon früher verführerisch und beruhigend zugleich.

Allein durch meinen Vater, für mich das leuchtende Vorbild in Militärangelegenheiten, glaubte ich noch an Soldatenehre, obwohl diese längst zur Makulatur verkam. Zugleich fürchtete ich den Vater. Deshalb weiß ich, dass ich ankommen muss. Das ist Ehrensache. Und ich warte auf den Zug in die andere Richtung. Befehl ist Befehl! Welch ein Schwachsinn aus heutiger Sicht!

Mein Schicksal hat dagegen eigene Pläne. Kurz hinter Heidelberg, bei Neckargemünd, bleibt der Zug in einem Tunnel stehen. Vor uns ein Krachen und Rumoren, da bombardieren sie gerade die Gleise. Fluchen, Weinen, verzweifelte Gesichter. „Aber wir sind doch am Leben geblieben“, tröstet einer. Ja, überleben, allein darum geht es! Unser Bummelzug schleicht wieder zurück.

Ich stecke weiter in dieser verzweifelten Masse, die wieder in Heidelberg ankommt. Alle meine guten Vorsätze sind jetzt ausgelöscht. Ich habe Hunger und Durst. Der Tag ist angebrochen und ich erkenne, dass dieses ziellose Hin-und-Herfahren nichts bringt. Eine deprimierende Gewissheit. Andererseits macht sie mich in gewisser Weise sogar froh. Als gutes Omen genommen besagt das Ganze, dass meine Reise nicht sein soll, dass ich demzufolge nach Hause darf. Meine Mutter wird sich freuen.

Derart naive und wirre Gedankengänge beschäftigen mich in jenen Nachtstunden, die ich im Wartesaal auf einem freien, aber wackligen Stuhl verbringe. Anderntags wähle ich den Weg zurück, zu dem stillen Odenwalddörfchen. Vermutlich ist mein gestrenger Vater bereits abgereist. Der vorsintflutliche, aber noch intakte Bergstraßenexpress fährt mich wieder nach Schriesheim. Von dort wandere ich, teils bedrückt, dass ich aufgab, teils erleichtert, dass mir womöglich Schlimmes erspart blieb, mit meinem Köfferchen den Berg hinauf. Die sieben Kilometer bis nach Ursenbach kamen mir an diesem Tag kurz wie noch nie vor. In der Ferne ist die Front auch wieder mit Geballer und Geknatter zu hören. Die Vögel beginnen schon zeitig zu singen. Es scheint wieder ein schöner Tag zu werden. Meine Stimmung wird zunehmend besser, denn an irgendwelche Konsequenzen meines Handelns denke ich nun überhaupt nicht mehr.

Als wäre es heute, sehe ich ihn noch am Frühstückstisch sitzen! Er ist noch nicht abgefahren. Im Gegenteil, er lässt sich Zeit. Worüber mögen die Eltern gerade reden? Vielleicht sinnieren sie darüber, wo ich in diesem Moment wohl bin. Ich höre ihn noch drastisch sagen: „Wird Zeit, dass er den lahmen Arsch mal hochkriegt." Darauf schaut sie ihn vorwurfsvoll an: „Es ist auch dein Sohn."

„Na ja, aber etwas misslungen!"

Jetzt reden sie von anderem. Es gibt ja weiß Gott auch sehr viel anderes zu bereden. Da hören sie meinen Schritt auf der Treppe.

„Was ist denn hier los!“, fängt er an zu poltern. Mit roten Ohren, wie ein beim Lügen ertapptes Kind, bin ich eingetreten. Und nun verläuft die Szene folgendermaßen:

Er schreit: „Was ist mit dir los, warum kommst du zurück?“ Kleinlaut und verschüchtert antworte ich: „Die Züge fahren nicht mehr, die Gleise sind alle zerbombt.“

„Da hättest du warten müssen, die werden doch in kürzester Zeit repariert!“ Ich schweige.

Er in barschem Ton: „Los, Abmarsch, das wär ja noch schöner! Inzwischen fährt dein Zug wieder.“ Und dann: „Du Stumpfbock weißt dir immer noch nicht zu helfen. Du hast einen Befehl, und dem ist Folge zu leisten!“

Jetzt mischt sich meine Mutter ein: „Lass ihn doch hier, das bringt nun auch nichts mehr, du siehst doch, er will hierbleiben.“

„Das könnte dem so passen. Soll endlich zeigen, dass er ‘n Kerl ist, heute kann man sichs nicht aussuchen, wo man hin will, es ist Krieg, und der ist verdammt hart!“

Sie setzt ihren Schmollmund auf, fügt sich aber: „Kann er nicht wenigstens noch einen Muckefuck[3] kriegen. Komm, Junge!“

„Nein, der geht, und zwar sofort, raus, Abmarsch! „Da bleibt sie still. Wenn er so stur, so hart ist, haben Widerworte keinen Zweck.

So wie ich dastehe, mache ich kehrt und schleiche die Treppe hinab. Wie verhasst der Typ mir gerade jetzt ist, lässt sich nicht beschreiben. Vor allem Mutter tut mir leid. Sie muss jetzt bestimmt wieder einiges ausbaden. Befehl ist Befehl! So eine Sturheit, denke ich im Stillen, versuche aber schon, diese defätistischen Gedanken zurückzudrängen. Ich bleibe weiter der gehorsame Sohn, denn ich weiß ja nicht, was den Vater inzwischen innerlich bewegt. Einerseits bin ich wieder zornig auf ihn, dass er mir so harsch die Tür wies. Andererseits bin ich über mich selbst verärgert, dass ich so feige aufgab. Ich will also immer noch ein mutiger “deutscher Junge” sein, der in der Ge-

[3] Damals weithin gebräuchliche Bezeichnung für Mazkaffee oder für sehr dünnen, gehaltlosen Kaffeeaufguss. Der Begriff entstand als Ableitung aus dem Französischen: mocca faux – falscher Mokka.

fahr seinen Mann zu stehen versucht und nicht zurückweicht. Die Phrasen sitzen fest in mir, mit denen die junge Generation bombardiert und gefügig gemacht wurde.

Bedrückt mache ich mich erneut auf den Weg. Diesmal klappt es tatsächlich mit der Bahnverbindung. Ich bin vier Tage und fast fünf Nächte unterwegs, bis ich Zeulenroda erreiche. Im Zug wieder das Gequetsche und Gedränge, das Fluchen der Großen, das Weinen der Kleinen und das Zetern der Mütter. Auf den Bahnhöfen notdürftiges Waschen und Toilette machen, unangenehm berührender Andrang auf die Waggonklosetts. Man muss improvisieren, um nicht wie ein Schwein anzukommen.

Auf den Bahnhöfen höre ich auch die über Lautsprecher verlesenen Wehrmachtsberichte. Sie bedeuten nichts Gutes. Vom Westen her dringen die Amerikaner, Engländer und Franzosen immer weiter in das Reich vor. Es gibt für sie offensichtlich keine Hindernisse mehr, so sehr die militärische Führung die Ereignisse auch zu beschönigen versucht. Vor allem an Material scheinen die Alliierten den Unsrigen absolut überlegen zu sein. Die Lufthoheit haben sie offenkundig weitgehend erobert. Der Westwall gehört ihnen auch schon. Die gesamte Rheinebene scheint den gegnerischen Truppen nahezu schutzlos ausgeliefert zu sein. Der viel gepriesene „deutsche Strom“ wird, wie man zwischen dem dreiundzwanzigsten und sechsundzwanzigsten März erfährt, an verschiedenen Stellen, so bei Oppenheim und Worms überschritten. In den Wehrmachtsberichten ist von „Bewegungsgefechten“ die Rede. Das soll den Eindruck erwecken, dass die Lage noch einigermaßen unter Kontrolle ist. Außerdem wird behauptet, Jagd- wie auch Schlachtflugzeuge griffen die Rheinübergänge der gegnerischen Truppen „bei Tag und Nacht gegen starke Abwehr“ an.

Auch mein Vater muss abreisen. Es wird eng werden, jetzt noch nach Berlin durchzukommen. Ein so genannter Führerbefehl ruft ihn dorthin. Er wird also von Schwager, seinem treuen Fahrer, am sechsundzwanzigsten März gegen Abend aus Ursenbach abgeholt.

Aber vorher hatte er noch eine ernste Auseinandersetzung mit seiner Waldtraut zu bestehen. Es ging um ihren Jungen, also um mich. Es muss sehr dramatisch zugegangen sein. Ich habe es geradezu vor Augen, wie sie sich in der schlichten Wohnküche gegenübersitzen.

Sie sagt: „Nun sind die Amerikaner schon über den Rhein - aber du musstest den Jungen noch losschicken ins Ungewisse. So hätte er wenigstens hier bei mir bleiben können und mich beschützen."

„Dich beschützen? Dass ich nicht lache. Erstens sind die Amerikaner keine Russen, und zweitens ist der Schwachkopf überhaupt kein Schutz. Der soll sich mal seine Sporen verdienen, das schadet ihm nichts. Außerdem ..."

„Jaja, Befehl ist Befehl! Du glaubst doch nicht im Ernst, dass er da noch was ausrichten kann. Du selbst hast mir mal gesagt, dass du nicht mehr an den Endsieg glaubst, also was soll das."

„Auf alle Fälle muss er sich zur Verfügung stellen, er kann da nicht einfach wegbleiben. Ich muss auch nach Berlin fahren, ob ich will oder nicht."

Er sieht sie an, aber sein sonst eher harter Blick ist nun schon wesentlich milder. Da steht Mutter auf, geht zu ihm, der noch am Tisch sitzt, schlingt die Arme um ihn und küsst ihn auf die Stirn.

„Ich wollt' ja, du würdest auch nicht fahren. In drei Tagen sind die Amerikaner hier, dann hätten wir's doch überstanden!"

„Mein lieber Schluhmich, ich bin Offizier der deutschen Wehrmacht, du weißt, was das bedeutet. Den Krieg konnt' ich mir nicht aussuchen, immerhin hab ich doch das Beste daraus gemacht, das musst du doch zugeben, nicht wahr?"

„Dein Körper hat für dich alles zum Besten geregelt. Wenn du wieder frontdiensttauglich geworden wärst, dann hätte ich dir bestimmt bald Briefe an die Ostfront schreiben können."

Darauf erwidert er nichts. Nach einer kleinen Weile meint er mit ernster Stimme: „Aber jetzt *muss* ich hin, da hilft nichts, so beschissen das auch ist!"

Resignierend entgegnet sie: „ Wenn's denn sein muss, ich kann dich ja nicht halten, aber mit unserm Sohn - „das klingt wiederum richtig anklagend, „da hast du einen richtigen Fehler gemacht, das wird dir hoffentlich noch leid tun.“ Unwirsch antwortet er: „Das verstehst du nicht, er muss seine Pflicht tun.“ - „Pflicht, Pflicht, immer nur Pflicht! Du sagst selbst: dieser Krieg ist nicht mehr zu gewinnen. Sollen da jetzt noch für nichts und wieder nichts Menschen geopfert werden? Er hat sein Leben doch noch gar nicht gelebt, der Junge …“

„Du tust gerade so, als wäre er schon tot.

„Nein - aber versteh doch - ich mach’ mir große Sorgen!“

Er sieht sie an, und nun ist jene Weichheit in seinem Blick, die sie schon immer anzog. „Er wird Glück haben, sicher. „In seinem Innern spürt er jedoch Zweifel aufkommen und denkt für sich: “Wenn ich könnte, würd’ ich dir deine Sorgen nehmen.”

Die klärende Aussprache bestärkt beide in ihrer Zuneigung und entsprechend innig ist dann auch der Abschied. Sie weint, und auch seine Augen sind feucht. Seinem Fahrer, der unten vor dem Haus neben dem Wehrmachtskübelwagen auf ihn wartet, will er das nicht zeigen. Vater hat einen Koffer mit dem Nötigsten dabei, den er selbst trägt. Mutter kommt mit herunter. Sie trägt einen flachen Karton unter dem Arm. Da ist die nagelneue Generalsuniform drin, denn man hatte ihn benachrichtigt, dass diesmal eine Beförderung zum Generalmajor anstehe.

Der in eine schwarze Panzeruniform gekleidete Stabsgefreite Schwager nimmt Haltung an, reißt den Arm hoch zum Hitlergruß. Sein Kommandeur grüßt zurück, aber nur mit der Andeutung dieser “Vergewaltigung der Arme”, wie er den Gruß vor Vertrauten bezeichnet. Er hebt zwar den rechten Arm, lässt ihn jedoch angewinkelt mit einer Hand, welche eher an den Mützenschirm tippen will als gerade ausgestreckt zu verharren. Der Fahrer hat die Tür zum Fond des Wagens aufgerissen. Knabe legt den Koffer mit seinen Habseligkeiten hinein, dann nimmt er seiner Frau den Karton ab und legt ihn daneben.

„Ich setz mich lieber zu Ihnen, Schwager, da können wir miteinander reden.“ - „Jawoll, Herr Oberst!“ Die hintere Tür knallt zu, er reißt die vordere auf. Nochmals eine letzte Umarmung der Ehepartner, dann steigt Vater ein. Schwager wirft den Motor an und wendet, denn sie müssen zur Anhöhe hinauf, nach Weinheim zu.

Waldtraut steht noch da und winkt, als nach der scharfen Linkskurve das Fahrzeug weiter oben am Hang nochmals sichtbar wird. Aber er ist verdeckt durch seinen Fahrer und sieht sie nicht mehr. Nun sind seine Gedanken auch ganz nach vorn gerichtet. Da sind der Krieg und sein Beruf. Selbst er wird nun kämpfen müssen, da es auf's Ganze geht. Es kann aber auch sein, dass er noch einen Moment an seine Frau denkt, daran, wie er herausgerissen wurde aus der engen Zweisamkeit, die ein gütiges Geschick ihnen beschert hatte. Doch der Krieg weiß sich seine Soldaten zu holen.

Nun fällt ihm ein: „Schwager, wir nehmen doch besser die kleinere Straße über Neckarsteinach. Da kommen wir wahrscheinlich besser durch und auch problemloser. Die Autobahn müssen wir meiden, unter allen Umständen!"

„Zu Befehl, Herr Oberst, ich wende!"

Und bald passieren sie nochmals das Dorf Ursenbach, fahren in Richtung Schriesheim und biegen nach Wilhelmsfeld ab. Schwager hat vorher den VW gewissenhaft durchgesehen, hat Treibstoff getankt, so viel er kriegen konnte. Nur so können sie es bis Berlin schaffen, vielleicht auch noch ein Stückchen weiter.

Knabe sagt noch: „Auf den Autobahnen muss ja der Teufel los sein. Wahrscheinlich stauen sich die Kolonnen jetzt schon in beiden Richtungen, bieten den Tieffliegern willkommene Ziele, auch bei Nacht, denn da werfen die Schweine Christbäume, um die Unseren zielgenauer beharken zu können. Wir müssen zügig vorankommen, selbst mit Umwegen, denn ich hab' meinen Befehl und will einigermaßen pünktlich sein." Dann denkt er: "Vielleicht sind die anderen ja genau so schlau wie wir und nehmen neuerdings auch die Nebenstraße, in der Hoffnung, dass sie da weniger beschossen werden."

Immer wieder hört man das kurze trockene Ratata der Bordkanonen, das dumpfe Krachen der Bomben. Ungehindert greifen die Tiefflieger an, wo sie nur können. Wehrmachts-, aber auch Zivilfahrzeuge sind gleichermaßen gefährdet, denn auch diese können kriegswichtige Güter transportieren. Die Dämmerung beginnt in die Nacht hinüberzugleiten. Schwager schaltet die stark abgedunkelten Scheinwerfer an. Sie müssen gerade größere zusammenhängende Waldgebiete durchqueren. Der Wagen holpert über Unebenheiten und durch Schlaglöcher. Sie kommen deshalb nur langsam voran. Beide wissen aber, dass sie auf diesen schlechten Wegen ihr Ziel besser und schneller erreichen, als wenn sie irgendwo stundenlang aufgehalten werden oder womöglich unter Beschuss geraten.

Aber dann, irgendwann, kommt so ein gemeines Biest doch an, rattert und knattert und kracht. Die Mosquito beharkt die unmittelbare Nachbarschaft, jagt beinahe über sie hinweg. „Festhalten!“ Geistesgegenwärtig reißt Schwager das Steuer herum, bringt den Wagen auf einem von Bäumen überdachten leeren Holzlagerplatz zum Stehen und schaltet die Scheinwerfer aus. Dann sieht er triumphierend zu seinem Chef hinüber: „Na, Herr Oberst, wenn der wiederkommt, dann sucht er uns vergeblich. „Die Maschine überfliegt tatsächlich nochmals die Straße, aber weiter südlich. Nun meint der Fahrer treuherzig: „Wenn Sie schlafen wollen, dann können Sie das ruhig tun, ich mach‘ das hier, hab’ schließlich noch ‘was gutzumachen, von Rumänien her.“ Zwar waren sie seither wieder einige Male gefahren, aber jenes Missgeschick schien ihn doch sehr zu belasten. Vater hatte ihm damals nicht den geringsten Vorwurf gemacht, da er immer ein guter, verlässlicher Autofahrer war. Aber Schwager war mit der Sache noch nicht fertig.

Bei Menschen, die in jener Zeit einer solchen Gefahr aus der Luft auf längere Dauer und nahezu schutzlos ausgesetzt sind, konnte selbst im Verhältnis von Vorgesetztem und Untergebenem ein Gefühl stillschweigender Solidarität Raum greifen. Sie mögen wohl die Schranke zwischen sich spüren und nicht niederreißen wollen. Doch aus der engen Schicksalsgemeinschaft erwächst Herzenswärme und menschliches Empfinden für den anderen. Diese Zuwendung trägt dazu bei, das Gefühl des Ausgeliefertseins zu reduzieren und Kraft zu schöpfen für die kommenden Herausforderungen.

Beide bohren ihre Blicke nach vorn auf die Straße. Vater verfügt noch über scharfe Augen, wahrscheinlich durch die frühere häufige Jagd geübt. Schwager hat wiederum einen ausgesprochenen „Fahrerblick“. Ihm entgeht nichts, was sich auf der Straße und an ihren Rändern abspielt. Es ist tatsächlich so, wie Vater vermutete: ein Großteil der Fahrzeugkolonnen hat sich auf die Nebenstraßen verzogen. Mit der eben einbrechenden Dunkelheit nimmt der Verkehr erstaunlich zu. Ständig müssen sie ausweichen oder überholen. Mit großer Gelassenheit hat der Stabsgefreite alles im Griff, während dem Oberst schon mal ein verhaltenes - „Scheiße!“- entweicht. Er will nicht drängeln, aber - na ja.

Der Offizier weiß: bei Ludwigshafen haben die Amerikaner den Rhein schon überschritten. Wann werden sie durch Ursenbach rollen? Vielleicht auch nicht, und Waldtraut erfährt aus dem Wehrmachtsbericht, dass der Odenwald schon vom Gegner besetzt ist. Wenn sich da nur keine deutschen Truppen festsetzen und nutzlos Widerstand leisten. Ansonsten ist wohl kaum etwas zu befürchten. Ab und zu schweifen seine Gedanken zu ihr. Sein Gewissen beginnt ihn zu benagen, weil er den „Schlappschwanz“ so Knall und Fall vor die Tür gesetzt hat. Wenn er es selbst nicht geschafft hat, einen “Kerl” aus ihm zu machen, dann wird es dieser ganze Kriegszauber auch nicht fertigbringen. Er ist noch ein halbes Kind, dazu eher klein und nicht allzu robust. Jetzt ist die Sache aber gelaufen. Möglicherweise „verheizen“ sie ihn irgendwo für eine unwichtige Stellung?

Knabe ist prinzipiell dagegen, Kinder als Kanonenfutter in den Krieg zu schicken. Dabei war er selbst sehr jung, als er in den ersten Weltkrieg zog. Aber für ihn stellte sich der damalige Krieg anders dar, als eine aufgezwungene Sache. Und dieser etwa nicht? Er hatte von polnischen “Meuchelmorden” an Volksdeutschen gehört, von jüdischen “Kriegstreibern”. Das prägt zu jener Zeit noch seine Überzeugung. Trotzdem hat er persönlich nichts gegen die Polen, hat seinerzeit sogar mit ihnen gegen die Bolschewiken zusammengearbeitet. Wie hat man die jetzt behandelt! Die beiden Männer tuckern mit ihrem Kübel durch die finstere Nacht.

Ich bin inzwischen angekommen. Am sechsundzwanzigsten März spät abends erreichte ich nach einiger Fragerei - glücklicherweise waren noch Leute unterwegs, die ich fragen konnte - das Lager der RAD-Einheit. Ein wachestehender Junge wies mir zu, wo ich zu schlafen habe.

Acht Schlafgenossen sind wir in der kleinen Barackenkammer, das kann ich bei der äußerst spärlichen Beleuchtung gerade noch erkennen. Zu beiden Seiten je zwei Betten übereinander. Das Fenster steht glücklicherweise offen, sonst wäre die Luft nicht zum Aushalten. Schnarchen, Brabbeln, wie das manchmal so ist, auch bei jungen Schläfern. Kaum bin ich oben in meinem Bett - natürlich war nur noch oben frei – hat mich auch schon ein fast todähnlicher Tiefschlaf gepackt. Er wird mich erst wieder loslassen, als mich um sieben Uhr die Trillerpfeife fast abstürzen lässt. So benommen bin ich.

Zackzack! Alles rennt in den Waschraum, drängelt sich um die paar Wasserhähne. In meinen Zivilklamotten bin ich der Exot schlechthin und werde befremdet gemustert. Aber dann gibt es doch welche, die mich freundlich ansprechen. Sie wollen wissen, woher ich komme, warum erst jetzt und so weiter. Dann melde ich mich beim Feldmeister, der unser Abteilungsführer ist. Statt des Anschisses wegen Unpünktlichkeit höre ich verständnisvolle Worte: „Jaja, es ist ziemlich schwierig heutzutage mit den Zügen … Der verdammte Gegner mit seinen vielen Flugzeugen." Wegen der Uniform solle ich mich etwas gedulden, der Kleiderkammerbulle sei gerade unterwegs, aber heute abend hätte ich bestimmt meine Dienstkleidung! Erfreulich, dass alles ein bisschen geruhsam zugeht. Da kann man sich fast wohlfühlen.

Aber was ist draußen los? Die Lage scheint immer bedrohlicher zu werden. Die Jungen meinen, dass es höchste Zeit sei für den Einsatz der neuen Wunderwaffen. Er wird sehr lebhaft diskutiert, obwohl keiner Genaues weiß. Natürlich steht für sie der Endsieg noch immer außer Frage. Aber es muss schon etwas sehr Entscheidendes passieren, damit der Russe zurückgetrieben wird, bis hinter den Ural, wie Goebbels es versprach. Und die Amerikaner haben in unserem Land auch nichts zu suchen, meinen die Jungen, selbstbewusst und gläubig wie sie sind. Sie machen sich gegenseitig Mut: „Es wird schon werden, die Wunderwaffen kommen!“ - „Die V2-Raketen und der neue Düsenjagdbomber Me 163 fliegen bereits, und der Führer wird noch stärkere Waffen einsetzen.” Der Krieg darf nicht, nein, kann nicht verloren gehen, dafür sind schon zu viele gestorben. Es kann nicht sein, was nicht sein darf. So mogeln sie sich durch, blind für alle Realitäten rundum.

Aus den Wehrmachtsberichten vom neunundzwanzigsten und dreißigsten März schöpfen wir neuen Mut. Bei Aschaffenburg sollen die Spitzen einer amerikanischen Panzerdivision aufgerieben worden sein und die von ihr geschaffene Frontlücke wird wieder geschlossen. Im Osten leistet die Besatzung der Festung Küstrin den Sowjets “heldenmütigen” Widerstand. Dabei soll sie eine feindliche Kampfgruppe vernichtet haben.

Waren wir nun wirklich solche Traumtänzer, dass uns Meldungen von winzig kleinen Erfolgen derart beeinflussen konnten? Es war wohl so. Immer wieder sagen wir uns und beten es gläubig vor uns hin: „Wir werden siegen! Führer befiehl, wir folgen dir!”

Noch ist die missbrauchte Jugend gläubig, und ich lasse mich von meinen Kameraden weiter anstecken. Aber es gibt auch einige, die anders sind, skeptischer. Das wollen sie natürlich nicht zeigen. Mein neuer Freund Karpinski muss einer von ihnen sein. Ich höre das aus manchen seiner Worte heraus. Er hat beide Eltern bei einem Bombenangriff verloren. Darüber kommt er nicht hinweg. Ich erzählte ihm zur Aufmunterung von Vater, wie dieser im ersten Krieg kämpfte, schwer verwundet wurde, sein Abitur machte und wieder kämpfte.

„Und was brachte das?“, fragt er und sieht mich an. Ja, was brachte das eigentlich? Karpinski, Heinz Karpinski ist ein feiner Kerl, ich mag ihn, fühle mich immer mehr zu ihm hingezogen. In dieser Zeit ist es besonders gut und selten, wirkliche Freunde zu haben. Alle machen ihren Dienst, insbesondere Alarm- und Schießübungen. Allmählich sickert durch, dass wir gegen die Russen eingesetzt werden sollen. Da vergeht manchem der zur Schau getragene Mut, mir auch, das muss ich zugeben.

Am einunddreißigsten März, so erfahren wir, erliegt die Festung Küstrin nach zähem Ringen der feindlichen Übermacht. Die Festung Breslau, wird einen Tag später mitgeteilt, greifen die Sowjets nach schwerem Artilleriefeuer von Westen her an. Das ist uns nicht verständlich. Die Fronten verwirren sich offenkundig immer mehr und der kleine Hitlerjunge, aber nicht nur er, sieht einfach nicht mehr durch. “Heldenmütiger Widerstand” – “Einbrüche abgeriegelt” – “Standhaftigkeit der Besatzung” … und dann doch der feindlichen Übermacht erlegen! Wo bleiben denn die versprochenen Wunderwaffen? Wir Jungen hoffen weiter und absolvieren verbissen unseren Dienst. Die Rote Armee, die “bolschewistische Dampfwalze“ der NS-Propaganda, verharrt noch an der Oder. Die “rote Flut” sammelt sich.

Und im Westen? Es ist zu hören, dass es gelungen sei, zahlreiche Stützpunkte zu behaupten und dadurch den Gegner „zu binden“. Im südlichen Odenwald und in der sich südwärts anschließenden Rheinebene stehen Truppen in Verteidigungskämpfen. Aber Panzerspitzen der Amerikaner befinden sich bereits nordwestlich von Hersfeld und Fulda. Daran ändern auch die vermeldeten zahlreichen Panzerabschüsse nichts. Doch zur Kenntnis nehmen diesen Sachverhalt auch jetzt nur wenige.

Ende März Anfang April, so erfahren wir, erliegt die Festung Küstrin nach zähem Ringen der feindlichen Übermacht. Die Festung Breslau greifen die Sowjets nach schwerem Artilleriefeuer von Westen her an. Das ist uns nicht verständlich. Die Fronten verwirren sich offenkundig immer mehr und der kleine Hitlerjunge, aber nicht nur er, sieht einfach nicht mehr durch.

“Heldenmütiger Widerstand” – “Einbrüche abgeriegelt” – “Standhaftigkeit der Besatzung” … und dann doch der feindlichen Übermacht erlegen! Wo bleiben denn die Wunderwaffen? Wir Jungen hoffen weiter und absolvieren verbissen unseren Dienst. Die Rote Armee, die "bolschewistische Dampfwalze" der NS-Propaganda, verharrt noch an der Oder.

Seit einiger Zeit beschäftige ich mich in der ausbildungsfreien Zeit gelegentlich mit Tagebuchnotizen und versuche, mich zurückzuerinnern. Im Schreiben wenig geübt, bringe ich stocknüchterne Aufzeichnungen zu Papier, ohne tieferen Inhalt. Aber ich habe, glücklicherweise, beschlossen, Tag für Tag einzutragen, und das geht auf Kosten der Qualität. Heute schreibe ich nur noch ein, was mir wesentlich erscheint, und die Intervalle liegen inzwischen bei ein bis zwei Wochen oder mehr.

Sinneswandel eines Berufssoldaten

Ein gealterter, an sich selbst, an seinem brutalen, übermächtigen Vernichtungswillen zerbrochener störrischer Mann sitzt im Bunker unter der Reichskanzlei. Er ist zwar noch gefährlich, doch das Heft des Handelns entgleitet ihm zusehends. Verzweifelt bemüht sich der Parkinson-Kranke, wenigstens den Anschein zu erwecken, als könne er die Geschichte noch mitsteuern. Seine Ideologie, das Befehlen und Gehorchen, die bedingungslose Subordination verkommen durch das Geschehen ringsum zu einer bitteren Farce.

Es ist noch nicht lange her, als ihm das kontinentale Europa zu Füßen lag. Zunächst hatte er viel Erfolg und seine Soldaten standen an allen Fronten „ihren Mann“: vom Nordkap bis Nordafrika, vom Atlantik bis zum Ural - das heißt, nicht ganz bis zum Ural, denn davor lagen ja Moskau und Stalingrad. Die auf ihn vereidigten Truppen standen am Kaukasus, seine Männer, die er so sehr liebte, dass er sie massenweise in den Tod treiben ließ.

Nun hat sich Hitler unter die Erde verkrochen und stiert auf die großen Lagekarten mit den sich rasch verändernden Linien. Einige von ihnen symbolisieren zumeist längst nicht mehr existente oder nicht mehr wirklich aufgestellte Armeen und Divisionen. Die Beziehung zur Realität ist ihm endgültig verlorengegangen. Er ist Opfer des eigenen Größenwahns geworden, denn fast alles hat sich nun gegen ihn gewandt, und er weiß, dass er verloren ist. In Abständen, es genügt der kleinste Anlass, beginnt er zu toben, bekommt Schreikrämpfe, brüllt die widersprüchlichsten Befehle in sein Telefon oder seinen, ihn bis zum bitteren Ende hofierenden Lakaien entgegen. Er soll in einem Wutanfall auch in den Teppich gebissen haben. Letzteres gehört wohl in das Reich der Legende, aber glaubhaft klingt es schon.

Alle Fäden liefen einst bei ihm zusammen. Nun sind sie größtenteils zerrissen, mit der Unausweichlichkeit zerfetzt, die nur ein verlorener Krieg kennt. Er ist nur noch der Schatten seiner selbst. Sein uferlos gewordenes Misstrauen ließ ihn an aller nur möglichen Befehlsgewalt festhalten, um noch den Untergang in seinem Sinn inszenieren zu können. Es ist das Drama eines in seine menschenverachtende Ideologie Verbohrten, eines ohnmächtigen Machtbesessenen, der weiß, dass ihm eben diese Macht, das Gesetz des Handelns, von seinen Gegnern mit Gewalt auf immer entrissen wurde.

Ort des inmitten der Weltkatastrophe so kleinen Dramas sind ein paar Bunkerräume unter der von Intimus Albert Speer entworfenen Reichskanzlei. Sie stellen nun das letzte einer ganzen Reihe von Führerhauptquartieren dar. Wenn er nicht schreit, sich nicht in ellenlangen Monologen und abgedroschenen Phrasen ergeht, mündet seine Energie in die Vertilgung von Unmengen der verschiedensten Kuchen. Seine Köchin hat vollauf zu tun, diese ungeheure Begierde zu befriedigen. Um ihn eine Clique höriger Vasallen, seine Befehlsempfänger, die dieses Spiel noch bis zum bitteren Ende mitspielen werden. Alles umgeben von starken Betonwänden und bewacht von gut ausgesuchten Menschenschlächtern, die ihrem „Führer“ als letzte Wache dienen.

An der Oder baut sich eine bislang nicht gekannte militärische Flutwelle auf. Sie wird unter großen Opfern bis Berlin, bis zur Reichskanzlei brausen. Ihr stehen erbärmlich zusammengeschrumpfte Verteidigungskräfte gegenüber, Trümmer einst starker Armeen. Sie sind zahlen- und materialmäßig hoffnungslos unterlegen, so dass der Fall der "Reichshauptstadt" nur eine Frage der Zeit ist. Dann wird sich Hitler buchstäblich in letzter Minute das Leben nehmen, das so viel Unglück, so viel Menschenleid in die Welt gebracht hat.

Zu der von ihm inszenierten Karikatur der Wagnerischen "Götterdämmerung" gehört – weltfern ohnegleichen – sogar eine Hochzeit. Er, der nach außen stets asketische Junggeselle, wird seiner weitaus jüngeren Geliebten noch den Wunsch der Trauung erfüllen, weil dies deutscher Anstand, deutsche Moral so wollen. Draußen geschieht zur gleichen Zeit massenhaftes, von ihm ausgelöstes Morden.

Am Vormittag des dreißigsten März erreichen Knabe und sein Fahrer das zerstörte Berlin. Sie hatten Umwege fahren müssen, so nach Gera. Dort nutzten sie die Gelegenheit, mit einem Förster noch einige Koffer und Kisten für die Zeit nach dem Kriegsende zu vergraben. Sie enthielten überwiegend weniger wichtige Habseligkeiten, die noch in der Kaserne untergestellt waren. Diesen Aufenthalt hätte er vermeiden können, aber Vaters Diensteifer sah manche Dinge nicht mehr so eng. Offenkundig trat ein ganz entscheidender Sinneswandel ein.

Auslöser war ein Erlebnis, das den aufrechten Soldaten erschüttert hat. Gegen Abend des zweiten Tages sagt er plötzlich erregt zu Schwager: „Halten Sie mal, da hängt doch Einer!" Schwager stoppt und starrt in die gleiche Richtung. Der Oberst steigt aus, geht zu dem Gehenkten hinüber, sieht an ihm das Schild „Ich bin feige geflohen" und schüttelt angewidert den Kopf. „Das ist ja noch ein Kind, höchstens dreizehn!" Er kommt zurück, setzt sich schweigend in den Wagen. Nach einer Weile, sie sind schon weitergefahren, bricht es aus ihm heraus: „Was sind das für Menschen? Schwager, dies ist schon lange kein fairer Krieg mehr, so hätte man ihn niemals gewinnen können!" Den Rest, er hätte noch viel sagen mögen, behält er für sich. Es steht für ihn fest, dass dies nicht mehr sein Krieg ist. Er wird jetzt andere Prioritäten setzen, die mehr im privaten Bereich liegen. Zu ihnen gehört auch das Vergraben der Koffer. Nach dieser auf die Zukunft orientierten Arbeit begeben sie sich zur Ruhe, nicht ohne sich mit den Förstersleuten noch angeregt unterhalten zu haben. Er kennt sie von früher und empfindet als alter Jäger für sie Symphatie.

In der Nacht überkommt es ihn wieder wie ein Albtraum. Er sieht den erhängten Jungen vor sich, mit dem angesteckten Schild, das den Toten noch nachträglich brandmarken soll. Bestimmt hat er im Geiste auch mich so hängen sehen. Denn er fasste einen Entschluss: "Meinen hole ich da raus, der Schlappschwanz wird niemals durch Tapferkeit vor dem Feind glänzen. Sein Schicksal kann sehr schnell ähnlich sein. Irgendwie muss ich nach Zeulenroda kommen. Waldtraut hat Recht, er ist doch *unser* Sohn."

Der Zusammenbruch des Dritten Reiches ist unaufhaltsam. Aus dem Westen stoßen die Armeen der Alliierten mit ungeheurer Wucht vor. Zwar kann Crailsheim einige Tage behauptet werden, aber Schweinfurt muss bald fallen. Man spricht von der „Kleinkriegstaktik“ einiger Kampfgruppen, wodurch dem Gegner “hohe Verluste” zugefügt worden seien. Wieder ist von „zähem Ringen“ die Rede, und es klingt durchaus glaubwürdig, was da von Tapferkeit und Todesmut gesprochen wird. Davon bin ich persönlich allerdings sehr weit entfernt. Meine verträumte Art, so forsch ich mich im Dienst auch gebe, ist nicht die des geborenen Vaterlandsverteidigers. Natürlich versuche ich krampfhaft, die Anderen das nicht merken zu lassen Aber insgeheim ist mir das ein eher absurdes Spiel. Warum bin ich eigentlich nicht in eine andere Welt hineingeboren?

Nach den immer katastrophaleren Meldungen aus dem Radio liegt jetzt auch im Lager Zeulenroda die Frage in der Luft, wie das Ganze enden soll. Jeder stellt sie sich heimlich, spricht aber seine Gedanken nicht aus. Weiterhin geben Zuversicht und Siegesgewissheit den Ton an. Die RAD-Führer indoktrinieren uns entsprechend, etwa so, als gäbe es den für jeden erkennbaren Kriegsverlauf nicht. Ich denke oft an die Eltern, wie wohl die meisten hier. Vater wird nun schon weg sein und Mutter ist gänzlich allein. Natürlich habe ich ihr gleich geschrieben, dass ich gut angekommen bin und dass sie sich keine großen Sorgen machen soll - wie man das eben so schreibt. Aber mein Vater, wo mag er sein? Das habe ich ja mitbekommen, dass er nach Berlin fahren sollte. Sie brauchen ihn dort. Hitler hat ihn rufen lassen. Werde ich ihm noch beweisen können, dass ich ein Kerl und kein Schwächling bin? Keiner sieht mir an, dass ich teuflische Angst habe. Die anderen sind bestimmt auch nicht frei davon. Tapferkeit ist also angesagt - Führer befiehl! – immer noch.

Wir üben auf dem Schießplatz, allerdings mit russischen Beutegewehren. Die deutschen Waffen werden vermutlich woanders dringender benötigt. Meine Flinte ist nicht einmal funktionsfähig, weil der Verschluss immer wieder herausfällt.

Feldmeister Bischoff hat sich die Sache auch angesehen, wiegte den Kopf hin und her und versprach, mir Ersatz zu bringen. Aber das dauert. Ich kann deshalb nur zuschauen, wie die anderen schießen und sich auf den „Endkampf" vorbereiten. Karpinski war aber kameradschaftlich und hat mir zwischendurch sein Gewehr in die Hand gedrückt. Er erklärte mir alles Nötige, und dann habe auch ich ein paar Schuss abgegeben. Sie gingen aber fürchterlich daneben und ich erntete so einige spöttische Blicke. Ein guter Schütze wäre ich wohl niemals geworden, trotz der "grünen" Vorfahren, trotz ständiger belehrender Hinweise meines Vaters. Da kein Ersatz für meine „Krücke" kommen wollte, haben sie meinen Schießprügel in der Waffenkammer notdürftig instand gesetzt. Nun muss ich wohl oder übel auch schießen und blamiere mich erneut. Bald wird das Gewehr wieder untauglich, so dass ich mit ihm nicht mehr schießen muss. Kein Mensch regt sich darüber auf, ich schon gar nicht. Es scheint mir wie eine weise Schicksalsfügung, dass jemand, der ohnehin nicht schießen kann, ausgerechnet mit diesem Gewehr „bedacht" wurde.

Schon nach ein paar Tagen ist es so weit. Gegen Abend ergeht der Befehl des Oberfeldmeisters, und wir rücken ab in Richtung Tschechei. Zuerst der erste Arbeitszug, der für Panzergräben und –sperren zuständig ist. Der für den Fronteinsatz gebildete zweite Kampfzug erhält requirierte Fahrräder. Natürlich sind die nicht neu und jeder versucht, das seine so gut es geht mit Öl und Schraubenschlüssel fahrbereit zu machen. Erst ein bisschen Probe fahren, den Sattel verstellen, wieder probieren, dann geht es leidlich. Wir sind alle sehr aufgeregt und bekommen immer wieder eiserne Disziplin eingetrichtert. Die Führer schreien und wettern, haben jedoch selbst bis zum Äußersten angespannte Nerven. "Scheißkrieg, wir haben die Schnauze voll", höre ich zufällig einen sagen. Damit hat er sich natürlich stark gefährdet. Aber was soll es, die Führer überhören auch so manches und zeigen in gewissen Grenzen unerwartetes Verständnis.

Heinz gehört auch zum Kampfzug. Gott sei Dank, denke ich, da habe ich wenigstens Unterstützung. Nachdem wir losgeradelt sind, suche ich ihn und finde ihn ziemlich weit hinten. Dann fahren wir eine ganze Weile nebeneinander her, strampeln, immerhin gemeinsam, dem ungewissen Ziel entgegen. Wir reden miteinander, vor allem von der Heeresgruppe Schörner. Dieser sollen wir zugeteilt werden und es heißt von ihr, sie sei noch recht gut ausgestattet.

Da wird bestimmt ein echtes Bollwerk gegen die Russen entstehen, und vielleicht kommen wir nur zu den Rückwärtigen Diensten. Aber gegen die Partisanen hilft das eher wenig, da muss man einfach auf der Hut sein. Heinz meint, die Strampelei würde ja viel mehr Spaß machen, wenn wir so, in kleiner Gruppe, in die Ferien führen. Was haben wir von unserer Jugend schon gehabt? Wir wollen *leben* wie alle Menschen. Nun reden wir von den Mädchen, befragen uns gegenseitig nach unseren Erlebnissen mit dem so ganz anderen Geschlecht. Mein Gott, was sind wir beide doch für unbeschriebene Blätter. Aber wenn der Krieg einmal zu Ende sein wird, dann … ! Und wir werden uns gegenseitig besuchen. Alles könnte so schön sein.

Ich erzähle ihm wieder von meinem Vater, und was der für ein Held ist. Durch Afrika hatte er zwar große Schwierigkeiten mit seinem Kreislauf, aber nun ist er wieder einigermaßen gesund und muss zum Führerhauptquartier nach Berlin, um eine Division zu übernehmen. Ich erwarte Anerkennung, ernte jedoch mehr Spott. Wenn meine Erzählungen in Prahlerei abgleiten, merke ich ziemlich schnell, dass mich eher abweisende Blicke treffen. Nun schweige ich. Das große Heldentum ist anscheinend nicht mehr gefragt. Alle haben andere Sorgen.

Nach einer Weile verziehe ich mich nach vorn, vielmehr in die Mitte des Zuges. Still und verbissen strampeln wir weiter, den Karabiner vor der Brust. So geht das Fahren am besten. Ursprünglich war jeder noch mit einer Panzerfaust ausgerüstet und sollte sie auch bei sich haben. Inzwischen sind diese höchst gefährlichen Waffen auf dem begleitenden Lkw gelandet. Bischoff hatte es eingesehen und entsprechend angeordnet.

Meine Gedanken kreisen durcheinander; wie sollte man in diesem Wirrwarr auch noch klar denken. Die Älteren, die feldgrauen Kämpfer, haben sich Europa unterworfen. Nur wenige Jahre ist es her, als sie, vorangetrieben von den Schreiern und Einpeitschern, unsere Nachbarn überfielen. Und genau das war es, was Vater nicht mochte: Soldaten als willfährige Werkzeuge größenwahnsinniger Machthaber. Etwa seit Beginn des Russlandfeldzuges sah er schwarz. Der Zweifrontenkrieg *kann* nicht gut gehen, da hätte man klüger sein müssen und die Pläne verschieben sollen. Später, nach einem gerechten Friedensschluss, mit Engländern und Franzosen gemeinsam gegen das kommunistische Reich im Osten - da hätten die Amerikaner sicher auch noch mitgemacht. So etwa dachte mein Vater und nicht nur er.

Wir passieren Pausa, einen kleinen thüringischen Ort. Es ist Ruhe, die Bürger schlafen. Dass die überhaupt schlafen können, wundern wir uns, aber was sollen sie auch anderes machen? Der Körper muss zu seinem Recht kommen. Sollen sie vielleicht Wache schieben, Panzersperren bauen, Gräben schippen? Wir haben uns in Zeulenroda darin geübt, aber was bringt das? Viele sind skeptisch und meinen, das sei reine Beschäftigungstherapie. Die Entscheidungsschlacht verläuft anders, mit den neuen Überraschungswaffen und oben im Norden, bei Berlin. Da ist mein Vater dann auch dabei, und die Roten werden von der Oder zurückgetrieben nach Osten. Der Führer kann die Amerikaner und die Tommys bestimmt noch überzeugen, dass diese Flut gestoppt werden muss, bevor sie die Mitte Europas erreicht.

Mein Karabiner drückt. Diese verdammte Flinte! Am liebsten würde ich sie wegwerfen! Ein heimlicher Wutanfall, der aber wieder vergeht. Die anderen haben doch die gleichen Probleme. Die anderen! – Beinahe drei Wochen bin ich jetzt dabei, kenne sie aber kaum. Und doch gibt es inzwischen ein gewisses Zusammengehörigkeitsgefühl, da wir miteinander über Land radeln - Führer befiehl, wir folgen dir! Wohl oder übel muss ich mich jetzt daran gewöhnen, dass wir eine Gemeinschaft sind, zu der auch ich gehöre. Das Größere, die zur Leidensgemeinschaft mutierte Volksgemeinschaft, beeindruckt uns gewaltig. Wir *müssen* das Bollwerk zustande bringen, das Bollwerk an der Oder. Ich rede mir das ein, immer wieder, während ich mit den andern strample, im Kampfzug des Arbeitsdienstes mitten im "bedrohten" Europa. Wir werden Teil dieses Bollwerks sein, um die "rote Flut" zu stoppen, und die übrige noch freie Welt wird uns bewundern.

Werden wir uns opfern müssen? Nein, opfern will ich mich eigentlich nicht, ich will leben! Viel habe ich wirklich noch nicht gehabt von meinem Dasein in dieser feindlichen Welt. Aber was kann ich denn überhaupt erwarten? Wie sieht die Zukunft aus? Ich muss zugeben, dass ich, wie wohl auch die anderen, ziemlich mutlos bin. Ist das die Jugend? Wie hätte sie anders sein können? Du wächst unbefangen auf und bist plötzlich vereinnahmt in eine grausame und brutale Maschinerie.

Der Karabiner, der eben noch auf dem Rücken drückte, kommt wieder vor den Bauch. Da hängt er besser. Genau so hätte ich mir ein Spielzeuggewehr umgehängt. Nur wäre das wesentlich leichter gewesen. Bald ist Mitternacht. Wir fahren fast im Dunkeln. Hier ist kaum Verkehr, außer unserem Begleitwagen habe ich noch kein Auto bemerkt. Unser Lkw, der uns meistens im Schritttempo folgte, überholt plötzlich ratternd und setzt sich an die Spitze. Vor uns Umrisse von Häusern, eine Ortschaft. „Das ist Schneckengrün, da bleiben wir", geht es durch die Reihen. So leise als möglich fahren wir in das Dorf hinein bis zu einem größeren Gebäude. Ein Gutshaus? Ein alter Adelssitz?

Der Unterfeldmeister muss in dem Lkw gewesen sein, denn er steht schon im Hof und empfängt uns. Der „Alte" wuselt sicher irgendwo im Gebäude herum, macht Quartier. Bischoff erklärt, dass dies eine Gebietsführerschule der HJ sei und dass es hier Quartier gebe für uns. Dann sagt er: „Decken für euch sind auf dem Wagen, ihr drei nehmt euch jeder einen großen Stapel, verteilt wird drinnen. Fahrräder alle in den Schuppen, der wird dann abgeschlossen. Bleibt alle vollständig angezogen, nehmt die Waffen zu euch, auch die Panzerfäuste, ihr wisst ja, wie die funktionieren. Kann sein, dass wir plötzlich raus müssen. Die Amerikaner werden uns bestimmt nicht belästigen, die schlafen alle, aber bei den tschechischen Partisanen bin ich mir nicht so sicher …"

Dann bestimmt der Unterfeldmeister noch die Nachtwachen, die auch auf den Schuppen aufpassen sollen. Ich muss um vier Uhr raus, von vier bis sechs. Nach einigem Hin und Her teilt Bischoff mir als zweiten Mann Heinz Karpinski zu. Eine freundliche Geste des Unterfeldmeisters, der offensichtlich gemerkt hat, dass wir besonders gut miteinander können? Jedenfalls freue ich mich darüber, denn ich weiß nur zu gut, dass Heinz umsichtig und wachsam ist.

Im Speisesaal der Gebietsführerschule hat man die Tische zusammengeschoben und gestapelt. Auf dem Boden ist Stroh ausgebreitet, so dass hier die ganze Abteilung unterkommt. Die ersten liegen schon da und schnarchen. Aber wir gehen vorher noch zur Küche, wo jeder einen Teller mit kräftigem Eintopf bekommt, dazu eine dicke Scheibe Brot. So können wir wenigstens den größten Hunger stillen. Dann fallen auch wir auf das Stroh. Das Gewehr hat jeder geladen und gesichert neben sich, die Panzerfäuste liegen griffbereit unter den Tischen. Fast augenblicklich sind alle eingeschlafen.

Kurz vor vier Uhr werden Heinz und ich recht unsanft wachgerüttelt: „Los, ihr seid dran! Bis jetzt war nichts, bloß Sirenengeheul irgendwo". Wir erheben uns, taumeln schlaftrunken hinaus in eine mondhelle Aprilnacht. Tiefster Friede rundum, ab und zu weit entfernt Lastwagengebrumm. Wir machen unsere Rundgänge und bewegen uns dabei mit Eifer, bloß um nicht zu frieren. Die Nächte sind noch kühl, und wir haben nicht allzu viele Kalorien entgegenzusetzen. Wieder reden wir miteinander, über den schrecklichen brutalen Krieg und die verzweifelte Lage. Heinz hat gerade seine Eltern und eine kleine Schwester verloren. Das für ihn noch Unfassbare geschah bei dem fuchtbaren Bombenangriff vom dreizehnten Februar auf Dresden. Er ist immer noch sehr deprimiert, und ich kann nur wenig geeignete Trostworte finden. Eigentlich klingt alles banal angesichts dessen, was passiert ist. Führer befiehl – wir tragen die Folgen. Nur so macht der Spruch wirklich Sinn. Heinz will, wenn er hier lebend herauskommt, zu den Großeltern auf das Land ziehen, die leben beide noch.

Mein Gott, was sind das für Schicksale! Auf einmal tritt eine ganz andere Realität an mich heran. Bisher stellten sich die Kriegsopfer überwiegend als namenlos, als abstrakte Zahlen dar. Ich komme mir klein und hilflos vor, denn meine Familie ist bis jetzt nicht betroffen. Wie lange soll das Sterben noch weitergehen - man ist so machtlos.

Und wir fragen uns, ob wir wohl bald zum Einsatz kommen. Heinz wirft sich auf einmal in die Brust und vermerkt großspurig: „Hast wohl schon das große Muffensausen, wie?“ - „Du etwa nicht?“ - „Bei regulären Truppen kannst du dich ergeben, wenn es nicht anders geht, aber die Partisanen kennen kein Pardon!“ -“Glaubst du noch an den Endsieg und an den Führer?“ - „Willst du mich aushorchen?“ - „Neinnein, nur so!“

Wir laufen schweigend nebeneinander, die Gewehre umgehängt, meins wieder nur Atrappe. Bischoff hat nichts mehr dazu gesagt, hat diese Kleinigkeit wohl vergessen.

Heinz meint: „Etwas skeptisch kann man schon werden, wenn so gar nichts mehr läuft, alles nur noch rückwärts geht. Kannst mich ja jetzt anschwärzen, wenn du willst, ist mir wurscht!“

„Ihr scheint mich alle für einen Denunzianten zu halten, aber gerade von dir hätte ich dieses Mißtrauen nicht erwartet, hab' wirklich Besseres zu tun“, entgegne ich und kann mir einen beleidigten Unterton nicht verkneifen. Aber ich verstehe ihn gut, nach allem, was er bis jetzt erleben musste. Wie glücklich kann ich mich schätzen, da mein Familie überlebt hat - bisher.

Hier muss ich nun innehalten. Mein neuzeitlicher Rechner will mich Dummkopf wieder mal belehren und gibt mir zu verstehen: du bist ein ewig Gestriger, du wirst mich niemals begreifen, du bist noch nicht wirklich in dieser Zeit angekommen, die dem Gänsekiel und der Stahlfeder endgültig abgeschworen hat. Doch es ist nicht der alltägliche Kleinkrieg mit der Technik, der mich unterbrechen lässt. Mir ist vielmehr bewusst geworden, dass wir heute den 8. Mai des Jahres 2005 haben.

Vor sechzig Jahren endete das Massenmorden in Europa. Ich bedenke, dass unzählige Mitmenschen heute grübeln über das, was damals passierte, wie der Naziterror plötzlich endete und ein willig-unwilliges Erschrecken kam über das in zwölf Jahren angehäufte Unmaß von Leid, Grausamkeit und Menschenverachtung. Ich benötige die kleine Pause auch deshalb, weil ich ab heute einen neuen Anlauf nehme, um meinen Vater zu verstehen. Wie viele Versuche bereits davor lagen, ist nicht mehr zählbar. Dies herauszufinden brächte auch nichts. Ich möchte lediglich festhalten, dass er mir möglicherweise auch weiter ein Rätsel bleiben wird.

Fakt ist, dass seine Teilnahme am Krieg eigentlich sehr kurz war, denn die Unzuverlässigkeit des eigenen Körpers bewahrte ihn vor dem Äußersten. Oder hatte sein Geist, sein Wille sich eigens zu diesem Zweck mit seinem Körper verbündet? Ich weiß es nicht, werde es niemals wissen. „Sein" Krieg, das war der kurze Feldzug in Nordafrika mit Rommel, den er beinahe liebte. Der war ein Jäger wie er, beispielhaft für Fairness, Standhaftigkeit und Ehrlichkeit; hinzu kamen Mut und Abenteuerlust, kurz, er war ein Mensch, auf den man zählen konnte. Deshalb passten die beiden so gut zusammen. Hitler musste Rommel aus dem Wege räumen, weil dieser aufrechte Mann nicht seinem Schema entsprach. Wäre Vater gesund geblieben, hätte er unter Rommels Führung in Afrika vermutlich noch viel von sich reden gemacht. Aber es war wie es war, und Spekulationen sind hier fehl am Platz. Rommels Geschichte endete tragisch, die meines Vaters glücklich – vielleicht, weil sie bald auch die meine wurde?

Vater und ich zogen von Anfang an auf eigene, grundverschiedene Weise in den Krieg. Er als selbst- und pflichtbewusster Offizier, ich als unmilitärischer Flakhelfer und Arbeitsmann. Als ich mit Heinz wachhabend durch die stille Aprilnacht gehe, kommt uns nicht entfernt in den Sinn, was uns in wenigen Wochen erwarten würde. Jeder trägt seine Angst, sein Entsetzen in sich, sucht dies aber nach Möglichkeit vor dem anderen zu verbergen. Ich versuche es Heinz nachzufühlen, so plötzlich

Vollwaise zu sein. Aber ich gebe es bald auf, denn so etwas ist unmöglich. Dafür spüre ich sehr deutlich, wie das eigene Leben in Gefahr geraten ist. Wir leben nur noch von einem Tag auf den anderen, jeder kann der letzte sein. Der Tod lauert überall in dieser schlimmen Zeit.

Dann wieder diese Aprilnacht, der erwachende Frühling, übermütiges Leben. Bald beginnt die Paarungszeit der Vögel. Ich versuche zu verdrängen, was an Grauen, an Lebensfeindlichem um uns ist, und ich träume wieder einmal einen meiner unzähligen Wachträume vom freien Dasein inmitten freier Natur. Ich bin eben als ein Kind des Waldes so programmiert. Das können die anderen nicht verstehen.

Heinz reißt mich aus meinen Gedanken, indem er sagt: „Los, gehen wir die anderen wecken, wir können ja noch eine Stunde pennen, bis wir endgültig raus müssen!“ Viel ist nicht mehr mit dem Schlafen, denn kaum sind wir eingedruselt, als Bischoff zum Waschen pfeift. Diesmal gibt es zum Frühstück Marmeladenbrot und Muckefuck. Dann ist Morgenappell mit Abzählen und so. Das müssen wir über uns ergehen lassen, seit neulich zwei von uns getürmt sind. Die hatten sogar einen Brief hinterlassen, dass sie die Heimat zu Hause verteidigen wollten. Schlauberger, hoffentlich sind sie nicht erwischt worden.

Wir stehen so in Reih und Glied, der Oberfeldmeister vor uns. Er will den Tagesbefehl verlesen - oder was sonst? Da schleicht langsam auf der Landstraße neben uns ein weißgrauer Opel-Admiral vorbei, den wir aber kaum beachten. Unser Vorgesetzter ist gerade dabei, uns den Ernst der Lage zu verdeutlichen. Da erscheint ein drahtiger kleiner Wehrmachtsoffizier und stellt sich neben ihn. Der Oberfeldmeister reißt also die Hacken zusammen und erteilt dem Offizier diensteifrig eine Meldung: die Arbeitsdienst-Abteilung I/233, Lager Zeulenroda, sei zum Frühappell angetreten und werde gleich in Richtung Tschechei abmarschieren.

Die Abteilung nimmt unwillkürlich ein strafferes Aussehen an. - Ein ganz hohes Tier von der Wehrmacht, mit einem Ritterkreuz am Hals, mein Gott. Der ist bestimmt von Schörner und soll gucken, wo wir stecken. Aber dafür kam er eigentlich aus der falschen Richtung.

Der Offizier hat den Oberfeldmeister nur eines kurzen Blickes gewürdigt. Seine Hand geht lässig dankend hoch, mehr an den Mützenschirm als ausgestreckt zum Hitlergruß. Suchend streift sein Blick unsere Reihen entlang, bis er mich entdeckt hat, der völlig verdattert und fassungslos dasteht. Ein kurzes Aufblitzen seiner grauen Augen zeigt mir, dass er mich erkannt hat. *Vater* - nein ! Ich fasse es nicht! Wie kommt er denn hier her? In meine grenzenlose Verblüffung hinein spricht er ruhig, wahrscheinlich so ruhig als möglich zu Kunze, dem Oberfeldmeister: „Kann ich meinen Sohn, den Arbeitsmann Knabe kurz sprechen?"

„Selbstverständlich, Herr Oberst!" Kunze hat die veränderte Sachlage rasch erfasst. „Arbeitsmann Knabe heraustreten!" Dem entschlossenen Blick des Ranghöheren gegenüber gab es kein Verweigern.

Ich schieße nach vorn, so rasch als möglich, stehe wie angewurzelt vor den beiden. Vater sagt: „Lassen Sie rühren!" - „Rührt Euch!" Zunächst bin ich sprachlos, er wohl auch, darf sich aber keine Blöße anmerken lassen. Er ist im Dienst und trägt Verantwortung.

„Ich bin hier dienstlich unterwegs, will mit meinem Sohn reden, für längstens eine Stunde. Sind Sie dann noch da?" Das Ritterkreuz hat seine Wirkung getan, gewissermaßen als vertrauenbildende Maßnahme.

„Eigentlich wollten wir jetzt abmarschieren. Diese Abteilung wird bei Schörner integriert, wahrscheinlich zur rückwärtigen Sicherung. Ich habe Befehl, uns dort heute noch zu melden. Aber ich kann Herrn Oberst unsere Marschroute nennen. Sicher haben Herr Oberst einen Dienstwagen und können uns den Arbeitsmann Knabe nachbringen, wir sind ja nur auf Fahrrädern. Sein Fahrrad und sein Gepäck nehmen wir mit. Unsere Route geht in Richtung Eger über Plauen, Oelsnitz." - „In Ordnung. Ich muss nach Traunstein, da ist das kein großer Umweg. - Heil Hitler!"

Vater geht schweigend mit mir ein Stück die Dorfstraße entlang, dann seine ersten Worte zu mir: „Soll von Mutter grüßen!“ - „Danke.“ Da schaut er mich prüfend an. „Wie gehts?“ - „Na ja!“ - „Das ist auch eine Antwort, kannst du oder willst du nicht?“ Ich schweige und er insistiert nicht, sieht mir in die Augen, die sich mit Tränen füllen. „Flennst du etwa, du Memme? Solltest dich freu’n, dass ich gekommen bin!“ - „Freu’ mich ja auch, aber das kommt so plötzlich!“ - „Wie das eben manchmal so ist - also Kopf hoch, die Grüße von Mutter hab ich dir ja schon bestellt.“ Dann geht er weiter, guckt geradeaus. Welch ein Mensch, denke ich, wie hat er mich bloß gefunden?

Wir erreichen den Opel. „Los, steig ein, ist ‘n bisschen eng hinten, aber vorläufig geht das schon.“ Ein junger, schmucker Stabsgefreiter in schwarzer Panzeruniform hält mir die hintere Wagentür auf. Drinnen sitzt ein ziemlich dicker Oberstleutnant und lächelt mir zu. Den kenne ich doch, aber woher? Ich rutsche in die Mitte, denn der Stabsgefreite Schwager quetscht sich, nachdem er seinem Obersten die Beifahrertür geöffnet hat, noch neben mich. Am Steuer sitzt der Obergefreite Emmert und fährt los. Weiter denken kann ich nicht, bin restlos eingeschüchtert. Noch immer habe ich das Bild deutlich vor Augen, wie er mich fast die Treppe hinunterwarf. Und nun hat er mich hier gesucht!

„Gut angekommen bist du ja offensichtlich, und ihr marschiert jetzt zu Schörner in die Tschechei?“ Ich bejahe, ahne aber nichts weiter. Er schweigt. Der Wagen fährt zunächst in Richtung Eger, biegt jedoch bald ab. Gemächlich rollt er die Landstraße entlang bis zu der Ortschaft Leubnitz, wo schnell ein Dorfgasthof gefunden ist. Vater als der Ranghöchste entscheidet: „Hier wird erst mal anständig gefrühstückt, wir sind ja auch schon ein Weilchen unterwegs.“ Wir gehen hinein, setzen uns an einen Tisch. Er guckt mich an. „Junge, du hast wahrscheinlich auch nichts Vernünftiges bekommen, siehst nicht gut aus. Frau Wirtin!“ Das Marmeladenbrot war tatsächlich nicht besonders nahrhaft.

Die Gerufene, eine kräftige Mittfünfzigerin, hielt gerade einen Plausch mit drei alten Männern, ist jedoch hochgefahren, als sie die fünf Uniformierten eintreten sieht. Auch ihr scheint das Ritterkreuz Eindruck zu machen. Bratkartoffeln mit Spiegelei beziehungsweise Schweinesülze werden bestellt, dazu dünnes Bier oder Malzkaffee. Sie entschwindet und die drei Greise starren herüber, als ob wir Wundertiere wären.

Mit Bratkartoffeln und Sülze habe ich gerade an diesem Morgen überhaupt nicht gerechnet. Allmählich, ganz allmählich taue ich auf. „Sag, du fährst nach Traunstein? Das liegt doch in Oberbayern." - „Richtig! Da müssen wir uns melden - bei der Führerreserve. Herr von Wehrn muss auch da hin." Der Dicke nickt, die Fahrer schmunzeln. Mir ist das Ganze rätselhaft, aber die Antwort war so bestimmt, dass ich nicht weiter nachfrage.

Er guckt mich an: „Erzähl mal!" Ich berichte, wie es mir ergangen ist, von der tagelangen Fahrt, der Ankunft in Zeulenroda, dem Dienst, auch von meinem "wundervollen russischen Schießprügel". Die Herren lachen, was mich ermuntert. So erzähle ich noch von Heinz Karpinski, von dem schlimmen Schicksal seiner Familie. „Ja, das war 'ne Sauerei mit Dresden, ist nicht zu verstehen, nicht wahr, Wehrn?" Der Oberstleutnant nickt. „Völlig überflüssig und brutal, wie viele da wohl umgekommen sind!"

Aus der Küche kommt bald der köstliche Bratkartoffelduft gezogen, wir schnuppern erwartungsvoll. Die beiden Soldaten sitzen schweigend am Tisch, aber sie geben sich locker und keinesfalls unfreundlich. Dann tischt die Wirtin auf, schaut reihum mit leuchtenden Augen. „Schön mit Gurke und tüchtig Zwiebel", lobt mein Vater, „na dann, guten Appetit!" Die Gegenwünsche kommen prompt, und alle fünf lassen es sich schmecken. Vater kann die Bratkartoffeln nicht genug loben. Ich merke, dass er guter Dinge ist, dass er sich wirklich freut, mich gefunden zu haben. Er schaut mich an, grinst und fragt mehr rhetorisch: „Und, was machen wir jetzt?" Er antwortet selbst zur Überraschung aller mit den Worten: „Ich werde jetzt meine Division aufbauen - in Traunstein, zum Entsatz von Berlin!" - „Ja, aber", wagt der Oberstleutnant zu bemerken. „Nichts aber, immerhin sind wir jetzt schon fünf Mann. Der General in Fürstenwalde hatte bloß drei für ein ganzes Armeekorps!" Er fragt mich: "Hast du deinen Ausweis dabei?" Ich verneine: "Der steckt im Gepäck." - „Trottel, so was hat man bei sich, egal, werd' mir was einfallen lassen. Na, Wehrn, was meinen Sie?" - "Naja, wir werden es schaffen!" Gespielte oder echte Siegeszuversicht?

Verblüfftes Schweigen, alle außer Vater haben aufgehört zu essen. Der sagt: „Ich habe meinen Plan, erzähl' ich später, esst mal ruhig weiter!" Plötzlich ist er locker, ganz Mensch. So habe ich ihn bisher noch nie erlebt, außer als wir Kinder noch klein waren und mit ihm Eis essen gingen. Er musste damals zu unserer großen Freude wegen einer Stimmbandsache regelmäßig Eis essen.

Merkwürdig, auf einmal zieht er es vor, zu schweigen. Dann diskutieren die Herren Stabsoffiziere die Lage, reden von den Wunderwaffen, die ja nun endlich kommen müssen. Da merken die Wirtin und die drei Greise auf. Nun sind auch sie beim Thema: Kommen sie? Kommen sie nicht? Wenn sie kommen, sind sie dann auch stark genug? Wenn sie nicht kommen, was dann? Man spekuliert hin und her, kommt aber nicht weiter. Schließlich bezahlt der Chef für alle und sie stehen auf. „Sagen Sie", spricht Vater mit der Wirtin, „zwischen Leubnitz und Schneckengrün soll es einen Abstellplatz der Wehrmacht für Pkw geben, wo genau ist das?" Der Oberstleutnant hatte ihm davon erzählt. Weiß der Kuckuck, woher der davon wusste. Und die Frau kennt den Platz tatsächlich, beschreibt den Weg so gut, dass wir ihn ziemlich schnell finden.

Nach einigem Suchen entdecken wir auf einer Waldlichtung den alten Schießplatz. Dort sind zirka fünfzig bis sechzig Wehrmachtsfahrzeuge, zumeist VW-Kübelwagen, hinter einem Stacheldrahtverhau abgestellt. Wache schiebt ein einsamer alter Reservefeldwebel, der für den Frontdienst nicht mehr tauglich zu sein scheint. Bewaffnet ist er mit einer Maschinenpistole und einer Pistole. Offenkundig tut er Vater leid, „wenn *den* einer überwältigen will, dann hat er ein leichtes Spiel, hier mitten im Wald. Aber wir wollen ja bloß *ein* Auto, wird 'n bisschen eng zu fünft, einverstanden?" Herr von Wehrn ist sofort dafür, denn der Dicke empfindet sein Eingepferchtsein langsam als würdelos, nicht seinem Rang entsprechend.

Der Opel hält am Schlagbaum und der Oberst steigt aus. Er geht zu dem Alten, der gerade einen seiner Rundgänge macht und zufällig in der Nähe ist. Der sieht den hohen Offizier und macht, so gut das eben bei seiner Gebrechlichkeit gehen will, sein „Männchen". Vater taxiert ihn kurz, könnte ein ausgedienter Lehrer sein, mutmaßt er.

„Sind diese Wagen fahrbereit? Ich frage, weil ich dringend einen brauche. Mein Dienstwagen ist mir kürzlich zerschossen worden. Der Opel dort ist lediglich geliehen, um nach hier zu kommen. Wir befinden uns auf geheimer Dienstfahrt." Er holt als Legitimation einen Marschbefehl hervor. Den muss er kürzlich erst erhalten haben, denn er macht noch keinen abgegriffenen Eindruck. Seinen Militärausweis legt er dazu.

Der alte Reservist liest umständlich alles durch, wiegt dabei aber den Kopf bedenklich hin und her. „Ich darf von diesen Fahrzeugen nicht so ohne weiteres eins aushändigen. Wenn Herr Oberst aber bei meiner Dienststelle anrufen wollen, dann geht das in Ordnung - nur dass ich auch abgesichert bin!" - „Welche Einheit?" Der Zerberus wählt und übergibt den Hörer an Vater. Mit knallharter Stimme und in einem glasklaren Befehlston erklärt er sein Anliegen. Wir fühlen förmlich, wie der am anderen Ende der Leitung etwas kleiner wird. Jetzt setzt der Oberst noch etwas lauter hinzu: „Oder woll'n Sie vielleicht warten, bis die Amerikaner die Dinger haben?" Die Überrumpelung glückt, der Wächter bekommt Anweisung, einen der Kübelwagen zu übergeben.

„Der da ist vollgetankt, den können Herr Oberst nehmen. Wenn Sie mir noch diesen Auslieferungsschein unterschreiben würden." Mit verschlossenem, fast missmutigem Gesicht unterschreibt der zukünftige Nutzer des Fahrzeugs. Er erhält Schlüssel und Papiere, fordert Schwager, der nachgekommen ist, zur Probefahrt auf. Der probiert, startet durch, dreht eine Ehrenrunde und meint anschließend: „Die Kupplung schleift etwas, Kleinigkeit, können wir an der nächsten Tankstelle beheben, Herr Oberst."

Der Posten öffnet den Schlagbaum und sie fahren zum Opel, setzen sich davor und halten. Vater steigt aus und sagt zu mir: „Komm du mal zu uns, damit ich dich unter Kontrolle habe.“ Wir waren überrascht, wie schnell und glatt das mit dem Kübel gelaufen ist. Einhellig ist die Meinung, dass der Posten bei seiner Dienststelle entweder einen guten Stand haben muss, oder man war dort tatsächlich froh, dass den Amerikanern nun ein Fahrzeug weniger in die Hände fällt. Der Posten meinte noch, dass in Schneckengrün die nächste Reparaturwerkstatt sei. Sie gehen das Risiko ein und fahren mit beiden Wagen zurück. Aber am Ortseingang bleiben sie stehen.

Vater geht zu dem Dicken. „Wehrn, fahren Sie doch mal zur Gebietsführerschule und sehen nach, ob die RADler noch da sind. Wir warten hier.“ Nach kurzer Zeit kommen die “Aufklärer” schon zurück. „Die Luft ist rein!“ - „Na, wir werden doch weiter zusammenbleiben, Sie wollten doch auch nach Traunstein?“ Das war so ein Zwischending zwischen Frage und Befehl. Der Oberstleutnant sagte jedenfalls zu.

Auf einmal ohrenbetäubender Lärm. Eine Lightning donnert über uns hinweg, scheint uns aber nicht bemerkt zu haben. Sie fliegt einen großen Bogen und kommt zurück. Hartes kurzes Ratata, etwa dort, wo der Abstellplatz für die Wehrmachtautos sein müsste. Dann schießen Stichflammen hoch, krachen Bomben in den Wald. Schwager streicht lachend über den Kübel, „was fürn’ Glück, der wäre jetzt auch im Eimer!“

Vater meint trocken: „Da konnte der mit seiner Mpi wohl wenig ausrichten, unser Herr Lehrer. Hoffentlich ist er wenigstens rechtzeitig in Deckung gegangen.“ - „Um Ihre Frage zu beantworten, Herr Oberst“, sagt der Oberstleutnant, nachdem er sich von seinem Schreck erholt hat, „klar, bleiben wir doch einfach zusammen, so können wir uns gegenseitig helfen, falls mal was ist.“

„Na, in Traunstein werden wir ja sehen, was die mit Ihnen vorhaben. Notfalls werden Sie und Emmert in meine neue Division eingegliedert, Sie wissen ja, zum Entsatz von Berlin.“ Das sagt er mit fester Stimme und tiefernster Miene, die keinen Zweifel an seinen Absichten zulassen. Von Wehrn muss dennoch grinsen.

Nun höre ich das schon zum zweiten Mal: eine Division aufbauen in Traunstein!? Verstohlen beobachte ich ihn von der Seite, da wir alle noch zusammenstehen. Ich glaube ihn zu kennen, aber das mit der Division und Berlin klingt ziemlich unwahrscheinlich! Andererseits bleibt sein Gesicht wirklich ernst. Er muss es also doch vorhaben. Es wird nicht weiter über die Pläne gesprochen.

Wir fahren zur Tankstelle hinüber, die am anderen Ende des Dorfes liegt. Keiner da, alles zu! Schwager bummert ungestüm gegen die Tür, weil die Klingel nicht zu reagieren scheint. Vergeblich. Der wird irgendwo im Dorf sein, sagen sie sich und warten. In einer benachbarten Remise ist noch Platz und Schwager fährt den Kübel hinein, damit wenigstens er gegen Feindsicht von oben geschützt ist. Die Gartentür steht offen und wir nehmen diese "Einladung" an. Wir fünf gruppieren uns um einen schlichten Holztisch mit Bank und drei Stühlen. Die Frühlingssonne umfängt uns mit bereits wärmender Helligkeit.

Plötzlich fällt Vater etwas ein, wieder so eine seiner zündenden Ideen. „Junge, das machen wir! Schwager, Sie bleiben hier und warten auf die Tankleute. Wehrn, wir fahren nochmals in den Wald, durch den wir gekommen sind. Da gibt es Kaninchen, hab' vorhin eins hoppeln gesehn. Emmert, haben Sie einen Verbandskasten dabei?" - „Jawoll, Herr Oberst!" - „Fein," grinst er verschmitzt. Muss er ausgerechnet jetzt seiner Jagdleidenschaft frönen, denke ich, und dann noch mit einer Pistole? Fragende Gesichter rundum und Vater sagt in aller Ruhe: „Dann geh'n wir jetzt mal ein Kaninchen schießen. Junge, komm mit!" Wir drei folgen ihm, besteigen den Opel. Was mag der nun wieder aushecken, denke ich. Aber er lässt uns in der Spannung der Ungewissheit, gibt nicht einen Mucks von sich, behält seine Idee für sich.

Über dem Schießplatz raucht es noch gewaltig, aber das interessiert nicht weiter. „Stopp, hier halten!", befiehlt Vater. Es ist auf dem gleichen Waldweg, den wir vorhin sicherheitshalber gefahren sind. Emmert fährt den Opel, dessen helle Farbe sehr ungünstig ist. Er lenkt möglichst dicht an die Bäume heran, aber die haben noch kein Laub, das Schutz bieten könnte. Das Risiko bleibt also fast unvermindert! Aber da ist noch eine Tanne - das geht!

Alle sind ausgestiegen und blicken jetzt erwartungsvoll auf den Chef. Der Oberstleutnant kann sich nicht enthalten zu fragen: „Herr Oberst, schmecken Kaninchen eigentlich, ich habe noch nie eins gegessen."

Der Angesprochene schmunzelt. „Das wird überhaupt nicht gegessen. Abwarten! Emmert, nun rücken Sie mal den Verbandskasten raus." Er nimmt ihn entgegen und gibt ihn mir. „Sie warten hier, bis wir wiederkommen. Es wird hoffentlich nicht allzu lange dauern."

Dann stöbern wir zwei durch den Wald. Ich denke unwillkürlich an die Pirsch auf den starken Keiler vor anderthalb Jahren, bei Ernsee, unweit von Gera. Da saßen wir die halbe Nacht mucksmäuschenstill nebeneinander auf dem Hochsitz, bis er in der ersten Dämmerung erschien, ein Einzelgänger. Den hatte ihm die Stadt Gera geschenkt und zwar für den siegreichen Kampf in Nordafrika. Mit einem einzigen Schuss, einem Volltreffer zwischen die Augen, streckte er ihn nieder. Dann suchte er sich einen grünen Eichenzweig, tauchte ihn in das bisschen Blut des Tieres und steckte sich den Bruch an den Hut. Die Hauer gaben eine stattliche Trophäe. Nur einen Hinterschinken behielt er für unsere Familie. Den Rest bekam - ich weiß nicht mehr wer. Auf Hasentreibjagden bin ich mit ihm zwei Mal gewesen, aber das behagte mir nicht wegen der wüsten Ballerei.

Jetzt weiht er mich endlich ein: „Du bekommst jetzt einen dicken, blutdurchtränken Kopfverband, bist also schwerverwundet. Wir haben dich in einem üblen Zustand in einem Straßengraben gefunden und wollen dich in das nächste Lazarett bringen. Deine Abteilung ist unter Fliegerbeschuss geraten. Wir kamen gerade vorbei und haben dich mitgenommen, damit du nicht verblutest, verstanden? In der Eile haben sie vergessen, uns dein Gepäck zu übergeben. Die werden wohl kaum nach deiner Abteilung forschen, haben Wichtigeres zu tun. Überlass alles mir, verplapper dich bloß nicht, bist am besten bewusstlos. Sei froh, dass du so blass aussiehst, du Bleichgesicht." Darüber hatte er sich schon öfter mokiert, fällt mir ein. Ich verspreche, alles mit mir geschehen zu lassen. Das muss offensichtlich zu meinem Besten sein. Wir laufen, stolpern weiter durch das Unterholz, jetzt schweigend.

Plötzlich hält er mich zurück. Da sind zwei Kaninchen. Sie hoppeln vor uns herum, wahrscheinlich ein Pärchen. Wir verhoffen ein Weilchen, warten, ob sie näherkommen. Ich stelle mir vor, dass es mit der Pistole einigermaßen schwierig sein muss, richtig zu treffen. Er hat die Waffe gezogen, hebt sie langsam. Die Tiere scheinen keine Witterung zu bekommen, sind ahnungslos. Ein, zwei Schüsse fallen, und das Männchen, der Rammler, liegt in seinem Blut.

Vater legt mir, beinahe fachgerecht, einen Kopfverband an, den er mit Hilfe mehrerer Grasbüschel mit Kaninchenblut tränkt. „Siehst gut aus, mein Lieber, kannst dich seh'n lassen als aktiver Kriegsteilnehmer."

Herr von Wehrn und Emmert erwarten uns angstvoll, denn wir sind ziemlich lange weggeblieben. Außerdem waren sie ja immer noch völlig im Unklaren über das Vorhaben meines Vaters. Da kommen wir aus dem Wald. Der Oberstleutnant bestürzt: „Um Gottes Willen, Herr Oberst, was ist passiert?" Da erzählt Vater freudestrahlend seine Story. Lachend loben sie den Einfall und es geht zum Dorf zurück. Natürlich bleibt immer noch das Risiko, dass die Feldgendarmen nicht darauf hereinfallen und mit uns kurzen Prozess machen. Wir müssen also weiter bangen. Alle wissen, dass sie nunmehr Mitverschworene sind in einem riskanten Unternehmen. Ich glaube, dass Vater wohl am besten damit umgehen kann. Er meistert die Sache, vertraut auf seinen guten Stern. Immer wieder schärft er den Beteiligten ein, wie sie sich zu verhalten haben.

„So, und dich haben wir unterwegs nicht umsonst aufgegriffen. Du kommst als unsere Ordonnanz oder auch als Bursche in den Stab meiner neuen Division, die ich in Traunstein abholen werde. So habe ich dich gut unter Kontrolle." Den „Schlappschwanz" verbeißt er sich in Gegenwart der anderen, aber ich höre es ganz leise mitschwingen.

Was soll ich sagen: ich spiele meine Rolle einigermaßen gut. Total geschwächt vom vielen "Blutverlust" liege ich auf dem Sofa der Tankstellenleute, bei denen wir uns kurzerhand eingenistet haben. Die Frau kocht Eintopf, gibt uns zu essen, will mich sogar füttern. Hunger habe ich schon, doch ich muss ja nach außen hin so geschwächt wirken, dass ich nichts zu mir nehmen kann. „Die armen Kinder, was die schon durchmachen müssen“, bemitleidet sie mich. In der Tat sehe ich für mein Alter noch sehr jung aus, höchstens wie fünfzehn.

Während die anderen dasitzen, essen und miteinander reden, schlummere ich und pflege mein Krankenbild. “Am besten ganz stille sein”, rede ich mir ein, “lass es auf dich zukommen, vertrau deinem Erzeuger!”

Unvermittelt wartet mein Vater jetzt mit der eigenwilligen Idee auf, des Oberstleutnant von Wehrns Mutter aus Gera zu holen und mit nach Bayern zu nehmen. Der ist damit nur bedingt einverstanden, denn er sieht auch die Risiken. „Ist denn Gera noch in unserer Hand?“, wagt er zu fragen. - „Ich denke schon. Wir versuchen es einfach.“ Schließlich stimmen sie überein, dass die alte Dame glücklicher sein dürfte, wenn sie aus dem Kampfgebiet heraus und zur Verwandtschaft nach München kommt.

Brusigs, das sind die Leute von der Tankstelle, sind so entgegenkommend, dass sogar eine Übernachtung für uns alle gesichert ist. Die erste Nacht in Vaters Obhut fühle ich mich schon fast geborgen, auch wenn mir das Ganze ein bisschen wie Theaterspielerei vorkommt. Aber bei ihm musste man ja immer auf einiges gefasst sein. Lange kann ich auf meinem Sofa nicht einschlafen. Ob der Fuchs das Kaninchen schon gefressen hat? Vater hat es ihm schließlich großzügig überlassen. Der Kopfverband ist wie eine Mütze. Eine Rotkreuzschwester hätte ihn nicht besser anlegen können. Andernorts rumort der Krieg weiter, fallen Bomben, sterben Menschen - hier aber wird absurdes Theater gespielt. Naiv wie ich bin, frage ich mich, ob man den Krieg nicht einfach links liegen lassen kann. Und was denken Hitler und seine Generale jetzt? Fragen über Fragen, aber mein junges Leben scheint vorerst in Sicherheit zu sein. Wo steckt die Abteilung? Wohl schon in der Tschechei, hat vielleicht eine erste Feindberührung gehabt. Ich denke an Heinz, der mir ein Freund geworden ist.

Eine folgenträchtige Entführung

Der andere Morgen sieht uns einigermaßen ausgeschlafen. Wir sind bereits ganz früh auf den Beinen. Ich darf nun schon etwas essen, habe mich offensichtlich recht gut erholt.

Es ist der historische sechzehnte April, an dem, nach einer nie erlebten Kanonade aus vielen tausend Rohren und einem Bombardement ebensovieler Schlachtflieger und Bomber, der sowjetische Sturm auf Berlin beginnt. Und wir fünf Uniformträger versuchen währenddessen eine alte Frau aus dem ebenfalls vom Feind bedrohten Gera herauszuholen. Wir müssen unseren Plan jedoch bald aufgeben, da alle Elsterbrücken entweder bombardiert oder bereits gesprengt sind. Unsere beiden Autos weisen leider keine amphibischen Eigenschaften auf. Über Umwege setzen wir also unsere Fahrt nach Süden fort, dem mit Generalsunterschrift autorisierten Marschbefehl folgend. Die Hoffnung, dass Vater mit seiner künftigen Division noch rechtzeitig zum Entsatz von Berlin antritt, verliert zusehends an Substanz.

Von Gera dringt bereits Kampflärm herüber. Es wird Zeit, dass wir weiterkommen. Vater scheint sein Ziel immer noch zu verfolgen und strebt nach Traunstein. Alles weitere wird man dann sehen. Es entspricht wohl auch seinem soldatischen Selbstwertgefühl, sich irgendwie nützlich zu machen. Wir drei „unteren" Chargen erfahren dies während eines langen Gespräches, das er in unserer Gegenwart mit dem Oberstleutnant führt. Obwohl beide Herren inzwischen doch recht skeptisch über den weiteren Kriegsverlauf denken, wäre es für sie ein Verrat an ihrer Offiziersehre, wenn sie jetzt kapitulierten. Sie bleiben also zusammen und wir mit ihnen. Das ist eine ausgemachte Sache.

In dem kleinen Ort Teichwolframsdorf führt mein Vater mit dem Ortskommandanten ein ernstes Gespräch zur Gesamtlage. Vor allem möchte er gern einmal mit jemand anderem reden. Dort erfährt er auch vom Beginn der finalen sowjetischen Offensive. Ihm fällt sofort jener General ein, bei dem er kürzlich den Marschbefehl nach Traunstein erwirkt hatte. Der sollte ein Armeekorps befehligen, und hatte nicht einmal seinen Stab beisammen. Auch das würde er mir zu gegebener Zeit erzählen. Im Augenblick ist er noch sehr wortkarg bezüglich dessen, was er seit seinem Weggang aus Ursenbach erlebt hatte. Es ist einfach zu viel anderes und viel Wichtigeres zu bedenken.

Nach Ansicht meines Vaters, der zugleich mein Kommandeur ist, laufe ich Gefahr, in Stumpfsinn zurückzufallen, falls ich nicht bald gefordert würde. Zunächst bin ich zwar durch das schwere Handicap am Kopf ruhiggestellt, aber das darf nicht so bleiben. Auf die Dauer wäre diese Tarnung auch nicht tragbar gewesen. Er in seiner aktiven Art kann sich nicht vorstellen, dass mich diese Situation inmitten des Krieges schwer belastet. Zudem strengt mich allein schon seine Nähe an. Die große Scheu vor ihm habe ich noch immer nicht überwunden. Unvergessen bleibt der bühnenreife Hinauswurf bei Mutter. Alles in allem muss ich ehrlicherweise zugeben, dass ich in der kleinen Gruppe das passivste Glied bin.

Der allgegenwärtigen Tiefflieger wegen tarnen wir uns ein gutes Weilchen lang in einem kleinen Waldstück. Diese Zwangspause kommt unserem weißen Opel zugute, dessen Motor bereits mehrmals aussetzte. Schwager reinigt die Zündkerzen, und das war es dann auch schon wieder. Wie gut, dass wir einen Fachmann haben, der sich in den Schwachstellen von Autos auskennt. Unser zweiter Fahrer, Emmert, ist dagegen als Gastwirt und Nicht-Autobesitzer genauso unerfahren wie wir anderen. Dennoch haben die beiden unteren Dienstgerade innerhalb unserer „Notgemeinschaft" inzwischen schon beinahe Freundschaft geschlossen.

Vater beobachtet die Landstraße mit seinen scharfen Jägeraugen aus der Deckung heraus. Er erblickt eine kleine Fahrzeugkolonne, die in Richtung auf Neumarkt vorbeizieht. Kurz darauf tauchen Panzer auf, offensichtlich bereits eine amerikanische Vorhut.

Später, nachdem die Luftlage als günstig befunden wird, fahren wir ein gutes Stück weiter auf unserer Straße bis nach Lengenfeld. Dort finden wir in einem Bürgerhaus Quartier. Auch hier gelingt meinem Vater wieder Erstaunliches. Sein forsches, zuversichtliches Auftreten unter Bezugnahme auf unsere „äußerst wichtige Mission“ verschafft uns erneut ein paar Schlafplätze und annehmbare Verpflegung. Wenn er dann versucht, sich finanziell erkenntlich zu zeigen, winken die Gastgeber meist entrüstet ab. Es ist eben immer noch der blitzende Heldenorden und sein bestimmtes Auftreten, das ihn in seiner Umgebung so gewaltig erhöht. Den meist sehr einfachen Leuten erscheint es wie eine Ehre, ihn und uns zu beherbergen. Sie teilen selbst das Wenige, das sie noch haben, mit ihren Soldaten. Verallgemeinernd will mir scheinen, dass es sich etwa so mit der Sichtweise in breiten Volksschichten bis zuletzt verhielt.

Die entscheidende Wende müsse doch nun endlich kommen, und den geheimnisvollen Oberst sehen sie als eine Art Vorboten an. Die offizielle Lügenpropaganda bestärkt diese Gläubigkeit ja auch immer wieder. Wenn sie dann mit uns reden wollen, nimmt Vater das Wort für uns alle - bei mir hat er sowieso große Sorge, dass ich mich verplappere - und meint sibyllinisch, dass es so kommen wird, wie es kommen muss. Dann erzählt er, nach dem Anlass seiner hohen Auszeichnung gefragt, von Nordafrika, das doch immer sein Lieblingsthema ist. Dort hatte er seinen Krieg.

Die Nacht bleibt erstaunlich ruhig. Sind wir schon im Niemandsland? Wo steht der Feind wirklich? Doch die Schlafstelle wird für mich etwas eng. Mir bleibt nur die Ritze zwischen zwei zusammengeschobenen Matratzen, auf welchen die beiden Fahrer schlafen. Inzwischen sind wir fast wie Freunde zueinander, Freunde in der Not. „Es wird schon werden,“ meint Schwager vieldeutig, und wir reden in der Nacht noch ein ganzes Weilchen miteinander über uns und die Welt. Wir hören kaum, dass Krieg ist. Aber im Norden wird die Umklammerung um Berlin immer enger, wird schließlich zu einem Ring, der die Reichshauptstadt in kürzester Zeit erdrosselt haben wird. Dreieinhalb Millionen Sowjetsoldaten mit zehntausenden von Geschützen und Panzern stürmen gegen die hoffnungslos unterlegene Verteidigungsmacht von gerade einhundertsechzigtausend Mann.

Vater erscheint mir wie ein Wunder. Wo andere jahrelang kämpften, dem Tod in die Augen sahen, oder wie in Russland massenweise erfroren sind, konnte er sich anscheinend nach Gutdünken durch den Krieg lavieren. Zugleich hielt er an seinem Offizierseid fest und ist meines Wissens kein einziges Mal gestrauchelt oder sich selbst untreu geworden. Seinen Sinn gewandelt hat er nur einem gegenüber, und das war der missratene Sohn. Er sah ihn in der Endphase des Krieges als liebenswerten Mitmenschen, als sein eigen Fleisch und Blut, das unbedingt aus dem Schlamassel gerettet werden musste. Dieses Ziel verfolgte er situationsbedingt zwar auf Umwegen, aber konsequent und unter bewusster Inkaufnahme eines hohen persönlichen Risikos. Er fühlte sich offenkundig nicht mehr gebunden an sinnlose Befehle und fand einen Ausweg aus dem lebensbedrohlichen Chaos.

Ich weiß, so möchte ich ihm heute gern sagen, du warst am Ende mit deinen Träumen von einer gesicherten und anständigen Offiziersexistenz. Aber du hast dein Schicksal verantwortungsbewusst in beide Hände genommen und das meine noch dazu. Gravierende Erlebnisse mussten hinter dir liegen, welche dich zu einem anderen gemacht haben, das merkte ich genau. Nur war ich damals noch zu scheu, um danach zu fragen. Ich wusste zumindest, dass du in Berlin gewesen bist, in der “Höhle des Löwen”, wie du es nanntest. Aber wie du da herausgekommen bist, direkt zu mir, das blieb mir noch schleierhaft. Ich verließ mich darauf, du würdest es irgendwann sicherlich erzählen.

Jetzt nehmen die Ereignisse weiter ihren von Vater vorgeplanten Lauf. Am nächsten Morgen, es ist inzwischen der achtzehnte April, setzt sich die Minikolonne gemächlich in Bewegung. Vater mahnt wiederum zu äußerster Vorsicht wegen der Tiefflieger, aber er will auch, dass wir möglichst weit vorankommen. Mit seinem Feldstecher, den er aus allen Situationen retten konnte, sucht er immer wieder den Himmel ab. Im Ernstfall hätte dies allerdings nur sehr wenig geholfen. Bei einem direkten Angriff der schnellen Maschinen wären wir wohl hoffnungslos verloren gewesen. Wir bauen einfach auf unser Glück, und wir haben es.

Ungestört erreichen wir im Laufe des Vormittags den Ort Wildenthal bei Eibenstock und suchen dort, diesmal allerdings vergeblich, nach Quartier. Wir müssen uns weiter umtun, und schließlich finden wir auf einem Schäfereigut bei Neidthartsthal in einer Scheune bescheidenen Unterschlupf. Unseren Kraftfahrern gelingt es auch hier, beide Wagen in irgendwelchen Durchfahrten oder Scheunen unterzubringen, damit sie nicht vom Feind entdeckt werden können. Heute sind wir entschlossen, uns selbst zu verpflegen, denn dauernd "nassauern" wollen wir nicht.

Der findige Schwager fährt nochmals nach Wildenthal und organisiert Brot, Margarine, Kunsthonig und Schmelzkäse. Wir gehen in das Dorfgasthaus und "spachteln", wie sich Vater auszudrücken pflegt, in aller Ruhe bei einem Glas Bier. Von Wehrn stachelt nun den großen Erzähler an, einen seiner masurischen Leutnantsstreiche zum Besten zu geben. Dieser lässt sich nicht lange bitten. Hier höre auch ich die Geschichte von dem am Waldpuschsee erlegten Krokodil zum ersten Mal. Er kann das so packend und witzig schildern, dass alle, die Wirtin eingeschlossen, gebannt zuhören und schließlich in ein schallendes Gelächter ausbrechen. Das erzählt er zu gern, und er wird es auch später noch oft erzählen. Man könnte die Geschichte durchaus unter Jägerlatein verbuchen.

Die Wirtin wundert sich schon ein wenig über den schwerverwundeten Arbeitsmann. Wieder muss ich staunen über die Kaltschnäuzigkeit, mit der Vater auch ihr den Bären mit dem Auffinden des vergessenen Beinahtoten im Straßengraben aufbindet. Dabei fühle ich mich natürlich nicht besonders wohl in meiner Haut. Es ist doch recht gewöhnungsbedürftig, mitfühlenden freundlichen Menschen einen Schwerverletzten vorzumachen. Aber wenn wir dann wieder allein sind, tröstet er mich: "Es ist doch bloß zu deinem Besten, bald werden wir sicher eine andere Lösung finden."

Vorerst sitzen wir noch ein wenig zusammen. Die Stimmung ist überraschend locker, obwohl die Umstände das eigentlich nicht zulassen. Als wir satt und müde unsere Lagerstatt im

Schäfereigut aufsuchen, finden wir ein besetztes Nest vor. Während unserer kurzen Abwesenheit hat sich dort eine Luftwaffeneinheit mit siebzig Mann einquartiert. Vater will kein "Fass aufmachen", denn jeder muss in so einer Situation Verständnis aufbringen. Bei dem Wirrwarr, dem Hin und Her aller möglichen Truppenteile muss man sich arrangieren. Tatsächlich ist da noch eine Tenne mit reichlich Stroh, auf der wir uns unter Zuhilfenahme einiger rasch organisierter Decken niederlassen. In voller Montur, eng aneinander gedrängt, liegen wir im Stroh. Die Nächte sind noch empfindlich kühl und die paar Decken reichen nicht weit. Wir sinnieren über unser schräges Geschick, das genau besehen noch recht sanft mit uns umspringt. Die dritte Nacht schon bin ich "unter den Fittichen" meines Vaters, und mir will immer noch nicht in den Kopf, wie das Ganze zustande kam. Heut weiß ich natürlich den Zusammenhang, aber darauf kam Vater erst viel später zu sprechen.

Ich erfuhr, dass meine Mutter einen entscheidenden Anteil an seinem Sinneswandel und damit auch an unserer kleinen Odyssee hatte. Er bekam nämlich, nachdem er mich so unsanft wieder in den Krieg hinausbefördert hatte, eine Riesenauseinandersetzung mit ihr. Mutter gelang es, ein Schuldgefühl bei ihm zu erzeugen, das er nicht mehr los wurde. Vermutlich stellte er von da ab seine weitere Planung tatsächlich auf meine Rettung ab, die er nun als seine vornehmliche Aufgabe ansah. Es war bestimmt ein fürchterlicher Seiltanz für ihn, nach allem, was er mir in kleinen Dosen später noch schilderte. Ich muss ihm glauben, denn er ist nun schon über dreißig Jahre tot. Offiziersehre hin, Offiziersehre her, in der augenblicklichen Situation nahm jetzt die Familie den ersten Rang ein. Außerdem muss er seine, nach meiner damaligen Meinung nur mäßig ausgeprägte Vaterliebe neu entdeckt haben. Immer wieder grübele ich darüber, was in seinem Kopf damals alles vorging.

Und er führt gemächlich "seinen" Krieg weiter. Für das Dritte Reich, das Großdeutschland der Nazibonzen wird die Lage immer bedrohlicher. Bomben und Granaten löschen immer noch tausende Menschenleben aus, die Handfeuerwaffen komplettieren das Inferno, in den umkämpften Orten leidet die Zivilbevölkerung unsäglich. Und dann gibt es fünf Menschen, die nach dem Willen ihres Anführers der oberbayerischen Stadt Traunstein und einer bislang nicht bekannten Division zustreben. Inmitten der mörderischen Katastrophe verfolgt einer konsequent diese absurde Idee, und zumindest ich glaube treuherzig daran. Es ist ein bizarrer Schelmenstreich, der in einem höchst dramatischen Umfeld abläuft.

Währenddessen rollt der sowjetische Massensturm auf Berlin. Was die deutsche Generalität schon lange weiß: aus diesem Inferno gibt es kein Entrinnen mehr! Hitler bleibt seinem Image als GröFaZ treu und erteilt weiter, vielleicht sogar gegen besseres Wissen, Befehle, die nahezu unausführbar sind. Sie nähren in allen Richtungen Illusionen, in denen auch eine weit entfernte und nicht wirklich existente Entsatzdivision ihren Platz findet.

So nimmt denn ein paar hundert Kilometer weiter südlich die erwähnte Komödie in ziemlicher Ruhe ihren Lauf. Des Morgens - ist es schon der siebzehnte April - wird noch gewaltig in der Gegend herumgetrödelt. Vater hat sich in den Kopf gesetzt, den ihm bekannten General von Lüttwitz[4]aufzusuchen, um dessen Meinung zu seinem im Marschbefehl festgeschriebenen Vorhaben einzuholen. Er hat erfahren, daß der sich mit seinem Stab ungefähr zwei Kilometer entfernt in einer stillgelegten Fabrik aufhält. Man bespricht also die Lage bis hin zu den Chancen eines effektiven Endkampfes. Die Heeresgruppe Schörner sei ja wohl noch immer einer der intaktesten Großverbände der Wehrmacht und halte den Feind im "Protektorat Böhmen und Mähren" an vielen Stellen entschlossen auf. Im Übrigen beurteilen die Herren die Aussichten eher skeptisch. Vater gibt sich unerschütterlich so, als wenn er seinen Auftrag tatsächlich ausführen wollte, und man scheint ihm zu glauben oder kommt nicht umhin, so zu tun.

---

[4] General der Panzertruppe Smilo Freiherr von Lüttwitz (1895-1975); Anfang 1945 vor dem Reichskriegsgericht wegen Defätismus angeklagt, nach Freispruch Kommandierender General des in Mitteldeutschland eingesetzten 85. Armeekorps. Bis 1960 Generalleutnant der Bundeswehr.

Oberstleutnant von Wehrn nimmt ebenfalls an dem Gespräch teil. Der seit dem Ersten Weltkrieg invalide Reservist verfügt nur noch über einen Arm und ein Auge, das Fehlende durch die üblichen Prothesen “ersetzt”. Er war meinem Vater in Gera samt Fahrer und weißem Opel “zugelaufen”, eine Merkwürdigkeit auch das. Den Dienstwagen, mit dem Schwager den Oberst aus Ursenbach geholt hatte, schoss ihnen, nach Abholung besagten Marschbefehls unweit Wurzen eine heranbrausenden “Lightning” zusammen. Die Insassen hatten sich nur retten können, weil sich der Flieger vorher noch mit einer in der Nähe rollenden militärischen Lkw-Kolonne beschäftigte. Mit dem Dienstwagen verbrannte leider auch die schöne Generalsuniform. Den kostbaren Marschbefehl trug Vater mit seinem Dienstausweis und dem Soldbuch gottlob in der Brusttasche seines Waffenrocks.

Das Auto war verloren. Schwager bekam noch einen Kurzurlaub von seinem Chef genehmigt. Die beiden Männer fuhren per Anhalter und Bahn weiter, der Fahrer zu seiner Familie und mein Vater nach Gera, wo er den dicken Oberstleutnant in der Ortskommandantur traf. Sein Hintergedanke war, durch ihn wieder an einen fahrbaren Untersatz zu kommen. Er musste ja seinen “Marschbefehl” ausführen. Herr von Wehrn besaß zwar selbst kein Auto, aber da war dieser weiße Opel verfügbar, der eigentlich einem gewissen Gadebusch gehörte. Kurzerhand zu “Kriegszwecken” requiriert, gehörte er zum Fuhrpark der Wehrmacht, mochte er auch denkbar ungeeignet für militärische Zwecke sein. Da von Wehrn schon immer sehr viel von Vater hielt, sie waren quasi befreundet noch von Friedenszeiten her, folgte er ihm. Dabei musste er befürchten, in Kriegshandlungen verwickelt zu werden, denn er hatte von dem Projekt einer neuen Division erfahren. Von Wehrn nahm entschlossen den Opel mit dem ihm zugeteilten Fahrer Emmert mit.

Jetzt steht auch er dem General von Lüttwitz gegenüber und teilt die allgemeine Skepsis. Man wird sehen! Anschließend wenden sich die beiden Stabsoffiziere wieder ihren draußen wartenden unteren Dienstgraden zu, deren einer ich bin. Mit Schwager und Emmert komme ich inzwischen prima aus, jeder ist mir auf seine Art lieb geworden. Ab und zu grinsen sie zwar über meinen blöden Kopfverband, aber was soll es. In ihrer Gegenwart spreche ich jedenfalls ohne Scheu. Es ist anders als in der RAD-Einheit, wo die Ungewissheit der Jungen vor der nahen Zukunft dominierte, die Angst, in dem verlorenen Krieg noch als letzte Opfer dargebracht zu werden. Besonders Schwager, ein starker, ehrlicher Typ, Kraftfahrzeugmechaniker, strahlt eine große Ruhe aus. Er ist glücklich, mit seinem Oberst diese Fahrt machen zu können, die doch verhältnismäßig wenig Risiken birgt. Von seinem Pech in Rumänien hatte ich auch erfahren, und dass Vater ihn sogar im Lazarett noch in Schutz nahm: "In *der* Situation - wir waren praktisch auf der Flucht, dazu die regennasse Fahrbahn, da kann einer noch so gut sein, es kann einfach passieren - Risiko!" Sie waren damals von einer zurückflutenden Lkw-Kolonne mitgenommen worden, denn das Auto hatte nur noch Schrottwert.

Emmert ist da anders. Der Gastwirt aus Frankfurt am Main ist eine Frohnatur, einen halben Kopf kleiner als der fast Zweimetermann Schwager, wendig und manchmal wohl ein bisschen aalglatt. Man weiß bei ihm wesentlich weniger, woran man ist, aber im Grunde genommen erscheint er mir ebenfalls als umgänglicher und ehrlicher Zeitgenosse. Oberstleutnant von Wehrn schwört jedenfalls Stein und Bein auf ihn, denn Emmert hilft ihm bei vielem.

Der Leser, vermutlich überwiegend ein Gegenwartsmensch, wird fragen, was der General von Lüttwitz mit seinem Stab dort zu suchen hatte. Überall trat der Krieg in sein Endstadium und Truppen jeder Art wurden denkbar knapp. Für mich war damals überhaupt nicht ersichtlich, ob von Lüttwitz eine Division befehligte oder gar ein Korps mit drei, besser vier Divisionen? Oder war nur er mit seinem Stab übriggeblieben, also ohne Truppe, wie es in jenem Tohuwabohu der Endzeit damals öfter vorkam. Eigentlich haben wir rundum auch keine weiteren Truppenansammlungen gesehen. Meine Scheu Vater gegenüber hält mich zurück danach zu fragen, und beide Offiziere äußern sich nicht. Vater eröffnet mir lediglich, den markanten Kopfverband demnächst entfernen zu wollen, denn der sähe doch nicht mehr schön aus. Er hätte da eine Idee.

Das bedeutet einen weiteren Besuch bei von Lüttwitz, zu dem er mich mitnimmt. Der General sitzt gerade an einem provisorischen Tischchen, isst ein Kunsthonigbrot und trinkt Mukkefuck. Etwas erstaunt blickt er auf: "Nanu, fehlt was?" Nun berichtet Vater, dass dieser Arbeitsmann unterwegs aufgegriffen worden sei, bei dem eine schwere Kopfverletzung zu vermuten war, offensichtlich durch einen Bomben- oder Granatsplitter. Man habe ihn verbinden lassen und einfach mitgenommen, da sein Gedächtnis offenkundig in Mitleidenschaft gezogen war, und er niemals allein zu seiner Einheit zurückgefunden hätte.

Von Lüttwitz blickt mich prüfend an. Mein immer noch recht kindhaftes Aussehen muss ihn berührt haben. Vater führt weiter aus, dass bei dem Sechzehnjährigen noch panische Angst hinzu gekommen sei. Der habe gezittert wie Espenlaub, voller Furcht, irgendwelchen Greifern in die Hände geraten zu sein. Sein Gepäck mit sämtlichen Ausweispapieren müsse wohl bei der Einheit geblieben sein, die man nicht mehr auffinden konnte. Der Junge benötige nun zumindest einen behelfsmäßigen Ausweis, falls sie in eine Kontrolle der Feldpolizei geraten sollten. Er selbst wolle sich weiter um ihn kümmern, wolle ihm noch ein wenig militärischen Schliff geben, den er ohnehin brauche. Wo der hin gehöre, habe er erst allmählich erfahren können.

Regungslos höre ich, wie schamlos Vater lügen kann. Er hatte mich vorher beiseite genommen und mir eingeschärft: "Du heißt Arno Schulz, verstanden? Dass du dich nicht verplapperst, dann hol dich der Geier!" Von Lüttwitz nimmt einen Schluck, wobei ihm förmlich anzusehen ist, was er von Kaffeeersatz hält. Dann sagt er: "Der muss zunächst mal frisch verbunden werden, kann unser Sani machen." - "Neinnein, Herr General, ist überhaupt nicht notwendig. Mein Fahrer hat medizinische Ausbildung und ist bereits angewiesen, die Wunde zu versorgen. Wir haben auch feststellen können, dass die in sehr gutem Zustand ist - junges Blut halt, keinerlei Infektionsgefahr", wiegelt Vater rasch ab. Ich muss fast lachen. Aber hier ist Ernsthaftigkeit geboten, denn es geht um eine existenzielle Angelegenheit. Ich hielt mich die ganze Zeit über in Habt-Acht-Stellung im Hintergrund auf. Nun sagt der einigermaßen erstaunte, möglicherweise auch misstrauisch gewordene von Lüttwitz: "Rühren!" - und ich rühre. Er gibt seinem Schreiber trotzdem Anweisung, die Daten des Arno Schulz zu erfassen und ein entsprechendes Papier auszustellen. Was der durch Gedächtnisschwund gehandicapte Junge nicht weiß, wird auf's Geratewohl ergänzt, man nimmt das hier in dem allgemeinen Tohuwabohu nicht mehr so genau, zumindest in diesem Stab nicht. Leutselig meint General von Lüttwitz noch: "Am späten Nachmittag, so gegen fünf, kann er sich den Ausweis abholen. Ich werde vorsichtshalber noch einen Überstellungsbefehl zu Ihrem Stab hinzufügen, Oberst Knabe, damit die nichts zu bemängeln haben, nur zu Ihrer Sicherheit." Das hatte Vater nun gar nicht erwartet, und er bedankt sich vielmals. Dann verabschieden sich die Herren äußerst herzlich. Wir fahren ins Schäfereigut zurück, um dort von unserer "eisernen Ration" zu essen.

Ich, der Schütze Arno Schulz, fahre mit einem geliehenen Fahrrad später zurück und erhalte nicht nur den sauber gestempelten und vom General von Lüttwitz gegengezeichneten Notausweis plus Überstellungsbefehl, sondern auch noch eine passende Militärhose und -jacke sowie eine Flasche Kognak und eine ganze Menge Zigaretten, die man dort beim Stab offenkundig im Überfluss hat. Das Ganze passt kaum auf den Gepäckträger und ich habe einige Mühe, ohne Verluste zurückzukommen. Natürlich fragte ich mich, so wie ich mich das heute auch wieder frage, was den General bewog, sein durchaus gerechtfertigtes Misstrauen zu überwinden und uns, vor allen aber mich so reich zu beschenken. Sicher kannten sich die beiden, sonst wäre mein Alter bestimmt nicht noch einmal zu ihm hinübergefahren. Die alte Reichswehr hatte ja einen gut überschaubaren Umfang. Bestimmt ist dem General in den Sinn gekommen, dass ich wahrscheinlich fahnenflüchtig bin. Den Kopfverband mag er, vor allem nach der heftig abwehrenden Haltung meines Vaters als Attrappe gedeutet haben. Dennoch hält er sich zurück, hinterfragt nicht, sondern hilft uns weiter. Es scheint einfach nicht zu stimmen, was häufig über die Schlechtigkeit des deutschen Offizierskorps gesagt wird. Den ganzen Krieg über und besonders als es auf das Ende zuging, handelten viele Kommandeure und Befehlshaber ehrenhaft, indem sie sinnloses Blutvergießen vermieden und Menschenleben bewahren halfen. Als überzeugtem Pazifisten liegt es mir fern, eine Ehrenrettung der deutschen Wehrmacht zu betreiben. Sie war in das NS-Regime eingebunden und vertrat mehrheitlich dessen Ideologie. Aber dort wie auch anderswo zeigte sich immer wieder menschliche Größe in verschiedenster Form.

Endlich bin ich die lästige Binde um den Kopf los, die ihn mehr als nötig wärmte. Nun muss ich mich erst an die neue Identität gewöhnen. Mein offizieller Name wird deshalb, vor allem von Vater, immer wieder gerufen: "Schütze Schulz, angetreten! - Schütze Schulz, Kaffee kochen! - Schütze Schulz, marschmarsch, aber dalli!" Man sollte meinen, er wolle nun Versäumtes in kurzer Zeit nachholen. Da wird auch der Oberstleutnant überraschend mobil mit "Schütze Schulz" hinten und "Schütze Schulz" vorn. Nur die beiden Fahrer nehmen die Veränderung mehr von der heiteren Seite: "Arno - na, du weißt schon!"

So lerne ich allmählich, meine neue Rolle auszufüllen und schließlich macht es mir sogar Spaß. Also spiele ich die künftige Ordonanz im Stabe meines Vaters. Er scheint das Ganze aber sehr ernst zu meinen. Ich gewinne den Eindruck, er will mich vom "Schlappschwanz" zu einem "vernünftigen Kerl" erziehen, der sich auch zu wehren weiß. An und für sich ist das ja ein guter Vorsatz, aber bei mir verträumtem Muttersöhnchen muss er doch einsehen, dass es hoffnungslos ist. Ich spiele aber mit, weil es unter den obwaltenden Umständen nötig ist und weil ich ausgesprochen gern bei der Gruppe bin.

Gegen Abend brechen wir auf in Richtung Karlsbad. Unterwegs überall großes Chaos, verstörte Gesichter, Aufräumarbeiten, schließlich eine abgesperrte Straße. Hinter der Absperrung sehen wir einen riesengroßen, aber nicht allzu tiefen Trichter. Nach Auskunft eines Schaulustigen soll dort vor etwa einer Stunde ein Munitionstransport in die Luft geflogen sein. Das erklärt auch die vielen, weiträumig umherliegenden Wrackteile. Die Umleitung führt über schwierige Feldwege, bis wir wieder auf die Straße gelangen. Wir erreichen Karlsbad. Es sind kaum Verwüstungen zu sehen. "Die verschonen das hier, ist ja von uns besetztes Feindgebiet!"

In dem Örtchen Petschau hinter Karlsbad suchen wir uns ein Nachtquartier und finden es erneut in einer Scheune. Noch ist die Gegend teilweise von Deutschen bewohnt; die Tschechen warten ab, aber es brodelt bereits. Wieder eine kalte Nacht, und wieder liegen wir eng aneinandergekuschelt, alles, was an Decken und Mänteln aufzutreiben war, über uns gebreitet. Vater faucht den dicken Oberstleutnant an: "Mann, Sie sind doch keine Memme, wir sind Offiziere und haben unseren Soldaten Vorbilder zu sein. Hier wird also nicht gefroren, denken Sie an Russland!"

Anderntags sehr frühes Aufstehen, Waschen an der Pferdetränke. Als von Wehrn die vier nackten Oberkörper sieht, packt ihn erneut Schauder. Vater blickt ihn spöttisch an und erteilt ironisch den Rat: "Ordentlich nass machen, dann so lange um das Dorf rennen, bis Sie trocken sind, hinterher noch dreißig Liegestütz, das bringt in Form!" Wir müssen alle schmunzeln. Lautes Lachen wollen wir dem armen lädierten Menschen nicht antun, aber schließlich lachen sein schiefer Mund und das eine Auge mit. Vaters stämmiger Leib macht einen guten Eindruck, kein Gramm zu viel. Bis auf den Kreislauf scheint bei ihm alles in Ordnung. Schwagers Oberkörper weist Farbe auf, ganz anders als die Blässe seines Chefs, wirkt jugendlich und durchtrainiert. Mitte dreißig mag er sein. Vater ist schon Ende vierzig, von Wehrn noch älter. Man sieht Schwager den körperlich arbeitenden Handwerker an. Emmert ist dagegen schmalbrüstig, ja ein wenig verkümmert.

Plötzlich ruft Vater: "Schütze Schulz, Kaffee kochen, marschmarsch, aber 'n bisschen dalli!!" Ich renne zur Bauersfrau und setze einen Malzkaffee auf. Das Rohmaterial dazu haben wir neuerdings dabei, lediglich die Milch gibt es vom

Bauern, frisch gemolken. Unauffällig versuche ich mich als angehende Ordonanz zu bewähren. Man wird ja sehen! Die Frau ist nicht unfreundlich. Wir dürfen in der Küche den massiven Tisch mit der Ahornplatte benutzen. So beginnt der vierte Tag unseres Beisammenseins für mich wie auch für die andern wieder denkbar ruhig. Wo mag sich meine RAD-Abteilung befinden, irgendwo in der Nähe müssen die Jungs sein. Ich wünsche ihnen von ganzem Herzen, dass sie nicht zum Einsatz kommen.

Welch ein Spaß ist es dagegen, als „Schütze Schulz" herumzurennen und für den obligaten Morgenmuckefuck zu sorgen! Es scheint so, als fühlte ich mich wohl in meiner neuen Rolle.

In den Wehrmachtsberichten vom achtzehnten, neunzehnten und zwanzigsten April wird mitgeteilt, dass die sowjetischen Angreifer nach dem ersten, gewaltigen Ansturm zurückgeworfen seien, dass man die alte Frontlinie bei Seelow wieder hergestellt habe und die Gegner ständig ungeheure Reserven in den Kampf führten und somit immer weiter vordrängen. Das sind nun, weiß Gott, keine Siegesfanfaren mehr, die vor wenigen Jahren noch tönten und die Welt erschütterten.

Wir sind bestrebt, diese Wehrmachtsberichte – Kunstwerke hinhaltender Täuschung, oft auch bitterste Wahrheit - wo auch immer - mitzubekommen. Sie sind unsere einzigen Anhaltspunkte für den ungefähren Verlauf der Kämpfe. Aber das gelingt nicht zuverlässig, zumal unser Weg nicht immer und zur rechten Zeit zu öffentlichen Lautsprechern führt. Kofferradios gab es noch nicht. So befragen wir Leute, die uns gerade begegnen. Die Auskünfte sind vage und oft nicht zutreffend. Die meisten blicken uns erstaunt an und scheinen zu denken: ein so hoher Stabsoffizier sollte doch immer Bescheid wissen! Aber das Ritterkreuz flößt wieder Ehrfucht ein. Natürlich ist Thema Nummer eins jetzt die Schlacht um Berlin. Dabei ist das wahre Ausmaß der Tragödie bislang den wenigsten Menschen klar geworden. Noch immer tönt das Geschrei Goebbels' aus den Lautsprechern, dem Volke wilde Durchhalteparolen im Namen des Führers und der Partei einhämmernd, ankreischend gegen das unabwendbare Schicksal, welches auch ihm und den Seinen blüht.

Vater redet mit seinem Fahrer: "Was meinen Sie, Schwager, ob die Verteidigungslinie vor Berlin bald steht?" Der Angesprochene fühlt sich durch diese Frage überfordert. Er zögert, wiegt seinen Kopf, um dann bedächtig zu antworten: "Es müssten Wunder geschehen, Herr Oberst, ich glaube, man kann jetzt überhaupt nichts mehr sagen. Wenn es die versprochenen Wunderwaffen gäbe, dann wären die doch längst eingesetzt. Sieht trübe aus!" Vater nickt bloß. Er scheint aber viel auf das Urteil seines Fahrers zu geben, und er weiß, dass der ihm notfalls auch unverblümt seine Meinung sagt.

Einmal wage ich, an das Schicksal meiner Arbeitsdienstkameraden zu erinnern, aber da wird er unwirsch und sagt kurz: "Das ist abgeschlossen. Denk lieber an deine Zukunft!" - "Wie soll die werden?" - "Mensch, du Armleuchter, was soll ich denn da sagen? Ich verliere mit Sicherheit meinen Beruf und meinen Lebensinhalt. Wir müssen erst 'mal wieder zu Hause sein, dann werden wir weiter sehen. Stell nicht solche blöden Fragen!" Jetzt grollt er richtig. Die Stimmung ist gereizt. Ich schweige, versuche, mich in seine Lage zu versetzen, die wirklich nicht beneidenswert ist. Seine Depressivität teilt sich beim nächsten Halt auch den anderen mit. Was ist bloß aus dem früheren Draufgänger geworden? Was denkt er? Ist er seiner Sache nicht mehr sicher? Hat er gar Angst?

Wir sitzen im Wald auf einem langen Fichtenstamm, die Offiziere nebeneinander, dann wir drei anderen. Ich höre Herrn von Wehrn: "Was wäre, wenn die uns jetzt kontrollieren, ich meine, dass wir so schleichen?" - "Das lassen Sie mal meine Sorge sein, sind doch gut durchgekommen bisher. Alles ist jetzt va banque!" Das war es dann wohl, er hat sich wieder gefangen. Herr von Wehrn ist immer der Vorsichtigere von beiden, das kann den höheren Dienstgrad mitunter aufregen. Er steht der Inszenierung dieses Unternehmens vermutlich eher skeptisch gegenüber, aber er lässt sich mittreiben, macht „gute Miene zum bösen Spiel". Wenn die beiden planen, ist Vater grundsätzlich der Bestimmende. Der Oberstleutnant hat eigentlich wenig Vorschläge zu machen, er schaut eher zu, nimmt hin, was da auf uns zukommen mag. Er vertraut dem Divisionskommandeur in spe nahezu bedingungslos. Das Spielerische liegt ihm überhaupt nicht, das der Oberst so souverän beherrscht. Zwar ist es ein gefährliches Spiel, aber das ist eben unsere große Chance durchzukommen. Allerdings habe ich an Vater auch eine Veränderung beobachtet. Das Draufgängerische war weitgehend verschwunden und einer neuen Nachdenklichkeit gewichen. Seine Fantasie setzte er nur noch ein, um unsere Gruppe zu bewahren, und irgendwann bemerkte ich, dass er alles nur für mich tat.

Wir begegnen Flüchtlingstrecks in Gegenrichtung. "Aus der Slowakei ins Reich", sagen sie. Es ist dort durch die Partisanen sehr unsicher für Deutsche geworden, ein millionenfaches, beklagenswertes Flüchtlingselend. Die Tiefflieger kommen immer häufiger, meistens Amerikaner. Die schießen im Allgemeinen nicht ganz so brutal auf Zivilisten, aber es kommt auch vor.

In einem kleinen Ort namens Plan wird sinnigerweise der nächste Schritt vorbereitet. Es ist um die Mittagszeit. "Lassen Sie uns hier bleiben, Herr Oberst, wir sollten unser Leben nicht unnötig in Gefahr bringen", meint der vorsichtigere Oberstleutnant - und den schönen Opel - vermuten die anderen. Mein Vater lässt sich verhältnismäßig schnell überzeugen. Momentan wäre es tatsächlich purer Wahnsinn, nicht in Deckung zu gehen. Die Gegner terrorisieren die Landstraßen. Und Vaters neue Devise bestand darin, Leben zu bewahren, seine kleine "Truppe" heil durch die letzten Kriegswochen zu bringen.

So kommt es, dass die beiden Offiziere zum Bürgermeister gehen und nach Quartier fragen. Sie müssen schon zum zweiten Mal erleben, abweisend beschieden zu werden. Der Mann sagt ihnen unverblümt, dass erst kürzlich eine größere Einquartierung die Tiefflieger förmlich auf das Dorf gezogen habe und die Leute sehr allergisch gegen Militär geworden seien. Er lehne daher für die Zukunft Einquartierungen grundsätzlich ab, was die Herren aber bitte nicht persönlich nehmen sollten.

Das haben beide nicht erwartet. Überrascht sehen sie sich an. Natürlich hätten sie es als Wehrmachtsoffiziere erzwingen können, aber was wäre damit gewonnen? Mein Vater blickt dem Mann in die Augen. Im Grunde versteht er ihn und bewundert seine Zivilcourage. Aber sie müssen irgendwo unterkommen. Die Autos stehen noch völlig im Freien und sind sehr gefährdet. Vater sagt: "Ich muss das akzeptieren, weil ich Ihr Argument sehr gut verstehe. Aber was können Sie uns empfehlen? Wir müssen hier irgendwo unterkommen, die Gefahr, dass wir durch Flugzeuge beschossen werden, wird jetzt zu groß!"

Der Bürgermeister scheint erleichtert: "Fahren Sie in das Gut von Naketendörflas, das ist nicht weit, höchstens zehn Minuten. Die haben Platz und auch Unterstellmöglichkeiten für die Autos. Es ist außerdem etwas abgelegen von der Straße." Er beschreibt kurz den Weg. Als Vater und er sich zum Abschied die Hand geben, enthält beider Blick Hochachtung, wenn nicht gar Sympathie. Ein mutiger Mann, denkt Vater beim Hinausgehen. Er bemerkt zu von Wehrn: "Wenn so alle Volksgenossen zu Beginn des Krieges, oder noch besser vorher, Anfang neununddreißig gewesen wären, was meinen Sie, hätte Hitler dann den Krieg beginnen können? Der da steht wirklich für seine Dorfgemeinschaft ein!"

Wir „untere Chargen“ haben draußen bei den Autos gewartet, die wir glücklicherweise unter dichten Nadelbäumen abstellen konnten. Zunächst sind wir ebenso verblüfft, wie die abgewiesenen Offiziere. Dann fahren wir fünf zum Dorf hinaus und erreichen auch bald das Gut. Vater hat seine Selbstsicherheit nicht aufgegeben. Er geht allein in das Gutshaus, während die Fahrer die Autos wenigstens in den Stallschatten stellen. Der Oberstleutnant und ich warten anstandshalber vor dem Eingang.

Eine Bedienung bittet um etwas Geduld, führt den ungerufenen Gast jedoch bald in das Esszimmer. Der Gutsherr, ein stattlicher Mann, offensichtlich Invalide aus dem vorherigen Weltkrieg mit reichlich verunstaltetem Gesicht, erhebt sich vom Tisch, an dem die Familie gerade das Mittagessen einnimmt. Zunächst wirkt auch er abweisend, fragt nach dem Begehr, wobei er auf den Ankömmling zugeht.

Vater sagt: "Wir befinden uns auf Dienstreise nach Traunstein, wurden heute bereits mehrfach von Tieffliegern überrascht, hatten sagenhaftes Schwein, würden nun lieber erst morgen früh vor Tagesanbruch weiterfahren. Hätten Sie unter Umständen eine Übernachtungsmöglichkeit für fünf Mann, es geht auch im Stroh." Da haben die Umstände meinen Vater bescheiden werden lassen.

"Aber selbstverständlich, Herr Oberst, wir haben genug Betten, da Sie nur so wenige sind. Einige meiner Kinder befinden sich ebenfalls im Einsatz. Außerdem ist die letzte Einquartierung gerade erst weg, so dass Sie genügend Bewegungsfreiheit haben." Er ist zum Fenster getreten, das auf den Hof hinausgeht, sieht die beiden, im Schatten der Stallwand abgestellten Autos. "Zwei Wagen haben Sie? Die stellen Sie als erstes mal in die Scheune!" Damit geht er hinaus, begrüßt uns vier und öffnet das Scheunentor weit, damit die Wagen hineinfahren können. Warmherzig sagt Vater: "Vielen Dank! Da merkt man doch: alter Frontkämpfer, wir verstehen uns. Beim Bürgermeister von Plan haben wir gerade Pech gehabt." - "Ja, Herr Oberst, das kann ich gut nachvollziehen. Größere Truppenteile waren zwei Nächte bei ihm im Dorf wie auch bei uns einquartiert, und das haben die Luftangreifer zum Anlass genommen, den Ort gründlich zu beharken. Das Gebiet ist in deren Augen ja noch Quasi-Deutschland, zum Beschuss freigegeben." Nun fallen Knabe auch die frischen Zerstörungen wieder ein, die er in Plan bemerkt hatte. Also doch auch hier! Der Hausherr setzt hinzu: "Aber kommen Sie doch alle herein. Das Essen wird auch noch für ein paar hungrige Mäuler mehr reichen, wir haben ja gerade erst angefangen." Er bittet uns alle in das geräumige Gutshaus, dessen Kühle uns angenehm umfängt.

Wir gehen in das Esszimmer. Nach der Begrüßung und gegenseitigen Vorstellung werden wir zusätzlich zu den Anwesenden um den Tisch gruppiert. Der Empfang ist unerwartet herzlich. Die Hausfrau, eine gut aussehende Endfünfzigerin, eine Tochter, zwei Enkelkinder sowie zwei französische Kriegsgefangene als Landarbeiter und eine Magd rücken ein wenig zusammen. Stühle und Geschirr werden rasch beschafft. In den Ausziehtisch muss noch eine zusätzliche Platte eingelegt werden, und dann teilt Frau Mellentin auch uns von dem einfachen aber köstlichen Eintopf aus.

Herr Mellentin blickt mich prüfend an: "Mein Gott, so weit ist es gekommen, Kinder müssen ...", er verschluckt den Rest, weiß noch nicht ganz, woran er ist. Vater antwortet deshalb schnell: "Ich weiß, was Sie sagen wollen, so weit hätte es nicht kommen *dürfen*!" Sie blicken sich an und verstehen sich, und das ist gut für die Atmosphäre. Wir lassen es uns schmecken. Alle bekommen noch einen kräftigen Nachschlag.

Aber vorsichtig sind wir doch. Wir können ja nicht wissen, wie sich die beiden Franzosen verhalten werden. Vater rettet auch diesmal die Situation. "Schwager, holen Sie mal den Kognak und zwei oder drei Packungen Zigaretten herein", befiehlt er. Die Gastgeber sehen ihn erstaunt an. "Das ist vom General von Lüttwitz, und ich freue mich, dass ich mich hiermit wenigstens zum Teil erkenntlich zeigen kann für die nette Gastfreundschaft bei Ihnen."

Da kann die Hausfrau nicht umhin, für alle, mit Ausnahme der Kinder, Kognakgläser auf den Tisch zu stellen. "Ein Gläschen kann nicht schaden, da wir jetzt alle so schön beieinander sind." Zustimmend öffnet ihr Mann die Flasche und gießt ein. Erwartungsvoll blicken alle auf den Spender, der nun sein Glas erhebt: "Gnädige Frau, ich möchte mich im Namen aller für den netten Empfang bedanken, den Sie uns bereitet haben. Im Übrigen hoffe ich mit diesem Schluck auf einen alsbaldigen und ehrenvollen Frieden, für uns alle". Dabei blickt er die beiden Franzosen an und setzt hinzu: "Ich schätze Frankreich sehr, schade, dass es so kommen musste."

Alle sind angenehm berührt von diesem diplomatischen Vorgehen und ich bin mal wieder stolz auf meinen Erzeuger. Bald entspinnen sich Gespräche auf den verschiedensten Ebenen. Frau Mellentin beispielsweise erkundigt sich bei mir als dem Benjamin der Gruppe, wie ich denn als sozusagen fünftes Rad dazugestoßen sei. Vater blickt herüber, sorgt sich, dass ich mich versehentlich enttarnen könnte. Doch ich meistere die Situation schon ganz gut, indem ich mich als der zugeteilte

“Bursche für alles” darstelle, von General Lüttwitz den beiden Stabsoffizieren überstellt. Da muss mein Alter schmunzeln: doch nicht alles umsonst bei dem! Dann sagt Frau Mellentin: “Übrigens ist heute der Geburtstag von unserem heißgeliebten Führer.” Die beiden Franzosen erheben sich ostentativ und verlassen den Raum. “Da hast du was Dummes gesagt, Anneliese, musste das denn sein?” Aber die Frau ist sich keiner Schuld bewusst und sieht ihren Gatten groß an. Der Oberstleutnant frozzelt: “Groß im Kurs steht der ja bei *denen* nicht.” - “Verständlich!”, ist die einhellige Meinung dazu. Vater muss nun noch los werden, wie er den im Führerbunker angetroffen hat und wie der ausgesehen habe, eine wandelnde Mumie.

“Der hat versucht, die Welt umzukrempeln, aber nun schlägt die Welt zurück, und wie das ausgeht …” Mellentin verschluckt, was er noch sagen wollte. Vater nickt, ”neununddreißig habe ich ihn das letzte Mal im Frieden erlebt, auf der großen Geburtstagsparade, genau heute vor sechs Jahren. Da war noch alles voll Hoffnung, keiner wusste wie es kommen würde. Er besaß eine schlagkräftige Armee und hätte verhandeln können, nicht so größenwahnsinnig sondern moderat, eine Tragik, wie es gekommen ist. Aber er wollte den Krieg, ich weiß das inzwischen. Dieser Hass, dieser Fanatismus, das konnte nicht gut gehen!”

“Wir können nur noch das Beste daraus machen”, wirft der Oberstleutnant ein, “die letzten Reserven in den Kampf werfen und hoffen, dass der Amerikaner mit uns geht.” - “Glauben Sie das?”, wirft Mellentin ein, “das sind doch wohl Hirngespinste, allgemeines Wunschdenken!” - “Sein größter Wahnwitz war”, doziert mein Vater, “ die Sowjets, ich meine natürlich Stalin zu verprellen und in das gegnerische Lager zu treiben. War der russische Aufmarsch einundvierzig gegen uns wirklich Tatsache? Nein, ich glaube, das war eine Finte, um den Krieg gegen die anzuzetteln. Aber mit dieser gewaltigen Kraft hat er nicht gerechnet, daran ist schon Napoleon gescheitert. Er hätte daraus lernen können. Aber noch ist nicht alles verloren, Herr Mellentin, es gibt noch Reserven. Die Heeresgruppe Kesselring aus Italien zurückgeführt, die Truppen aus dem Baltikum ...” - “Und all die zersplitterten Kräfte ringsum”, ergänzt von Wehrn sarkastisch, “nein, Herr Oberst, das reicht nicht mehr aus, es ist zu spät. Das hätte man früher machen sollen, als die Infrastruktur im Reich noch relativ in Ordnung war. Jetzt ist der Luftraum fast vollständig beherrscht von den Alliierten, und wir haben ihnen nichts mehr entgegenzusetzen. Unseren Flugzeugen ist ja wohl auch der Treibstoff ausgegangen, oder?”

Sie reden weiter über den schrecklichen Krieg und die dilettantische Art von Hitler sowie die Blindheit seiner Generale, sich ins Verderben zu stürzen. Ich höre erstaunt zu und kann es nicht fassen, wie diese drei Männer so frei über die offensichtlichen Tatsachen reden. Das würde man andernorts als Defätismus und Wehrkraftzersetzung bezeichnen. Die beiden Fahrer haben sich bereits entschuldigt und sind hinausgegangen. Diese Gespräche langweilen sie wohl schon. Ich in meiner großen Scheu wage es nicht, ihnen zu folgen. Vater befreit mich: “Schulz, Sie können auch aufstehen.” - “Zu Befehl, Herr Oberst”, ich bemühe mich, sogar die Hacken zusammenzuknallen. Das gelingt mir mit den etwas engen RAD-Knobelbechern so leidlich. Vater schaut scheinbar unbewegt, aber ich glaube, ein teils anerkennendes, teils süffisantes Schmunzeln in seinem Gesicht zu entdecken. Herrn Mellentin höre ich noch sagen: “Lange hält es uns hier nicht mehr. In allernächster Zeit müssen wir wohl die Koffer packen.” Keine Erwiderung darauf.

Die beiden Fahrer sitzen auf der Deichsel eines Leiterwagens und gucken mir entgegen, “na, Schütze Schulz. Hast du schön aufgepasst? Das ist taktische Märchenstunde!” Das hat Schwager gesagt, Emmert hält sich zurück. Dann fahren sie in ihrem Gespräch fort: über ihre Familien daheim und über den Beruf; eben über die Sehnsüchte der gewaltsam entwurzelten Soldaten. Ich schlendere hierhin, dorthin, schaue in die Ställe. Müssen sie das alles tatsächlich verlassen? Ich kann es mir nicht vorstellen, dass auch Mellentins sich der allgemeinen Fluchtbewegung anschließen müssen. Welch unglaubliche Menschenmassen dieser Krieg durcheinanderwirbelt. Was

Das Gutshaus Rexin

mag inzwischen mit unserem Familiengut Rexin bei Danzig sein? Und mit Großmutter und ihren Kindern, die zuletzt im Wartheland wohnten. Der Ort heißt Follusch. Alles ist nun im Wandel, was wird werden? Das fragen sich wohl alle hier zu Lande in dieser schlimmen Zeit.

Da sehe ich, wie Vater und von Wehrn herauskommen. "Wir müssen noch schnell zum Stab nach Tachau, auch wegen Treibstoff. Emmert, geben Sie ihren Reservekanister. Sie bleiben hier mit dem Opel, der Kübel hat eine bessere Tarnung. Macht euch 'nen schönen Nachmittag, Putz-und Flickstunde." Herr Mellentin erscheint. Rasch ändert Vater den zivilen Ton, wird barsch: "Schütze Schulz, nehmen Sie Haltung an, wenn ich mit Ihnen rede!" Offensichtlich hatte er vorübergehend seine Rolle vergessen. Manchmal, besonders wenn er mit seinen Gedanken woanders ist, unterläuft das sogar ihm.

Emmert macht sich am Opel zu schaffen, ich gehe in das nahe Wäldchen, da es mich nach Möglichkeit immer in den Wald zieht. Ich liebe halt die Bäume, bin vertraut mit ihrem Rauschen, mit den Vogelstimmen. Da träume ich vor mich hin. Eine kleine Lichtung, am Rand ein halbmorscher Hochsitz, da steige ich vorsichtig hinauf und blicke in die vermeintlich freie Natur. Frühling, das Leben und Streben ringsum, eins sein mit der Umwelt, nicht der zerstörerischen, widernatürlichen, sondern mit meiner Umwelt, wie sie sich mir von früher Kindheit an darstellte. Dieses Verwobensein mit Baum und Tier ist es auch, das mich mit Vater verbindet. Aber der ist in Tachau, verhandelt um Treibstoff, redet über die Kriegslage; ich sitze hier und beobachte das Außermenschliche, ich träume.

Und da reift in mir ein Entschluss. Ja, ich will Förster werden, Bewahrer, Heger und Pfleger, wie Großvater es war, der gute Opapa, wie wir ihn nannten. Er starb Anfang des Krieges, da waren Hitlers Vernichtungsmaschinen noch in Polen unterwegs, richteten eine Nation zu Grunde, die ihnen hilflos ausgeliefert war. Kurz bevor er sein Amt aufgeben musste, nahm der Forstmeister mich mit in den Wald. In seiner Gig, die er nur noch mit größter Mühe, Nispel mußte ihm dabei helfen, besteigen konnte, fuhren wir in der Dämmerung hinaus zur Lablak, der riesigen Wald- und Feldwiese in Richtung Trausen. Er hielt am Waldrand und bat mich Elfjährigen, ihm hinabzuhelfen. Dann reichte er mir sein Fernglas: "Da, schau hinüber, dorthin, da drüben hin musst du gucken, siehst du sie?" Er hatte sie mit seinen immer noch scharfen Augen natürlich längst gesehen. Von überall traten sie heraus, die Rikken und die Böcke, auch manche Jungtiere waren dabei. Ich war fasziniert, wollte das Glas gar nicht mehr absetzen. Er sagte: "Wahrscheinlich wird es das letzte Mal gewesen sein, dass ich hinausgefahren bin, aber das wollte ich dir doch noch zeigen. Wer weiß, ob uns dies schöne Ostpreußen noch lange erhalten bleibt. Denn das, was jetzt in Gang gesetzt ist, kann nicht gut gehen auf die Dauer. Aber das bittere Ende werde ich bestimmt nicht mehr erleben!"

Drei Wochen später war er tot. Seine letzte Ausfahrt bewahre ich mir als ein besonders schönes und wertvolles Erlebnis. Ich glaube fest, dass der gute Opapa eins war mit sich und seiner Umwelt, mit seinem eigentlich friedvollen Beruf. Und das verband ihn ja auch so eng mit meinem Vater. Kurz vor seinem Tode 1972 eröffnete mir Vater seinerseits einen tiefen Einblick in seine Seele, als ich einmal besuchsweise in Bad Dürkheim weilte. Dort bewohnten sie damals ein sehr schönes kleines Siedlungshaus, unmittelbar am Rand des Pfälzer Waldes gelegen. Eines Abends, es war Juni oder Juli, meinte er: "Jetzt ist Schnepfenzug, das möchte ich sehen, kommst du mit?"

Natürlich ging ich mit. Wir wanderten hinüber in Richtung Lindemanns Ruh. Es waren zwei bis drei Kilometer, aber er konnte mit seinen dreiundsiebzig Jahren noch rüstig laufen, den schmalen Pfad entlang, schließlich durch das Unterholz und Gebüsch. An einer bestimmten Stelle flüsterte er: "Da drüben müssen sie einfallen, wir werden hier bleiben." Selbstverständlich hatte er sein Fernglas mit, ein wesentlich besseres Nachtglas als der Opapa damals besessen hatte. Aber wir konnten sie ja mit bloßem Auge sehen, wenn sie einflogen. Lange saßen wir, jeder auf einem Kiefernstubben, und warteten. Unten, von der Weinstraße her, ab und zu Autolärm, dann schlug die Kirchturmuhr von Leistadt herüber. Geduldig harrten wir aus, die Sonne verschwand allmählich, aber sie wollten noch nicht kommen. Schließlich war es so weit. Wir hörten ihren krächzenden Schrei, aber ganz weit drüben, wo er sie nicht vermutet hatte.

Er war untröstlich. "Schade, es ist wirklich ein Jammer, das wollte ich dir doch zeigen!" Einigermaßen geknickt zogen wir ab, und er sprach kein Wort, ging total in sich gekehrt zuerst vor, später neben mir. Übers Jahr machte sich der Krebs bei ihm bemerkbar. Wir sind nie mehr draußen gewesen. Sie beide, Opapa und er sind in die ewigen Jagdgründe eingegangen. Aber ich durfte beider Abschied vom Wald miterleben, und dafür bin ich ihnen dankbar.

Ich steige ab vom Hochsitz, die Wiese hat schon hohes, frisches Gras, und ich muss mich hineinlegen, döse in den blauen Himmel über mir. Von fernher dröhnt Geschützfeuer, oder krachen da etwa Bomben? Jedenfalls ist es die Begleitmusik des allmählichen Untergangs des Dritten Reiches, das ein paar Kriegsjahre hindurch ein "großdeutsches" von Hitlers Gnaden sein durfte. Ein kurzer, aber um so schrecklicherer Spuk in der

Weltgeschichte. Und ich liege hier, träume vom Forstberuf, den ich erlernen möchte. Die Gedanken streifen weiter zu meinem Vater, der mir sogar lieb geworden ist. Wie werde ich ihm das, was er jetzt für mich wagt, eines Tages vergelten können? Dieser Wunsch kam in mir auf und setzte sich fest. Wie wird seine Zukunft sein, wenn dieser Krieg vorüber ist?

Es bleibt trotzdem noch viel von dieser krampfhaften Distanz zwischen uns, zumindest auf meiner Seite. Ich muss noch mit mir kämpfen, um das zu überwinden. Und er? Jetzt klammert er sich noch an seine Zeit in Afrika, wo er glänzen durfte in einem nach seiner Auffassung fairen Krieg, gemeinsam mit Rommel, seinem Idol. Überall, wo sie ihn nach dem Erwerb seines Ritterkreuzes fragen, muss er seine Abenteuer im Wüstenfeldzug kundtun, und dass sein Körper leider überfordert war, irgendwann nicht mehr mitspielte. In diesem Krieg standen sich fast ausschließlich kämpfende Soldaten gegenüber, kämpften verbissen, manchmal auch einander achtend als Menschen mit einem gesunden Moralempfinden. Die wenigen Zivilisten, zumeist Nomaden, waren kaum tangiert, außer in den Küstenstädten, die häufig die Besitzer wechselten. Rommel tat sein Bestes, aber mit dem Kriegseintritt der USA und der Wende an der Ostfront sowie durch den plötzlich eingesetzten hervorragenden britischen Strategen Montgomery musste das Unternehmen zusammenbrechen.

Jetzt höre ich das Auto kommen, der Klang des Kübelwagens ist mir schon vertraut. Ich gehe die dreihundert Meter zum Gutshof hinüber. Als ich ankomme, sind sie bereits ausgestiegen, zeigen sich in bester Stimmung und versuchen, Zuversicht zu verbreiten. Schörner wird in einer Zangenbewegung der Roten Armee den Nachschub abschneiden und damit eine Entlastung Berlins herbeiführen. Dann wird in einer Kehrtwendung die Armee Wenck ihre Stellung an der Elbe verlassen und die Russen frontal aus der Reichshauptstadt hinaustreiben. Die Herren schwärmen wieder vom Endsieg. Man habe das alles aus ganz sicherer Quelle erfahren, und Sprit bekamen sie auch.

Die Fahrer schauen weiter skeptisch; sie trauen mehr dem gesunden Menschenverstand. Ich dagegen lasse mich erneut mitreißen und glaube sogar wieder. Der Unterschied bestand sicher darin, dass ich in meinem jugendlichen Alter wirklich glauben konnte, die Offiziere aber machten sich etwas vor. Über die tatsächlichen Kräfteverhältnisse haben sie keine verlässlichen Informationen, und ob sie das alles wirklich ernst meinen, schien ebenfalls unsicher.

Wir bleiben noch einen Tag auf dem Gut, zumal Herr Mellentin mehrfach wiederholte, dass wir "überhaupt nicht zur Last" fielen. Einiges wird in Ordnung gebracht. Der Fachmann Schwager schaut mit Emmert nochmals den Motor des Opel durch. Ich gehe in das Dorf hinein zum Schuster und lasse mir die Knobelbecher besohlen, obwohl ich sie kaum zum Marschieren benutzt habe, aber wer weiß ...

Und der Führer sitzt, wie wir später erfuhren, weiter in Berlin in seinem Betonloch. Er steigt am zwanzigsten April zum letzten Mal an das Tageslicht, um im abgeschlossenen Hof der Reichskanzlei unter schwerer Bewachung ein paar Hitlerjungen auszuzeichnen. Diese haben im Kampf um Berlin unter leichtsinnigem Einsatz ihres Lebens besondere Leistungen vollbracht, ohne den Verlauf der Kampfhandlungen wirklich zu beeinflussen. Hitler soll nur noch zehn Tage zu leben haben. Dramatisch schnell zieht sich die Schlinge um sein "Tausendjähriges Reich" zu. Auch der versuchte Entsatz durch die Armee Wenck und durch die neunte Armee kann die Lage nicht mehr bessern. Entsprechend rasch erlischt auch die Siegeszuversicht der beiden Offiziere. Die Leiden der Berliner Bevölkerung steigen in das Unermessliche, wofür die Trümmerwüste nur vage Anhaltspunkte liefert. Es ist eine bittere Ironie der Geschichte, dass die Berliner dem Führer noch einmal unfreiwillig folgen und unter die Erde gehen. Sie suchen in stickigen Kellern und engen Luftschutzbunkern stundenweise Schutz vor den Angriffen der Alliierten, während jener recht komfortabel und weitaus sicherer als sie in seinem Bunker wohnt.

Suche nach Treibstoff

Zwischen dem einundzwanzigsten und dem dreiundzwanzigsten April verengt sich die Umfassung von Nazi-Deutschland durch die Alliierten in dramatischer Weise. Die Berichte des Oberkommandos der Wehrmacht vermelden nahezu ununterbrochen Einbrüche in kaum noch existierende Fronten sowie vorgestoßene Panzerspitzen. Diesen stehen im Allgemeinen nur noch demoralisierte, verzweifelte Kampfgruppen von geringem militärischen Wert gegenüber. Aber die berichtete Tapferkeit einzelner Soldaten und Einheiten, ihr "heroischer" Heldenmut scheinen kaum noch Grenzen zu kennen. Die einst so siegreichen Armeen sind, so weit sie überhaupt noch existieren, auf immer kleinere Räume zusammengedrängt. Das ganze System bricht erstaunlich schnell zusammen; die angeblichen Vorteile der inneren Linie zeitigen kaum Wirkung. Eine Stadt nach der anderen wird überrannt von jenen, die der machtbesessene, größenwahnsinnige Hitler mit seiner Clique zu Feinden gemacht hat. Die einst von uns Überfallenen rächen sich bitter für das erlittene Leid. Jetzt nimmt die Anzahl der Zweifler an einem Sieg zu. Sie sehen das Ende mit Schrecken voraus.

Am zweiundzwanzigsten April brechen wir in aller Herrgottsfrühe nach Süden auf. Am Vorabend hatten wir noch einen zünftigen Abschied von der Familie Mellentin. Sie bedrängte uns teils lachend, teils betrübt, so viel zu essen und zu trinken, wie wir nur können. Unsere Taschen befüllten sie ebenfalls mit allerlei Essbarem. "Wir können nicht alles wegschleppen, die Vorräte müssen weg, es kann ruckzuck gehen, dann sind wir unterwegs nach Westen", gaben uns die Mellentins zu verstehen. "Vielleicht bleiben wir aber auch noch, zu essen haben wir jedenfalls genug." Noch ist alles ruhig, denn der Morgen beginnt erst zu dämmern. Der eine Tag Ruhepause hat uns gut getan. Wir wurden mehr als verwöhnt.

Wir fahren über Tachau, Haid und Cham in ein kleines Dorf. Vater und ich spielen unsere Rollen inzwischen hervorragend. Kein Verplappern mehr. Er siezt mich mit "Schütze

Schulz" oder einfach "Schulz" und meint: "Es kann durchaus sein, dass hier verstärkt Kontrollen kommen, wir sind wieder im Reichsgebiet." Stattdessen dürfen wir uns einer unerwarteten Ruhe erfreuen. Hier scheint die Welt noch ziemlich in Ordnung zu sein: ab und zu ein Lastkraftwagen, auf ihre Felder fahrende Bauern, Betriebsamkeit wie im tiefsten Frieden. Aber die Bilder sind trügerisch. Der Krieg hat auch den entlegensten Ort nicht vergessen; er ist nur für ein Weilchen aufgespart.

In diesem abgeschiedenen Winkel ereilt uns tatsächlich eine Kontrolle durch ein Kommando der Feldgendarmerie. Die Militärpolizisten sind mit ihren silbernen, halbmondförmigen Brustschilden schon von weitem deutlich erkennbar. Zum Glück keine Waffen-SS, denn die sollen noch misstrauischer sein. Vater wendet sich, sobald er sie erblickt, halb zu Schwager und zischt zwischen den Zähnen hervor: "Ihr seid ruhig, ich regle das!"

Da kommt auch schon der argwöhnisch blickende Feldwebel heran. Vater kurbelt das Fenster herunter, zeigt Soldbuch, Dienstausweis und Marschbefehl. Der Polizist schaut ihn befremdet an: "Herr Oberst waren aber lange unterwegs von Berlin hierher." - "Leute zusammengesucht für den Stab meiner neuen Division. Der Wagen hinter uns gehört dazu. Bin beauftragt, in Traunstein eine neue Division zusammenzustellen - Führerbefehl!" Das beeindruckt immer noch. Der Mann knallt die Hacken zusammen. Dann überprüft er pflichtgemäß Schwagers Papiere. Schließlich schaut er mir ins Gesicht, "und der Soldat da hinten?" Vater reagiert blitzschnell: "Wurde mir von General von Lüttwitz als Ordonnanz zugeteilt, hat leichtsinnigerweise Soldbuch und Ausweis im Gepäck verstaut gehabt, das durch ein Missverständnis abhanden kam. Im Stab von Lüttwitz wurde ihm ein Notausweis ausgestellt." Den habe ich ebenso schnell zur Hand und zeige ihn vor. Aber der Mann ist noch misstrauisch, winkt mich mit einem barschen "herauskommen!" aus dem Auto. Als ich dann vor ihm stehe: "Haben Sie wenigstens eine Erkennungsmarke?" Die habe ich allerdings und fummele sie umständlich unter dem Kragen hervor. Dann halte ich sie so, dass nur die mit dem Ausweis identische

Nummer erkennbar ist. Er wirft einen kurzen Blick darauf, dann knapp genicktes Einverständnis.

Vater hat sich umgedreht und zieht schließlich noch eine kleine Show ab. „Schütze Schulz, nehmen Sie gefälligst Haltung an, wenn Sie vor einem höheren Dienstgrad stehn!" Dann wendet er sich entschuldigend an den Gendarmen: "Der Mann hat auf die Schnelle nur eine ungenügende militärische Ausbildung erhalten, ich bitte das zu entschuldigen." Dann wirft er mir als dem einzigen Soldatendienstgrad in der Gruppe einen strafenden Blick zu: "Wir sind hier bei der deutschen Wehrmacht und nicht im Kindergarten, verstanden!?"

Für Glaubwürdigkeit sorgen sein sicheres Auftreten, der strenge Blick und das Ritterkreuz. Die Kontrolleure gehen weiter zu von Wehrn und Emmert. Dann dürfen wir weiterfahren. Großes Aufatmen! Mein ohnehin käsiges Gesicht muss noch um einiges blasser geworden sein, denn Vater schaut mich nun sorgenvoll an. "Hat Dich wohl etwas mitgenommen, aber lass man, alles halb so schlimm." Da bin ich wieder beruhigt. Er aber herrscht mich unvermittelt an: "Glauben Sie nicht, dass Sie mit Ihrer schlampigen Haltung bei mir durchkommen, verstanden!" - "Zu Befehl, Herr Generalmajor!" - "Das will ich nicht noch einmal hören, bin für dich immer noch Oberst." - "Zu Befehl, Herr Oberst, an die Regeln halten."

Als wir wieder unterwegs sind, bricht der Übermut durch: "Schulz, Ihre Erkennungsmarke hat der aber lasch überprüft." - "Hab' ja auch den Daumen auf den Namen gehalten." - "Beachtlich, beachtlich, hätt' ich dir gar nicht zugetraut", fällt er wieder ins Familiäre zurück. "Mensch Knabe", denkt er, "das hätte schief gehen können, aber die Feldgendarmen eben gehörten nicht unbedingt zur schärfsten Kategorie. Hat womöglich absichtlich so lasch konrolliert. Da muss ich wohl sehr glaubwürdig gewesen sein! Trotzdem: all zu viele solcher Kontrollen dürfen nicht mehr kommen - Hauptsache, der Junge hält dicht." Er wirft mir einen scharfen Blick zu.

Wir fahren noch ein paar Dörfer weiter, dann ist es Zeit, einen Unterschlupf zu suchen. Wir haben wieder ausgesprochenes Flugwetter und müssen achtsam sein. “Der Kerl vorhin hatte Recht: wir sind tatsächlich etwas langsam. Aber all zu viel möchte ich nicht mehr riskieren, mit dem weißen Auto, geradezu verführerisch ist das. Wahnsinnigen Dusel gehabt bisher”, denkt der Divisionskommandeur in spe. Der Bürgermeister rät uns, zum Lehrer zu gehen. Der hätte viel Platz in einem schönen großen Haus, in dem er allein lebt - bis auf eine fünfköpfige Flüchtlingsfamilie im Untergeschoss. Wir fackeln nicht lange, stellen die Autos in eine nicht mehr genutzte Durchfahrt und begeben uns zum Lehrer. Der ist tatsächlich Junggeselle, ein fröhlicher älterer Mann, der überaus glücklich ist, einen Ritterkreuzträger beherbergen zu dürfen. Außerdem glaubt er, nun endlich einen authentischen Bericht zur Lage zu bekommen, da die Wehrmachtsberichte meist geschönt seien. Er zeigt uns ein leergeräumtes, mit Stroh ausgelegtes Klassenzimmer - eine akzeptable Schlafgelegenheit. “Die letzte Einquartierung ist gerade raus, ich lass’ das jetzt so, im Augenblick ist ja keine Schule.”

Er hat eine Haushälterin, die gerade das Mittagessen richtet. Nun kommen noch fünf hungrige Mäuler hinzu, und da muss sie umdisponieren. Das macht sie gekonnt mit einfachen Mitteln, und wir werden ausreichend satt. Eigentlich sind wir gewohnt, keine hohen Ansprüche an die Verpflegung zu stellen, aber die Bevölkerung ist uns gegenüber sehr großzügig. Unsere Bescheidenheit wird dadurch nicht ernsthaft auf die Probe gestellt.

Von draußen dröhnt Fluglärm vermischt mit Waffengeknatter zu uns. Der Krieg ist wieder da. Wir halten weiter an unserer Überzeugung fest, trotz allem durchzukommen. Das Kontrollerlebnis vom Morgen interpretieren wir als gutes Omen. An Luftschutz denkt bei der andauernden Gefährdung aus der Luft keiner mehr. Seelenruhig stellt der Gastgeber nach dem üblichen Geplauder eine für ihn vermutlich sehr wichtige Frage: ”Spielen die Herren Skat?” Verblüfft schauen wir uns an, dann bejaht Vater zögernd. Kurze Zeit drauf reizen wir uns in zwei Partien, denn der Lehrer konnte genügend Karten auftreiben. Schwager weist mich in die Spielregeln ein, Emmert kennt sich natürlich aus.

Dann kommen noch zwei Männer dazu, sie sind Offiziere eines Ausbildungsregiments der Kriegsmarine. Zunächst kiebitzen die hier und da ein wenig, dann folgen längere Gespräche. Ich gehe mit den beiden Fahrern hinaus in die wärmende Aprilsonne, denn es ist gerade überraschend ruhig. Wir halten uns in einem sehr schönen größeren Dorf auf, das noch einen unversehrten Dorfplatz mit einem großen Teich hat. Da sitzen wir auf einer Bank und reden miteinander. Tiefgründige Gespräche können es nicht sein, aber der Austausch ist wichtig. Für sie, wie ja auch für mich, ist jetzt "die Zeit danach" wichtig, "wenn wir heil hier durchkommen". Dann schlendern wir zum Schulhaus zurück. Die beiden fremden Offiziere sind nicht mehr da. Unsere drei dreschen bereits wieder einen Skat. Der Lehrer muss ein Fanatiker dieses Spiels sein, und unsere beiden Oberen halten anscheinend gerne mit. Nach einem frugalen Abendbrot hole ich noch zwei Karaffen Bier aus der nahegelegenen Kneipe, die Vater spendiert. Dann haben wir die nötige Bettschwere.

Morgens um fünf muss ich die vier anderen aus dem Stroh scheuchen. Die Zubereitung des Frühstücks mit dem obligaten Kaffeeersatzgebrüh lässt sich der Lehrer nach den unverhofften Skatrunden nicht nehmen. Gestärkt, aber nicht unbedingt ausgeschlafen, geht es, die frühen Stunden nutzend, weiter. Unsere kleine Kolonne bewegt sich auf Straubing zu. Vor uns rollen noch zwei andere Fahrzeuge. Plötzlich stockt der Verkehr. Ein Posten steht da mit umgehängtem Karabiner, gibt das Zeichen zum Anhalten. Was wir nun sehen, lässt uns das Blut stocken: einhundertfünfzig, vielleicht auch zweihundert Menschen, überwiegend in Sträflingskleidung, zusammengetrieben auf einem Acker, aneinandergefesselt. Sie schwanken hin und her, schreien in Todesangst. Schon rattert ein Maschinengewehr los, von einem vorn stehenden Lkw. Es mäht die Gefesselten nieder, durchsiebt die sich aufbäumenden Leiber. Das Geschrei erstickt, dann Totenstille, bis auf einige Nahschüsse aus Pistolen, damit wirklich alle liquidiert sind.

Vater ist ausgestiegen und geht zu dem Posten. “Was ist denn hier los, was soll das?” - “KZ Buchenwald, Befehl von oben!” Er sieht die ausgemergelten Leiber, wie sie verknäult nebeneinander und übereinander liegen, die gespenstischen Gesichter, mit großen, aufgerissenen Augen und ebensolchen Mündern. Angewidert wendet er sich dem SS-Mann zu: “Wer gibt solche Befehle?” - “Kein Kommentar!” sagt der andere knapp, mit der Arroganz einer sich militärisch und ideologisch überlegen dünkenden Elite. Der Dienstgradniedere lässt den hohen Wehrmachtsoffizier abblitzen, denn für ihn gehört er einer nicht mehr ganz zuverlässigen Truppe an.

Langsam kommt Vater zurück, das Entsetzen im Blick, lässt sich still in den Sitz neben Schwager fallen. Erst nach einer ganzen Weile bringt er erschüttert hervor: “Dass wir *das* noch erleben müssen!” Bald darauf mit fester Stimme: ”Ein solches System darf keine Zukunft haben!” Dann murmelt er mehr zu Schwager hinüber: “Bis hierher haben die laufen müssen, von Buchenwald, ohne Nahrung, so wie die ausgesehen haben. Ob es Überlebende gibt, die noch kommen, die weiterlaufen und wer weiß wo noch umgebracht werden? Ich trau denen jetzt alles zu.” Schwager muss wohl die Zähne zusammengebissen haben, denn er antwortet sehr gepresst: “Verdammte Schweine!” Mein einziger, ratloser Kommentar: “Mein Gott, fürchterlich!” Dieses Erlebnis werden wir lange nicht verkraften können. In der Nähe hatte eine größere Gruppe Kriegsgefangener oder Fremdarbeiter gestanden, mit Spitzhacken und Spaten, die Totengräber.

Die Stimmung ist gedrückt. Kein Wort wird mehr gesprochen. Aber als wir uns später alle fünf treffen, da sprudelt es aus jedem heraus, als öffneten sich plötzlich die Ventile angestauten Ekels und ohnmächtiger Wut. “Welche Leichenberge jetzt noch produziert werden, unfassbar!” - “In Russland mussten sie vorher noch ihr eigenes Massengrab schaufeln. Die Häftlinge vorhin waren sicher schon zu schwach dafür. Vielleicht war es dem Wachpersonal auch nicht schnell genug gegangen?” - “Wer wird diese Morde alle richten? Können das Menschen überhaupt tun?", gibt Vater zu bedenken, und ich staune über diesen Ausspruch des sonst so unkomplizierten Menschen. Oder ist er gläubig? Manchmal werde ich wirklich nicht schlau aus ihm. Fest steht jedenfalls, dass hier Dinge geschehen, die nach einem Richter schreien. Da läuft etwas ab, das rational nicht zu erfassen ist. Jetzt noch, warum jetzt noch? Warum denn überhaupt? Das will uns allen nicht in die Köpfe. Eigentlich kann man nach einem solchen Erlebnis nicht zur Tagesordnung übergehen. Aber wir müssen es, denn wir wollen durchkommen.

Der Tag hat längst begonnen und mit ihm wieder die Gefahr aus der Luft. Das Wetter bleibt freundlich, ein selten schöner, gar nicht so wechselhafter April wie im Sprichwort. Wir fahren in das kleine Örtchen Hienhardt und suchen bei Bauersleuten Quartier. Wir finden einen kleinen Hof mit einer Scheune, in die wir beide Wagen hintereinander einstellen können. Die Frau ist Kriegerwitwe. Es muss von ihnen inzwischen ungezählte geben. Aber sie ist voller Herzensgüte und sehr hilfsbereit. Ohne Frage sehnt auch sie sich nach einem baldigen Ende des Krieges. Wofür er eigentlich gestorben ist, scheint ihr unklar zu sein. "Das ist Soldatenschicksal", versucht Vater zu trösten, "die sind oft umsonst gestorben, wussten kaum selber, wofür."

"Sind Sie gerne Soldat? Sie machen es doch schon ein paar Jahre." - "Ehrlich gesagt, wär's mir lieber gewesen, es hätte keinen Krieg gegeben. Hitler hatte viel erreicht für Deutschland, und bestimmt waren auch andere Lösungen möglich. Das Argument mit dem ‚Volk ohne Raum' war nur ein Vorwand, um Europa mit Krieg zu überziehen." Da muss auch ich meinem Vater zustimmen, denn in den letzten Tagen habe ich unwahrscheinlich viel über die Hintergründe dieses Krieges erfahren. Vater war vermutlich schon längst nicht mehr überzeugt von seiner Sinnhaftigkeit. - "Aber bis zum Krieg bin ich gern Soldat gewesen, doch, ja", sagt er aus voller Überzeugung. "Ich hatte meine Ideale, und den Afrikafeldzug habe ich sehr gern mitgemacht, das muss ich ehrlich zugeben."

Im Übrigen reparieren wir unsere Sachen, waschen Unterwäsche und Hemden, wobei sich Vater denkbar ungeschickt anstellt. Die Frau kommt dazu, schüttelt den Kopf und nimmt ihm die Arbeit ab. Niemals in seinem Leben hat er Wäsche waschen müssen. Wir hatten Personal und später gab es Waschmaschinen. Und Strümpfe stopften auch andere für ihn. Ich als die Ordonnanz Schulz wäre dazu allerdings ebenfalls nicht in der Lage gewesen, und das weiß er. Trotzdem versuche ich es, und dank Schwagers Unterweisung gelingt es mir auch mehr schlecht als recht.

Die Nacht verbringen wir wieder alle im Stroh, sehr zum Leidwesen des weicher veranlagten Oberstleutnants. Mein Vater hat inzwischen großen Gefallen am spartanischen Lebensstil, wie er überhaupt schon immer ein sehr genügsamer Mensch war. Von Wehrn beißt aber diesmal die Zähne zusammen und gibt sich als militärisches Vorbild.

Der folgende Morgen, es ist inzwischen der vierundzwanzigste April, bringt wieder einen wolkenlosen Himmel, also ideales Flugwetter. Entsprechend früh sind wir auf den Beinen. Vorerst wollen wir aber noch nicht weiterfahren. Die Reservekanister sind nämlich bedenklich leer. Das in Tachau besorgte Benzin war umgehend in die Tanks gegossen worden. Deshalb wird bei der Frühbesprechung beschlossen, dass zumindest ein Kanister befüllt sein muss. Aber wie holen und wo? Schwager hatte erfahren, dass sich bei Oberschneiding ein Fliegerhorst befindet. Dort gibt es bestimmt keine Flugzeuge mehr, aber zehn oder zwanzig Liter Benzin seien sicher zu holen. Wie logisch und naiv zugleich gedacht. Von den Anstrengungen der Alliierten, die deutsche Hydrierindustrie und damit die Treibstoffversorgung lahm zu legen, hatten wir natürlich keine Ahnung.

Vater entscheidet nach einigem Hin und Her, dass er selbst die waghalsige Tour per Fahrrad und mit dem "Schützen Arno Schulz" machen will. Zwei Räder hat die Bauersfrau zur Verfügung. Mit einem der Wagen am helllichten Tag dorthin zu fahren, hält er für zu gefährlich. Auf dem Rad höre man die Maschine bereits von weitem, meint er, und könne rechtzeitig in Deckung gehen. So wird es beschlossen und ausgeführt.

Im Laufe des Vormittags fahren Vater und ich also zum Fliegerhorst. Die Räder sind nicht im besten Zustand, aber

Schwager hat sie vorher noch durchgesehen. Nun halten sie. Den Kanister habe ich auf meinem Gepäckträger festgezurrt. Vater bläute mir nochmals ein, ja meinen Notausweis nicht zu vergessen und mich dort nicht zu verraten; es wäre am besten, ich redete einfach gar nichts. Wir radeln eine halbe Stunde, immer auf die Geräusche von Flugzeugmotoren lauschend, zugleich des plötzlichen Auftauchens der Feldpolizei gewärtig.

Glücklicherweise geschieht nichts dergleichen und wir erreichen gegen elf Uhr den Flugplatz. Ein Minimum an Personal ist noch da, ein Unteroffizier hat die Befehlsgewalt. Vater, dem Ritterkreuzträger, ist es überhaupt nicht peinlich, auf einem alten, klapprigen Fahrrad vorzufahren. Der Mann reißt die Hacken zusammen und macht seine vorschriftsmäßige Meldung: "Melde Herrn Oberst gehorsamst, Fliegerhorst Oberschneiding in Räumung begriffen!" - "Rühren! Hab schon gehört, sie bauen ab, wohl keine Flugzeuge mehr, aber vielleicht noch ein Kanister Treibstoff für uns. Wir müssen dringend nach Traunstein, sollten eigentlich längst dort sein, aber der Sprit ist uns ausgegangen."

Da hebt der Unteroffizier bedauernd die Schultern, "das tut mir sehr leid für Sie, Herr Oberst, aber wir haben auch den allerletzten Tropfen abgeben müssen, Sie wissen ja: die momentane Treibstoffknappheit, also - es sieht schlecht aus." - "Scheiße!" und der hochdekorierte Offizier flucht wie ein Landsknecht. Dann muss er sich aber in das Unabänderliche fügen. Ein wenig deprimiert strampeln wir zurück.

Ab und zu sehen wir zerschossene Wehrmachts- oder Privatfahrzeuge am Straßenrand liegen. Sie können in dieser Anzahl nicht fortgeschafft werden. "Wenn in einem von den Fahrzeugen noch Sprit ist, dann holen wir den, verstanden?" Und richtig, ein größerer Lastwagen mit zerschossenem Motor und Fahrerhaus liegt schräg im Chausseegraben. "Der könnte noch was haben. Schulz, fahren Sie ins Dorf zu der Frau und holen Sie ein Schlauchende, so etwa." Er nimmt die Hände zur Demonstration, "na ja, so ungefähr achtzig Zentimeter oder auch länger, aber dalli, marschmarsch!" Ich verzichte auf das "zu Befehl" und mache dadurch das Rollenspiel unvollständig, aber er bemerkt es nicht.

“Hoffentlich ist es kein Diesel.” Wir öffnen den Tank, schnuppern beide, nein, ist in Ordnung. Ich schnappe das Rad und rase los. Unterwegs sinniere ich über die Sache mit dem Schlauchende. Es sind nur noch knappe zehn Minuten zum Hof.

Dort übermittle ich den Wunsch meines Vaters. Fieberhaft wird gesucht. Die Bäuerin kennt sich anscheinend aus, findet ein geeignetes Stück Wasserschlauch aus Gummi. “Da machen wir ein Stück ab”, sagt sie und gibt es mir. So schnell ich kann, fahre ich zurück. Vater freut sich, dass es so schnell ging. Er nimmt den Kanister, öffnet den Verschluss und stellt ihn unter das Wrack, direkt unter den Einfüllstutzen. “Nimm jetzt den Schlauch, halte das eine Ende in den Tank, aber tief genug, dass es im Benzin ist. Das hältst du gut fest, dann nimmst du das andere Ende und steckst es in den Mund ...” Ich blicke ihn entsetzt an, will er mich vergiften? Er grinst, “und saugst, aber nur ganz kurz, damit du keinen Sprit schluckst, der kommt dann schon von alleine. Also, Schütze Schulz, *Sie* saugen!” Nach zwei Versuchen klappt es. Der Kanister wird auf eine für mich geheimnisvolle Weise tatsächlich voll. Und noch immer scheint der Tank nicht leer zu sein, das Fahrzeug war wohl gerade frisch befüllt. Wir verschließen den Behälter fest und verzurren ihn besonders gut auf meinem Gepäckträger. Aber die Fuhre wird zu wacklig, eigentlich müsste ich schieben. “Schütze Schulz, Sie setzen sich unter den Baum dort und warten. Ich fahre ins Dorf und schicke einen von den Fahrern mit dem zweiten Kanister. Danach müssen Sie eben beide schieben.”

Gesagt, getan. Nach einer knappen Viertelstunde kommt Emmert angeradelt, und wir füllen den zweiten Kanister noch zu mindestens zwei Dritteln. Dann schieben wir, glücklich über den Fund, bis in das Dorf. Zum Glück werden wir auch diesmal nicht von Tieffliegern überrascht. Jubel bei den anderen, denn jetzt kommen wir zumindest bis Traunstein. ”Was meint Ihr denn, wie wir das in Afrika gemacht haben? Jedes liegengebliebene Fahrzeug, ob Krad oder Auto, wurde auf die gleiche Art leergepumpt. Kein Tropfen durfte zurückbleiben, denn Benzin war schon damals sehr kostbar.” In unserem Fall hatte das Wrack eine derart günstige Neigung, dass wir ohne besondere Umstände alles herausbekamen.

Nach vollbrachter Tankaktion stehen der Bäuerin zum Dank alle unsere zehn Hände für Hilfeleistungen zur Verfügung. Die Offiziere helfen beim Zubereiten des Mittagessens in der Küche – es soll Knödel geben - wobei sich Vater weit geschickter anstellt als der einarmige von Wehrn. Schwager repariert einen verstopften Ausguss und noch andere Dinge. Was Emmert macht, bekomme ich nicht mit.

Nach dem köstlichen Knödelessen wollen wir uns weiter betätigen. Schwager und ich helfen der Frau beim Grummetmachen (erster Grasschnitt) hinter dem Haus. Dabei lerne ich, die Sense zu gebrauchen. Schwager zeigt bereits ein großes Geschick, aber ich hacke noch oft in die Erde. Die Herren Stabsoffiziere haben unterdes bereits das Geschirr gespült und einsortiert – ganz erstaunlich!

Die überglückliche Frau fällt uns beinahe um den Hals und ruht nun nicht eher, bis Emmert, er ist gelernter Fleischer, eines der halbwüchsigen Ferkel geschlachtet und für ein opulentes Abendmahl zubereitet hat. Alle stehen dabei, geben gute Ratschläge oder freuen sich einfach über diesen überaus guten Tag. Um den Genuss komplett zu machen, radeln Schwager und ich noch einmal los und holen zwei Kannen Bier aus einer nahegelegenen Brauereiwirtschaft. So feiern wir dann Abschied, und die Bäuerin ist zu Tränen gerührt.

Die offiziellen Berichte vom vierundzwanzigsten bis zum sechsundzwanzigsten April drehen sich zum großen Teil nur noch um den Kampf in der Reichshauptstadt. Da käme Vater mit seiner jämmerlichen Division bestimmt viel zu spät. Aber das scheint ihn überhaupt nicht zu bekümmern. Er hat tatsächlich selbst nie an diesen Einsatz geglaubt. Im Süden sollen „unsere Gegenangriffe gegen die tiefen Flanken der auf die Donau durchgebrochenen Kräfte ... zwischen Ehingen und Regensburg in gutem Fortschreiten“ sein.

Der fünfundzwanzigste April sieht die fünf “wackeren Nichtstreiter” wieder früh auf den Beinen. Wir sind beruhigt, dass der Sprit nun reicht. Vater führt ein ernstes Gespräch mit seinem zukünftigen Ia[5], also dem Stabschef der Division. In unser aller Gegenwart kommen sie überein, dass sie sich in Traunstein sofort an die Arbeit machen müssten. Eile tut not, wenn sie in Berlin noch etwas retten wollen. Wir drei staunen immer wieder über die gut gespielte Ernsthaftigkeit unseres Anführers. Bald wird es doch so sein, dass wir unsere Waffenröcke alle an den Nagel hängen müssen, als bereits deutlich erkennbare "Wehr-ohn-macht". Trotzdem steht der schneidige Schütze Arno Schulz weiter in militärischer Ausbildung durch den Oberst und zugleich als Ordonnanz zur Verfügung.

Wir fahren los. Einige Tiefflieger beschießen die Straße, aber weitab von uns. Die sind jetzt wirklich wie die Pest. Der Kraftfahrzeugverkehr findet seit einiger Zeit nur noch nachts statt oder ganz früh am Morgen, woran auch wir uns notgedrungen halten. Entsprechend groß sind die Straßenverstopfungen, die uns immer wieder aufhalten. Alles flutet nach Süden: Militärkolonnen, zivile Versorgungsfahrzeuge, uniformierte Parteibonzen mit Möbelwagen, manche auch schon in Zivil, doch ebenfalls mit den dümmlichen Durchhaltesprüchen auf den Lippen, die oft genug noch das "Führer"bärtchen ziert.

Für uns ganz überraschend gibt es hier immerhin eine gewisse Luftverteidigung. Die feindlichen Jagdbomber bekommen kaum eine Chance, die Fahrzeugschlangen ungestört anzugreifen. Deutsche Jäger und Schlachtflugzeuge steigen auf, drängen sie ab und verwickeln sie in Luftkämpfe, wobei so mancher von ihnen brennend zu Boden geht. Durch die mehrfachen Aufenthalte erreichen wir Altötting erst unplanmäßig spät – es ist schon taghell. Das alte Wallfahrtstädtchen ist kaum zerstört – Zufall oder ein echtes Wunder? Wir kommen rasch bei drei Bauern unter: Vater und ich beim Ehepaar Fellner, die beiden Fahrer beim Hartsberger und der Oberstleutnant beim Jetz.

Als die Quartierfrage geklärt ist, begibt sich Vater zum Bürgermeister von Oberschlottham, Franz Krähschütz, der in einem

[5] Erster Generalstabsoffizier und Leiter der Führungsabteilung einer höheren Dienststelle. In einem Verband der Chef des Divisionsstabes.

schönen großen weißen Haus lebt und als Nebenerwerb noch eine kleine Brauerei betreibt. Vater möchte eigentlich mit dem Heerespersonalamt in Traunstein telefonieren, kommt aber nicht durch. Krähschütz bietet ihm zur Probe ein Glas seines Bieres an, das er natürlich gern annimmt. Er erzählt auch wieder vom Wüstenkrieg und warum er mit dem Ritterkreuz ausgezeichnet wurde, und so haben die beiden ein Gesprächsthema. Krähschütz hält ebenfalls viel von dem inzwischen leider verstorbenen "Wüstenfuchs". Er meint allen Ernstes, mehr von solchen geradlinigen Generälen hätten den Krieg bestimmt gewonnen.

Inzwischen richten wir übrigen uns ein. Durch das Splitten der Gruppe haben nunmehr alle ein eigenes Bett. Ich finde das nur zum Teil gut, denn das Miteinander im Stroh hat das Gemeinschaftsgefühl ungemein gestärkt. Schwager und Emmert empfinden, glaube ich, ebenso, aber richtige Betten sind natürlich komfortabler.

"Wir werden mindestens einen Tag bleiben müssen", sagt mein Vater zu Frau Fellner. "Morgen in aller Herrgottsfrühe muss ich mich mit meinem Stabschef, Oberstleutnant von Wehrn, in Traunstein beim Heerespersonalamt melden, denn dorthin gilt mein Marschbefehl. Was dann weiter geschieht, das steht noch in den Sternen. Ich bin jedenfalls zur Rekrutierung einer neuen Division ermächtigt und will das jetzt zügig vorantreiben, denn die Zeit eilt." Frau Fellner, eine kleine, dickere und recht sympathische Frau hört ihm andächtig zu und muss immer auf das Ritterkreuz sehen. Warmherzig erwidert sie: "fuins eahna wia dahoam bei uns, Herr Oberst, gnua Plotz hamma do herin. De Flichtling san oiwei no net bis Obaschottham kumma. I richt eahna a boa Knödl zum essen, wearns an Hunga ham." Und sie macht sich an die Arbeit, wärmt uns Essen auf, Knödel mit Rauchfleisch. Und es wir zwei haben eine gute, echt bayerische Mahlzeit.

Später treffen wir uns mit den anderen zur Lagebesprechung. Vater wird mit von Wehrn und Schwager morgen früh im Kübelwagen nach Traunstein fahren und erkunden, was da gespielt wird. Emmert und ich können, wenn wir wollen, beim

Heumachen helfen, jeder natürlich bei seinem Bauern. Hört sich gut an, zumal ich inzwischen im Heu machen ein wenig geübt bin und unseren Wirtsleuten gerne helfe. Die Tiefflieger werden uns hoffentlich in Ruhe lassen. Aber die Bauern sind auch vorsichtig geworden, wie ich bald merke. Die machen ihr Heu in der halben Nacht, also wenn sich das erste Tageslicht zeigt, noch vor dem Melken der Kühe. Abends sitzen wir ein wenig mit den Fellners zusammen und plaudern.

Vater und ich schlafen in einem alten Ehebett. Eigentlich sollte ich ihn um fünf wecken, aber ich verschlafe das. Er schleicht sich ohne Frühstück aus dem Haus, ohne dass ich es merke, und ich, die Ordonnanz Arno Schulz, wache erst gegen sieben Uhr auf. Aber da haben die Fellners ihr Heu schon gewendet. Eingefahren werden soll es am späten Abend. Nach einem gemeinsamen Frühstück helfe ich der Bäuerin beim Unkraut jäten. Sie scheint mich in ihr Herz geschlossen zu haben.

Die Stabsoffiziere suchen inzwischen im halbzerstörten Traunstein nach dem Ziel ihrer Reise. Sie irren, nachdem sie es nach langer Fragerei finden, um die Trümmerstätte des tags zuvor erst zerbombten Ausweichquartiers für das Personalamt des Heeres herum und suchen nach einem Verantwortlichen, bei dem sie sich melden könnten. Ameisenkolonnen von Fremdarbeitern räumen auf, die Büroangestellten geistern über das Gelände und durch die einsturzgefährdeten Räume, um noch wichtige Akten zu bergen. Etwas hilflos tasten sich unsere Zwei durch das Geschehen. Schwager ist beim Kübel geblieben und muss eine lange Zeit warten.

Schließlich stoßen sie auf einen ältlichen Hauptmann, wohl auch Reservist und kriegsbeschädigt, der genervt versucht, in den bereits zusammengetragenen Akten Ordnung zu schaffen. Das Amt soll in eine nahe Schule umgesiedelt werden, erfahren sie. "Was soll ich jetzt mit Ihnen! - Entschuldigung, Herr Oberst, aber Sie sehen ja, was hier los ist. Der Angriff kam gestern mittag, die halbe Stadt liegt in Trümmern, und hier - ein einziges Chaos! Das bekommen wir doch nie wieder ordnungsgemäß zusammen, es ist zum Verzweifeln. Im Augenblick

kann ich aber wirklich nichts für Sie tun, kommen Sie morgen wieder oder in zwei Wochen, dann haben wir alles neu geordnet." Die Rede eines typischen Schreibstubenbürokraten, der schlichtweg überfordert ist oder einfach keine Lust mehr hat. Das absehbare Ende seiner Tätigkeit scheint für ihn noch kein Thema zu sein.
Die Herren begeben sich zu dem wartenden Schwager zurück. Vater meint trocken: "Den Plan mit der neuen Division werde ich wohl endgültig aufgeben müssen, also kein Entsatz für Berlin!" Die Komik der Situation ist von eigener Art und reizt zu einem schallenden, befreienden Gelächter. "Und was machen wir jetzt?" - "Ich habe Kohldampf, hab' noch nichts gegessen!" Sie finden sogar einen Bäcker, der ihnen einen Brotlaib verkauft, den sie sich teilen. "Der Wagen sollte aus der Sichtlinie", meint Schwager, "steht wie auf einem Präsentierteller." Er versucht ihn irgendwo einzustellen, findet aber keine geeignete Möglichkeit. "Am besten, wir fahren zurück!" Der ängstliche von Wehrn bringt aber Einwände hervor: "Ich halte das für zu risikoreich. Lassen Sie uns einen Wald aufsuchen und die Dämmerung abwarten." - "Nein, Wehrn, wir vertrauen auf unsere Jagdflieger, die ja vorhin ziemlich aktiv gewesen sind, es wird gut gehen. Schwager, ich stimme Ihnen zu, fahren Sie los!"

Und sie fahren. Unterwegs gibt es erneut einen Stau durch schwere, noch nicht ausgebesserte Straßenschäden. Mit viel Glück kommen sie bald durch und landen heil in Oberschlottham. "Wir haben ein unerhörtes Glück gehabt. Das Heerespersonalamt steht nicht mehr und wir sollen uns hier zur Verfügung halten. Traunstein sieht überhaupt schlimm aus. Wir sind dann gleich zurückgekommen, weil die Gefahr feindlicher Flugzeuge durch unsere Jäger und Schlachtflieger ein wenig gebremst ist. Die scheinen vor unseren Respekt zu haben." Mir fällt ein Stein vom Herzen. Was werden wir jetzt wohl machen? Gespannt blicke ich auf meinen Vater, aber der schweigt.

"So traurig das mit Traunstein auch ist, denn dort hat es bestimmt wieder viele Tote gegeben, für uns gibt es trotzdem einen Grund zum Feiern!" Diese Ankündigung löst von allen Seiten

Zustimmung aus. Allmählich kommt der Abend und Emmert wird angewiesen, die zwei restlichen angebratenen Spanferkelkeulen zu holen. Die Bäuerin spendiert dazu Knödel mit Sauerkraut und Vater schickt "Schütze Schulz" zum Krähschütz um zwei Kannen Bier. Dann stoßen alle auf ein baldiges Ende des Krieges sowie auf einen einigermaßen akzeptablen Frieden an. Es erscheint müßig, auf die nächsten Wehrmachtsberichte einzugehen. Diese sollten ohnehin nur ein wenig unser damaliges Informationsdilemma und den Zeitgeist am Rande verdeutlichen. Das Drama in Berlin näherte sich sogar für uns inzwischen weit entfernte Beobachter unverkennbar seinem Ende. Ob uns auch ein Ende bevorstand und welcher Art es sein würde, überforderte unsere Vorstellungskraft.

Die verlogene Meldung vom zweiten Mai über das Ableben des Führers teilt mit, dass dieser sein Leben im Kampf gegen den Bolschewismus geopfert habe und allen Soldaten ein bis in den Tod hinein verpflichtendes Vorbild sei. Sie sollte offenkundig den Eindruck erwecken, Hitler wäre den Heldentod gestorben. Wer wollte auch daran zweifeln, dass der Soldat des Ersten Weltkrieges sich mit der Maschinenpistole in der Hand dem Ansturm der Feinde entgegengeworfen habe. Gewissermaßen eine dem Wagner-Verehrer gemäße Adaption des heldenhaften Kampfes der Nibelungen mit dem Schwert in der Hand. Womöglich entriss der Führer noch im letzten Augenblick die Hakenkreuzfahne den Händen des Bannerträgers und rief brechenden Auges, schon fallend, aber noch vernehmlich: "Ich sterbe für Volk und Vaterland!" Inzwischen ist hinreichend belegt, dass es nicht einmal entfernt so war.

In seinem festen Bunker, elf Meter unter der Erde, gab er sich selbst und seiner ihm frisch angetrauten Eva Braun den Tod, um nicht in die Hände der Sieger zu fallen und vielleicht in Moskau zur Schau gestellt zu werden. Das "Tausendjährige Reich" endete in Blut, Schrecken, Trümmern und Elend. Es war die feste Überzeugung des Diktators, das unterlegene deutsche Volk habe ihn nicht verdient und damit auch keine Berechtigung mehr zum Weiterbestehen. Es sollte mit ihm untergehen!

In jedem steckt ein Agronom

Wir erleben die Nachrichten vom Tode Hitlers und der Regierungsbildung durch Großadmiral Karl Dönitz in ziemlicher Ruhe bei unseren Gastgebern. Der neue starke Mann ist außerhalb der Kriegsmarine in der öffentlichen Wahrnehmung ein eher unbeschriebenes Blatt. Der Hitlergetreue kann nur noch Sachwalter der bedingungslosen Kapitulation sein, welche die Sieger unerschütterlich einfordern. Alle Spekulationen auf die Spaltung der Alliierten bleiben was sie sind, und so nimmt das deutsche Schicksal den vorgegebenen Lauf.

Natürlich wird das alles in der Fünfergruppe heiß diskutiert. Allerdings beschränkt sich die Debatte meist auf die Monologe meines Vaters und gelegentliche Dialoge zwischen ihm und von Wehrn. Hier haben die beiden weiter das Sagen. Sie treffen sich mal in Vaters Unterkunft, mal in der des Oberstleutnants und suchen nach einem würdigen Abschluss ihrer "Mission". In jenen Gesprächen erweist sich mein Vater wie schon zuvor als treibende Kraft. Letztlich bleibt uns nichts anderes übrig als abzuwarten, wie sich die Sache entwickeln wird. Mangels Alternativen machen wir uns bei unseren Gastgebern beim Einbringen des Grünfutters nützlich und auch bei anderen Arbeiten.

Ich zeichne jetzt öfter. Die Ordonnanz-Verpflichtungen des Schützen Schulz werden schon recht locker gesehen. Und wenn sich einer in künstlerischer Richtung beschäftigen will, dann steht der Kommandeur dem grundsätzlich nicht im Wege. Er frönte ja selbst einmal dieser Muse. Was mochte aus Ernst Kunz geworden sein, frage ich mich, als ich bei Fellners im Pferdestall sitze und eine Stute mit Fohlen für sie zeichne. Aber ich denke natürlich nicht nur an Ernst, sondern auch an unsere Familie, an meine Mutter und an meine Schwester. Wir hier sind bisher gut durch den Krieg gekommen, aber wie ist es bei euch ausgegangen? Welch ein Glück, dass ihr euch auf amerikanischer Seite befindet.

Was ich damals nur in Ansätzen empfand, vielleicht auch nur ahnte, war die Verpflichtung, diesen Bericht zu schreiben, bevor auch ich meine Zeit und meine Welt verlasse. Die wichtigste Grundlage dafür, mein Tagebuch, habe ich irgendwann in den Achzigern im Keller aus Schlamm und Schrott geborgen. Wasser hatte es stark in Mitleidenschaft gezogen, so dass es nur noch ein fragiles Rudiment der ursprünglichen Gedächtniskrücke darstellte.

Das wäre meinem Vater in seinem Dürkheimer Häuschen natürlich nie passiert. In Rechnung stellend, dass selbst dort einmal eine Überschwemmung eintreten könnte, hat er seine Regale für abgelegte Akten und Bücher vorsorglich hochbeinig bauen lassen. Wichtige Unterlagen brachte er überdies weiter oben unter. Aber ich Neunmalkluger habe das minimal scheinende Risiko unbedacht und überheblich ignoriert. Dafür zählte mich Vater bestimmt zu den "Torfköppen", wie er das früher schon des öfteren wissen ließ. Ich habe in derartigen Fragen leider oft nicht sehr weit gedacht.

Wie ich schon erzählte, begann ich in den letzten Kriegswochen damit, die aktuellen Vorgänge und Erlebisse aufzuschreiben. Anfangs mussten dafür irgendwelche Hefte oder auch mal lose Blätter herhalten. Mein "Geschreibe", überwiegend mit Bleistift, glich einem Krikelkrakel. Der Kugelschreiber war zwar schon erfunden, aber noch nicht allgemein verbreitet. Füllfederhalter oder die zugehörige Tinte waren sehr rar.

Meinem Vater imponierte die neue Leidenschaft und später, ich glaube es war Weihnachten 1946, schenkte er mir zu meiner großen Freude zwei gediegen gearbeitete Tagebücher zur Übertragung der loseblättrigen Notizen. Da habe ich mich auch gleich ans Werk gemacht und das Erlebte neu geschrieben. So erhielt alles eine andere Ordnung. Das Ganze war recht mühevoll, obwohl ich manches noch kürzte und mich auf das mir wesentlich Erscheinende konzentrierte. Seitdem hatte mein Tagebuchfleiß über mindestens zehn Jahre hinweg eigentlich kaum nachgelassen. Fünf Bände sind voll geworden, zu denen mir Vater regelmäßig und großzügig vorgefertigte Tagebücher als Schreibmaterial schenkte.

1962 siedelte ich nach Berlin über. Inzwischen hatte ich studiert und arbeitete als Innenarchitekt in der Bauleitung für ein großes städtisches Projekt mit. Drei Jahre später baute ich mein eigenes Geschäft mit Einrichtungsgegenständen auf, das du, Vater, leider nie gesehen hast. Du hättest richtig stolz sein können auf deinen Sohn. In der Charlottenburger Bleibtreustraße bewohnte ich nacheinander drei Wohnungen und fühlte mich im Kiez ausgesprochen wohl. Dort lernte ich auch meine spätere Frau Angela kennen, aber da war Vater leider schon tot.

Im Keller jenes Hauses hatten wir einen Verschlag für gemeinsame persönliche Dinge. Wir bewohnten zwei kleine, aber nebeneinander liegende Wohnungen. Die verband ich zwar irgendwann durch eine "Geheimtür" miteinander, aber mehr Platz ließ sich so nicht schaffen. Eher das Gegenteil trat ein, denn jede der Wohnungen verlor ein Stück nutzbarer Wandfläche. Bei einer der gelegentlich unumgänglichen Umräumaktionen, mein Bücherregal quoll wieder einmal über, verschwand der Karton mit den fünf vollgeschriebenen Tagebüchern in besagtem Keller. Und wie es nur der Teufel wollen kann, ergoss sich eines Tages ein großes Unwetter über Charlottenburg. In unseren Keller drang so viel Wasser ein, dass es vorübergehend fünfzehn bis zwanzig Zentimeter hoch stand. Die Feuerwehr wurde gerufen und pumpte alles leer. Leider erfuhr ich zu spät, dass es bereits in früheren Jahren derartige "Besuche" der auffälligen roten Fahrzeuge gegeben hat.

Den sich anschließenden Trocknungsvorgang verfolgte ich leider nur am Rande, da mich mein Geschäft in seiner Jahrzehnte währenden Aufbauphase sehr in Anspruch nahm. Ich ging also nur gelegentlich in den Keller hinunter und räumte wohl auch dieses und jenes um. Dabei fiel mir besagter Karton in die Hände und auch gleich auseinander. Zuunterst lag der erste Tagebuchband, und der war kaum noch leserlich. Ich nahm ihn sogleich in die Wohnung mit, stellte ihn aufrecht mit aufgeblättertem Inhalt an das offene Fenster zwecks intensiver Belüftung. Aber die mit Stahlfeder oder Füllfederhalter ausgeführte Schrift blieb natürlich verdorben. Vater hätte sich im Grabe umgedreht, hätte er das Unglück mitbekommen. Und das mit vollem Recht, denn schon einen Regalboden hö-

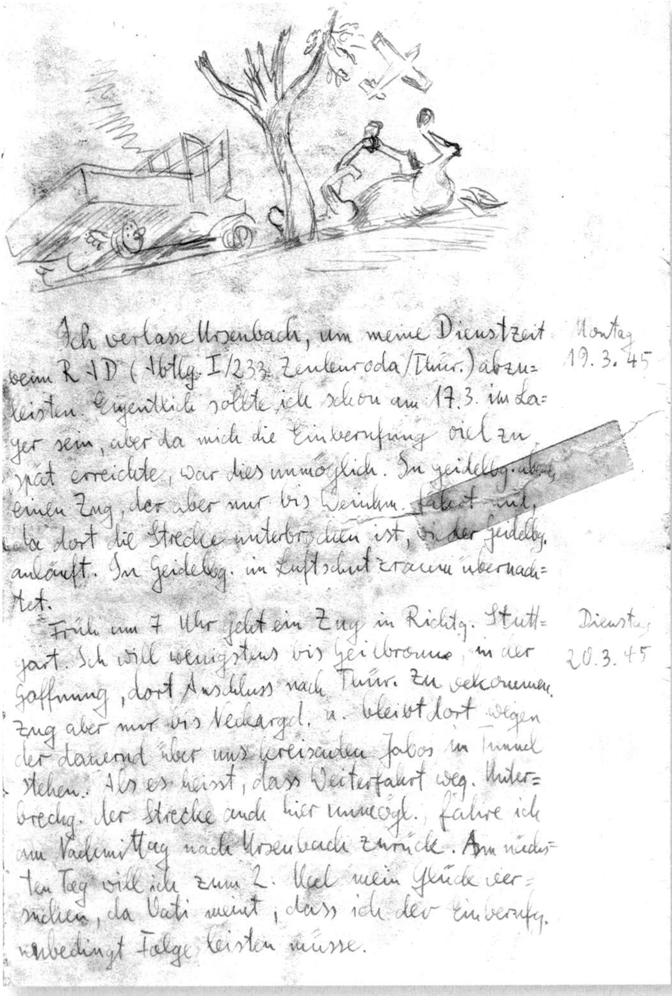

Ich verlasse Ursenbach, um meine Dienstzeit beim RAD (Abtlg. I/233 Zeulenroda/Thür.) abzuleisten. Eigentlich sollte ich schon am 17.3. im Lager sein, aber da mich die Einberufung viel zu spät erreichte, war dies unmöglich. In Heidelbg. [illegible] einen Zug, der aber nur bis Weinheim fährt [illegible], da dort die Strecke unterbrochen ist, [illegible] Heidelbg. anläuft. In Heidelbg. im Luftschutzraum übernachtet. Montag 19.3.45

Früh um 7 Uhr geht ein Zug in Richtg. Stuttgart. Ich will wenigstens bis Heilbronn, in der Hoffnung, dort Anschluss nach Thür. zu bekommen. Zug aber nur bis Neckargel. u. bleibt dort wegen der dauernd über uns kreisenden Jabos im Tunnel stehen. Als es heisst, dass Weiterfahrt weg. Unterbrechg. der Strecke auch hier unmögl., fahre ich am Nachmittag nach Ursenbach zurück. Am nächsten Tag will ich zum 2. Mal mein Glück versuchen, da Vati meint, dass ich der Einberufg. unbedingt Folge leisten müsse. Dienstag 20.3.45

Die erste Tagebuchseite: getrocknet und geflickt

her gestellt, konnte das Wasser dem Karton nichts anhaben. Jetzt war es zu spät.

Als ich Jahre später das geschundene Fragment durchlas, tauchte die erlebte Geschichte wieder vor meinem geistigen Auge auf. Es vergingen weitere Jahre, bis ich in den Neunzigern den ersten Anlauf einer zusammenhängenden Darstellung schaffte. Es war die mit den eingangs erwähnten mehr als sechshundert Seiten. Sie fokussierte sich aber nicht auf meinen Vater. Diese Akzentverlagerung blieb der hier vorliegenden zweiten Fassung vorbehalten.

Seine Geschichte, die vor allem um das Kriegsende herum unsere gemeinsame Geschichte war, erschien mir aus der Distanz von Jahrzehnten als so bemerkenswert, dass ich mich auf sie konzentrierte. Ihre Drucklegung soll mein Vermächtnis sein, stellvertretend für ihn an die Nachwelt gerichtet. Es zu formulieren hat mir bei aller Anstrengung durchaus Zufriedenheit beschert. Erst als mein Vater nicht mehr die uniformierte Übergestalt war, als seine Laufbahn abrupt endete und er mit mir zu seiner Frau, meiner Mutter, zurückkehrte, überwand ich meine Scheu und Angst vor ihm. Es entwickelte sich ein entspanntes, ja freundschaftliches Verhältnis zwischen einem älteren, erfahrenen und einem jungen, noch in der Entwicklung stehenden Menschen.

Noch ist es aber nicht so weit. Es gilt noch einiges zu bestehen, denn die letzten Kriegstage sind herangerückt. Amerikaner haben wir bisher jedenfalls noch nicht gesehen.

Am achtundzwanzigsten April 1945, Hitler lebt noch, werden wir Zeugen eines Zwischenfalls, der einige Todesopfer forderte, obwohl Gutes gewollt war. Der Radiosender München wurde bereits durch einen "Verrätersender" übertönt, der auf die Bildung eines bayerischen Freistaates nach Vertreibung aller Nazis orientierte. Hauptsprecher war ein Hauptmann mit dem nachdenklich stimmenden Namen Gernegroß. Der Landrat in Altötting hielt daraufhin die Zeit zum Handeln gekommen und ließ etliche Mitglieder der NSDAP verhaften. Nach einigen Stunden hatten die Nazis das Heft wieder fest in der Hand. Der mutige, aber voreilige Landrat beging Selbstmord. Fünf zumeist unschuldige Personen wurden zur Abschreckung erschossen.

Die Aufregungen der letzten Tage müssen meinem Vater doch mehr zugesetzt haben, als er es sich anmerken lässt. Er bekommt immer häufiger Schwächeanfälle. Sein Kreislauf ist wie damals in Afrika völlig durcheinander geraten. Der bedachtere von Wehrn meint, er solle einen Arzt aufsuchen. Das ist in Altötting möglich, weil es dort sogar ein Lazarett gibt. Er will natürlich nicht, aber der Oberstleutnant überredet ihn. Beide gehen dorthin. Das Lazarett ist zwar überbelegt, aber man kümmert sich um ihn. Er brauche viel Ruhe, dann würde alles vorübergehen.

Und er erholt sich tatsächlich ziemlich schnell. Der Oberstleutnant ist vom Jetz-Bauern herübergekommen, da dieser noch eine Einquartierung bekommen hat. Die Herren schlafen also im Ehebett der Altvorderen und ich auf zusammengeschobenen Matratzen. Währenddessen kursiert das Gerücht, Altötting solle verteidigt werden. Alle sind in hellster Aufregung. "Jetzt noch?" Es seien bereits Einheiten der Waffen-SS im Ort und die würden verrückt spielen, heißt es hinter vorgehaltener Hand.

An diesem zweiten Mai bin ich, der Schütze Arno Schulz schon früh auf den Beinen. Ich beobachte eine kleine Fahrzeugkolonne auf der Straße nach Burghausen und denke zunächst, das seien schon Amerikaner. Aber durch Vaters Fernglas sehe ich, dass es sehr wahrscheinlich die abziehende SS ist. Demnach scheint sich das Gerücht nicht zu bewahrheiten. Ich mache den noch im Bett liegenden Herren Offizieren eine entsprechende Meldung. Die scheint sie zu beruhigen.

Anschließend erhebt sich mein Vater, um seine Morgentoilette zu erledigen. Dafür muss die Küche herhalten, da ein Bad nicht existiert. Die Fellnerin ist gerade mit dem Spülen fertiggeworden. Der Bauer, ihr Mann, arbeitet schon im Stall. "Wieder fantastisch geschlafen", meint der Gast, dann holt er sich aus dem heißen Wassertopf die zum Einseifen nötige Flüssigkeit und die Rasur kann beginnen. Sein Bettgenosse von Wehrn ist dagegen Langschläfer und darf noch ein wenig "an der Matratze horchen". Vater hat gerade die erste Wange mit der Klinge bearbeitet, da ertönen vom Hof her Flüche und Schreie. Die Bäuerin stürzt zum Fenster, starrt hinaus und eilt dann jammernd auf den Hof. Laute Stimmen lassen erkennen: es geht um Pferd und Wagen. "Mei God, mei God, mia brauchas fia d Aarnt, san grod im Hei, wos soi des, lassts den aus!"

Ich stehe drüben in der Ecke mit meinem Zeichenblock, sehe aus dem Fenster und bin verstört, ja hilflos. Der Oberst wäscht sich rasch das bereits zur Hälfte rasierte Gesicht ab, fährt in seinen Waffenrock - Breeches und Stiefel hat er schon an - und schreitet achtunggebietend auf den Hof. Dort ereignet sich gerade folgendes: zwei Soldaten bearbeiten den Fellner, der eine, ein Feldwebel, hat bereits die Pistole gezogen, während ein Gefreiter den Bauern am Armgelenk gepackt hält. Er müsse ein Pferd und den Wagen sofort herausgeben, "wir brauchen das!" Die Bäuerin steht jammernd daneben und versucht, ihren Mann aus dem Griff des Soldaten zu befreien, "wohea kemmans iberhaupts, wos soi des? Ees kennts uns des doch net eifach furt-nemma!" - "Und ob wir das können, Befehl von der Kommandantur! Alle verfügbaren Fuhrwerke sind zu requirieren - für die Front!"

Vater tritt dazwischen. Sein Ritterkreuz hätte natürlich noch mehr Eindruck gemacht, das hat er aber in der Eile liegen lassen. Er strafft seine Figur. Hoch aufgerichtet, was bei seiner kleinen Gestalt immer von Vorteil ist, tritt er jetzt mit strenger Miene auf den Feldwebel zu, der seine Waffe verblüfft sinken lässt. Ich habe mich in die Scheune zurückgezogen und beobachte das Geschehen durch einen Spalt in der Bretterwand. Der Feldwebel macht Meldung: "Feldwebel Klement und Gefreiter Kienrich auf Befehl der Kommandantur bei Requisition von Pferdefuhrwerken für die Truppe!"

Der Gefreite hat den Arm des Bauern losgelassen und nimmt gleichfalls Haltung an. Von Wehrn hat sich erhoben und wird durch das Fenster Zeuge der Ereignisse. "Haben Sie einen schriftlichen Requisitionsbefehl?" - "Nein, Herr Oberst, dafür war keine Zeit mehr. Wir sind leider gezwungen, schnell zu handeln." - "Dann handeln Sie schnell und machen kehrt. Ohne schriftlichen Requisitionsbefehl keine Auslieferung. Ich kann bestätigen, dass die Leute gerade ihre erste Heuernte haben. Glauben Sie übrigens, dass wir den Amerikanern noch mit Pferdefuhrwerken imponieren können? Die machen sie doch platt! Los, los, kehrt marsch, aber dalli dalli. Ich komme gleich mal zur Kommandantur und werde mich erkundigen, was hier abläuft." Und als die noch zögern und überlegen, brüllt er wütend: "Los, verschwinden Sie, haben Sie nicht gehört?" - "Zu Befehl, verschwinden!"

Beide ziehen bedeppert ab. Die schluchzende Fellnerin will ihren Retter am liebsten umarmen. Der Oberstleutnant reißt begeistert das Fenster auf: "Bravo bravissimo, Herr Oberst!" Ich komme schließlich aus meinem Versteck und freue mich ebenfalls. "Das hast du prima gemacht, Vater!" - "Schulz, was nehmen Sie sich heraus, stillgestanden! Machen Sie gefälligst Meldung!" Er schreit mich zwar vor allen an, aber seine Augen sprechen eine andere Sprache als die Kommandostimme. "Schütze Schulz beim Zeichnen!" Da muss er grinsen. Und er lächelt den Fellners zu: "So kann ich doch wenigstens zum Teil meine Dankbarkeit zeigen für die nette Aufnahme." Der Fellner schüttelt ihm die Hand, "vergelts eahna God, Herr Oberst."

Nun hängt sich Vater sein Ritterkreuz um und geht tatsächlich zur Kommandantur. Er schlägt dort Krach, dass die Wände wackeln. Den Endsieggläubigen hält er vor, dass Pferdefuhrwerke überhaupt nichts gegen amerikanische Panzer nützten. Man solle die Bauern statt dessen gefälligst ihre Arbeit machen lassen, das sei viel wichtiger. Als auf Befehle von "oben" verwiesen wird, erklärt er kurzerhand, dass diese Befehle von der Kriegslage außer Kraft gesetzt seien.

Altötting ist zur Lazarettstadt erklärt worden. Dennoch hielt sich hartnäckig das Gerücht, die Stadt solle verteidigt werden, obwohl die dafür erforderlichen Kräfte nicht verfügbar waren. Das Kriegsende erreicht uns aber schneller, als wir jemals zu hoffen wagten. Am vierten Mai rücken die Amerikaner kampflos ein, von der Bevölkerung mit Erleichterung und Neugier wahrgenommen, wenn auch nicht unbedingt bejubelt.

Für uns war die Stunde Null gekommen und die Versteckspielerei hatte ein Ende. "Jetzt noch lange ins Lager, Wehrn, dazu habe ich keine Lust, Sie wahrscheinlich auch nicht. Aber irgendwo melden und registrieren lassen müssen wir uns schon, nicht wahr?"

Um uns herum flaut das Kriegsgeschehen deutlich ab. Keine Bedrohung mehr durch Tiefflieger, keine Feldgendarmerie, die uns noch eine Falle stellen könnte. Den letzten Bericht des Oberkommandos der Wehrmacht vom neunten Mai 1945 nehmen wir weniger aus Interesse als gewohnheitsmäßig zur Kenntnis. Auch dieser ist völlig frei von jeglicher Kritik und Reue. Statt dessen wird von oben herab wie je verkündet:

"Den Leistungen und Opfern der deutschen Soldaten zu Lande, zu Wasser und in der Luft wird auch der Gegner die Achtung nicht versagen. Jeder Soldat kann deshalb die Waffe aufrecht und stolz aus der Hand legen und in den schwersten Stunden unserer Geschichte tapfer und zuversichtlich an die Arbeit gehen für das ewige Leben unseres Volkes. Die Wehrmacht gedenkt in dieser schweren Stunde ihrer vor dem Feind gebliebenen Kameraden. Die Toten verpflichten zu bedingungsloser Treue, zu Gehorsam und Disziplin gegenüber dem aus zahllosen Wunden blutenden Vaterland."

Hehre Worte am Ende eines beispiellosen Mordens, das nach ungefähren Schätzungen fünfundfünfzig Millionen Menschen das Leben gekostet hat. Hinzu kommen das Elend in den Ruinen, die Verkrüppelungen und das unermessliche Siechtum ungezählter Millionen an Leib und Seele. Zu den großen Siegern dieses wie aller Kriege zählen immer die großen Rüstungsunternehmen, die sich jedoch im Hintergrund halten. Ihnen hat das Oberkommando taktvoll seinen Dank versagt, wie auch eine Entschuldigung der Kriegstreiber gegenüber den millionenfachen Opfern in der Welt ausblieb.

Die schon länger absehbare totale Niederlage Nazi-Deutschlands war besiegelt. Dennoch ging das Leben unter anderen Vorzeichen und mit neuen Verunsicherungen weiter. Gäbe es nicht die ungeheuren Zerstörungen, die vielen Millionen Tote und Krüppel, könnte man vom Ende eines schlimmen Spuks sprechen, des irrwitzigsten Albtraums der Weltgeschichte. Die Realität übertraf leider die schlimmsten Befürchtungen. Für die meisten blieb nur ein Neubeginn im Kleinen, ganz von vorn.

Vater hatte sein wichtigstes Ziel erreicht und der dringenden Bitte seiner Frau entsprochen. Er fand mich in dem geordneten Chaos, das für jene Wochen so typisch war, und brachte mich mit Wagemut und Klugheit in Sicherheit. Er hat diesen einen Wunsch seiner Frau so ernst genommen, wie noch keinen anderen zuvor und auch später, da er sie immer mit ganzem Herzen liebte. Ein Teil dieser Zuneigung erstreckte sich eben auch auf mich. Es ist müßig, darüber nachzudenken, wie es mir ohne sein Kabinettstück ergangen wäre. Aus eigenem Antrieb und allein mit eigener Kraft wäre es mir kaum gelungen, mich aus dem "Endkampf" herauszuhalten.

Die kleine Gruppe wird sich nun bald auflösen. Zunächst helfen wir noch, so gut wir können, unseren Bauersleuten Fellner und Hartsberger im Heu, auch im Stall und sonstwo. Ich bemühe mich, das Oberbayerische der Fellnerin zu verstehen, aber das gelingt mir eher schlecht als recht. Wer den Bauersleuten hilft, sind nur die drei "Gemeinen". Die Herren, nunwohl-nicht-mehr-Offiziere, liegen mit Kreislaufkollaps und Depressionen in ihrem "Ehebett". Ich versorge sie von Zeit zu Zeit und bin mir nicht ganz sicher, ob sie sich nicht vielleicht nur vor der Gefangenschaft drücken wollen. Meinem Vater nehme ich einen Kreislaufkollaps schon ab, denn er hat sich die ganze Zeit nicht geschont und war in steter Anspannung. Da musste irgendwann ein Zusammenbruch folgen. Er hatte sich nichts anmerken lassen, blieb jedoch auf Medikamente angewiesen, die nicht verfügbar waren. Nun meldet der Körper seine Rechte an. Der Oberstleutnant will vermutlich seinen letzten Kriegskameraden nicht im Stich lassen und leistet ihm Gesellschaft. Schön, für zwei Tage hat der "Schütze Schulz" vollauf zu tun, die beiden Herren zufriedenzustellen. Da ich außerdem den Fellners helfe, murren die nicht allzu sehr über die "Faulpelze".

Kaum ist Vater wieder auf den Beinen, erscheint Schwager mit bekümmertem Gesicht. Der Kübelwagen, den er in einem nahen Wäldchen abgestellt hatte, ist demoliert worden. Sämtliche Räder sind abgebaut, die Batterie fehlt auch, also regelrecht ausgeschlachtet, der Rest zerschlagen.

Da sagt sein Ex-Chef: "Na, macht nichts, wir sind ja heil geblieben!" Nun eröffnet ihm sein treuer Fahrer, dass er nach Hause gehen wolle. "Na klar, mein Lieber, was sollen sie hier auch noch? Sehen sie zu, wie sie sich durchschlagen, meinen Segen haben Sie. Brauchen sie Zaster für unterwegs? Hier sind zweihundert, der Rest reicht für uns auch noch. Wie billig man durchkommen kann, das haben wir ja nun alle gelernt."

Wir verabschieden uns, und ich sehe, wie meines Vaters Augen feucht werden. Das habe ich öfter beobachten können. Immer dann, wenn es für ihn Abschied nehmen hieß von jemandem, den er mochte, dann ist er nicht besonders mannhaft. Dies war der Abschied von einem Menschen, der ihm wie ein zweites Ich gewesen ist, wenn auch auf einer „anderen Stufe". Das jahrelange, für beide Seiten vorteilhafte spezifische Subordinationsverhältnis erreichte sein unwiderrufliches Ende.

"Wissen Sie, Schwager, es war doch ganz gut, dass wir so lange zusammengeblieben sind. Ich denke, wir haben uns dadurch so manche Unannehmlichkeit erspart, und Sie haben mich wirklich fantastisch unterstützt auf allen unseren Fahrten. Dafür danke ich Ihnen." Der mit diesen Worten verbundene Händedruck ist so herzlich, dass auch Schwager die Tränen kommen. Dann geht er, immer noch in seiner geliebten und schmucken schwarzen Panzeruniform. Lediglich die Hoheits- und Rangabzeichen hat er von ihr abgetrennt.

Nie wieder haben wir etwas von ihm gehört, aber der mit beiden Beinen fest im Leben stehende Mann wird gut angekommen sein. Vater gab damals zu bedenken, dass die Straßen jetzt nicht ganz so sicher sein mögen wie zu "Reichszeiten". Aber Schwager ist ja ein kräftiger Mann und wird sich zu wehren wissen, anders als der feige Sohn, der nicht einmal schnell genug davonlaufen könnte.

Und der, ich muss es zugeben, hat sich, als er mit dem zwölfjährigen Jungen einer Nachbarin radelnd einen Brief zum Direktor Armbruster nach Gendorf bringen sollte, von marodierenden Polen oder Ungarn, vielleicht auch Russen, beide Fahrräder wegnehmen lassen. Da tobte Vater heftig, und das zu Recht. Doch dann sieht er es als Beweis, dass mit der früheren Ordnung auch die Sicherheit auf den Straßen verlorengegangen ist. Nun vermutet er überall Gefahren. Die alten Wertvorstellungen sind tot. Wir brauchen neue, uns Deutschen kaum geläufige Werte, um uns an ihnen neu zu orientieren.

Emmert ist noch beim Hartsberger geblieben, hilft dort weiter in Wiese, Feld, Wald, Garten und Stall. Er hat sogar Spaß an diesem völlig anders gearteten Dasein. Außerdem muss er noch ein wenig ausharren, bis die Sache mit dem weißen Opel geklärt ist, und die hat so ihre Tücken. Natürlich möchte Vater den Wagen so schnell als möglich "loseisen", damit von Wehrn ihn pflichtgemäß seinem Besitzer zurückgeben kann. Er empfindet da ein gewisses Schuldgefühl, hat er doch um des Autos willen auch noch zwei Menschen aus Gera "entführt". Natürlich sind der Oberstleutnant und der Obergefreite auch gern mitgekommen, aber nun sitzen sie des Autos wegen hier fest.

Verbindungsmann zur provisorisch eingesetzten Militärregierung ist ein US-Leutnant deutscher Abstammung namens Nordbruch. Besonders im unteren Regierungsbereich setzte die amerikanische Besatzungsmacht nach Möglichkeit Leute ein, die der deutschen Sprache zumindest einigermaßen mächtig sind. Dadurch sollten die ordnungspolitischen und alle anderen Aufgaben möglichst reibungslos abgewickelt werden. Dennoch stellten sich oft kleinliche Reibereien zwischen deutschen Kommunalbeamten und übergeordneten amerikanischen Dienststellen ein, da die US-Bürger von völlig anderen, hier noch nicht bekannten Prämissen ausgingen.

So auch bei dem weißen Gadebusch'schen Opel. Es entwickelt sich ein nervenaufreibendes Hickhack zwischen Militärregierung, dem eigenwilligen Altöttinger Bürgermeister und den augenblicklichen Verantwortlichen für den Wagen, die den Amerikaner eher auf ihrer Seite sehen. Vaters sehr energisches Auftreten ruft den Widerspruch des deutschen Kommunalbeamten hervor. Der Bürgermeister argumentiert, dass dieses Fahrzeug von der in Auflösung begriffenen Wehrmacht beschlagnahmt war und insofern Volkseigentum, also nicht mehr im Privatbesitz sei. Wir vermuteten, dass die seltsame Argumentation etwas mit persönlich gefärbten Interessen zu tun hat.

Vater ärgert sich grün, weil er sich alles ganz anders vorgestellt hatte. Wir verbliebenen Vier sollten den Wagen nach einer Neuzulassung zunächst gemeinsam zur Heimreise nutzen, vorausgesetzt, das Treibstoffproblem wäre zu lösen. Nun muss ausgerechnet dieser bayerische Oberwichtigtuer uns Knüppel zwischen die Beine werfen. So wütend habe ich meinen Erzeuger selten gesehen.

Heute muss man sich schon sehr wundern, wie blauäugig wir damals die Lage sahen, allen voran mein Alter. Deutschland hatte einen Krieg verloren, die bedingungslose Kapitulation war vollzogen. Und hier liefen zwei recht hohe Stabsoffiziere noch frei herum, während hunderttausende einfacher Soldaten und Offiziere aller Dienstgrade in Kriegsgefangenenlager gesperrt waren. Die Besatzungsbehörden arbeiteten fieberhaft, um die Gefangenen zu registrieren, ihnen gegebenenfalls Entlassungspapiere und Passierscheine auszustellen, ohne die nirgendwo ein Durchkommen war. Überall wurde kontrolliert. Nach dem geltenden Kriegsrecht hatten sich selbstverständlich auch die "Kommandeure ohne Truppe" gefangen zu geben.

Vater vermeinte, das bisherige große Glück könne ihn auch weiterhin nicht verlassen. Es würde bestimmt einen Tag brauchen, den unumgänglichen Passierschein zu besorgen. Aber dann - nichts wie heim! Sein Ex-Stabschef sah das etwas skeptischer. Ordnungsgemäße Papiere seien unbedingt notwendig, aber man dürfe jetzt nicht leichtsinnig werden.

Ich höre sie beide diskutieren, morgens in ihrem "Ehebett". Schon lange habe ich wach auf meinem Matratzenlager gelegen. Die Bauersleute rumoren seit einiger Zeit in Haus und Stall herum, da gibt es zu füttern und zu melken. Erst danach nehmen sie ihr Frühstück. Geduldig ertragen die Fellners weiter unsere Anwesenheit, möglicherweise aus Dankbarkeit, weil Vater ihnen Pferd und Wagen rettete. Aber lange kann diese Situation nicht mehr andauern.

Eine neue Zeit ist angebrochen und ich kann mich nur allmählich auf sie einstellen. Ich will meinem Vater vertrauen, und ich sehe ihn zugleich in einem völlig anderen Licht. Nicht mehr als den Afrika-Helden, zu dem ich nur in Ehrfurcht aufblicken konnte. Nein, der dort liegt, ist ein Mensch mit Gebrechen. Ich bin jung und dadurch ihm gegenüber im Vorteil. Denn ich werde mich schneller hineinfinden in die veränderte Situation, auch wenn dies nicht leicht sein wird. Wie aber kann er es schaffen, eine neue Existenz aufzubauen? Es fällt mir schwer, mich in ihn hineinzuversetzen. Zudem sagt er wenig, will offenkundig nicht zugeben, wie sehr ihn das Ganze belastet. Wir werden sehen. Ich jedenfalls möchte Förster werden! Das hat sich in mir jetzt festgesetzt. Es ist mein Wunschtraum, und ich merke, dass er sich über meine Absicht freut.

Was mir auffällt: seit wir die Fahrt hinter uns haben, sind die beiden Offiziere erstaunlich abgeschlafft, wie auch ich. Zudem ist mir der Schütze Arno Schulz abhanden gekommen, mein vormaliges existenzielles Alter Ego. Bis zuletzt hat mein Vater ziemlich ernsthaft davon gesprochen, mir eine militärische Ausbildung angedeihen zu lassen. Die Umstände waren einfach zu verlockend für ihn, sie nebenher zu nutzen, aus mir ein Kerl nach seinen Vorstellungen zu formen. Zugegeben, die Theaterspielerei mit Ordonnanz und "zackzack" war schon ganz lustig für ein paar Tage. Wir alle hatten durchaus Spaß daran. Aber nun hat sich die Komödie in meinen Augen überlebt und ich kann nur hoffen, dass er das auch so sieht.

Offenbar von einem Halbschlaf befallen entfährt von Wehrn unter der Bettdecke ein laut hörbares Geräusch. Vater empört sich: "Sie, mäßigen Sie sich gefälligst!" Nun sind beide hellwach. "Na, gut geschlafen?", fragt von Wehrn freundlich, um die Peinlichkeit zu überspielen. "Wie in Abrahams Schoß!" - "Was macht der Kreislauf?" - "Blöde Schwindelanfälle, werde mal ins Lazarett gehen, mich untersuchen lassen." - "Tun Sie das, noch besteht die Möglichkeit." - "Schon gehört? Die Amis sollen nördlich des Inn gemeinsam mit den letzten noch intakten Wehrmachtseinheiten gegen die Russen aufmarschieren!" - "Das halte ich nun aber wirklich für ein Gerücht, Wunschträume irgend eines Phantasten." - "Der Stalin hat ihnen ja mit der Eroberung Berlins die Kastanien aus dem Feuer geholt. Das soll die Russen ziemlich geschwächt haben. Schörner und Kesselring haben noch intakte Divisionen, soviel ich weiß.“ - “Was ist mit der Armee Wenck?” - “Ist wohl entwaffnet.” - “Lassen wir das, Wehrn, wir sollten uns jetzt den Realitäten stellen. Ich muss erst einmal zum Arzt.“ - „ Schütze Schulz, Kaffee”, brüllt er plötzlich, so dass ich senkrecht von meinem Lager hochschnelle, “'n bisschen dalli, zackzack!” Also doch noch, denke ich, während ich in die Klamotten schlüpfe und in die Küche haste.

Die Herren treten miteinander vor den riesenhaften Waschtisch. Der besteht aus einer Marmorplatte mit zwei geräumigen Schüsseln und zwei gefüllten Wasserkannen, alles Keramik. Die Herren zelebrieren bedächtig ihre Morgentoilette. Dabei schmieden sie weiter abenteuerliche Pläne, wie man die Russen zumindest noch hinter die Weichsel zurücktreiben könnte. Es könne doch nicht angehen, dass die Kapitalisten mit den Kommunisten noch weiter gemeinsame Sache machen.

Als die Strategen in der Küche erscheinen, stehen Brot, Butter, Marmelade und sogar drei gekochte Eier auf dem Tisch. Nun meint Vater mild und versöhnlich: “Du musst das jetzt doch nicht mehr so ernst nehmen mit dem Schützen Schulz. Ich glaube, den lassen wir ab heute endgültig fallen.” Dabei lächelt er mir zu, und von Wehrn lacht ermunternd: “Du hast uns wunderbar gedient, weiter so.” Meine Widerworte verschlucke ich, was sollen sie auch.

Die Beiden überlegen nun ernsthaft, wie sie ihre eigenartige Situation geklärt bekommen. Allein in Bad Kreuznach, dem berüchtigtesten der Kriegsgefangenenlager kampieren einhundertfünfzigtausend Mann. Das Lager bei Regensburg unter den Amerikanern sei nicht ganz so schlimm. Die sollen ja ziemlich rasch wieder entlassen, aber der auch dort unvermeidliche Papierkrieg dauert. Und ein Minimum an Überprüfung soll auch stattfinden. In Kreuznach, wo die Franzosen das Sagen haben, grassieren dem Hörensagen zufolge Hunger, Typhus und Ruhr. Immer noch strömen die entwaffneten Truppenteile in langen Kolonnen in die Lager. Will man sich dort wirklich freiwillig einreihen?

Knabe und von Wehrn behalten ihre Uniformen weiter an, sozusagen der Ehre halber. Ihre Dienstpistolen und ihre Degen haben sie auch noch. Emmert übernimmt es, die Hoheitsabzeichen, die Schulterstücke und sonstige überflüssig gewordene Dinge von den Uniformjacken abzutrennen. Vater versteckt sein Ritterkreuz, weil die Amerikaner angeblich scharf darauf seien. Für ihn soll es eine besondere Erinnerung bleiben, die Erinnerung an seinen Krieg in Afrika, der zwar zu einer schlechten Sache beitrug, aber weitgehend frei von Verbrechen war. Die Auszeichnung gemahnte überdies an den kränkelnden Körper. Der hatte ihm unüberwindbare Grenzen gesetzt und würde das auch künftig tun. Das bestätigte sein augenblicklicher Gesundheitszustand.

Im Reservelazarett Altötting gibt es schließlich einen sehr hilfsbereiten Stabsarzt, der meine früheren Vorgesetzten - der Oberstleutnant leistet seinem "Kriegskameraden" mit erstaunlicher Konsequenz bis in das Krankenbett hinein Gesellschaft - nach dreitägiger Bettruhe Entlassungspapiere von der Truppe beschafft. Nun sind beide de jure Zivilisten. Sie müssen sich aber noch ordnungsgemäß registrieren lassen, um an gültige Passierscheine für den Heimweg zu kommen.

Ein Sanitätskraftwagen transportiert die Herren also aus dem Lazarett in das nächste Durchgangslager. Ich begebe mich zu Fuß dorthin, nachdem ich von der erfreulichen Wendung erfahren habe. Meine "Lüttwitz-Uniform" ist bereits abgelegt. Ich trage nunmehr, da es sehr heiß ist, eine zu Shorts abgeschnittene schwarze Hose und über einem frisch gewaschenen weißen Hemd eine uralte Trachtenjoppe. Letztere schenkte mir Frau Fellner, wie sie auch das andere sponserte. Lediglich die Fußbekleidung hat sich nicht geändert. Meine Füße stecken weiter in den etwas engen Knobelbechern. Sie heben sich nicht gerade vorteilhaft vom übrigen Aufzug ab. So gewandet wandere ich an diesem heißen Maitag recht arglos zum Lager.

Die amerikanischen Posten hängen träge in ihren Klappstühlen, als ich Einlass begehre. Sie mustern mich mit eher wohlwollendem Grinsen. Einer gibt lässig ein Zeichen zum

Passieren. Im Lager sitzen, stehen und liegen die Heimkehrwilligen zu Tausenden. Ich beginne schnell daran zu zweifeln, hier zwei bestimmte Gesichter zu finden. Wenn du in einer großen Stadt über die Straße gehst, kann dir immer einer urplötzlich entgegentreten: "Hallo, du hier? Wie geht's" und so weiter. Wenn du aber jemanden in einer derartigen Menge suchst und auch finden musst, kannst du wirklich Zustände bekommen.

Schließlich, nach mehr als einstündiger Suche, finde ich sie doch. Meinem Vater geht es wieder schlecht. Er hat sich hingelegt, einige Landser mussten beiseite rücken, um für ihn Platz zu schaffen. Sein Gesicht ist leichenfahl. Sein Kamerad macht sich Sorgen: "Herr Oberst, Sie sollten noch mal ins Lazarett gehen, Sie sind noch nicht wiederhergestellt, ich besorge einen Sanka[6]." Matt antwortet der Angesprochene: "Nein, nein, Wehrn, nun sind wir schon mal hier, das geht vorüber. - Da ist auch der Junge, Gott sei Dank."

Es geht inzwischen allmählich auf den Abend zu, glücklicherweise. Die größte Hitze ist vorüber. Wir warten: eine Stunde, zwei Stunden, drei Stunden. Allmählich leert sich das Lager. Endlich kommt die Reihe an uns. Drei deutsche Damen an Schreibmaschinen arbeiten wie besessen. Ein junger amerikanischer Offizier unterschreibt und unterstempelt in Windeseile die provisorisch kopierten Formulare, die lediglich als "Passierschein" gelten sollen.

Vater meint: "Ich möcht ja gern, dass du wieder offiziell mein Sohn bist, aber es geht nun einmal nicht, wenn der nicht ein Auge zudrückt. Wehrn, es hilft nichts, Sie müssen als Zeuge aussagen, daß der nicht Schulz sondern Knabe heißt." Der Angesprochene wiegt bedenklich den Kopf: "Wie soll das geh'n?" - "Ach was, wir probieren es einfach!", erkühnt sich mein Vater und ordnet mir zugewandt an: "Du hältst die Klappe, *ich* rede!" Dann leise: "Gib mal deinen Notausweis, du bist noch minderjährig."

---

[6] Sanitätskraftwagen.

Zu den Schreibdamen vorgerückt zeigt Vater als erster sein Soldbuch vor sowie den Entlassungsschein aus dem Lazarett. Er wird registriert, dann ist von Wehrn dran, schließlich ich. “Das ist in Wahrheit mein Sohn Hubertus Knabe. Ich habe ihn vor dem Kampfeinsatz bewahrt, vorübergehend hat er eine andere Identität annehmen müssen. Seine Papiere hat er verloren, Kriegseinwirkung!” Die Schreibkraft stutzt und fragt den verantwortlichen Amerikaner. Der versteht glücklicherweise auch etwas Deutsch und scheint von dem stundenlangen Stempeln und der Schreiberei schon ziemlich genervt. Nach einem Blick zu uns herüber, wobei er mich kurz fixiert, hören wir überrascht: “Okay, let him go!” Dann rumst er seinen Stempel auf das auch hier geduldige Papier und signiert ordnungsgemäß. Damit erhalte ich meine wahre Identität zurück.

Am liebsten hätte ich “hurra” geschrien, als wir die Posten auf ihren Stühlen passieren. Aber ich traue mich nicht, denn neben mir gehen doch zwei gesetzte Herren, würdevoll und ernst um sich blickend. Schon breitet sich Zufriedenheit über Vaters Gesicht aus. Er ist wieder oben auf, meint: ”Mensch, toll, jetzt gehen wir nach Hause, ist das klar?” Von Wehrn ist etwas vorsichtiger und bremst ihn ab: “Ob der Wisch schon ein endgültiger Ausweis ist, wage ich zu bezweifeln.” - “Sie Miesepeter, warum sollen wir damit nicht durchkommen?” - “Ich habe gehört, dass dies lediglich ein Erfassungsschein ist, sehen Sie mal drauf, der gilt nur für den Umkreis von dreißig Kilometern. Wir sind also ziemlich ortsgebunden.” - “Scheiße, und dafür habe ich mich drei Tage ins Lazarett gelegt. Verdammte Bürokraten!” Seine gute Laune ist fast wieder verflogen.

Von Wehrn legt nach: ”Hilft nichts, wir müssen uns hier noch einige Zeit zur Verfügung halten, abwarten, ob etwas gegen uns vorliegt, Kriegsverbrechen oder so. Wir sind jetzt registriert und die prüfen nach. Das kann ohne weiteres schon ein paar Tage dauern.” Die Logik des bedächtigen Reservisten leuchtet ein. Vater schaut auf mich: “Also noch hierbleiben. Aber den Fellners möchte ich nicht mehr zur Last fallen, so schön es da ist.” Von Wehrn gibt er zu verstehen: “Wenn die einverstanden sind, können Sie ja noch da bleiben, wir werden uns etwas anderes suchen." Aber von Wehrn will nun auch nicht mehr. Bauer Hartsberger ist schließlich einverstanden, dass er zu seinem Fahrer zieht. Um die Rangunterschiede zu wahren, bekommt er ein gesondertes Stübchen. In dem großen Haus ist genug Platz.

Wir beide, Vater und Sohn, finden Quartier bei einem Kleinbauern namens Falter. Der ist ein hagerer, zahnloser Alter, der mit seiner geistig zurückgebliebenen feingliedrig gewachsenen Tochter zusammenlebt. Der alte Mann macht mit Mühe seine Arbeit auf den paar Feldern, etwas Wald haben sie auch. Die Tochter versorgt in der Hauptsache die zwei Kühe im Stall und bewältigt das bisschen Haushalt. In der Küche ist sie auf Knödel und Eierschmarren spezialisiert. Das Anwesen ist ziemlich ungepflegt. Wie soll es auch anders sein, denn sie rennen morgens, mittags und abends zur Andacht in die Kirche, beten um den einzigen Sohn und Bruder, der noch irgendwo draußen ist.

Auch hier gibt es ein Altvorderenstübchen mit einem breiten Bett, das wir uns jetzt teilen. Welch ein Glück für uns, dass in diesen Südzipfel Deutschlands noch keine großen Flüchtlingsströme gelangt sind. Die kommen erst viel später, mit der Ausweisung der Sudetendeutschen und der Schlesier. Hier ist überhaupt noch vieles beim Alten geblieben. Auch die Zerstörungen halten sich in Grenzen.

Ein skuriles Pärchen sind sie, diese Falters. Der Alte muss schon an die achtzig sein, kommt nuschelig und verschroben daher. Seine Frau ist schon geraume Zeit tot. Die hohe Politik und den Krieg hat er von jeher negiert. Wichtiger sind ihm sein und seiner Familie Seelenheil. Ein tiefer und unerschütterlicher Glaube hält beide am Leben. Außer dem dreimaligen Kirchgang am Tag halten sie viele Andachten vor ihrem kleinen Hausaltar in der "guten Stube". Wenn wir zufällig hereinkommen, dreht sich die Tochter erfreut um, während der Vater mit gesenktem Kopf kniend weiterbetet.

Bevor mein Vater das Quartier bei ihnen festmachte, hat er sich und natürlich auch mich zur Arbeit in Wald und Feld angeboten. Dabei schätzte er zumindest seine Körperkräfte falsch ein. Das Angebot wird jedenfalls dankbar angenommen und gleich am nächsten, noch dazu frühen Morgen soll die Arbeit beginnen. Der Alte geht mit uns in seinen bescheidenen Fichtenbestand, der sich ganz in der Nähe befindet und zeigt uns, was zu tun ist. Vor etlichen Jahren hat er dort Bäume gefällt und die Stubben mit den Wurzeln im Boden belassen. Nun meint er ohne jeden Arg, diese Reste sollen wir herausholen. Wir schauen uns betreten an. Warum, um Gottes Willen, müssen die Stubben aus der Erde? Als ich ihn direkt frage, kann er den Sinn der Frage überhaupt nicht verstehen. Für ihn steht unverrückbar fest, dass die Stubben herausmüssen, weil dort ein Weg entstehen soll. Das leuchtet ein. Dennoch vermag ich die spontane Begeisterung meines Erzeugers nicht zu teilen, als wir Äxte, Spitzhacke und Spaten aus dem Schuppen holen und unser Werk beginnen. Mein Vater stellt sich dabei reichlich unbeholfen an, flucht zum Gotterbarmen und muss sich immer wieder hinsetzen, um auszuruhen.

Mir Siebzehnjährigem beginnt die Arbeit zu gefallen, und ich erwerbe mit zunehmender Zahl gerodeter Stubben auch einige Geschicklichkeit. Immer wieder steht der Ex-Berufssoldat neben mir und guckt, wie ich das mache. Er will es mir gleichtun können. Die erste Tagesausbeute an Stubben bleibt sehr dürftig. Dem nahezu unverständlichen Genuschel des Alten entnehmen wir trotzdem eine gewisse Anerkennung. Tochter Aloisia holt uns zum Mittagessen. Es gibt wie fast jeden Tag Knödel mit Rauchfleisch und Sauerkraut. Sie kocht nicht besonders phantasievoll. Aber was erwarten wir auch, wenn sie allein wären, würden sie vielleicht gar nichts oder vielleicht nur eine Scheibe trockenen Brotes essen.

Am nächsten Tag geht es schon besser mit den Stubben voran. Der Oberstleutnant kommt uns besuchen und prompt palavern die Herren ein Weilchen, während ich mich abrackere. Aber dann spricht Vater zu von Wehrn ein Machtwort. Er solle uns nicht von der mühevollen Arbeit abhalten und möge uns lieber helfen. Der verzieht zunächst das Gesicht, nimmt dann den Spaten, macht einige Stiche und erschlafft zusehends. “Was müssen Tausende von Kriegsgefangenen jetzt in Sibirien schuften!”, ruft ihm mein Vater zu, “Wehrn, strengen Sie sich an, Sie bekommen sogar ein paar Pfunde weg.” Erst rundum ausgraben, bis die Wurzel freigelegt ist, dann die Wurzelstränge mittels Axt durchtrennen, anschließend das Ganze mit der Spitzhacke heraushebeln, Stück um Stück. Das ist Schwerstarbeit. Für einen Invaliden wie ihn ist das allerdings nichts, das sehen wir ein. Von Wehrn steht noch ein Weilchen unschlüssig bei uns. Dann entfernt er sich, kommt aber irgendwann zurück.

Besonders schwer ist es, die Stubben aus den Gruben herauszubefördern. Manchmal hängen sie noch an einer nicht sichtbaren Wurzel, und wir mühen uns fürchterlich, diese zu kappen und die Biester nach oben zu holen. Außerdem sind wir in ständiger Sorge, der Hackenstiel könnte abbrechen. Endlich habe ich eine zündende Idee und hole eine Wagenwinde aus unserem Auto. Nun lernen wir, diese am richtigen Punkt anzusetzen, um den Kloben herauszuwürgen.

Es dauert nicht lange, da haben wir zehn Wurzeln geschafft und sind ganz stolz auf uns. Jetzt ist Vater auch fertig. Er ist wieder leichenblass und sitzt auf einem Baumstumpf. “Hören wir doch auf! Morgen geht es bestimmt besser, kommen Sie!” Murrend steht der Oberst außer Dienst auf, nimmt Spaten und Spitzhacke und übergibt sie mir: ”Entschuldige bitte, aber ich kann nicht mehr.” Er ist sauer, dass sein Körper wieder nicht mitspielen will. Die beiden gehen. Ich bleibe und mühe mich mit den nächsten Stubben. Es macht mir ausgesprochen Freude, im Wald zu arbeiten. Außerdem merke ich, dass ich, was Ausdauer und körperliches Durchhaltevermögen anbelangt, den beiden deutlich überlegen bin. Und das gibt mir noch zusätzlich Auftrieb. Es gelingt mir, noch zwei Stubben herauszuziehen, ganz alleine, und ich bin mächtig stolz auf mein Werk. Abends, als wir zusammensitzen, fragt der alte Falter, wieviele es denn heute geworden sind. “Zehn”, meint Vater und sieht mich an; ich ergänze: ”nein, zwölf.”

Mich trifft ein anerkennender väterlicher Blick und das ändert vieles. Wir sind beide todmüde, als wir in das Bett sinken. Dennoch bin ich gerade jetzt fähig, ihm eine bisher unterdrückte Frage zu stellen: "Sag mal, hast du eigentlich Hitler in Berlin getroffen?" - "Ja, aber das ist eine längere Geschichte. Heute ist mir nicht mehr danach zu reden, aber morgen erzähle ich es dir, wenn ich nicht wieder so kaputt bin." Damit dreht er sich um und schläft fest ein. Es wird aber noch einige Zeit vergehen, bis ich seine Berliner Erlebnisse erfahre.

Am nächsten Tag habe ich vormittags allein mit den Wurzeln zu tun. Die beiden Herren verhandeln in der Stadt wegen des leidigen Opels. Es besteht wieder Hoffnung. Besonders Vater ist jede Kontaktnahme zu Behörden und Instanzen wichtig. Vor allem brauchen wir bessere Ausweispapiere, um legal weiterzukommen.

Wieder vergehen einige Tage der Ungewissheit. Zwischendurch immer wieder hohe Mathematik im Walde: Wurzeln ziehen. Der alte Falter ist ganz froh über seine billigen Arbeitskräfte. Die Löwenarbeit mache zwar ich, aber das sage ich ihm nicht, um die beiden anderen nicht zu kompromittieren. Aloisia kann ich sogar zeigen, wie man Spiegeleier brät. Das wusste sie noch nicht und das auf dem Lande. Sie lacht breit mit ihrem weitgehend zahnlosen Mund und freut sich über die schlichte, aber durchaus delikate Bereicherung des Speisezettels. Der Alte sitzt zumeist im Hintergrund der Stube und lässt ein vernehmliches "Jaja!" hören. Das legen wir so aus, dass er nichts anderes zu sagen weiß.

Wir sind schon etwas über eine Woche bei Falter, als sich den Ex-Offizieren eine Gelegenheit bietet, mit einem Sanka über den Inn zu fahren. Vater schärft mir noch ein: "Sieh zu, dass du den Opel loseisen kannst, und komm mit Emmert nach. Wir treffen uns bei Muttern, du schaffst das schon!" Ich fühle mich im Stich gelassen, besonders in der Sache um den Opel. Da sehe ich mich überfordert. Emmert und ich beraten. Er weiß von einem Polizisten, der mit seinem Freund auch in Richtung Frankfurt will. Der würde sich um die nötigen Papiere kümmern, natürlich an der maßgeblichen Stelle der Militärverwaltung. Wir müssen also warten und hoffen. Von den abgereisten Offizieren kommt vorläufig keinerlei Zeichen.

Inzwischen kehrt der Sohn vom Falter, ein rüstiger Mittfünfziger heim. Sie sind überglücklich und sehen die vielen Gebete gerechtfertigt. Nun folgen entsprechend viele Dankgebete. Ich bleibe bei ihnen, rode weiter Stubben und warte mit Emmert auf Nachricht von unserem Polizisten.

Vater fehlt mir sehr und ich empfinde plötzlich eine nicht gekannte Leere in mir. Ich war gerade so schön dabei, meine Distanz ihm gegenüber abzubauen, wozu auch das gemeinsame Roden der Stubben beitrug. Nun droht mir ein "Durchhänger". Zu den Falters komme ich in keinen engeren Kontakt. Der Sohn muss jetzt vieles auf dem Feld und im Stall richten und die in seiner Abwesenheit eingetretenen Vernachlässigungen aufarbeiten. Daher gehe ich möglichst viel zu Emmert, sitze auch mal bei den Fellners und spiele mit ihr Mensch-ärgere-dich-nicht. Aber das ist auch keine Lösung des Problems. Irgendwie muss es mir gelingen, nach Hause zu kommen. Nur das Wie und Wann bleiben weiter unklar.

Der Polizist hat über seine Beziehung zur amerikanischen Militärverwaltung zwar das Auto freibekommen, scheitert aber beim Treibstoff. Emmert meint zu mir: "Wir werden uns schon durchschlagen, fahren einfach los, so lange der Sprit reicht, und dann sehen wir weiter. Mit den Ausweisen tun wir, wenn wir über die Dreißig-Kilometer-Grenze sind, einfach ganz doof." Also weiter das Prinzip Hoffnung. Ohne gültige Papiere bleibe ich skeptisch und schlage vor, noch die wenigen Tage abzuwarten, bis wir die bereits beantragten Dokumente haben. In mir macht sich ein ungutes Gefühl breit, und in diesem Fall trügt es leider nicht.

Am Montag, dem achtundzwanzigsten Mai, liege ich noch im Bett, als ich eine Fahrradklingel höre. Ihr folgt eine bekannte Stimme. Kaum traue ich meinen Ohren und springe auf. Tatsächlich, er ist es! Ich sause hinunter und wäre ihm am liebsten um den Hals gefallen. Aber das geht nicht, denn er spricht gerade mit Falters Sohn. Aloisia kommt ebenfalls dazu und nun ich. Als der

Alte auch noch dahergeschlurft kommt, beginnt Vater zu erzählen: "Wir sind alle geschnappt worden, als wir schon über den Inn waren - außerhalb der dreißig Kilometer eben. Dann haben sie mich und Wehrn gefangengesetzt. Hab' hin und her überlegt, wie ich da wieder herauskomme. Eines Tages meinten sie dann, alle Landwirte sollen sich melden. "Du weißt doch", dabei schaut er mich an, "Tante Käthe aus Rexin, von der hatte ich diese testamentarische Erklärung in der Tasche, dass wir das Gut erben sollen, und den Wisch habe ich vorgelegt und gesagt, da muss ich hin und nach dem Rechten sehen, die Feldarbeit so richtig ankurbeln. Da ist bestimmt sehr viel liegen geblieben, schon längst fällig, fast schon zu spät."

Vater - ein Gutsbesitzer?, er, der kaum mit einem Spaten umgehen konnte! Wir grinsen uns beide an, als er ein Papier aus der Tasche seines Waffenrockes zieht, denn den trägt er immer noch. "Und nun sieh dir mal an, was für einen schönen Entlassungsschein ich habe. "Ich lese und traue meinen Augen nicht:

E N T L A S S U N G S S C H E I N

Der unterzeichnete Gustav-Georg Knabe wurde am Sonnabend, dem 26. Mai 1945 aus der Kriegsgefangenschaft ordnungsgemäß entlassen wegen dringender Landbestellung nach Rittergut Rexin, Kreis Danziger Höhe bei Ludwigshafen am Rhein.

Lager Erding, 26.5.1945 *Stempel, Unterschrift*

"Also bin ich jetzt Agronom, das hat mir von Wehrn erzählt. Der muss es schließlich wissen, seine Familie hat doch selbst ein Gut. Aber er hat sich ungeschickt angestellt, ich glaube, er ist noch nicht raus. Ich hatte das große Glück, dass den Wisch da ein Amerikaner geschrieben hat. Die kennen sich in unserer Geografie nicht so gut aus, was wissen die schon, wo Danzig liegt. Mit den beiden Zetteln komme ich jedenfalls überall durch, fein, was?" Da muss ich doch wieder über seinen Einfallsreichtum staunen, und wir freuen uns alle. Er ist mächtig aufgekratzt und steckt uns an. "Und was ist jetzt mit dem Auto?" - "Wir haben es, aber noch keinen Treibstoff." - "Schiet! Macht nichts, dann laufen wir beide eben zu Fuß. Muss der gute Emmert noch ein bisschen auf seinen Chef warten, dann können die ja direkt nach Gera fahren."

Ein, zwei Stunden später trifft der Fahrer ein. Er wollte mit mir noch weitere Schritte wegen des Wagens besprechen und ist natürlich überrascht. Jetzt kann Vater seine Geschichte gleich noch einmal loswerden. Emmert lacht schallend. Vater will noch einen letzten Vorstoß in Sachen Benzin unternehmen. Dazu fühlt er sich seinem alten, in seinen Augen etwas laschen "Kriegskameraden" gegenüber verpflichtet. "Aber dann haun wir zu Fuß ab!" Verdutzt guckt Emmert ihn an: "Aber Herr Oberst!" - "Nix aber, wir machen uns auf den Weg, ich will jetzt nach Hause." Versuche bei Tankstellen, die natürlich Bezugscheine sehen wollen, wegen Dringlichkeit und so, und bei den Behörden sind vergeblich.

Mein Vater hat sein Gepäck, einen Rucksack und einen kleinen Koffer, in einem Dorfgasthof kurz hinter Mühldorf abgestellt, als er sich das Fahrrad lieh. Nun borge ich mir das einigermaßen intakte Rad der Aloisia, und dann radeln wir beide zu dem Gasthof hinüber. Dort müssen wir unbedingt eine Fassbrause trinken, weil es drückend heiß ist. Leider stellt sich bei mir auf dem Rückweg ein Platter ein. An Flickzeug ist nicht zu denken, und ich muss schieben. Vater zeigt sich nun von seiner besten Seite. Den kleinen, auf den Gepäckträger geklemmten Koffer, der das Fahrrad jetzt über Gebühr belastet hätte, bringt er zu einem evangelischen Pfarrer nach Mühldorf und sagt: "In ein paar Tagen kommen wir ihn abholen", und dann kommt er im Eilschritt zu mir zurück. Gemeinsam wandern wir die zwanzig Kilometer nach Oberschlottham zurück und treffen dort gegen Abend mit knurrenden Mägen ein. Ein Bekannter vom Falter flickt sofort den Reifen, denn Aloisia braucht das Rad zum Einkaufen.

Es heißt, dass beim Magistrat die neuen Kennkarten eingetroffen seien. Bei den Fotografen herrscht nun großer Andrang wegen der Passbilder. Falters haben Zeit, aber wir drei eilen sofort hin, um uns ablichten zu lassen. Nun wollen wir so rasch als möglich "weiterreichende" Ausweise haben, um schleunigst von hier fortzukommen.

Die Fotos sind am ersten Juni fertig. Um jedoch an die Kennkarte zu kommen, sind noch etliche Laufereien zwischen der Gemeinde Kastl, dem Rathaus in Altötting, dem Landratsamt und schließlich dem Bürgermeister Krähschütz erforderlich. Einige Wege hätten wir uns sparen können, und das lag an mir. Meine Erkundigungen waren einfach nicht ausreichend genau. Vater ist stinksauer, schimpft mich "Torfkopp" und "Idiot". Da bin ich wieder recht geknickt, manchmal kann er es eben doch nicht lassen.

Bei Ausstellung der Kennkarte passiert ein kleines Missgeschick. Vater kramt zwecks Identifikation seinen Passierschein hervor. Dabei fällt der ordentliche Entlassungsschein des Lagers Erding mit heraus und so auf den Tisch, dass die deutsche Schreibdame ihn sieht und stutzt: "Was ist denn das? - Kreis Danziger Höhe bei Ludwigshafen am Rhein?" - "Ja, sehen Sie, die Amerikaner haben sich auch gewundert, aber das gibt es tatsächlich - wie Sie sehen." Die aufmerksame Frau sieht ihn zweifelnd an. Vater muss nachschieben: "Der Entlassungsschein wurde anhand einer testamentarischen Erklärung meiner Erbtante ausgestellt, wo genau diese Adresse angegeben war." - "Kann ich den mal sehen? Interessiert mich bloß!" - "Leider geht das nicht, da ich das Dokument nicht zur Hand habe. Es ist bei der Polizei zwecks Ausfertigung einer beglaubigten Kopie."

Sie schaut ihm ins Gesicht. Er hat gewaltige Mühe, ihrem forschenden Blick standzuhalten. Schließlich sagt sie langsam: "Dann will ich Ihnen mal glauben!" Der Schalk in den Augen ihres verhärmten Gesichts spricht aber für sich. Eine wahrhaft verständnisvolle Dame, die zugunsten meines erfindungsreichen Erzeugers richtig kombiniert hat.

Nun startet Vater noch einen letzten Versuch, Treibstoff für den Opel zu bekommen, vielmehr einen Bezugschein für Benzin. Es gelingt ihm sogar, den Bürgermeister von Altötting zu bewegen, ihn zur Militärverwaltung zu begleiten. Dort wird ihm aber gesagt, die neuen Verkehrsbestimmungen seien noch nicht heraus und deshalb könne er den Wagen ohnehin nicht haben. Wutschnaubend sieht er den Bürgermeister an, der vielleicht nicht ganz unschuldig ist. Den auf der Zunge liegenden Kraftausdruck behält er lieber für sich. Er wendet sich an den traurig blickenden Emmert und lässt ihn wissen, dass es ihm sehr leid tue, und das ist ehrlich gemeint.

Vaters Entschluss steht fest: wir beide wandern zu Fuß in Richtung Heimat. Emmert will noch ein paar Tage dem Hartsberger helfen und auf seinen ehemaligen Chef warten, so eine treue Seele. Von Wehrn hat wohl auch noch einige Sachen zurückgelassen. Nun müssen wir einen sicheren Unterstellplatz für den Opel finden. Die Bauern haben keine Lust, den Wagen für unbestimmte Zeit aufzubewahren, das Risiko ist ihnen zu groß.

Schließlich kommt Vater auf die Idee, den Wagen wieder "sicherstellen" zu lassen, bis sein Besitzer ihn abholen würde. Diesmal sollte jedoch das Landratsamt eingeschaltet werden. Ein Bekannter des Herrn von Wehrn, ein Doktor Herzog, will sich darum kümmern und außerdem dafür Sorge tragen, dass das Fahrzeug gut unterkommt. So meldet Emmert, der inzwischen ebenfalls das Interesse verloren hat, das Auto ab und deponiert die Nummernschilder.

Doktor Herzog ist erst seit ein paar Tagen heimgekehrt, aber seine Frau hatte uns schon vorher mit etwas Kleidung und Nahrung geholfen. Ein sehr zierliches, trotzdem starkes und gemütvolles Wesen. Sie hatte uns sogar Bücher geliehen, in der Nazizeit verbotene wie von Erich Kästner und Thomas Mann. Wir begannen sofort mit dem Lesen und konnten die Bücher kaum aus der Hand legen. Dennoch schafften wir es nicht, sie fertig zu lesen. Vielleicht ist das Emmert gelungen, denn er las ebenfalls sehr gerne.

Nun ist der Doktor also auch da, ein recht sympathischer Mensch. Wir haben noch einen sehr schönen Abschiedsabend miteinander. Vater und er diskutieren sehr angestrengt, bisweilen prallen die Meinungen hart aufeinander. Im Kern stimmen sie überein, dass jetzt “die Ärmel hochzukrempeln sind und Aufbauarbeit geleistet werden muss”. Und Herzog fragt: “Na, Herr Oberst, was stellen sie sich nun für ihre Zukunft vor?” - “In Danzig bei Ludwigshafen meine Felder bestellen”, witzelt der. “Pardon, wie bitte?” Und jetzt zeigt Vater den Entlassungsschein vor. Schallendes Gelächter: “Und Sie meinen, dass Sie damit durchkommen?” - “Abgestempelt und unterschrieben. So lange die Amerikaner kontrollieren, kann nichts passieren. Was wissen die, wo Danzig liegt. Ludwigshafen dürften sie allemal kennen, da haben sie schließlich gekämpft. Warum soll es dort nicht ein zweites Danzig geben?”

Das Gespräch geht weiter. Herzog brennt noch eine weitere Frage auf der Zunge: ”Sagen Sie, wie sind Sie denn an Ihren Jungen gekommen? Das ist doch merkwürdig, in diesem Chaos so ohne weiteres den eigenen Sohn zu finden.” Vater seufzt tief, blickt zuerst auf den Fragesteller, dann auf mich: “Das ist eine lange Geschichte, aber jetzt will ich sie erzählen, da Sie so direkt gefragt haben.” - “Hubertus verließ uns Mitte März. Er hatte seinen Einberufungsbefehl zum Arbeitsdienst, was in dieser Situation ja einem Feldeinsatz gleichkam. Ich musste weg nach Berlin, Führerbefehl, zur Übernahme einer Division, die allerdings nicht existierte. Als ich unserem Obersten Befehlshaber begegnete, bekam ich - ehrlich gesagt - einen Schreck. Dieser Mann war nur noch ein Schatten seiner selbst. Er hat mich noch zum Generalmajor befördert, wegen der Division, und weil ich so ein erfahrener Truppenführer sei - von Afrika her. Die Division sollte zum äußeren Berliner Verteidigungsring gehören, weshalb ich den Auftrag erhielt, mich bei einem General im Raum Fürstenwalde zu melden. Ich kam wirklich dorthin, aber der lachte bloß und sagte: “Ich soll hier ein Armeekorps führen und habe bisher einen Adjutanten und einen Schreiber, das ist alles. Wenn Sie eine Division brauchen, dann müssen Sie sich die Leute schon von der Straße zusammenklauben, vielleicht sind da noch welche.” - Da habe ich nur noch sagen können: “Unter diesen Umständen muss ich den Befehl verweigern.” Guckt der mich an: “Ich kann Sie jetzt auf der

Stelle erschießen wegen Verweigerung eines Führerbefehls, aber ich verstehe Sie. Sie bekommen von mir einen Marschbefehl zur Führerreserve nach Traunstein, vielleicht klappt es dort mit der Division." Dabei nehmen seine strapazierten Gesichtszüge vorübergehend einen spöttischen Ausdruck an. Man konnte in jener Zeit überhaupt nur noch mit äußerstem Sarkasmus überleben. Hitler saß elf Meter unter der Erde und hatte jede Beziehung zur Realität verloren. Vermutlich alle um ihn sahen die Katastrophe kommen, waren aber wie paralysiert.

Gegen die ungeheure Übermacht der Alliierten, sagte einem der gesunde Menschenverstand, war doch jeglicher Kampf sinnlos. Ich zog die Konsequenz und fuhr gen Süden, Richtung Traunstein. Unterwegs, genauer bei Wurzen, gerieten wir unter Fliegerbeschuss und mein Dienstwagen ging in Flammen auf. Wir, das heißt mein Fahrer und ich, konnten uns gerade noch durch einen Sprung ins Gebüsch retten. Dann liefen wir in die Stadt hinein, hofften, dort eine Fahrgelegenheit nach Gera zu bekommen, da ich dort noch einiges zu erledigen hatte. Tja, und da traf ich den guten Wehrn, der dort als Vollinvalide eigentlich auch überflüssig war. Ich hielt es für Blödsinn, dass solche Leute noch Kopf und Kragen riskieren müssen. Er kam auch gern mit, und da hatten wir eben ein Auto, den Opel vom Gadebusch, den Sie ja, wie ich glaube, auch kennen." Eifriges Nicken gegenüber. "Und jetzt bestand mein Hauptanliegen darin, den Jungen herauszuholen. Wir hatten großes Glück, dass seine Einheit noch nicht im Einsatz war. Dann wäre es ungleich schwieriger geworden, aber so – sie standen gerade zum Morgenapell - habe ich ihn mir 'ausgeliehen'. Natürlich mussten wir dann ein bisschen tricksen, denn, wenn die uns geschnappt hätten – nicht auszudenken.

Also habe ich ihm zunächst eine zünftige Kopfwunde mit einem schönen Verband aus dem Autoverbandskasten und Kaninchenblut gemacht. Später hat uns dann ein mir bekannter General einen Notausweis ausstellen lassen auf den Namen Arno Schulz. Der Kerl trug ja seine Papiere nicht bei sich, sondern bewahrte sie dummerweise in seinem Gepäck auf. Zum Glück hatte er noch seine Erkennungsmarke umhängen. Die zeigte er, als wir tatsächlich in eine Kontrolle kamen, ganz geschickt so vor, dass die bloß die mit dem Notausweis identische Nummer sehen konnten. Wirklich prima hast du das gemacht" und klopft mir lachend auf die Schulter. "Junge, da hast du mal gut reagiert. Dann kamen wir hierher und haben uns bei den Bauern einquartiert. Mit von Wehrn habe ich der Führerreserve noch einen Besuch abgestattet, aber zu spät, dort war alles zerstört, Bombenangriff am Tag zuvor. Da war unsere Mission beendet." Vater guckt triumphierend in die Runde: "Ich bin dann vorübergehend zusammengeklappt, - der blöde Kreislauf plus ein paar Tage Schwerstarbeit, wir haben nämlich Stubben gerodet bei unserem Bauern. Aber jetzt geht es wieder einigermaßen und ich hoffe, dass ich den Fußmarsch nach Hause gut überstehe ..." Er bricht ab, nickt dem Fragesteller freundlich zu, "das wars!"

"Da haben Sie sich ja was vorgenommen, wir drücken Ihnen jedenfalls die Daumen." - "Ja, jetzt, wo wir einmal zusammen sind, bringt uns nichts mehr auseinander. Schade, dass es mit dem Opel nicht geklappt hat, da müssen wir später weitersehen." - "Und Sie meinen, dass Sie den weiten Weg zu Fuß schaffen, mit Ihrem Kreislaufproblem?" Dr. Herzog hat so seine Bedenken. - "Wissen Sie, was ich mir bisher vorgenommen habe, das konnte ich noch immer schaffen. Außerdem: meine liebe Frau wartet voller Sorge. Ich will sie doch überraschen, sie weiß ja noch nichts von allem." - "Wovon weiß sie nichts?" - "Na, dass ich ihr unseren Sohn mitbringe."

Der Jurist blickt ihn schweigend an, dann wandert sein Blick zu mir. Seine Frau ist jetzt Feuer und Flamme: "Mein Gott, muss das eine Überraschung sein, beide zusammen, Mann und Sohn!" - "Ja, das passiert wohl selten, aber sie hat mir bei meinem Weggang auch die Hölle heiß gemacht." - "Wieso das?" - "Na ja, ich habe da einen Fehler gemacht", und jetzt trifft mich ein voller, warmer Blick, "die ganzen Umstände hätten wir uns wohl sparen können, wenn du bei ihr geblieben wärst. Das Risiko wäre wahrscheinlich kleiner gewesen. Wenn du wüsstest, wie deine Mutter sich aufgeführt hat, weil ich dich wieder weggeschickt habe ..." Er lächelt in sich hinein: "Manchmal macht man halt Bockmist, den man hinterher wieder ausbaden muss. Aber nun ist dieser Scheißkrieg vorbei, und wir sind beide heil durchgekommen, nicht?"

So habe ich meinen Alten noch nie erlebt. Welch ein Sinneswandel! Er ist wieder ernst geworden und sagt zu Herzogs gewendet: "Wissen Sie, ob die Amerikaner uns jetzt einen richtigen Frieden garantieren können? Das ist doch völlig offen! Am besten wäre ja, wenn sie mit uns gemeinsam die bolschewistische Gefahr bekämpfen würden. Aber die haben natürlich auch ihre Verträge. Und außerdem, wenn es hart auf hart ginge, ich weiß nicht, ob die Amerikaner gegen die wesentlich härteren Russen mit ihren kampfgeübten Stoßarmeen nicht den kürzeren ziehen würden. Ich für meinen Teil dränge mich gewiß nicht danach, nochmals in den Krieg zu ziehen. Wenn es jedoch notwendig wird und sich die Gelegenheit einer Bereinigung der Lage bietet, sollten wir die auch beim Schopfe packen. Aber - wir müssen erst einmal sehen ..." Das lässt alles offen. "Erst wollen wir nach Hause wandern, uns umhören, umschauen; irgendetwas wird sich schon finden - und wenn ich im Wald arbeite." Mir kommt augenblicklich der Gedanke: "Du und Waldarbeit! Hab' dich mit der Axt hantieren gesehen, du würdest dir eher die Beine abhacken als einen Baum zu Fall bringen."

Es wird spät, da die Hausfrau noch einen guten Wein "ausgegraben" hat. Auf leisen Sohlen schleichen wir beim Falter hinein und in die Betten.

Der nächste Tag ist der letzte in unserem Standquartier. Jetzt geht es noch darum, ein festes Wägelchen zu zimmern, um das Nötigste mitnehmen zu können. Der Faltersohn hilft uns. Er holt eine schöne, stabile Kathreiner-Malzkaffee-Kiste vom Dachboden. Dann ist da noch ein halb verrosteter Kindersportwagen, den wir zerlegen. Wir brauchen nur eine Achse. Es passt ausgezeichnet: zur Stabilisierung unter den Boden der Kiste ein Querbrett genagelt, darunter die Achse mit den beiden Rädern mittels mehrerer umgeschlagener Nägel und Krampen befestigt, das Ganze mit einer Deichsel versehen, dann noch die Räder kräftig geölt, und fertig ist die Karre, unser "Transportmittel".

Als alter Generalstäbler und Planer legt mein Vater jetzt pedantisch Listen an von allen Dingen, die noch eine Zeit hierbleiben müssen. Wir sind sicher, dass wir bald wiederkommen und den Opel holen. Dann wird der ganze Rest mitgenommen. Dazu gehören auch zahlreiche Kleidungsstücke, die uns Herzogs unaufdringlich vermacht haben. Vater besitzt so gut wie keine Zivilkleidung und ich bin damit auch nicht gerade luxuriös ausgestattet. Den wohlgefüllten Karton übergeben wir dem "jungen" Falter mit der zugehörigen Liste. "Nur damit Sie wissen, was drin ist, wir holen das bald ab."

Dann wird das Wägelchen mit den wichtigsten Habseligkeiten bepackt und im Hausflur bereitgestellt. Eigentlich wollen wir am nächsten Morgen sehr zeitig starten. Aber da es noch ein Problem wegen der Unterstellung des Autos gibt, muss Vater nochmals in die Stadt. So kommen wir erst am frühen Nachmittag los. Der Abschied von Falters ist rührend. Die Tochter hat sogar Tränen in den Augen.

Der Heimweg beginnt

Als wir unsere große Wanderung am dritten Juni endlich antreten können, ist es bereits gegen fünfzehn Uhr. Eigentlich viel zu spät, denn in den verbleibenden Stunden sind höchstens noch zwanzig Kilometer zu schaffen. Mit Beginn der Dämmerung wird die Suche einer geeigneten Unterkunft vorrangig. Wir haben wieder Bilderbuchwetter, die Sonne brennt vom Himmel. Vater trägt Afrika-Shorts, die er noch aus Gera mitgebracht hat, dazu ein grünkariertes Hemd und eine weiße Schirmmütze von Dr. Herzog. An den Füßen hat er einigermaßen bequeme Schuhe, zum Wandern vielleicht etwas zu leicht. Man könnte ihn glatt für einen Urlauber oder den Trainer einer Sportsmannschaft halten. Meine Bekleidung ist schon etwas robuster: die besagte schwarze, zu Shorts abgeschnittene Hose, ein leichtes Hemd von der vormaligen NS-Bauorganisation Todt, die alte Trachtenjoppe und an den Füßen meine leidigen Knobelbecher vom Arbeitsdienst. Damit sehe ich mehr nach einem Freischärler aus, der sich an unterschiedlichen Beutegütern bedient hat. Strümpfe sind Mangelware, sehr zu unserem Leidwesen. Wir haben uns aus einem größeren Stück Baumwollstoff, den uns Frau Herzog gab, Fußlappen geschnitten, die mit den zwei Paar Socken in Reserve bleiben.

Emmert gibt uns noch ein kleines Ehrengeleit. Schade, dass er so ein Pech mit seiner Kennkarte hat. Und wie mag es um von Wehrn stehen? Wird er zurückkommen in der Hoffnung, dass es mit dem Opel doch noch geklappt hat? Wenn der Bürgermeister kooperativer wäre, dann hätten sie den Wagen schon, natürlich wäre da noch das Treibstoffproblem. Emmert meint: "Wir hätten vielleicht irgendwo noch was absaugen können, oder?" - "Nee, Emmert, das schlagen Sie sich mal aus dem Kopf, auf die Idee sind schon andere gekommen. Das damals war 'ne ausgesprochene Glücksache, aber ein bisschen müsste doch noch im Tank sein. Den Reservekanister vom Kübel haben Sie hoffentlich umgeladen - aber stimmt, das war ja Schwagers Sache." - "Nein, Herr Oberst, im Opel ist der Kanister nicht, da ist nur der eigene." - "So ein Mist, dann reicht es natürlich nicht bis Gera über Frankfurt. Egal, nun müssen wir sowieso sehen, wie wir weiterkommen." Die beiden unterhalten sich noch ein wenig, dann trennen sich unsere Wege und wir Zwei sind wirklich allein.

Den selbstgebastelten Handkarren ziehe zumeist ich. Vater geht hinten mit einem stabilen Knüppel. Es war seine Idee, dass wir uns beide solche Dinger als Waffen für gewisse Fälle zulegen, "es ist so viel Gesocks unterwegs, man muss sich wehren können." Vater also benutzt den seinen nun als Gehhilfe,

Es geht bergan

und wenn es steiler bergauf geht, dann stemmt er ihn hinten gegen das Wägelchen und verschafft mir so Erleichterung. Unser Gefährt ist ein wenig überladen, da Vater darauf bestand, dass eine "eiserne Reserve" mitgenommen wird. Die Ladung umfasst also: zuunterst ein rundes Bauernbrot sowie eine von der Faltertochter als Abschiedsgeschenk gestiftete Dose Rindfleisch. Durch die Verkleinerung des Kistendeckels hat der Faltersohn einen Zwischenboden geschaffen, der mittels in den Ecken angebrachter Abstandhalter knapp über den Lebensmitteln zu liegen kommt. Sämtliche Freiräume dazwischen haben wir zwecks Isolierung mit Zeitungspapier ausgestopft. Besonders das wertvolle Brot soll nicht unter der großen Hitze leiden. Auf dem Zwischenboden liegt mein mittelgroßer Rucksack, um ihn herum Kleinkram wie Unterwäsche und Strümpfe sowie das bisschen Toilettenkram für die Nacht. Die ganze Ladung bedeckt oben als Schutz gegen Staub und Hitze ein halbwegs sauberer Kartoffelsack. Meinen Knüppel habe ich aufrecht und damit griffbereit in eine der Ecken gesteckt. Beim Ziehen des Karrens wäre der sonst nur hinderlich.

So laufen wir auf der Landstraße gen Mühldorf. Jeder hängt seinen Gedanken nach, wir schweigen konzentriert. Hoffentlich hält der Alte durch, kommt mir in den Sinn. Solche Daueranstrengung dürfte er nicht mehr gewohnt sein - und mit seinem Kreislauf ... Kaum habe ich das gedacht, da hält ein Lkw neben uns. "Wohl auch Heimkehrer, wie? Dann steigt mal auf, kann euch ein Stück mitnehmen!" Diese unverhoffte Gelegenheit wird natürlich gern wahrgenommen.

Vater setzt sich neben den Fahrer, ich nehme hinten auf der Pritsche bei unserem Vehikel Platz. Dort ruht noch ein Heimkehrer, mit einem finsteren und stoppligen Gesicht, auf seinem Rucksack gegen das Fahrerhaus gelehnt. Ich setze mich neben ihn auf den Boden, über den ich meine zusammengefaltete Joppe gelegt habe, und halte mit beiden Händen unser Wägelchen fest. An einer der Seitenwände sitzen noch zwei alte Frauen auf zusammengelegten Sackstapeln. Der Soldat sagt zu mir: "Stell's doch quer zur Fahrtrichtung, an die Seitenwand gelehnt und streck dein Bein vor die Räder, damit's nicht rüberrollen kann, so, ja, is' doch viel leichter!" Ich bin ihm dankbar, doch ein netter Kerl. Wieder Schweigen, dann fragt er: "Kommst'n her?" - "Aus Altötting, der da vorn sitzt, ist mein Vater." - "Ach nee, habt euch wohl getroffen?" Da erzähle ich ihm so ein bisschen, und er staunt. "So ein hohes Tier war der? Und is' schon aus der Gefangenschaft?" - "Na ja, der ist doch im Zivilberuf Agronom." - "Aha, was is'n das?" - "'Ein besserer Bauer, der muss doch seine Äcker bestellen. Mutter allein schafft das nicht." Ich wundere mich, wie schön ich plötzlich lügen kann. Ein neues Rollenspiel hat begonnen.

In Mühldorf müssen wir leider aussteigen, des kleinen Köfferchens wegen, das dort beim Pfarrer steht. Hochwürden bittet uns zu Kaffee und Kuchen, obwohl wir eigentlich ganz schnell weiter wollen. Aber da wir beide Kuchenfreunde sind, wird das Angebot freudig angenommen. Mit dem frommen Mann entwickelt sich ein kleines Gespräch, nichts Bewegendes, wie froh man ist, dass der Krieg vorüber und wie es überhaupt dazu kommen konnte. "Muss wohl größenwahnsinnig geworden sein, unser Führer, der GröFaZ ..." - "Wie bitte?" - "Der größte Feldherr aller Zeiten - so hieß er in Offizierskreisen." Da muss der Pfarrer schmunzeln.

Nach einer Stunde gehen wir weiter. Das Köfferchen haben wir noch dazugeladen. Es ist obenauf gut festgezurrt mit einem kräftigen Strick vom Pfarrer. Natürlich wird es etwas schwerer, aber das Wägelchen hält auch das aus. Schweigend wie am Anfang ziehen wir unseren Weg. Vater hatte vorher alles generalstabsmäßig bedacht. "Bloß keine großen Straßen, da schubsen uns die Amerikaner mit ihren Kolonnen beiseite, und Kontrollen natürlich auch möglichst wenig". Aber er scheint glücklich zu sein, dass es endlich heimwärts geht. "Schade das mit dem Pkw, aber so ist es auch gut, und wir können uns Zeit lassen."

Du und dir Zeit lassen! Stets hast du uns gehetzt, "dalli dalli," und so fort. Aber du musstest wahrscheinlich so werden, durch deinen Beruf, Treiber und Getriebener in einem. Mutter hat dich zwar von Zeit zu Zeit zurechtgestutzt, aber lange hielt das nicht vor. Am meisten litt ich unter dem Befehlston. Schwesterchen war ja schon immer dein besonderer Liebling, ich war dagegen der Idiot und der Schlappschwanz. Jetzt, wo alles aus ist für dich, da willst du plötzlich Zeit haben, nein, wieder treibt es dich von innen her an, zumal es nach Hause geht. Auf der anderen Seite musst du mit deinen Kräften Haus halten, nicht wahr, du bist nicht mehr der Jüngste, obwohl ein Mann mit achtundvierzig noch kein altes Eisen ist.

Wir sind jetzt guter Dinge, weil bisher alles überraschend gut lief. Der Weg zieht sich hin. Allmählich werden wir uns an das Laufen gewöhnen müssen, es als Wandern betrachten, du und ich. Kilometer um Kilometer lassen wir hinter uns. Vierhundertundzwanzig sollen es insgesamt werden, so hast du es ausgerechnet, und die wollen erst einmal gelaufen sein.

Die Stunden verstreichen. Da holt Vater die Karte hervor, die er immer bei sich trägt. "Bis Heldenstein müssten wir es schaffen, also weiter. Für die alte Infanterie von früher wär' das hier ein Kinderspiel." Bei passender Gelegenheit frage ich ihn mal, wieviel er früher laufen musste. Was kümmert mich die alte Infanterie, wenn ich wunde Füße bekomme. Mit der Zeit werden die Knobelbecher doch spürbar unbequem, da sie etwas zu knapp sind.

Es dämmert schon, als wir den Ort erreichen. Bei einem Bauern finden wir in einer Scheune bescheidenes Quartier. "Und rauchas net!" Da ist Vater verärgert. "Wir wissen doch, was sich gehört", meint er, "ich bin alter Jäger, wenn sie wissen, was das heißt: absolutes Rauchverbot!" - "Eh jo, i moan hoit. Kemmts eina, a Brot hob i a do." Also wieder ein herzlicher Empfang. Im Hof steht eine Wasserpumpe, an der wir uns abkühlen können. Viel geredet wird nicht. Die Leute müssen sich auch noch um ihr Vieh kümmern. Todmüde kriechen wir bald in das Stroh. Über uns haben wir eine alte Pferdedecke ausgebreitet, die uns der Bauer gab. Wir sind sehr schnell eingeschlafen. Aber vorher hat Vater noch die Tagesleistung ermittelt, was er von nun an immer tun wird. Immerhin sind wir den halben Tag einundzwanzig Kilometer gelaufen, die verhältnismäßig kurze Strecke mit dem Laster nicht mitgerechnet.

Unser zweiter Wandertag sieht uns bereits um halb sieben Uhr auf den Beinen. Die Landstraße ist leider in einem bedauernswerten Zustand. In höchst unregelmäßigen Abständen müssen wir notdürftig aufgefüllte Bombentrichter umgehen. Schwere Panzer haben auf dem Straßenbelag ebenfalls unübersehbare Spuren hinterlassen. Die kleinen, keineswegs für schwere Last und Wege gedachten Kinderwagenräder bollern mühselig von Loch zu Loch. Das Wägelchen stuckert und holpert bisweilen recht bedenklich. Die Flüche aus Vaters Mund, der einmal vorne, ein andermal hinten geht, sind nicht mehr zu zählen, "Kruzitürken nochmal! Womit haben wir das bloß verdient? So kommen wir nicht weiter!"

Der Straßenverkehr wird größtenteils von amerikanischen Militärkolonnen bestritten. Deutsche Zivilfahrzeuge sind kaum unterwegs. Wir überholen einen Treck von drei Handkarren und fünfzehn bis zwanzig heimkehrenden Soldaten. Die haben anscheinend noch größere Schwierigekeiten als wir, denn ihre Gefährte sind wesentlich größer und noch dazu hoch bepackt. Woher die das bloß alles haben, sieht aus wie Beutegut. Mit ihren schweren zweiachsigen Wagen können sie auf dieser Höllenstraße schlecht manövrieren. Wir sind durchaus in der Lage, unser Wägelchen bei tiefen Löchern unter Umständen sogar hinüberzuheben. Die stemmen sich mit dem ganzen Körpergewicht in die Speichen und fluchen gottserbärmlich, wenn die Ladung zu verrutschen oder gar umzukippen droht. Vater ruft hinüber: "Na, wohin geht es?" - "Uff Mannem!" - "Da habt ihr ja auch noch ein gutes Stück!" - "Und wohin wollt ihr?" Die anderen sind stehen geblieben und verschnaufen einen Moment. "Nach Danzig in den Odenwald!" - "Willst uns wohl verarschen, wie?" Es hat Vater schon immer Spaß gemacht, seine Mitmenschen ein wenig an der Nase herumzuführen, aber dies ist beinahe ernst gemeint. Schmunzelnd antwortet er: "Nee, da gibt es auch eins, kennt ihr wohl noch nicht." Die stehen da und gucken uns verdutzt an. Einer murmelt: "Danzig im Odenwald? - nie gehört!" Aber da ziehen wir auch schon weiter, lassen die mit ihren schweren Karren hinter uns. Vater grummelt noch:

"Was die wohl alles durch die Gegend karren, selbst schuld, wenn es noch mühseliger wird." Ich denke bei mir, dein Koffer obenauf macht unseren Transport auch nicht gerade viel stabiler, aber schneller als die anderen sind wir schon.

Nun wieder schweigend, ich vorn, er hinten. Vor uns erscheint ein total zerschossenes Gehöft. Das Dach, wenn man es denn so nennen will, besteht nur noch aus zersplitterten und wirr in alle Richtungen weisenden Holzteilen. Hier und da sehe ich einige Teile der früheren Eindeckung. Die rechte Außenwand und Fensterachse sind nicht mehr vorhanden. Die Eingangstür steht offen und die glaslos gewordenen Fenster sehen wie blinde Augen aus. Im Innern ist eine nahezu totale Verwüstung erkennbar. Die Toreinfahrt steht offen, dahinter größere und kleinere Bombentrichter und zerstörte Wirtschaftsgebäude. Falls die Bewohner überlebt haben – beim Vieh war das bestimmt nur vereinzelt der Fall – sind sie ruiniert. Vater kann sich nicht enthalten zu bemerken: "Was die deutsche Zivilbevölkerung mitgemacht hat ist ungeheuer!" - "Aber wir haben doch angefangen mit den Bombardements!" - "Du hast Recht: Warschau, London, Coventry, Rotterdam. Es war, weiß Gott, kein fairer Krieg. Aber es ist wohl eine Illusion zu glauben, dass Krieg überhaupt fair sein kann. Auch ich bin früher ein naiver Idealist gewesen." - "Warum bist du dann überhaupt Offizier geworden?" Ich weiß, dass diese Frage seinen empfindlichsten Nerv trifft. Aber sie ist für mich schon lange überfällig, vor allem im Zuge des gewaltigen Umdenkprozesses, in dem ich mich befinde.

"Komm, lass uns hier ein bisschen Pause machen, da drüben unter der Linde auf der Steinbank." Ich staune: dann muss das wohl sehr wichtig für ihn sein, was ich da angestoßen habe. Schon tut es mir ein wenig leid.

Also sitzen wir jetzt nebeneinander auf einer uralten Steinbank, und er guckt mich an, tiefernst, ein wenig gedankenverloren. Seinem im nächsten Moment schon abgewandten Blick kann kann ich nur kurz begegnen. Dann beginnt er ungewohnt bedächtig: "Ja, ich war einmal ein Idealist. Schwer zu glauben, nicht wahr? Wie du weißt, war ich so jung wie du es jetzt bist, als der Kaiser zu den Fahnen rief, und begeistert bin ich ihm gefolgt. Immer wieder habe ich mir meinen Mut beweisen müssen, war so ganz anders als du. Deshalb warst du für mich auch immer ein Schlappschwanz. Erst viel später habe ich begriffen, dass Mut haben nicht alles ist und nicht alles sein kann. Lange habe ich auch geglaubt, dass der vergangene Krieg gut ausgeht für uns, hatte zu viel Vertrauen in unsere Oberste Heeresleitung. Außerdem gehörte ich als Berufsoffizier einer privilegierten Schicht an, zwar von Kaisers und anderen Gnaden, aber eben privilegiert. Für so etwas revanchiert man sich normalerweise mit besonderer Treue.

Stell dir vor, mein Vater wollte mich zuerst Pfarrer werden lassen. Aber dann konnte ich ihn überreden, und fortan setzte er sich sehr für mich ein, schrieb die ganzen Bewerbungen, bis es klappte. Und dann, als ich das Fähnrichspatent hatte, da war er mächtig stolz auf mich. Nun hatte ich eine gesicherte Existenz, und das würde so bleiben. Von Anfang an bekam ich überall gute Zeugnisse, der Aufstieg war mir sicher. In der damaligen Zeit war das ungeheuer wichtig. Der Krieg ging zwar verloren, aber ich war eben so gut, dass ich auch noch im Hunderttausend-Mann-Heer dienen durfte. Dieses ‚durfte' ist keineswegs so dahingesagt. Das Ausmaß der damals anstehenden Truppenreduzierung ermöglichte bei den künftigen Berufssoldaten eine sehr strenge Auswahl. Ich bestand sie, stieg auf und hatte ein bescheidenes, aber sicheres Einkommen. Der gute Opapa hat uns ja nach unserer Heirat noch sehr unterstützt, finanziell und auch sonst. So konnten wir in Ruhe planen und unsere Familie aufbauen.

Offizier sein bedeutet nicht vorrangig zu kämpfen und andere zu töten. Für mich war es immer eine Frage der Selbsterziehung, Soldaten auszubilden und zu führen. Es war ein guter und auch wichtiger Beruf, wenn er ernst genommen wurde. Und ich habe ihn, weiß Gott, sehr ernst genommen, habe mich immer verantwortlich gefühlt für meine Soldaten. Schön, wir haben auch Streiche gespielt unter uns Offizierskameraden. Dieses Ventil brauchten wir damals eben, und schließlich haben wir niemandem ernstlich geschadet. Im Dienst war einer wie der andere gut, hat sein Bestes gegeben. Besonders im Jägerbataillon Graf Yorck hat der Dienst ungeheuer Spaß gemacht, weil wir eine tolle Gemeinschaft waren. Dann kamen laufend Versetzungen: Königsberg, Berlin, Weimar. Und Hitler kam. Nicht wenige im Offizierskorps waren skeptisch, denn der war nur Gefreiter. Aber ich habe sehr schnell an ihn geglaubt, denn er schien das Land voranzubringen. Dieser Glaube bekam aber deutliche Kratzer, als ich seine Kriegsführung erleben musste, als ich sah, wie er seine Armeen bedenkenlos verheizte.

Für mich war neben Rommel immer auch der Namensgeber meines Jägerbataillons, Graf Yorck zu Wartenburg, das große Vorbild. Der hat gegen den Befehl seines Königs gehandelt, als er mit dem russischen General Diebitsch die Konvention von Tauroggen aushandelte und dadurch Zehntausende seiner Soldaten rettete - wenn nicht vor dem Heldentod für Napoleon, dann zumindest vor dem Erfrierungstod. Und er hat beim Aufbau und bei der Reform des preußischen Heeres Großes geleistet. Der Krieg damals ging gegen einen Usurpator und war daher gerechtfertigt. Aber was Hitler mit Polen machte, das war Überfall und Barbarei, dem konnte und wollte ich nicht zustimmen. Die Quittung dafür hat er schließlich auch bekommen."

Er sitzt da und schweigt. Ich denke, nun werden wir weiter wandern, aber er bleibt sitzen, will wohl noch etwas sagen. "Weißt du, ich hatte es dir ja versprochen. Das, was ich gestern dem Pfarrer in Mühldorf erzählte, war noch nicht alles. Unterwegs, als wir zu Hitler fuhren, da sah ich so ein kleines Bürschchen, viel jünger noch als du, am Ast eines Baumes hängen mit einem Pappschild vor dem Bauch: ‚Ich bin feige vor dem Feind geflohen!' - Menschen, die so etwas machen, wenn das Ende schon abzusehen ist, sind für mich keine Menschen mehr, sondern bösartige Bestien. Da habe ich an dich denken müssen, und von da ab stand mein Entschluss fest, dich aus diesem Getriebe herauszuholen. Dass ich dann noch einen verständigen General fand, der mir, nachdem ich einen Führerbefehl verweigert hatte, diesen Marschbefehl nach Traunstein ausstellen ließ, war einfach Glückssache. Dafür bin ich meinem Herrgott sehr dankbar. - Jetzt sollten wir aber weiter gehen. Schluss mit den Geschichten!"

Auch mich erfüllt ein tiefes Gefühl der Dankbarkeit, als wir aufstehen und uns wieder in Bewegung setzen. Diese Klarstellung scheint ihm gutgetan zu haben, ich merke das. Nun will er unbedingt vorn an der Deichsel gehen. Er legt einen guten Schritt zu, offensichtlich soll die verloren gegangene Zeit wieder aufgeholt werden. Ich gehe also hinten, habe den Stock eingeklemmt und helfe durch Schieben. Es geht jetzt gemächlich bergan. Vor mir sehe ich den gedrungenen Körper meines Vaters, seine weiße Schirmmütze, das grünkarierte Hemd und die ausgeblichenen Khaki-Shorts. Wacker strebt er voran, der "idealistische" Soldat. Ich habe jetzt allen Grund, ihn wirklich zu mögen. Wir werden ankommen, gemeinsam ein neues Leben beginnen, und ich will das Meine dazu beitragen. Erstaunt bin ich lediglich über den soeben erlebten Ausbruch seiner Gläubigkeit.

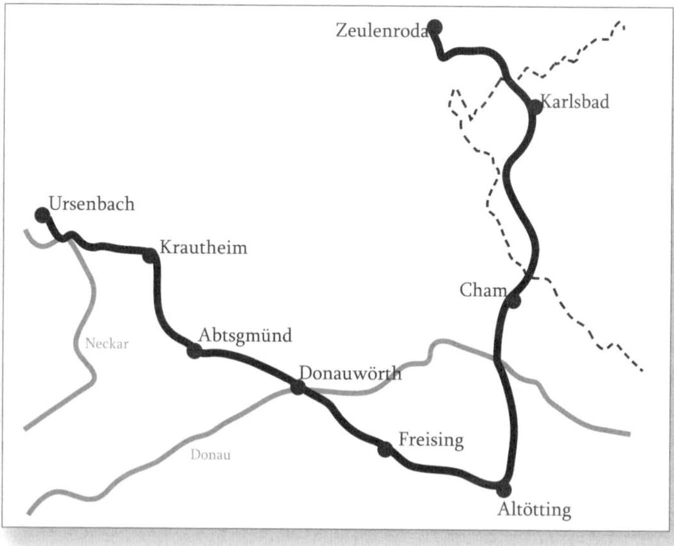

Skizzierter Verlauf der Wegstrecke durch Süddeutschland

Irgendwann hören wir hinter uns einen schweren Pferdetrab. Ich muss mich unwillkürlich umdrehen. Da kommt tatsächlich ein einsamer Reiter in wildem "Räuberzivil" auf einem stämmigen Ackergaul heran und überholt uns. Das Tier ist mit einigen Gepäckstücken behängt, läuft nicht allzu schnell, ist halt kein Reitpferd. "Ob der auch aus dem Krieg kommt?" - "Vielleicht!" Im nächsten Dorf treffen wir ihn wieder, als er sein Pferd am Brunnen tränkt. Vater fragt ihn, woher er komme. "Von der Alpenfront", und auf seinen tiefer bohrenden Blick: "Na, von Kesselring natürlich." - "Ach so, ich dachte schon, von der Alpenfestung. Die existierte doch gar nicht!" Das schien dem Reiter neu zu sein. Den Gaul hatte er einem alten Bauern abgekauft. "Zwei Söhne gefallen, die Tochter mit 'nem Amerikaner durchgebrannt. Drei Kühe und zwei Ziegen reichen denen jetzt. Das Pferd wollten sie nicht mehr. Hab' eine Weile auf ihrem Hof gearbeitet, nicht weit von Passau, bei der Heuernte und so. Wollten mich natürlich dabehalten, will aber nach Hause, hab' selber einen Hof in Hessen, da kann ich das Pferd gut gebrauchen." Vater und er reden noch eine Weile über die nie errichtete "Alpenfront", ich höre zu. Dann erfährt Vater, dass der Reiter auch in Afrika gekämpft hat, 15. Panzerdivision. "Sind alle in Gefangenschaft geraten, ich war verwundet und wurde zum Glück vorher ausgeflogen."

Und sie reden noch weiter über Afrika, über die italienischen Bundesgenossen und die englischen Feinde. Schließlich reitet der andere davon und wir sind wieder für uns. Schweigend wandern wir weiter bis Dorfen. Ich denke an Vaters Wüstenkrieg und will ihm die Freude machen, nochmals in seinem Lieblingsthema zu schwelgen. Tatsächlich braucht es nur eines kleinen Anstoßes. Das Gespräch vorhin mit dem Reiter muss ihn richtig aufgekratzt haben. Die Sonne steht ohne jedes Wolkenschürzchen am Himmel und macht den Tag wieder recht heiß. "Weißt du", wie so oft beginnt seine Rede mit der vertrauensvollen Floskel, "das dort ist eine andere Hitze. Die ist trockener und deshalb leichter zu ertragen. Wo wir entlang fuhren, nämlich auf der Küstenstraße, wehte überdies oft auch eine leichte, feuchte Seebrise, die einen erfrischte und einen kleinen Ausgleich schuf. Trotzdem war das alles Gift für meinen Kreislauf. Ich hatte mich da gewaltig verschätzt und musste irgendwann büßen. Aber ich wollte den Einsatz um jeden Preis durchziehen und fühlte mich ja auch wohl bei Rommel. Für mich ist das nach wie vor der fairste Feldzug im ganzen Krieg. Wir holten zwar dem Duce die Kastanien aus dem Feuer, aber die Itallienen waren eigentlich ganz akzeptable Kameraden."

Er läuft jetzt neben mir. Seine helle, nicht besonders kräftige Stimme würde mich von hinten nicht so gut erreicht haben. Dabei interessiert mich sehr, was er über seinen Liebling Rommel noch alles zu erzählen hat. "Ein toller Mann, sehr schneidiger Draufgänger, der seine Ziele auch mit Härte durchzusetzen wusste. Zugleich war er herzensgut, vor allem, wenn man etwas von ihm brauchte. Besuchte er einzelne Truppenteile, dann konnten die Leute mit den unmöglichsten Anliegen zu ihm kommen. Was in seinen Kräften stand, das tat er. Selbstverständlich hat das seine Beliebtheit in der Truppe ungemein erhöht. Seine Leute gingen alle für ihn durch das Feuer, Offiziere wie Mannschaften. Keine Arroganz, sondern schlichte Menschlichkeit hat er ausgestrahlt. Und deshalb mochte auch ich ihn sehr, erlebte ihn ja einige Male in einer Stellung, auch auf dem Marsch."

Die folgenden Minuten sind in eine spürbare Nachdenklichkeit eingebettet. Vater fährt, um ein Unmerkliches leiser geworden, fort: "Der war geradeheraus, hat auch Hitler ein paar Mal die Meinung gesagt, wenn der unnötig dazwischen funkte. Wie Rommel umkam, das ist noch nicht ganz geklärt, da wird so einiges gemunkelt. Ich glaube aber fest daran, dass Hitler ihn umbringen ließ. Diktatoren fackeln nicht lange. Adolf hat den Bogen entschieden zu weit gespannt, und nun müssen wir zu Fuß nach Hause laufen, froh sein, das nackte Leben behalten zu haben. Aber Laufen kann ja auch ganz spannend sein, nicht wahr?" Wir lachen uns an, und da läuft es sich noch einmal so gut. "Wenn es nach Hitler gegangen wäre, dann würde überhaupt kein Stein mehr auf dem anderen stehen, und wir könnten uns die Radieschen von unten angucken." Stillschweigend stimme ich meinem Vater zu, denn der Führer kannte offenbar keine Hemmungen. "Und weißt du, das war es auch, weshalb ich irgendwann keine Lust mehr hatte, in diesem gottverdammten Vernichtungskrieg ganz weit vorne zu sein, so wie noch in Afrika."

Weiter bemerkte er: "Den Eid auf einen Verbrecher sollte man jederzeit aufkündigen dürfen. Das sage ich heute. Dir hab' ich wer weiß wie lange etwas vorgeschwindelt, doch - das habe ich! Und das tut mir auch leid. War sehr stolz auf mein Ritterkreuz. Das war rechtmäßig erworben, wenn es auch so mancher aus meiner Truppe ebenso verdient hätte wie ich. Du kannst mir glauben, dass ich in letzter Zeit deshalb oft genug ein schlechtes Gewissen hatte.

Das mit dem Aufbau einer Division in Traunstein war natürlich eine Farce, ich habe selbst nie daran geglaubt. Der General in Fürstenwalde musste ja einen Auftrag für seinen Marschbefehl benennen. In Wirklichkeit hat auch er nicht daran geglaubt, denn die Neuaufstellung einer Division braucht selbst unter normalen Umständen Monate."

Heute wird mir immer klarer, welch ein Glück er hatte mit jenem Menschen, der die Zeichen der Zeit begriff, der außerdem das mannhafte Auftreten seines Gegenübers in der Verweigerung eines nicht ausführbaren Befehls nicht nur tolerierte. Er entzog ihn praktisch den unmittelbaren Gefahren des zunehmenden Massensterbens an den enger werdenden Fronten. Er selbst blieb in der Gefahrenzone. Und wenn ich es mir recht überlege, dürfte auch ich jenem Mann mein Leben verdanken. Sicher gab es noch mehr Lichtblicke in der tiefsten Finsternis jener Zeit. Ich konnte jedenfalls einen davon erhaschen, beziehungsweise dessen Folgen. Ich bin davon überzeugt, dass sich in den Trümmerwüsten so manche Notgemeinschaft herausbildete, unabhängig von politischen Vorlieben oder religiösen Bindungen.

Und nun wird eine neue Zeit kommen, aber welche? Darüber rätselten damals wohl alle Menschen. Die Sieger verkörperten zwei völlig entgegengesetzte Gesellschaften und es war unklar, was davon sie uns bringen. Mehr oder weniger eng vereint hatten sie den Sieg errungen, aber wie werden sie nun mit uns umspringen, was haben sie mit uns vor? Wir fühlten uns zwar von einem Trauma erlöst, doch nicht befreit, schon gar nicht von der Angst.

Aber erst einmal nach Hause kommen! Wieder befindet sich vor uns eine furchtbar holprige Strecke, und wir müssen um die Stabilität unseres kleinen Transportfahrzeuges fürchten. Immer wieder ist Schlaglöchern auszuweichen. Dann geht es nicht anders, als das Ganze auf die andere Seite hinüberzuheben. Das nervt und bringt uns entsprechend langsam voran. Der Himmel ist jetzt wolkig, aber es bleibt gottlob trocken, eigentlich das ideale Wanderwetter.

Vater ist wieder nach hinten gegangen, klemmt seinen Stock ein und schiebt. Manchmal möchte ich ihn dafür schelten. Wenn er nämlich guter Dinge ist, verfällt er leicht in seinen forschen Militärschritt und schiebt, selbstverständlich bei guter Straße, so kräftig, dass ich beinahe rennen muss. Aber ich sehe ein: er will alles schnell hinter sich bringen, hat die Heimkehr vor Augen.

Dorfen ist noch lange nicht in Sicht. Bis dahin wollen wir aber heute noch kommen. Die verdammten Knobelbecher drücken inzwischen erbärmlich. Ich muss in Kürze eine Lösung finden, sonst mache ich mir die Füße kaputt. An sich ist es nicht sehr schlimm, aber auf die Dauer ... Hinten sagt Vater irgendetwas, doch ich kann es nicht hören. Daher kommt er bei nächster Gelegenheit wieder zu mir nach vorn. "Freust dich wohl auch auf Muttern, muss viel an sie denken." Im Grunde stellen solche Gedanken unseren Treibstoff dar, bringen uns wirksam voran.

Laut überholt uns ein sehr großer amerikanischer Lastwagen. Hinten auf der Pritsche sitzen Weiße und Schwarze nebeneinander. Ein paar von ihnen schauen zu uns und lachen über das komische Pärchen mit dem für sie sicher vorsintflutlichen "Gefährt". Vater spricht jetzt über die amerikanische Sklavenhalterei, doziert kurz über den Sezessionskrieg 1864-1865, nach dem die Sklaverei auch in den Südstaaten abgeschafft wurde. Aber das Problem sei dort noch lange nicht aus der Welt. "Stell dir vor, bei uns gäbe es dieses Durcheinander. Da waren die Nazis doch ganz gut, oder?" Kein Kommentar von meiner Seite, ich lasse ihn reden.

Eine Weile geht es noch bergauf und -ab, aber die Straße ist glücklicherweise nicht mehr so schlecht. Endlich taucht Dorfen auf. Es will schon Abend werden. Wir haben durch die schlechte Straße und die verhältnismäßig lange Rast vorhin viel Zeit verloren. Was hilft es - wir sind angekommen. Wir machen Station bei Bauersleuten, denn in den Scheunen ist es am einfachsten. Noch nicht überall ist das neue Heu schon eingefahren, und das alte hat ausreichend abgeduftet. Darin schläft es sich angenehmer, wenngleich auch weniger romantisch.

Aber plötzlich disponiert mein Alter um. "Im Reservelazarett Algasing, das ist nicht weit, bekommen wir vielleicht Betten. Das wäre doch auch mal ganz schön, nicht wahr? Ein Kollege von Stabsarzt Dr. Teusch müsste dort Dienst haben. Dem werde ich mal Teuschs Grüße ausrichten." Die Bauersleute sind zwar erstaunt, aber schließlich können wir unser Kärrchen im Hausflur lassen. Wir nehmen bloß die Waschutensilien mit, denn nach Algasing geht es steil bergan. So können wir uns unnötige Mühen ersparen. Meine Füße schmerzen schon heftig. Ich verdränge die Vorfreude auf Entspannung und gehe die paar Kilometer mit.

Im Lazarett sind tatsächlich Betten frei. "Zuletzt gab es hier kaum noch Kampfhandlungen. Nur ein paar überstellte Italienkämpfer sind noch da, das ist alles. Aber Bettwäsche gibt es nicht, die müssen wir für wirklich Kranke aufheben", so die Oberschwester. "Aber ein gutes Abendbrot können Sie noch haben, davon gibt es genug." Später, nach gründlicher Fußwaschung und –pflege, sinken wir beizeiten auf unser Lager. Heute sind nur zweiundzwanzig Kilometer zu verbuchen. Für die alte Infanterie keine Leistung, wie Vater meint. Immerhin sind wir dem Dörfchen Ursenbach nun schon dreiundvierzig Kilometer nähergekommen. In den Lazarettbetten schlafen wir natürlich fantastisch, da wir außerdem – welch ein Luxus - einen ganzen Raum für uns allein haben.

Vater ist am nächsten Tag wieder sehr früh auf den Beinen, denn er will weiter. Nicht einmal die ruhige Atmosphäre des Lazaretts kann ihn länger als unbedingt nötig halten. Er geht in die Küche, um bei einer einsamen Schwester ein "kleines Frühstück für zwei" zu erschnorren. Es gibt Brot mit Margarine und Kunsthonig, dazu den obligaten Malzkaffee. Ich bin erstaunt, als Vater das persönlich auf einem Tablett hereinbringt. Da kann ich mir die Bemerkung nicht verkneifen: "Kein Schütze Schulz mehr? Keine Ordonnanz?" Er guckt mich an, grinst, dann aber im Befehlston: "Aufstehen, marschmarsch, aber ein bisschen dalli, das Frühstück ist da!" Es wird tatsächlich das einzige Mal bleiben, dass mein Vater mir das Essen serviert.

Die sanitären Verhältnisse sind hier so, dass wir sogar duschen können. Das genießen wir auch sehr. Es ist ein wunderbares Gefühl, das warme Wasser auf die Haut prasseln zu spüren, sich gründlich einzuseifen und sich dann erneut abzuduschen. Nach den rustikalen Waschungen der zurückliegenden Tage erfasst mich das Gefühl, eine Wohlstandsschwelle überschritten zu haben. Dann wandern wir den Berg wieder hinab. Das Morgenrot beginnt sich gerade erst zu zeigen, es ist ja noch nicht einmal fünf Uhr. Den Kollegen vom Stabsarzt Dr. Teusch haben wir übrigens nicht zu Gesicht bekommen. Lediglich die Grüße an ihn konnten wir bestellen. In Dorfen staunen die Bauersleute, die gerade erst aufgestanden sind, nicht schlecht, als wir unser Vehikel schon zur Weiterreise abholen.

Der dritte Tag unserer Wanderung lässt sich gut an. Alle Zeichen sprechen für einen schönen, aber heißen Tag, und ich preise Vaters Vorsorge, so früh zu starten. Die Morgenröte wechselt langsam in Gelbtöne, eine Singdrossel schlägt im nahen Gebüsch, oder ist das doch eine Nachtigall? Inzwischen weiß ich, dass Nachtigallen auch am hellichten Tage schlagen. Da macht das Wandern Spaß, und jeder hängt seinen Gedanken und Träumen nach. Im Mittelpunkt stehen immer wieder die Fragen: was werden wir tun? Wie wird es anfangen, das Nachkriegsleben in unserer kleinen Familie?

Vater läuft neben mir, wieder mit seinem festen Kommandeursschritt, ganz und gar selbstbeherrschtes mittleres Alter. Vielleicht interpretiere ich heute so manches in ihn hinein, das möglicherweise nicht stimmt. Aber nach über sechs Jahrzehnten gesellt sich zur Erinnerung auch der eine oder andere Ausflug in die Gefilde der dichterischen Freiheit. Jedenfalls steht fest, dass sein wacher Jägerblick alles ihm Sehenswerte augenblicklich erfasst und wie eh und je verarbeitet.

Ja, der große Jäger! Einmal hatte ihn das Jagdglück verlassen und er schoss schlecht. Etwas über zwei Jahre war es her, damals im Herxheimer Forst in der Pfalz. Ich war von der Flak auf Urlaub gekommen und begleitete ihn auf der Pirsch. Es war ebenfalls ganz früh am Morgen. Der Bock stand am Waldrand. Der Anblick ließ dich etwas zu hastig werden. Schwager konnte den Kübelwagen zwar rechtzeitig anhalten, aber die Entfernung war noch zu groß. Vater riss die Büchse hoch, der Schuß fiel und das Tier sprang ab. "Hol's der Teufel, verpatzt!" Vater wusste zwar, dass dies der ihm bestimmte Abschussbock war. Dennoch packte ihn das Jagdfieber zu heftig. Außerdem war er nicht mehr der beherrschte, ruhige Schütze von ehedem.

Aber nun sprang Schlupfer, unser auf Schweißfährten dressierte Rauhhaardackel, ohne irgendeine Aufforderung einfach über die Bordwand des Wagens und preschte kläffend los. Wir drei warteten und Vater murmelte geknickt: "Krank geschossen, so etwas ist mir noch nie passiert!" Es gibt eben immer ein erstes Mal. Vater war nervös in jener Zeit, hatte vielleicht auch nur einen bösen Traum hinter sich.

Plötzlich, nach etwa zwanzig Minuten, der Jäger hatte bereits aufgegeben, verbellte der Hund weit weg, tief im Gehölz, den verendeten Bock. Wir mussten uns durchkämpfen bis zu einer kleinen Lichtung. Auf ihr lag das tote Wild, der sitzende Hund vorschriftsmäßig daneben. Der Schuss saß leicht hinter dem Blatt und der Bock war verblutet. Natürlich wurde die Tat des Hundes gelobt, obwohl er bis zu einer entsprechenden Aufforderung hätte warten müssen. Da haben also beide Fehler gemacht, und so hat mein Vater das wahrscheinlich auch gesehen. Er wartete damals mit Schlupfer bei dem gestreckten Wild. Mir fiel dagegen die Aufgabe zu, zurückzulaufen und den Kübel mit dem wartenden Schwager auf einem in der Nähe vorbeiführenden Forstweg heranzudirigieren.

Gegen elf Uhr vormittags finden wir beide uns an diesem fünften Juni vor Erding wieder. Es ist heiß geworden, aber ein kleines Lüftchen umfächelt uns und spendet ein wenig Kühlung. Der auch hier durch amerikanische Militärfahrzeuge geprägte Straßenverkehr ist lebhafter geworden. Eine Kontrolle unserer Identitätskarten sowie von Vaters ominösem Passierschein verläuft ohne Beanstandung. Dabei überkommt dem selbsternannten "Agronomen" ein Befriedigung signalisierender Gesichtsausdruck.

Bei einer bildschönen Musiklehrerin, deren Adresse Vater von Oberleutnant Schneider, einem Bekannten aus dem Gefangenenlager hatte, können wir einen Zwischenstopp einlegen. Wir sind bereits avisiert worden. Vater begrüßt dieses hinreißende Wesen als "gnädige Frau" mit einem formvollendeten Handkuss. Ich bin völlig verblüfft. Sie "revanchiert" sich und bewirtet uns mit einer köstlichen Gemüsesuppe und kaltem Griesbrei in Backobstkaltschale. Ich bin vorübergehend fest davon überzeugt, noch nie so lecker gespeist zu haben. Kurz danach erscheint auch Schneider.

Anschließend entwickelt sich ein längeres Gespräch über die persönlichen Dinge. Ich muss sie wohl angestarrt haben, diese gertenschlanke Gestalt mit dem schmalen Gesicht, der hohen Stirn, den langbewimperten graugrünen Augen und dem vollen, sinnlichen Mund. Ihr langes Blondhaar ist zurückgebunden, wohl der Hitze wegen.

Zum ersten Mal in meinem noch verhältnismäßig kurzen Dasein sitze ich einer solchen Schönheit gegenüber. Ich bin entsprechend befangen, beinahe blockiert. Gelegentlich wirft sie mir einen ihrer verführerischen Blicke zu. Ich kann nicht anders, als schüchtern meine Augen niederzuschlagen und bringe kaum ein Wort hervor. Wahrscheinlich ist es aber so, dass ich heute das Verführerische in ihre völlig entspannten, vielleicht neugierigen Blicke hineininterpretiere. Inzwischen weiß ich, dass sie mich nicht nur ästhetisch, sondern auch sexuell ansprach.

Unruhig rutsche ich auf meinem Stuhl hin und her. Irgendwann wirft mir Vater einen strafenden Blick zu. Während die beiden Männer ausgiebig miteinander sprechen, stellt mir die liebenswerte Gastgeberin einige Fragen, die ich schüchtern beantworte. Dann verabschieden wir uns. Vater absolviert nochmals den der "gnädigen Frau" gebührenden Handkuss und ich verbeuge mich knapp, wie ich das früher gelernt habe. Anschließend bekommen wir noch echten Bohnenkaffee und Kuchen bei Herrn Schneider. Wir genießen auch diese üppige Bewirtung.

Nun sind wir schon mehrere Stunden unterwegs in Richtung Freising. Ich muss mir eingestehen, dass "mein Kommandeur" Richtung und Ablauf unseres Marsches bewundernswert im Griff hat. Immerhin wandern wir, wie bereits angedeutet, größtenteils auf Nebenstraßen. Ich mit meinem ausgesprochen schlechten Orientierungssinn wäre da bestimmt schon einige Male in die Irre gelaufen.

Wieder eine Holperstraße. Plötzlich übersehe ich ein tiefes Loch und der Karren rutscht hinein. Fluchen und Schimpfen von hinten: "Trottel, kannst du nicht aufpassen? Was nun?" Habe ich vielleicht gerade an die schöne Frau gedacht? Wir versuchen, das Ding herauszuwuchten, stellen uns aber so ungeschickt an, dass die ohnehin nicht besonders stabile Deichsel bricht. Da höre ich nochmals "Trottel", was ich jetzt als zutiefst ungerecht empfinde. Mir allein wäre der Bruch nicht passiert, wenn er nicht so ruckartig angehoben hätte, dass die Deichsel unter einem Steinbrocken verklemmt. Nun wird sie provisorisch befestigt, aber wir müssen wesentlich langsamer gehen.

Zum Glück ist das nächste Dorf nicht weit und der Schmied noch bei der Arbeit. Schon von weitem hören wir ihn auf seinen Amboss schlagen. "Des is koa Problem, des hamma glei", beruhigt er uns, hat im Nu zwei gelochte Bandeisen zur Hand und lascht damit die Bruchstelle zusammen. Die Deichsel ist nun sogar stabiler als vorher. Als Vater zahlen will, macht er eine wegwerfende

Handbewegung, "sans doch Hoamkera, kemmts guad hoam, pfiat eich!" Ein dankbarer Blick von uns ist ihm Lohn genug.

Die Sonne steht schon ziemlich tief, als wir ein kleines Dorf erreichen, das vier Kilometer südlich von Freising liegt. Überraschend fragt mich Vater sehr teilnahmsvoll: "Tun die Füße weh?" Ich kann diesmal sagen, dass es eigentlich geht. Als wir bei Schneiders Kaffeepause machten, hatte der auf einem kalten Fußbad bestanden. Wir nahmen das Angebot an und das Wasser erfrischte ungemein und wirkte Wunder. Ich hatte danach die Fußlappen vermutlich etwas geschickter um die nackten Füße geschlungen, so dass keine unnötigen Druckfalten entstanden.

Wieder finden wir Bauersleute, die uns ihre Scheune als Nachtlager anbieten. Das Vertrauen dieser Menschen ist schon rührend. Vor dem Haus können wir uns auf einer uralten, aus dicken Brettern grob gezimmerten Sitzbank erst einmal ausruhen. Stiefel, Schuhe, Strümpfe und Fußlappen werden gleich ausgezogen, und der laue Abendwind umfächelt unsere hart beanspruchten Extremitäten. Und dann holt Vater, der eiserne Rationierer, zum ersten Mal das große Brot hervor, so dass selbst die Bäuerin staunt. "An Dopfn kennts hom und a Glasl Milli", was wir dann auch dankbar zum Brot genießen. Die große Kastanie hinter uns hat bereits ihr volles Laubdach und bietet angenehmen Schatten. Wohlig streckt sich Vater neben mir: "Ach, ist das herrlich, Hubertus, wir kommen recht gut voran!" Er kramt seine Karte vor: "Heute haben wir dreiunddreißig Kilometer geschafft, insgesamt schon sechsundsiebzig. Na immerhin!" Er ist gut gelaunt und zufrieden.

Ich kann nicht umhin zu fragen: "Und was hätte die alte Infanterie dazu gesagt?" - "Immer noch mittelmäßig, selbst bei großer Hitze wie heute. Stell dir vor, wie die manchmal bepackt waren. Feldmarschmäßig mit Tornister, Zeltbahn, Decke, Gewehr und Patronentaschen, kenne das noch vom vorherigen Weltkrieg her. Aber wenn wir uns steigern, dann können auch wir richtig gute Marschleistungen erzielen." Der Bauer sitzt neben uns, schmaucht an seiner Pfeife und nickt anerkennend mit dem Kopf.

Dann kommt seine Frau ebenfalls heraus und wir sitzen zu viert zusammen. Die üblichen Fragen bleiben nicht aus: wie nun weiter? Zunächst muss alles wieder aufgebaut werden, oder? Und die Russen, was ist mit denen? Werden die stillhalten? Man weiß es nicht, alles ist ungewiss. Die bolschewistische Weltrevolution - ein Albtraum; die Amerikaner haben denen doch nichts entgegenzusetzen. Vater drückt das so aus: "Mit dieser ungeheuren Heeresmacht ist es denen ein leichtes, ganz Europa rasch zu überrollen, einschließlich der noch hier anwesenden Amerikaner." Da wechseln die verängstigten Gastgeber rasch das Thema, denn so viel Politik ist ihnen nicht geheuer.

Mit uns und der Welt weitgehend zufrieden schlafen wir im Stroh recht fest. Doch die Russen verfolgen mich noch im Traum. Dann aber hält mich eine ungeheure Schnarchsymphonie meines Erzeugers fast eine Stunde lang wach. Schließlich umfängt mich ein wohltuendes Gefühl von Geborgenheit. Es bleibt nicht aus, dass ich an die schöne Frau von heute nachmittag denken muss. Mir wird ganz schwummrig. Bin ich etwa verliebt? Sicher nicht, aber empfänglich für weibliche Ausstrahlung durchaus. Auch die Erinnerungen an bestimmte Angebereien einiger Flaksoldaten verleiteten mich zu Träumen ganz anderer Art.

Die schon älteren Herren prahlten vor uns minderjährigen Flakhelfern mit detaillierten Schilderungen von amourösen Abenteuern mit den hübschesten Frauen, deren Ehepartner vermisst oder gefallen waren. Dadurch erhielten sie durch den Krieg an der einen Stelle das, was ihnen derselbe Krieg an einer anderen verwehrte. Selbst eine Ingenieursgattin ließ sich von einem der Soldaten die sicher nicht mehr schwere Einkaufstasche nach Hause tragen. Der schlug das Angebot einer stärkenden Extramahlzeit nicht aus, wohl wissend, dass er sich kraftvoll revanchieren würde.

Fortan soll sechs Uhr dreißig die normale Zeit sein, zu der wir aufbrechen. Da ist es schon taghell, und die Vögel haben das erste Morgenständchen hinter sich. Vater hat sich zu dem späteren Zeitpunkt durchgerungen, weil der Mensch Schlaf braucht, insbesondere nach ungewohnten körperlichen

Anstrengungen. Vielleicht hat er auch Angst, auf Dauer nicht durchhalten zu können? Zur Ruhe kommen wir außerdem nie vor zehn Uhr abends. Morgens weckt er mich nun meistens, da wir auf den lauten Rappelwecker verzichtet haben. Der ist in Altötting geblieben.

Das Waschen unter der Pumpe oder am Brunnen wird immer wieder als köstliche Erfrischung empfunden. Hier geht mir mein Alter mit gutem Beispiel voran. Ich bin von jeher ein wenig wasserscheu gewesen. Bei ihm erweist sich dafür die allmorgendliche Rasur als ein Problem, das mir noch fremd ist. Er muss die jeweiligen Gastgeber stets um etwas heißes Wasser bitten, damit sich die Haut diese männliche Tortur gefallen lässt. Nachdem er sich ein einziges Mal kalt rasieren musste, sah seine untere Gesichtspartie wie nach einer Behandlung mit der Drahtbürste aus.

Die heißen Tage wollten in jenem Frühsommer nicht aufhören. Natürlich legten wir ab und zu Ruhepausen unter schattigen Bäumen ein, aber nur, wenn Vater darauf bestand. Stets waren die Rastzeiten kurz, denn er sprang überraschend schnell wieder auf und wollte weiter. Aber was für ein Geschenk des Himmels war doch diese lange Schönwetterperiode für uns!

Wen die Stiefel drücken

Jetzt naht ein Ereignis, welches mir unendliches Labsal bereitete. Ich musste meine ganze Überzeugungskraft aufbieten, um Vaters Zustimmung zu erlangen, die unerwartet rasch erfolgte. So oft wir auch die Fußbekleidung ablegen, die Füße in kaltes Wasser halten und frischer Luft aussetzen, an jenem Wandertag stelle ich fest, dass ich so nicht mehr weiter laufen kann und die Gefahr sehr schmerzhafter Blasenbildung groß ist. "Diese Knobelbecher drücken doch verdammt", sage ich und füge fest entschlossen hinzu, "ich werde vorn die Kappen abschneiden, damit die Zehen frei atmen können." Vater ist zunächst überrascht. Er bringt einige schwache Einwände vor: "Was wird, wenn es regnet? Hast du dann überhaupt noch Halt in den Stiefeln?" - "Mir ist es wichtiger, ich mache diesen Versuch, als dass ich mich weiter quäle!" Da nickt er auf einmal zustimmend.

Im nächsten Dorf leihen wir uns bei einem Fleischer, natürlich gegen Hinterlegung unserer Papiere, ein besonders scharfes Schlachtermesser. Vater staunt, wie ich nun kurzerhand die Stiefelkappen sowohl vom Oberleder als auch von der Sohle abtrenne, wobei letztere im Ganzen erhalten bleibt. Ich erlebe ein herrliches Wohlgefühl. Der solcherart veränderte Stiefel hat nun ein gewisses Sandalenflair, sitzt aber trotzdem fest am Fuß und gewährleistet einen Weitermarsch ohne Beschwerden.

Vater amüsiert sich immer wieder über diese einmalige Fußbekleidung, ist aber erfreut über mein "leichtfüßiges" Weiterlaufen. Häufig lachen wir beide über die erstaunten, manchmal auch belustigten Blicke Entgegenkommender. Ich erkenne, dass er die Gesundheit und Bequemlichkeit inzwischen über die Korrektheit des Aussehens stellt. Aber korrekt bekleidet bin ich ja schon lange nicht mehr. Für wen gilt das überhaupt in jener Zeit? Mit meinen „Idealstiefeln“ schreite ich jedenfalls munter aus wie ein junger Gott. Vater kommt kaum nach. Und wenn an den Nachmittagen wieder der schon übliche "tote Punkt" kommen will, habe ich nicht mehr das Argument der zu engen Stiefel. Um so mehr bewundere ich seine eiserne Willenskraft, die uns zügig vorantreibt.

Zum Ende dieses vierten Marschtages finden wir in der Ortschaft Mitter-Scheyern wieder bei einem Bauern Unterkunft. Dieser begegnet uns nicht gleich herzlich, sondern bleibt eher skeptisch. Gefällt ihm etwa unser Äußeres nicht, oder woran kann es sonst liegen? Vater täuscht gekonnt eine totale Erschöpfung vor. Nein, gebettelt hätte er hier nicht! Aber ein wenig an die christliche Nächstenliebe appelieren wollte er schon: "Wenn Sie wollen, dann gehen wir gleich weiter, nur hier ein bisschen auf der Bank ausruhen und vielleicht, bitte, ein Glas Milch." Das rührt den Mann und er sagt die Übernachtung zu. Möglicherweise hat er schlechte Erfahrungen gemacht mit irgendwelchen "Pennern".

Wieder folgt in der beginnenden Abendkühle das Vor-dem-Haus-sitzen. Der alte Mann - er ist alleinstehend, da seine Frau erst kürzlich an Krebs verstarb - erzählt dieses und jenes. Er wird auf einmal recht mitteilungsbedürftig, wie das bei einsamen Menschen oft der Fall ist. Wir hören ihm zu und können an seinem Gesicht ablesen, wie er sich zunehmend entspannt. Hauptthema ist natürlich auch bei ihm der Krieg und seine Folgen: "Mia ham do in Bayern no a Glick ghobt, wann i do an Ostpreißn und Schlesien denk, oda an Berlin. Herrgottssakra, do iss uns noa guad ganga. I hob ois im Radio ghert." Wir merken, dass er ein ziemlich isoliertes Dasein führt. Ja, ein Sohn sei auch noch "draußen", in Russland nämlich, und wann der kommt, das steht in den Sternen. Gott aber wisse das, und zu dem bete er täglich. Den Hof versorge er nun weiter, bis der Sohn kommt. Dann überschreibt er ihm das Ganze, das ist sein einziger Wunsch für die Zukunft.

"Sie haben weiter eine gesicherte Existenz. Der Bauernstand wird gebraucht", sagt Vater, "aber ich als Offizier muss nun sehen, wo ich unterkomme." Er sagt das ohne irgendwelche Häme, und der Bauer nickt mit dem Kopf, versucht zu begreifen. Das sei schon schlimm, das Ganze.

Kaum wird es dunkel, da drohen uns die Augen zuzufallen, aber der Mann gibt noch immer keine Ruhe. "Do miassn no a boa Flaschn Bia in Källa sei, de hoi i rauf, gäi, trink mas auf Zukunft." Nachdem wir ihn aus seiner Zurückgezogenheit geholt haben, will ihm Vater nun keinen Korb geben. Schweren Schrittes kommt der Bauer mit sechs Flaschen Bier zurück, für jeden zwei. "Des Birschlerl do kon aa scho dringga, ha?" Der besorgte Vater zweifelt etwas: "Trink nicht zu viel. Du verträgst das nicht, oder?" Nach dem ersten Schluck sage ich mutig: "Bei der Flak haben wir aber stärkeres Bier bekommen, das war halt richtiges Starkbier!" - "Ah na, do habts aba danem gschossn, gäi?"

Nun erzähle ich die ganze Geschichte von unserem Batteriefest. Wir Luftwaffenhelfer sollten nämlich zunächst überhaupt kein Bier, sondern nur Fassbrause bekommen. Da die Soldaten auf Bier auch für uns bestanden - "die müssen ihre Knochen genauso hinhalten wie wir" – erlebten manche von uns ihren ersten Schwips. Zuletzt versuchten alle bei strömendem Regen leicht wankend über den Knüppeldamm zu laufen. Kaum einer, der nicht abkam und seine Galoschen im nassen Acker verlor. Galoschen mit dicken Holzsohlen musste in der Batterie jeder tragen, wegen der im Alarmfall nötigen Schnelligkeit. Gewissermaßen als Strafe, weil er nicht besser aufgepasst hatte, wurde sogleich ein Unteroffizier abkommandiert, die Dinger im Schlamm zu suchen. Das war bei dem Sauwetter natürlich ein ganz besonderes Vergnügen. Zum Glück hatten wir in dieser Nacht keinen Alarm und konnten ausschlafen. Richtig betrunken war niemand, und wir bildeten uns ein, wir hätten wirklich noch gut schießen können.

Mein Ausflug zur Flak regt Vater an, wieder von seiner Afrika-Zeit zu schwärmen, vom Fort Capuzzo und den italienischen Waffenbrüdern. Bei diesen Erzählungen ist er ein völlig anderer, da liegt etwas in seinen Blick, das man kaum beschreiben kann. "Ja, der Krieg dort war anders als sonst. Rommel nahm unbedingt Rücksicht auf die Zivilbevölkerung. Es gab kein brutales Vorgehen ihr gegenüber. Deshalb waren wir auch beliebt im Gegensatz zu den Italienern, die nicht selten ein arrogantes Kolonialherrengehabe an den Tag legten. Man muss andererseits auch sagen, dass die Italiener durch ein ausgeklügeltes Bewässerungssystem die Cyrenaika teilweise in eine blühende Kulturlandschaft verwandelt haben. Sie waren entsprechend sauer, als die Engländer ihnen das Gebiet wegnahmen."

Jetzt - so wollte Vater die Gesprächsrunde zu einem Ende führen - käme er als hoher Stabsoffizier zum Bauern und bäte um Quartier im Stroh einer Scheune. Das sei nur heutzutage möglich!

Die damals durch das Land zogen, zu Fuß, auf dem Rad oder auch mit einem Pferd waren Heimkehrer, und die Bauern wussten, dass es für sie unterwegs nur ihre Scheunen als erträgliche Übernachtungsmöglichkeit gab. Sie waren vormals Soldaten, und für die Gastgeber zählte außer einem ersten Augenschein keinerlei Rangunterschied. Alle waren gleichermaßen bedürftig. Das deutsche Volk hat sich bis auf vereinzelte Ausnahmen in einer einzigartigen Notgemeinschaft wiedergefunden, zusammengehalten durch die Hoffnung auf eine bessere Zukunft. Viele Menschen zeigten in diesen ersten Nachkriegswochen und -monaten in aller Bescheidenheit wahre, menschliche Größe. Sicher gab es auch viele Unverbesserliche, die dem untergegangenen Dritten Reich nachtrauerten, wie auch skrupellose Geschäftemacher. Doch deren Wege kreuzten wir wie durch ein gütiges Schicksal geleitet nicht.

Die Zeit des Aufatmens und des Neuanfangs war gekommen, eine ungeheure Chance geboten. Der Großteil des Volkes wollte die Zeichen der Neuen Zeit erkennen. Und wir beide, Vater und Sohn, wanderten dieser hoffnungsvollen Zukunft entgegen. Leider ist uns vieles inzwischen entglitten, hat reinem Profit- und Konsumdenken Platz gemacht. Vielleicht sind die Ideale der unmittelbaren Nachkriegszeit auch nur verschüttet und können wieder freigelegt werden?

Doch in jener lauen Juninacht sitzen wir noch in Mitter-Scheyern auf der Bank vor dem Bauernhaus. Wir unterhalten uns mit dem einsamen Mann, der schließlich ebenfalls müde wird, nicht mehr zuhören kann und sich empfiehlt. Darauf haben wir zwei nur gewartet, denn die zwei Flaschen Bier verhalfen auch uns zur nötigen "Bettschwere". Vater besteht - wie immer - noch auf kurzer Abendtoilette. Seine Aufforderung stößt bei mir allerdings auf einen leichten Widerwillen. Doch ich bin einsichtig und begebe mich an die Wasserpumpe. Dann sinken wir rasch auf unser Strohlager.

Beinahe schon in Tiefschlaf verfallen, hört Vater plötzlich ein Rumoren unten im Gang, wo das Kärrchen mit unseren wenigen Habseligkeiten steht. Er fährt hoch, greift zum Knüppel, den er immer griffbereit neben sich hat, und ruft laut mit bedrohlicher Stimme: “Wer da!” Ich schrecke auf, bin hellwach. Der Mond scheint durch die Bretterritzen und durch die leichtsinnigerweise offen gelassene Tür. Unser Wägelchen steht abfahrbereit im Gang. Vater, der alte Soldat, sonst ein äußerst umsichtiger Mensch, hat diesmal einige elementare Vorsichtsmaßnahmen unterlassen. Lediglich seine Jacke mit Geld und Papieren legte er wie immer neben sich. Hat ihn womöglich das ungewohnte Bierchen derart geschafft?

Eine menschliche Gestalt schleicht unten herum, durch den ersten Ruf bereits zur Flucht gewendet. Da brüllt Vater noch lauter, indem er seinen Knüppel fest packt: “Verschwinde, aber sofort, ehe ich dir Beine mache!” Und er greift sich in seiner Not, er hätte ja sonst erst die kleine Leiter hinabsteigen müssen, ein zwar morsches, aber immerhin recht kompaktes Balkenstück, das in seiner Nähe bei den Schalbrettern liegt, und schleudert es mit voller Wucht kurz neben den Eindringling. Dem bleibt nichts anderes übrig, als schleunigst Fersengeld zu geben und das Weite zu suchen.

Ich bibbere fast hörbar vor Angst: “Was w-w-w-war das?” - “Dass du Torfkopp das nicht bemerkt hast, da wollte uns einer beklauen, so ein Schwein!”, zischelt er entrüstet zu mir herüber. Wegen seiner Schnarcherei habe ich mich nämlich im Laufe der Nacht in eine andere Ecke verkrümelt. Nun ist es vorläufig um unseren Schlaf geschehen. Wir steigen beide die Leiter hinab, nehmen das Kärrchen und schieben es über die Eingangstreppe in den offenen Hausflur des Bauern. Der Alte ist durch den Lärm ebenfalls wach geworden und steht in weiß wallendem Nachthemd gottvaterähnlich oben an der Treppe. Kurze Erklärung mit anschließender Entschuldigung für die Ruhestörung unsererseits. Er zeigt Verständnis: “I schliaß druntn ob, bi voa der sechse auf, do kemmts dro an eier Zeig." Wir kriechen wieder in das Stroh, aber Vater liegt lange wach, so aufgeregt ist er: "Was für ein Schurke, ausgerechnet Heimkehrer beklauen. Ein streunender Pole? Sah mir ganz so aus. Da haben wir uns dieses Gesindel in das Land geholt, und jetzt machen sie hier Bambule." Noch immer ist er infiziert vom deutschen Überheblichkeitsdenken jener Jahre. Früher, in seiner Ortelsburger Zeit, hatte er doch oft mit Polen zu tun gehabt, sie auch bewundert wegen ihrer fantastischen Naturschutzgesetze und -maßnahmen, aber jetzt? Leute, die auf Pferden mit eingelegten Lanzen gegen Panzer anreiten, sind einfach dumm. Manchmal ist er ganz schön arrogant. Doch von Zeit zu Zeit versucht er, sich Rechenschaft zu geben über sein Fehldenken.

Auch er hat letztlich gemordet. Ob in Frankreich französische Gebirgsjäger oder in Nordafrika britische Infanteristen - er hat in Angriffsoperationen getötet. Spricht das nicht doch für eine falsche Berufswahl? Seine Eltern waren gerade, ehrliche, fromme Leute, denen ein Martin Luther als Vorbild galt. Sie erzogen ihn zur Nächstenliebe. Aber sein Vater war auch so weit Realist, dass er ihn beim Zugang zum Offiziersberuf unterstützte, im festen Glauben, damals tobe der letzte Krieg, der letzte Massenmord. Eine Steigerung des Blutvergießens war seinerzeit unvorstellbar. Und der Sohn wirkte später mit an Überfällen und verstieß erneut, wer weiß wie oft, gegen das Gebot: "Du sollst nicht töten!" Das Risiko des Soldaten? Er kann sich auch weigern, und das hat er in Fürstenwalde getan, als er keine Kinder und Greise in den aussichtslosen Kampf führen wollte.

Und es lässt ihn nicht los, was mit Rommel geschehen ist. Der hatte sich vom beinahe bedingungslosen Hitler-Anhänger gewandelt zu einem unbequemen Kritiker. Dafür musste er zuletzt mit dem eigenen Leben bezahlen, weil der Diktator blind und fanatisch war. Macht und Gewalt gleich Krieg, das wusste schon der alte Clausewitz, aber der hätte niemals für einen totalen Vernichtungskrieg plädiert. Und damals existierte eben auch ein Yorck, der seine Soldaten vor sinnlosem Untergang bewahrte.

Noch zwei Monate sollten es sein bis zum Atombombenabwurf über Hiroshima und Nagasaki. Wir konnten nicht ahnen, dass gerade Waffen fertiggestellt wurden, die mit zwei Feuerblitzen in Sekunden unendliches Leid über eine halbe, wenn nicht eine ganze Million Menschen brachten und Hunderttausende dahinrafften. Der Untergang der ganzen Menschheit sollte real vorstellbar werden. Die Frage, ob der Einsatz dieser Waffe wirklich notwendig war, kann zumindest aus Sicht der nachfolgenden Generationen verneint werden. Auf jeden Fall verkörpert das genannte Ereignis den Eintritt in ein neues Zeitalter mit einer kaum fassbaren, inhumanen Potenz.

Am Morgen des siebten Juni bin ich schon lange vor meinem Vater wach. Tief und fest habe ich geschlafen, bin entsprechend ausgeruht. Aus seiner Ecke höre ich noch lautes, entspanntes Schnarchen. Und ich freue mich für ihn, denn wir werden wieder weit wandern können und ein gutes Stück vorankommen. Gestern hat er noch im Beisein des Bauern die geleisteten Tageskilometer ermittelt. Es waren neununddreißig, womit wir nun schon einhundertfünf Kilometer hinter uns gelassen haben. Wenn ich ihn richtig verstehe, war dies für die alte Infanterie nur eine Durchschnittsleistung.

Schließlich wird er wach, schießt fast senkrecht hoch: "Was, schon so spät? Wir wollten doch heute recht früh los!" Als wir abwechselnd die Köpfe unter die Pumpe halten, kommt der Bauer dazu und bedauert noch einmal den Vorfall in der vergangenen Nacht. "A schlimme Zeit is des eatza, koa Ordnung is - woits an Kaffee?" Zum Malzkaffee gibt es auch ein Butterbrot mit Marmelade. "De hod mei Frau no gmachd, is guad", sagt er etwas traurig. Der alte Mann setzt sich noch ein bisschen zu uns - das Vieh kann warten, denn Gäste gibt es nicht alle Tage. "Was war denn das für ein Mensch heute nacht?", fragt Vater. "Do san vui Fremdarbeiter, de wo rumlungern, die nemman mit wos s kriagn kenna. Do san aa scho dLeit zsammgschlogn worn. Des is a Zeit eatza, jo mei is des a Zeit!"

Dann, als wir wieder aufbrechen, kommt er noch einmal, "i wünsch eahna vui Glick, kemmans guad hoam!" Wir beeilen uns fortzukommen, denn nach dem wolkenfreien Himmel zu urteilen wird es wieder ein heißer Tag werden. Vater ärgert sich ein bisschen: “Hättest mich ruhig wecken können!” Diesmal sage ich ihm klipp und klar, dass er den Schlaf gebraucht hat nach der ereignisreichen Nacht. Er guckt mich an und nickt.

Auf guter Landstraße kommen wir, bis es so richtig heiß wird, doch ein ansehnliches Stück voran. “Bist du auch mit der Infanterie marschiert, Vati - damals im Weltkrieg?” - “Selbstverständlich, da gab es kein Pardon, nur die Fußkranken durften ab und zu auf ein Trossfuhrwerk. Damals gab es ja viel weniger Motorisierung als heute, von Panzern ganz zu schweigen. Die Artillerie war zum größten Teil noch bespannt. Es gestaltete sich damals alles noch sehr strapaziös. Der General hatte natürlich ein Auto; die übrigen Kommandeure mussten gut reiten können. Jungejunge, was habe ich da marschieren gelernt! Dabei war ich sogar noch ein wenig jünger als du. Und ich habe dir ja schon erzählt, was wir so alles mitschleppen mussten. Das ging ganz schön auf die Knochen. Es war fast ausschließlich der gute Kameradschaftsgeist, der uns bei Laune hielt. Natürlich wirkte sich auch die eingedrillte Disziplin aus.”

Ich kann es mir gut vorstellen: bei der Hitlerjugend habe ich einmal einen Gewaltmarsch mit Gepäck erlebt, zur Wehrertüchtigung. Vater fährt fort: ”Der Tross war meistens voll, und außerdem hat sich jeder bis zum Äußersten gehütet, sein Gepäck dort aufzuladen. Keiner wollte als Schlappschwanz gelten. Wenn es zu anstrengend wurde, und es irgendwie einzurichten ging, dann durften abwechselnd alle ihr Zeug ein wenig fahren lassen. Es kam auch vor, dass je nach Wetterlage die Marschetappen etwas kürzer bemessen wurden. Das setzte aber voraus, dass vorher keine besonders dringenden Termine vereinbart waren.”

“Aber das war alles nichts gegen Afrika”, leitete er wieder zu seinem Lieblingsthema über. ”Zwar fuhren wir dort, aber wenn einmal - urplötzlich - der Sandsturm kam, der Ghibli, dann hieß es, schnell die Zelte aufbauen, die Kräder so gut es ging abdecken und irgendwo unterkriechen. Einige Male habe ich das erlebt, und immer war es ganz schön eklig. Wenn du nicht rechtzeitig in Deckung kamst, dann hattest du alles voller Sand, besonders den Mund. Deshalb haben die Beduinen ihre Mundschutztücher. Du konntst die Lippen noch so sehr zusammenkneifen, es knirschte zwischen den Zähnen. Bald hatte jeder etwas griffbereit, womit er im Ernstfall den Mund schützen konnte. So ein Sandsturm dauerte manchmal mehrere Tage, und dann fiel sogar der Krieg aus. Es kam vor, dass die Tommys zu uns in die Zelte gekrochen kamen oder umgekehrt. Die ungebetenen Gäste wurden nicht etwa gefangen genommen. Da war eben höhere Gewalt im Spiel, weshalb sich beide Seiten äußerst fair verhielten. Jeder konnte jederzeit auf die Hilfe des anderen angewiesen sein. Glücklicherweise haben wir auf unserem Vormarsch keinen Sandsturm in voller Stärke erlebt. Sonst hätten wir die Angriffsziele nie befehlsgemäß erreichen können." – "Komisch", denke ich, "wie absurd ein Krieg doch manchmal sein kann: da tobt ein Sandsturm, und der Feind kommt zu dir in das Zelt."

Kaum reden wir von Afrika, stellt sich auch hier eine große Hitze ein. Einige Kilometer haben wir schon zurückgelegt, aber dem alten Marschierer reicht das nicht für eine Pause. Er ist schon wieder dabei, seinem Körper zu viel zuzumuten. Am Horizont taucht das Dörfchen Sandizell auf. Da sage ich: "Na, Mittagsrast?" Zuerst will er nicht, will das durch zu langes Schlafen Versäumte nachholen. Aber dann guckt er mich an: "Ja, wenn du meinst. Suchen wir was Schönes." Und wir haben unerwartet außergewöhnliches Glück. Auf Vaters bescheidene Bitte nach einem Glas Milch sagt der Bauer: "Kemmts eina!" Und er lotst uns in die Küche. Nach einer freundlichen Begrüßung stellt die Frau zwei zusätzliche Teller mit Besteck auf den Tisch. Eine Tochter gehört noch zur Familie, so dass wir zu fünft sind. Wir hätten nicht erwartet, mit offenen Armen empfangen zu werden, so als wenn wir zur Familie gehörten.

"Wos do ois hin und her laaft", schüttelt der Bauer den Kopf, "so a Riesnarmee, wann die ausanander geht - wos moanas, wos do durchkimmt, seids doch a Hoamkera." Die Klöße mit Sauerkraut und einem guten Stück Rauchfleisch sind zwar fantastisch, aber dieser Hitze nicht gerade angemessen. Jedenfalls schmecken sie, und hinterher bekommen wir noch das anfangs erbetene Glas kühle Milch. Nach dem Essen wird noch geredet, aber dann muss der Bauer auf seine Felder. Die Frauen haben auch ihr Tun in Haus und Hof, so dass wir weiterziehen. Aber lange noch reden wir über den freundlichen Empfang, wie wir ihn bisher eigentlich überall erlebten. Dabei sind wir bei weitem nicht die einzigen Heimkehrer. Es ziehen wahre Menschenmassen durch das Land, alle angewiesen auf fremde Hilfe. Man gibt ihnen, was man kann, damit sie bei Kräften bleiben.

Dann halten wir doch im Schatten einer großen Kastanie Siesta. Um uns ist große Ruhe. Mein Vater scheint zu spüren, dass er mit seinen Kräften haushalten muss. Unsere Oase liegt ein wenig abseits der Straße. Warum der alte Baum gerade hier steht, ist uns beiden schleierhaft. Die Ruhe nach dem üppigen Essen tut uns gut. Unwillkürlich träume ich vom Wandern, von einer endlosen Wanderung an einen weit entfernten, paradiesischen Ort. Das hat mir schon als kleinem Kind vorgeschwebt, wenn ich von Zeit zu Zeit von zu Hause ausbüxte, mich selbständig machte und ziellos durch den Wald irrte. Dann mussten sie mich lange suchen, weil ich oftmals von allein nicht zurückfand. Die Schwester sollte zwar auf mich aufpassen, aber so manches Mal gelang es mir, ihr zu entwischen. Besonders beim Forsthaus Damerau, wo der Opapa residierte, passierte das öfter. Da zog es mich immer wieder in diesen schönen Mischwald mit seinen wundervollen, uralten Eichen hinaus. Eine geheime Kraft lenkte mich, der ich nicht zu widerstehen vermochte.

Heute weiß ich: es war das Geheimnisvolle, das Unergründliche, das mich immer wieder faszinierte. Vater mochte das wohl am besten verstehen, denn er ging ja oft gänzlich ohne Waffe "auf Pirsch", wie er sich ausdrückte. Ich war so etwas wie ein Einzelgänger, und sie nannten mich den Träumer, weil ich wortlos staunen und immer wieder staunen konnte. Aber er, vielleicht hat er mich am besten verstanden.

Und nun liegt er neben mir im Gras und schlummert. Der Pirschgänger ohne Waffe vermochte über den Krieg zu triumphieren, indem er ihm die Priorität des Überlebens entgegenstellte.

"Na, dann los, es geht weiter!" Vater rappelt sich hoch, wirkt merklich erfrischt. Beim nächsten Brunnen tauchen wir außerdem noch unsere Köpfe in kaltes Wasser. Zuerst scheint der Kopf wie in ein Eisen gespannt, aber nach mehreren tiefen Atemzügen fühlen wir uns sauwohl.

Wir erreichen die Gemeinde Pöttmes. Unverhofft stehen Amerikaner auf der Straße, kontrollieren Pässe, Kennkarten, Entlassungsscheine, alles nur Mögliche an Papieren. "Die sind recht misstrauisch", flüstert Vater mir zu und ergänzt: "Lass mich machen, bleib du still!" Ein hünenhafter Schwarzer mit zwei Winkeln am Ärmel, wohl Sergeant oder so ähnlich, kommt zu uns. Er spricht eine eigenartige Mischung aus amerikanischem Englisch und einigen deutschen Einsprengseln. Zuerst mustert er unser eigenwilliges kleines Gefährt, geradeso, als wenn es eine Bombe enthielte. Bei Vaters Entlassungsschein stutzt er, als er die Adresse sieht: "Whats that: - Lriddergut Lrexin Krroys Dänsigöhr Höh bei Luhdwigsheywen am Lrhein?" Er verhaspelt sich mehrmals beim Aussprechen des Gelesenen.

Vater reagiert wieder fantastisch. Ruhig gefasst erklärt er mir, was er sagen wolle, und ich möge das bitte übersetzen. Dass er nämlich Agronom sei und dringend auf sein heimatliches Gut müsse, um die Felder zu bestellen, deren größter Teil durch Kriegseinwirkung zerstört ist und wieder aufgebaut werden muss. Er habe das von einer Tante geerbt, die jetzt tot sei. Ich kratze mein gesamtes Schulenglisch zusammen: "my father must go there for reconstruct it, he has it from his aunt which is dead now, and all it is devastet by the war."

Der Schwarze sieht uns beide sehr ernst an und versucht angestrengt zu folgen. Ob ihm das gelingt, gehört in den Bereich des Unergründlichen. Aber die Papiere tragen ordentliche Stempel, und so reicht er sie schließlich mit unbewegter Miene zurück. Er tippt höflich mit einem Finger an den Helmrand - "okay!" Rasch machen wir uns aus dem Staub, denn es könnte ja noch jemand kommen, der weiß, wo Danzig liegt.

Als wir ein Stück weit gelaufen sind, stößt Vater mich an und freut sich wie ein Schneekönig: "Fein, was, Amerikaner verarschen macht doch Spaß, oder?" Ich bin eher skeptisch, ob das lange gut gehen wird. Aber er hat schon immer viel mehr riskiert als ich, sein "Schlappschwanz", und er macht beim Schwindeln stets auch eine bessere Figur. Natürlich freue ich mich trotzdem mit ihm, besonders als er durchblicken lässt: "Ein bisschen mulmig ist mir dabei schon, aber solange der Trick funktioniert, geht das eben weiter, bis wir am Ziel sind. Hinterher darf allerdings niemand mehr nach dem Passierschein fragen. Dann könnte es doch noch ein Malheur geben." Und schließlich: "Na, so richtig schlimm wäre das dann eigentlich nicht mehr."

In Pöttmes finden wir auch einen Schuster, der uns in Windeseile Stiefel und Schuhe gegen einen Spottpreis sohlt. "Ia soids jo schließli guad hoam kemma!" Als er meine Knobelbecher in den Händen hält, muss er grinsen. "Na, di Zehan laffa woi vorweg, oda is des de ander Art wia ma Stifen macht?" Er verstärkt auch die Nähte nochmals, damit das Ganze stabiler wird. "So, iz kennts amoi um den Globus laffa, pfiats eich!"

Dann sind wir wieder unterwegs. "Viel Zeit verloren, will noch ein Stück weit kommen heute", drängelt Vater dennoch. Es geht bereits auf den Abend zu. Ein Lüftchen weht und macht das Laufen wesentlich angenehmer. Als es zu dämmern beginnt, erreichen wir den Ort Kühnhausen und suchen uns ein Nachtquartier. Vater sagt wieder mit leicht dramatischem Unterton sein Sprüchlein auf: von Altötting in den Odenwald unterwegs - nur ein Nachtlager in der Scheune - sind sehr müde.

Diesmal landen wir auf einem kleinen Hof bei einem sehr netten Ehepaar mit vier Kindern, die der Größe nach wie Orgelpfeifen vor uns stehen. Der Mann war gerade erst aus dem Krieg heimgekehrt. Die Freude darüber ist noch gut zu spüren; vielleicht werden wir deshalb besonders herzlich empfangen. "Kommen Sie, auf zwei mehr oder weniger kommt es nicht an, oben ist noch eine leere Kammer, zwei Strohsäcke gibt es auch. Da können Sie sich ausruhen, weiß doch, wie das ist!" Er selbst ist zwar mit der Bahn, aber zwischendurch auch in längeren Marschintervallen mit schwerem Rucksack und Handköfferchen gekommen. Bei dem glücklich Heimgekehrten haben wir Heimkehrer einen guten Stand.

Der Mann geht gleich hinauf und richtet die Kammer. Seine Frau aber fragt: "Sie möchten nach dem anstrengenden Marsch vielleicht ein Bad nehmen? Aber erschrecken Sie nicht, es ist etwas provisorisch. Die Pumpe im Hof ist kaputt, deshalb gibt es dort kein Wasser." Sie stellt eine große Holzbalje in die Küche. "Die scheuer ich hinterher immer aus, sie ist also sauber. Heißes Wasser steht auf dem Herd, kaltes dort am Ausguss. Ich hole noch ein großes Badetuch, wird wohl für beide reichen, und dann baden Sie hier in aller Ruhe. In einer halben Stunde komm ich und bereite das Nachtmahl, dann sind Sie bestimmt fertig." - "Das ist ja fantastisch, das hätten wir uns nicht träumen lassen." - " Ist doch selbstverständlich! Unsere Soldaten hatten es schwer genug den ganzen Krieg hindurch!"

Wunder über Wunder, wir können es kaum fassen, wie uns hier Warmherzigkeit und Menschlichkeit entgegenströmen. Zuerst steigt Vater in die Balje: "Schrubb mir mal ein bisschen den Rücken, nachher mache ich das bei dir". Es ist eine Wonne, sogar ein Stück Seife hat die Frau neben das Tuch gelegt. Lange genug mussten wir das entbehren. Selbst in Ursenbach gab es aus Platzmangel kein Bad. Da musste eine Waschschüssel genügen.

So baden wir nacheinander. Zwischendurch schaut ein kleines Mädchen neugierig herein, schlägt dann aber rasch die Tür zu und springt juchzend davon. Sie hat ihren Spaß gehabt, zwei nackte Männer zu sehen. Für mich ist das gemeinsame Bad in ähnlicher Weise etwas Ungewöhnliches. Denn unbekleidet kannte ich meinen Vater bis dahin nicht. Eine Hose, zumindest eine Unterhose, hat er immer angehabt. Meine Schamschwelle war gegenüber Gleichaltrigen schon lange gefallen. Im Landschulheim und beim Arbeitsdienst waren Duschräume üblich, in denen man nebeneinander stand und, wenn Zeit blieb, sogar plauderte. Hier sehe ich nun zum ersten Mal meinen Vater nackt. Ich kann sehen, womit er meine Existenz in die Wege geleitet hat.

Ich ertappe mich beim Nachsinnen darüber, wo er mich wohl gezeugt hat und ob es in einer besonders leidenschaftlichen Liebesnacht geschah? Wahrscheinlich war es in Ortelsburg, in der Garnisonstadt. Schwesterchen war da bereits über ein Jahr alt. Etwas in mir wehrt sich gegen die Vorstellung, ich sei eher beiläufig, möglicherweise unbeabsichtigt in die Welt gekommen. Doch nähme meine Individualität durch einen solchen Sachverhalt wirklich Schaden? Derartige Gedankenspiele hängen bestimmt mit der Tatsache zusammen, dass sich im Grunde jeder einzelne Mensch als etwas Besonderes begreift.

Zu meiner Geburt zog sich meine Mutter in das väterliche Forsthaus nach Damerau zurück, um ausreichend Ruhe zu haben. Als es ernst wurde, kam, wie damals üblich, eine Hebamme. Dann stellten sich unvorhergesehene Komplikationen ein und ein Arzt musste rasch hinzugezogen werden. Aber draußen lag hoher Schnee, der Frost klirrte und ein schwerer Sturm hatte das Telefonkabel zerrissen. Kutscher Nispel musste den Schlitten anspannen und jagte querfeldein zur Kreisstadt Gerdauen, um einen Arzt zu suchen. Samstagabend war aber keiner aufzutreiben, außer dem alten Sanitätsrat Wagner, den er umgehend mitbrachte. Ich hörte später, dass er mich mit einem Kaiserschnitt holen musste, obwohl er das noch nie gemacht hatte. Er war ja kein Gynäkologe. Dass ihm der Eingriff gut gelungen ist, sieht man an mir noch heute, und Mütterchen hat auch keinen Schaden davongetragen. Ich denke, dass sie nach mir ohnehin keine weiteren Kinder wollten.

Als die Frau höflich gegen die Küchentür klopft, sind wir noch nicht fertig angezogen. Wir fühlen uns aber wie neugeboren. Vater hat sogar noch saubere Unterwäsche dabei, von der er mir eine Garnitur zuwirft. Aus Dankbarkeit wollen wir die schwere Balje auf dem Hof ausschütten. Aber Vater stellt sich dabei so ungeschickt an, dass die Bauersfrau lächelnd sagt: "Lassen Sie mal, ich habe da mehr Übung. Ihr Sohn kann mir ja helfen." Sie gibt mir eine kurze Anweisung, und eins - zwei - drei haben wir das trübe Wasser schwungvoll entsorgt. "Was meinen Sie, wie oft ich das mit der Nachbarin machen musste, als mein Mann nicht da war. Wir baden alle jeden Samstag, die Kleinen immer zu zweit."

Während unsere Gastgeberin das Abendessen zubereitet – die tradierte Rollenverteilung ist ungebrochen in Kraft - sitzen wir Männer im Wohnzimmer beim Diskutieren und Orakeln. Alles dreht sich um die sattsam geläufigen Themen bis hin zur Frage, wie wir aus dem Krieg herausgekommen sind. Vater erzählt dem staunenden Gastgeber von seiner Aktion Traunstein und wie er mich entführt hat. "Na, wenn die Sie geschnappt hätten, waren ja nicht fein, die Kerle." - "Möglicherweise wäre es uns sehr schlecht ergangen, je nachdem, an wen wir geraten wären. In Fürstenwalde habe ich immerhin einen gefunden, der verständig war und mich nicht erschoss. Ich bin bewusst ein hohes Risiko eingegangen, riskant war der Krieg so und so." Die Geschichte mit dem Kaninchen und meinem Kopfverband erregt zunächst ungläubiges Staunen und dann schallendes Gelächter. Jetzt, mit einigem Abstand, kann er sich selbst über den gelungenen Streich wie ein Kind freuen.

Unser Gastgeber berichtet, wie er das Kriegsende erlebte. Er kam in das große Lager bei Regensburg. Zum Glück war er in amerikanische Kriegsgefangenschaft geraten, leider auch in ein restlos überfülltes Lager. Die deutschen Soldaten wurden meist human behandelt. Auch als kleiner Bauer gehörte er zu jenen, die als erste entlassen wurden. Die Sieger wussten genau, dass sie ab Herbst schwere Versorgungslasten tragen müssten, wenn die deutsche Landwirtschaft weiter dahinsiecht. Der Bauer hatte seine Familie lange nicht sehen können, da in seiner Truppe zuletzt absolute Urlaubsperre galt. Entsprechend glücklich ist er nun.

Das Abendessen lässt auf sich warten, denn die Schwester der Hausherrin kommt noch dazu. "Sie ist allein, ihr Verlobter war zum Schluss in Kurland. Jetzt befindet er sich irgendwo in russischer Gefangenschaft. Hoffentlich kommt er bald wieder heraus, aber das kann auch noch länger dauern. Sie isst halt mit uns, damit sie nicht so viel allein ist. Auch sonst kommt sie öfter herüber. Wir machen viel gemeinsam."

Anschließend gibt es in der Küche - wir sitzen eng gedrängt, neun Personen, um den nicht allzu großen Tisch - eine Riesenschüssel dampfender Kartoffelklöße mit Rindfleisch aus der Dose und einer guten Sauerrahmsoße. Die Kinder plappern durcheinander, bis die Hausfrau meinem Vater ansieht, dass ihn das nervt. Da ermahnt sie ihre Rangen zur Ruhe: "Wir haben Gäste, und da seid ihr mal ganz still, verstanden?" Nachher sitzen die Erwachsenen noch ein Weilchen zusammen. Unsere Augen wollen aber bald zufallen, und wir begeben uns in unser Kämmerlein. Vater kündigt noch an, dass wir sehr früh aufstehen wollen, um den Tag zu nutzen. Da sagt die Frau: "Ich mache Ihnen Frühstück, mit Malzkaffee, etwas anderes haben wir leider nicht. Ich kann mich danach ja wieder hinlegen."

Bei den Klößen waren wir wohl etwas zu maßlos und haben auch den wiederholten Aufforderungen nicht widerstanden. Nun erzeugen sie im Magen ein Gefühl von Wackersteinen. Ein Verdauungsspaziergang hätte sicher gut getan. Aber nach Laufen war uns absolut nicht zumute. Wir wollten nur noch Ruhe und fielen bald in Tiefschlaf. Nach Vaters Berechnung sind wir heute trotz der Unterbrechungen - Passkontrolle und Schuster - vierunddreißig Kilometer gelaufen. Damit ist uns Ursenbach nun schon einhundertfünfzig Kilometer nähergerückt. Wenn das so weiter geht, werde ich noch ein richtiger Infanterist. (Diese Tagesleistung hätte die alte Infanterie vielleicht nicht gerade mit Stolz erfüllt, aber eine mittlere Marschleistung war es schon.)

Als ich anderntags geweckt werde, ist es erst fünf Uhr. Vater hat einfach keine Ruhe mehr und sein braver, wohlerzogener Sohn folgt ihm. Ich sehe alles ein, will ja auch nach Hause. Wir schleichen uns also, so leise wir nur können, die Treppe hinab, aber die Frau hantiert bereits in der Küche. Dadurch bekommt Vater sofort sein heißes Wasser für die Rasur. Eine Waschschüssel steht im Fenster ebenfalls bereit. Nach der Reinigungsprozedur meint Vater mit fester Stimme: "Jetzt werden wir endlich unser Brot aufessen, wird ja sonst dröge", und schneidet kräftige Ränfter ab, so gut er es als ungeübter Brotschneider kann. Die Frau brüht den versprochenen Kaffeeersatz auf und stellt Quark und Marmelade auf den Tisch. Dann setzt sie sich noch zu uns, isst sogar eine Stulle mit und lobt das gute Brot, so alt es schon ist. "Hoffentlich haben Sie weiter so ein Glück mit dem Wetter, ich wünsche es Ihnen sehr." Vaters Abschied und sein Dankeschön, so will mir scheinen, sind besonders herzlich.

Dann ziehen wir auf der Landstraße davon. Es ist wieder eine der kleineren Straßen, auf der wir dem amerikanischen Militärkraftverkehr ein Schnippchen schlagen. Auch unser sechster Wandertag hat einen sehr wohlmeinenden Wettergott. Was uns umgibt, ist fast unwirklich: weithin Ruhe, Ruhe des Friedens, und ringsum eine Natur, die sich völlig unbeteiligt gegenüber den jüngsten Ereignissen gibt, die mir nun zunehmend absurd erscheinen. Auch als aufmerksame Wanderer bemerken wir kaum Schäden durch Kriegseinwirkung. Oder wollen wir das alles einfach nicht mehr sehen?

Laufen, laufen, laufen, ab und zu ein Glas frischer Milch. Sie muss sein Lieblingsgetränk geworden sein. Höflich fragt Vater stets auch nach dem Preis. Meist erhalten wir unsere Milch gratis, manchmal zahlt Vater auch einen kleinen Betrag. "An Milch könnte ich mich niemals übertrinken, an Muckefuck schon", meint er. Bei echtem Bohnenkaffee sei das natürlich anders. "Aber wo gibt es den schon in diesen Zeiten? Sicher auf dem Schwarzmarkt, doch da ist er bestimmt unbezahlbar."

Über die Kleinstadt Rain nahe der Mündung des Lech in die Donau wandern wir auf Donauwörth zu. Das Terrain ist nicht mehr so bergig und wir laufen wieder nebeneinander. "Sag mal, mit Mutti damals, bei dieser schönen Frau musst du doch gleich Feuer und Flamme gewesen sein, oder?" - "Ja, weißt du, es ging wohl zuerst von ihr aus. Als wir die ersten Blicke tauschten, bemerkte ich etwas an ihr, in ihren Augen, das ich niemals vergessen werde. Ich denke, so wird es dir auch einmal gehen. Du wirst noch merken: die Augen einer Frau sagen alles. So hat es dann auch bei mir gezündet." Er nickt mit dem Kopf, schaut mich dann von der Seite an: "Jaja, die Liebe, schon manchmal eine ziemlich merkwürdige Sache. Bleib du noch möglichst lange unbeweibt, sammle erst ein paar Erfahrungen. Aber die Musiklehrerin neulich hast du vielleicht angestarrt!

Jungejunge, die hat dir wohl schon den Kopf verdreht?" - "Naja, ich weiß nicht, ein bisschen?" - "Drucks nicht so rum, ja oder nein, ich kann dich ja verstehen, wundere mich selbst, dass diese Frau allein lebt. " - "Vielleicht Kriegerwitwe." - "Das kann schon sein, aber Schneider hat nichts derartiges erwähnt." Nun habe ich die Lehrerin wieder deutlich vor Augen, denke schon wieder an sie. Nur weil er mich darauf brachte. Das kann schon zur Plage werden, aber eine durchaus schöne Plage.

Ich sinne drüber nach, wie er war mit siebzehn, da war ja auch Krieg. "Hast du vorher schon Freundinnen gehabt, ich meine, bevor du Mutti kennenlerntest?" - "Ja, ab und zu mal eine. Die erste ernstere Bekanntschaft hatte ich als Wandervogel. Ich war noch vierzehn, sie schon siebzehn. Eine ganz Scharfe, wie sich herausstellte. Sie wollte mich unbedingt verführen. Aber dazu kam es nicht, weil die Freunde immer aufpassten, und ich war ziemlich schüchtern, beinahe ängstlich. Und dann die zahlreichen Freundinnen meiner vielen Schwestern. Alles harmlos, ich war recht schüchtern, wie gesagt." Gott sei Dank, denke ich, da ist der Apfel nicht weit vom Stamm gefallen. Und der kleine Erfahrungsaustausch geht noch ein Weilchen weiter. Ob er denn treu sei, ein treuer Ehemann?

Eigentlich habe ich noch gar nichts Erzählenswertes an Liebesabenteuern vorzuweisen. Da waren die Stabshelferinnen bei der Flak, aber um die rissen sich natürlich schon die "erwachsenen" Artilleristen, da hatten wir keine Chancen. Als ob er meine Gedanken ahnte: "Na, du bist ja noch jung und findest bestimmt eine. Aber sei vorsichtig, ich meine mit Geschlechtskrankheiten und so. Außerdem: da passiert schnell was und du bist früher Vater als dir lieb ist." Nach einer Weile sagt er: "Wir sind wohl beide um den schönsten Teil unserer Jugend gekommen. Und jetzt das kleine Odenwalddorf, ob du da etwas findest ... ?" Ich schweige und versuche, mir die kommenden Zeiten positiv zu denken, etwa so: auch er hat in einem kleinen Kaff auf Anhieb die große Liebe gefunden, noch dazu in Gestalt einer wirklichen Schönheit.

Vater und Sohn in Gedanken. Der eine denkt, was ist, der andere, was sein wird. Und mit Illusionen beladen alle beide. Keiner konnte ahnen, wie es dann wirklich kommt, und das war gut so. Denn zum Leben gehören auch der Wechsel und die Überraschung, auch wenn sie es nicht immer interessanter machen.

Ich empfand voller Genugtuung und Freude eine deutlich wachsende Zuwendung meines Vaters. Sie trat besonders stark hervor, wenn wir diese Gespräche führten. Bis heute jedoch schmerzt es mich, dass ich meine verdammte Scheu nie ganz überwinden konnte. Ich blieb weiter ein Gefangener meiner selbst, und er merkte das. Er wollte bestimmt offen auf mich zugehen, schaffte es aber nicht. So war keiner von uns in der Lage, seine Hemmungen zu überwinden. Zwischen uns blieb eine Trennwand, mal nahezu transparent und fast aufgelöst, mal unüberwindlich. Spannungen können durchaus reizvoll und produktiv sein, für unser Verhältnis waren sie jedenfalls nicht förderlich.

Wir erreichen den kleinen Ort namens Genderkingen. Mein Alter schafft es erneut, mich kurz zu verblüffen. Er zeigt überhaupt keine Hemmung, direkt neben der Kirche den katholischen Pfarrer um "einen Teller ganz einfacher Suppe" anzusprechen. Nach nahezu sieben Stunden war gerade die Mittagszeit angebrochen. Die Frühstücksbrote gehörten schon lange der Vergangenheit an. Hochwürden bittet uns zu Tisch in ein schönes, großes Haus. "Stellen Sie den Wagen ruhig in den Flur, bei mir kommt nichts weg."

Die Haushälterin, offenbar eine sehr sanfte Frau, betreibt das Kochen mit Leidenschaft. Wir schmecken das sofort heraus. Statt der erbetenen einfachen Suppe trägt sie Hackbraten mit Sahnekartoffeln und Wirsing auf. Ich kann mich wieder einmal nur wundern über den gesunden Appetit meines Vaters. Ich stehe ihm da allerdings nicht nach, allein den Wirsing mag ich nicht so sehr. Aber bei ihm habe ich schon erlebt, dass er ganze Tage mit zwei Scheiben trockenem Brot und einem Apfel auskam.

Der Pfarrer beklagt beim Essen die Scheußlichkeit des Krieges, von Kriegen überhaupt. Das sei doch mit dem Christentum nicht im geringsten vereinbar. "Aber alle haben mitgespielt, Hochwürden, fast ohne Ausnahme, bis nichts mehr ging. Den Mann hätte man wesentlich früher stoppen müssen. Es gab zwar einige im Heer, die das nicht kritiklos hinnahmen. Ich denke da an Beck, Blomberg, Fritsch, Brauchitsch und nicht zuletzt an Rommel. Die haben gewarnt, wollten teilweise sogar gegen Hitler putschen. Von Guderian hat man zum Schluss auch nichts mehr gehört, tüchtige Männer alle, aber zu wenige. Das Volk hätte bestimmt nicht mitgemacht, die Bonzen schon gar nicht, denn die hatten alle ihre Pfründe." - "Da haben Sie Recht. Bittere Lehren sind uns zuteil geworden, die Millionen Menschen das Leben gekostet haben." - "Er schmort nun mit Sicherheit in der Hölle, oder?", lauernd fragt dies Vater. "Ja, seine Seele ist verflucht, zumal er sich am Ende selbst getötet haben soll." Offenkundig entsprach diese Version den Tatsachen und nicht die so schön-heroische des Wehrmachtsberichts vom zweiten Mai. Der "Führer" hat tatsächlich sein Volk, sein Reich und seine Wehrmacht im Stich gelassen. Keineswegs hat er die selbstinszenierte "Götterdämmerung" kämpfend, wie behauptet, bis zum letzten Atemzug ausgelebt.

Es entwickelt sich nun zwischen dem Oberst außer Dienst und dem Pfarrer ein Streitgespräch darüber, wie man Hitler rechtzeitig hätte stoppen können. Die Kirche sei leider allzu ohnmächtig gewesen und die Armee stand unter Treueid. "Aber nun haben wir die Bolschewisten, die Atheisten im Land. Und wie bekommen wir die wieder hinaus?" - "Die Amerikaner bleiben nicht stehen, die werden weiter vorrücken. Der Iwan ist viel zu geschwächt. Der Endkampf war ein kolossaler Aderlass für ihn, besonders vor Berlin und gegen Schörner - man wird sehen, manchmal geschehen ja noch Wunder ..." - "Wunder sind eigentlich Gottes Revier", sagt der Seelenhirte milde lächelnd. Ich denke bei mir, dass Vater neulich anders geredet hat, wie denn nun?

Ich lasse das Gespräch über mich ergehen, wie schon so oft. Mit meinem langsamen Denken und der schleppenden Formulierung der Resultate komme ich eigentlich selten zu Wort.

Nach einer kleinen Pause resümiert der Pfarrer: "Ja, man muss jetzt wohl tatsächlich abwarten, wie es weiter geht." - "Ich kann aber nicht abwarten. Ich habe noch eine ganze Menge Zeug in Thüringen, und die Gegend haben sie dem Stalin auch noch in den Rachen geworfen. Seine Leute werden bestimmt in Bälde dort einmarschieren." - "Ja, wenn das so ist, müssen Sie sich beeilen."

Abschließend kommen die beiden Herren überein, dass die Reste der deutschen Armeen jetzt mit den Amerikanern gemeinsam weiter marschieren müssten, um die geschwächten Russen hinter den Ural zu treiben. Hitler war tot, die nationalsozialistische Partei im Grunde zerschlagen. Nach Beseitigung der Hauptstörenfriede verkörpere der Bolschewismus die weitaus größere Gefahr.

Dem Scheitern so nahe

Der Versuch, das Weltbild eines Menschen nach über sechs Jahrzehnten zu beschreiben, auch wenn dieser Mensch mein Vater war, muss ein Wagnis bleiben. Mit dem Wecken der Erinnerung wird mir deutlich, wie substanziell die Ähnlichkeiten zwischen ihm und mir sind. Vermutlich gelingt es mir deshalb, tiefer in seine Gedankenwelt einzudringen, so tief das überhaupt möglich ist.

Für ihn hatten Ehrlichkeit und Transparenz immer einen hohen Rang. Sie gehörten auch zu seinen soldatischen Werten. Und als das Soldatendasein für ihn aufhörte, ist er sich weiter treu geblieben. Wie andere Menschen, nahm er es in Einzelfällen mit der Wahrheit auch mal nicht so ganz genau oder verhielt sich wie ein Schlitzohr. Mir will scheinen, das war vorrangig in Notwehrsituationen der Fall.

Unterwegs hätte ich bemerken können, was ich damals aber nicht so sehr beachtete, dass sein Wesen überall eine große Ausstrahlung auf Mitmenschen entfaltete. Ich gebe zu, dass dies meine heutige Interpretation ist. Ich halte sie für glaubwürdig, weil ich ihn während dieser entscheidenden Tage und im Laufe der folgenden Jahre sehr gut kennenlernte, nicht nur als Vater, sondern auch als Menschen. Im Übrigen glaube ich, dass er sich damals bemüht hat, mich in meiner völlig entgegengesetzten Denkungsart zu verstehen und zu begreifen, dass in seinem Sohn mehr stecken mochte, als es zunächst schien.

Nach einer ausgiebigen Siesta im Pfarrhaus wandern wir weiter, überschreiten bei Donauwörth den dort noch schmalbrüstigen und trägen europäischen Strom. Über ihn führt, wie zu jener Zeit fast überall, eine notdürftig geflickte Brücke. Notbrücken gehören zum Alltag. Ohne Aufenthalt wandern wir weiter über die schon aufgeräumte Stadt hinaus, getreu dem von Vater aufgestellten Grundsatz, in Städten kein Quartier zu suchen. An der Donaubrücke postiert wieder eine amerikanische Kontrolle. Mich packt abermals gewaltiges Herzklopfen, dass die wegen Danzig Schwierigkeiten machen könnten.

Vater ist aber routiniert und schlagfertig. Der Amerikaner, diesmal ein Weißer, lässt uns anstandslos durch.

Manchmal, wenn die Sonne auch an den Nachmittagen nichts von ihrer Kraft aufgibt, wird mir das Laufen schwer. Aber mein Chef treibt: "Wir müssen noch nach Thüringen, bevor die Russen da sind, und die Klamotten holen." Wo er recht hat, hat er recht, und es läuft doch alles ganz gut nach seinem Plan.

Endlich beginnt die Sonne sich langsam zu neigen. Wir erreichen das Dorf Großsorheim. An etlichen Gebäuden ist ablesbar, dass der Krieg diesen Ort nicht ausgelassen hat. Erstmals müssen wir erleben, wie ein Bauer unseren Quartierwunsch rundweg ablehnt. Da ist Vater wütend: "So ein Kerl, einen Scheunenplatz gibt es doch immer! Der hat wahrscheinlich Angst, dass wir ihm die Scheune abfackeln." So müssen wir uns weiter umsehen. Eine Frau mittleren Alters geht gerade über die Straße, und Väterchen spricht sie ganz scheinheilig an: "Sagen Sie bitte, wissen Sie, wo man hier billig übernachten kann?"

Sie blickt ihn groß an, dann auch mich. Ihr Blick ist eindringlich, geradezu forschend. Dann sagt sie: "Kommen Sie mal beide mit!" Wir folgen ihr zu einem zweistöckigen Haus ganz in der Nähe. Im Umkreis ist viel geschossen worden, wahrscheinlich von Panzern, vielleicht auch von Flugzeugen. Die Fensterscheiben sind größtenteils kaputt, Einschusslöcher verunzieren die Hauswände. Vielleicht war der Bauer auch deshalb so unwirsch, stand gewissermaßen noch unter Schock. Zudem gehörten wir als Heimkehrer für ihn zu jenen, die Zerstörung in das friedliche Dorf gebracht haben.

Die Frau erzählt uns auf dem Weg hinauf in den ersten Stock: "Mein Mann ist bei einem Flugzeugangriff ums Leben gekommen und unser einziger Sohn ist in Russland gefallen. Ich habe meine alte Mutter jetzt zu mir genommen, aber im Wohnzimmer ist noch Platz. Wenn Ihnen das nichts ausmacht. Fühlen Sie sich auf alle Fälle wie zu Hause." Wir sind gerührt. Spontan ergreift Vater ihre Hand: "Da haben Sie ja viel mitgemacht. Wie sollen wir Ihnen *das* danken?" - "Wissen Sie, ich leide mit allen, die hier durchziehen, und es sind ja so viele. Es könnten auch meine Männer sein, zumindest der Sohn. Mein Mann war beinamputiert, noch aus dem vorherigen Krieg, und deshalb zu Hause." Sie sieht starr zum Fenster hinaus: "Man muss sein Schicksal tragen, auch wenn man es manches Mal nicht einsehen mag."

Vater blickt ihr ernst in die Augen: "Da muss ich Ihnen zustimmen. Vieles, besonders in letzter Zeit, ist für den klar denkenden Menschen nicht einsichtig. Die Menschen werden millionenfach als Kanonenfutter benutzt, und es ist zu hoffen, dass das jetzt für immer aufhört. Es muss Grenzen geben. Soldat sein ja, aber nicht um jeden Preis. Und man sollte sich dafür oder dagegen entscheiden können." Hier stimme ich ihm aus vollem Herzen zu.

Und später, als wir zusammensitzen, bei uns auch die uralte Dame, die nichts mehr hört und kaum noch sehen kann, erzählt Vater von seiner Besatzungszeit in Frankreich. Eine Französin, die ihren einzigen Sohn im Krieg gegen die Deutschen verloren hatte, sagte ihm, dem Stadtkommandanten von Bologne sur mer, trotz ihrer Trauer: "Alle Soldaten sind gleich Leidtragende, ob die eigenen oder die feindlichen, man muss das akzeptieren, wenn es auch schwerfällt." Das mochte in diesem Fall wie Kollaboration ausgesehen haben, zeugte aber für ein tiefes Verständnis allen leidenden Menschen gegenüber. Die wirklich Schuldigen an Kriegen gehen zumeist straffrei aus, das ist auch heute noch so. Soldaten in einen vermeidbaren Krieg zu schicken, ist ein Verbrechen. Im Grunde werden nicht die Soldaten zu Mördern, sondern die, die sie für ihre Ziele missbrauchen.

Die Frau sitzt uns gegenüber auf der durchgesessenen Couch, "die ist nicht ganz bequem zum Schlafen, aber für eine Nacht wird es gehen." Dann holt sie noch drei Matratzenteile aus dem Schlafzimmer und legt sie in einer Ecke des recht geräumigen Zimmers auf den Fußboden. Ein paar Decken hat sie auch. Allmählich kann die Nachtruhe einkehren. Im Gehen fragt sie noch: "Sie wollen sicher ganz früh weiter?" - "Ja, wir müssen, denn die Hitze macht doch schwer zu schaffen, und da nutzen wir die Kühle des Morgens. So gegen halb sieben werden wir weiterziehen. Aber machen Sie sich bitte keine Umstände, wir sind ganz leise." - "Einen Malzkaffee wird es aber geben, das ist doch Ehrensache." Vater hat schon wieder seine Karte herausgeholt, rechnet ein bisschen und gibt bekannt: "Heute sind wir dreiundvierzig Kilometer marschiert. Insgesamt sind das bisher einhundertzweiundneunzig. Recht beachtlich, nicht wahr?" Die Frau staunt und ich freue mich. "Und was hätte die alte Infanterie zu dieser Tagesleistung gesagt?" - "Na ja, eben beachtlich, vor allem in der Hitze, aber die hätte immer noch mehr geschafft."

Die umsichtige Gastgeberin ist wie versprochen am nächsten Morgen früh aufgestanden. Es gibt heißes Wasser für Vaters Bart, später einen warmen Trunk und Brot mit selbstgemachtem Pflaumenmus auf Margarine - "geht es auch ohne Butter, ausnahmsweise? Die ist mir leider ausgegangen." Vater wehrt ab: "Aber selbstverständlich, gnädige Frau, Sie sind rührend zu uns." Er hat ihr noch keinen Handkuss gegeben, obwohl sie durchaus attraktiv ist. Der kommt leider auch beim herzlichen Abschied nicht, so sehr ich ihn mir gewünscht hätte. Warum geht er nur so sparsam mit seinem Charme um?

Wir wuchten unser Gefährt, über das sich auch unsere Gastgeberin sehr amüsierte, gemeinsam die Treppe hinunter. Vorsichtshalber hatten wir es über Nacht im Wohnungsflur abgestellt. Unser weiterer Weg führt uns in Richtung Nördlingen. Der Verkehr ist an unserem siebten Wandertag etwas lebhafter geworden. Die Sonne scheint auch heute wieder kräftig. Wann hatten wir überhaupt den letzten Regen? Es muss schon Ewigkeiten trocken sein. Vater hinten, Sohn vorn, so schieben wir das Kärrchen voran. Irgendwann ist Vater wieder bei mir und fängt an zu erzählen.

"Weißt du auch, dass ich ganz früher, als junger Mensch vor dem damaligen Weltkrieg in der Wandervogel-Bewegung war? Da haben wir große Ausflüge gemacht. Mit allen meinen Freunden gehörte ich zugleich dem Prenzlauer Ruderclub an. In den Ferien oder über die Wochenenden wurden Bootsfahrten unternommen, natürlich nur in der wärmeren Jahreszeit. Wir waren oft tage-, gar wochenlang unterwegs, die Ucker hinunter bis ins Stettiner Haff, nach Neustrelitz hinüber oder bis in den Müritzsee hinein. In Mecklenburg gibt es ja so viele Seen und Flüsse. Unterwegs bauten wir Zelte auf. Dafür war überall am Ufer ausreichend Platz. Einer hatte immer eine Klampfe dabei, und dann wurden Fahrtenlieder gesungen. Was war das für eine schöne Zeit! In jener Kameradschaft habe ich mich so richtig wohlgefühlt." Da strahlt er, ist ganz aufgekratzt. "Aber vielleicht kannst du deine Wanderzeit noch nachholen, solltest auch ein bisschen in die Natur kommen. Das wünsche ich dir von ganzem Herzen. Mit dem Jungvolk der Nazis war das wohl nicht so das Richtige."

Bereits damals stimmte ich ihm uneingeschränkt zu, auch wenn die Distanz zum Dritten Reich noch fehlte. Wir waren über zehn Jahre ideologisch vereinnahmt und oft herrschte Zwang. Die Verhältnisse bedrückten mich schon und ich dachte immer mit Grauen daran, wenn ich zum Dienst im Jungvolk musste. Das war jede Woche mindestens ein-, manchmal auch zweimal Pflicht. Besonders die Geländespiele, bei denen wir uns überfallen und prügeln mussten, waren nicht mein Fall. Ich war richtig froh, als das mit meinem erzwungenen Schulabgang wegen der miserablen Zensuren aufhörte.

"Wo war denn eigentlich deine schönste Zeit?" - "Im Landschulheim Gumperda", gebe ich zur Antwort und ergänze vorwurfsvoll: "Das weißt du doch, Vati. Da bekam ich gute Noten, weil sich die Erzieher wirklich um uns kümmerten, ohne ideologischen Stress." Tatsächlich gelang es mir dort, innerhalb eines Jahres die drei Fünfen in Rechnen, Englisch und Latein in Dreien zu verwandeln. "Und ich war ganz stolz, als du mir in Gegenwart der ganzen Klasse auf die Schulter klopftest, wie der Schulleiter Gustav vorher übrigens auch. Wir waren eine große Familie mit Gustav als Oberhaupt; fast wie ein Übervater war er und wurde von allen sehr verehrt. Es war schon imponierend, wenn er seinen großen, massigen Körper durch die Gänge schob, schnaufend die Treppen hochstieg, mit seinem sonoren Organ kleine Ansprachen hielt, die in keiner Weise ideologisch verbrämt waren. Wir liebten ihn alle, weil er auch geduldig zuhören konnte und auf jeden seiner Zöglinge einging. Eine große und gerechte Autorität war er. Schade, dass ich so früh zur Flak musste." -

"Ja, das war ein Jammer. Auch ich mochte den Gustav sehr, ein ehrlicher Typ war das. So hätten alle Schulleiter sein müssen, nicht diese kriecherischen Parteibonzen und Goldfasanen. Ich glaube sogar, dass er ein gläubiger Christ war. Da habe ich auch gern den Vortrag über meinen Afrika-Feldzug gehalten." O ja, das war sein eindrucksvoller Auftritt, da war mein Vater in Form, obwohl gerade erst von seinem Kollaps genesen. Gewissermaßen hat er seinen Vortrag stellvertretend für Rommel gehalten. So verstand er das jedenfalls, denn Rommel war sein General, dem er sich in allem verpflichtet fühlte. Ehrfürchtig lauschten der Schulleiter und seine Familie, die Lehrer und die Schüler. Das Ritterkreuz tat ein übriges. Es war damals Vaters größte Genugtuung.

Und ich, zu jener Zeit? "Mit zwei Freunden habe ich des öfteren Wanderungen in die Umgebung machen dürfen, natürlich mit Gustavs zuvor eingeholter Erlaubnis. Dann schieden wir nämlich beim Mittagessen aus und nahmen uns Picknickbrote mit. Auf den Kahlberg ging es oder nach Kahla an der Saale. Ich hatte ebenfalls Wanderlust in den Beinen, wenn es auch nicht ganz so weit ging, wie bei dir." -

"Habt ihr denn auch Streiche gemacht?", fragt er schmunzelnd. "Und ob! Da gab es einen Lehrer Siebel. Der hatte eines Tages die Hofaufsicht. Seine Junggesellenbude im ersten Stock ging auf den Hof, das Fenster stand offen, denn es war ein schöner, warmer Tag. Mitten in der Pause, als alle auf dem Hof waren, schrie plötzlich einer: "Herr Siebel, Herr Siebel, es brennt bei Ihnen!" Dichte Rauchwolken quollen aus dem Fenster. In Panik rannte er nach oben. Aber seine Tür, die er normalerweise offenließ, war abgeschlossen, und er konnte den Schlüssel nicht finden. Da trat er die Tür ein, stürzte in sein Zimmer, und was musste er sehen? Vor dem Fenster stand ein alter Gurkeneimer, den die Spitzbuben wohl in der Küche geklaut hatten. In ihm befanden sich trock'nes, nur noch glimmendes Holz und darüber geworfene feuchte Blätter und Gräser, die mörderisch qualmten. - ,Wer hat das gemacht? Ihr verdammten Scheißkerle, wenn ich euch erwische!' - hat er zum Fenster hinaus geschrien. Natürlich hielt die ganze Bande dicht. Aber alle legten solidarisch zusammen, um die beschädigte Tür zu ersetzen. Siebel war allgemein nicht besonders beliebt. Ich weiß nicht, wie Gustav an diesen Pauker gekommen ist." - "Hast du da etwa auch mitgemacht?" - "Nein, aber ich habe mich köstlich über den Streich gefreut." Es ist für mich dann allerdings kränkend, als er sagt: "Hätte ich dir auch nicht zugetraut."

Die eigenen Jugendstreiche hat uns Vater erzählt, als wir noch Kinder waren. Mit zwölf Jahren beispielsweise setzte er mit einem Brennglas Teile der Schaufenster-Dekoration eines Knallkörper-Geschäftes in Brand. Daraufhin flogen einige dieser Objekte kreuz und quer durch die Gegend. Gelungen war ihm das an einem sonnigen Tag durch das Schaufensterglas hindurch. Einziger Schönheitsfehler: er wurde erwischt und sein Vater musste zahlen. Das war in Prenzlau, wo sich auch die Sache mit der Hebamme ereignete.

Mit einigen Klassenkameraden des Gymnasiums hetzte er eines Nachts einem als Ekel empfundenen Lehrer, dem alten Junggesellen Professor Heinroth, eine Hebamme auf die Stube. Einer rannte kurz zuvor mit einem Zettel zu der hilfreichen Frau auf dem stand, dass Frau Heinroth, wohnhaft da und da, in den letzten Wehen läge und dringend Hilfe brauche. Er sei übrigens der Nachbarssohn. Der späte Bote verschwand so schnell wie er gekommen war. Die Hebamme packte ihre Utensilien zusammen und eilte zur angegebenen Adresse. Außer Atem erschien sie vor der Dachgeschosswohnung und läutete Sturm. Sie wunderte sich schon, dass erst nach einer ganzen Weile - es war morgens um halb vier - ein alter Mann angeschlurft kam und ziemlich verstört öffnete. Als sie ernster Mine hervorbrachte, sie solle hier entbinden, da fiel der Professor beinahe in Ohnmacht, bekam dann aber vor Wut einen Schreianfall.

Natürlich hatte auch dieses Bubenstück ein Nachspiel. Die Übeltäter, die, von einem schlechten Gewissen gedrängt, nach einiger Zeit die Tat zugaben, mussten der Hebamme die ihr zustehende Entlohnung aushändigen.

Bei dem gleichen Professor, der als sehr geizig bekannt war, erschien am Abend eines Samstags ein recht erboster Droschkenkutscher. “Wie lange soll ich denn noch warten? Das wird jetzt ganz schön teuer!” - “Nanu, wer hat Sie denn geschickt?” - “Drei junge Herren, die sitzen noch unten in der Kutsche und warten.” - “Das muss aber ein Missverständnis sein.” - “Neinnein, hier ist die Adresse, ich habe sie aufgeschrieben.” - “Da kann ich Ihnen auch nicht helfen, ich habe Sie jedenfalls nicht bestellt!” Wutentbrannt stürzte der Geprellte nach unten. Die drei Herren waren natürlich verschwunden. Immerhin lag ein nicht zu knapp bemessener Betrag auf seinem Sitz, mit einer knappen Entschuldigung in Druckbuchstaben.

Die Droschkenkutscher müssen es ihnen angetan haben. Ein andermal fuhren sie, wieder zu dritt, mit der Pferdedroschke zu einer von ihnen benannten Pension. Die Straße machte dort eine Spitzkehre, die Fußgänger durch eine Passage abkürzen konnten. Der Kutscher döste vor sich hin, da der Gaul von alleine lief und die Kutsche monoton über das Holperpflaster klapperte. So merkte er nicht, dass die drei bei der Passage vorsichtig absprangen und darin verschwanden. Da sich genau am anderen Ende der Passage die angegebene Pension befand, beobachteten sie das Geschehen schadenfroh aus dem Verborgenen.

Der Kutscher hielt, drehte die Bremse an, wickelte den Zügel darum und wartete noch ein wenig. Dann drehte er sich um. Mit einem Wutschrei sprang er vom Bock: “Ihr Schweinehunde, euch werd’ ich helfen!” Es dauerte nicht lange und die drei kamen schuldbewusst aus ihrem Versteck und entlohnten ihn, wie es sich gehörte. Sie hatten ihren Spaß gehabt. Der Alte schimpfte noch eine ganze Weile vor sich hin.

Wer Vater gut kennt und den Schalk in seinen Augen blitzen sieht, weiß genau, dass er wieder etwas im Schilde führt. Manchmal waren das recht grobe Streiche. So zum Beispiel, als er mich - ich war damals vielleicht vier Jahre alt - auf einen hohen Schrank setzte, so dass ich vor Angst zu weinen anfing. Anschließend hatte er unserer Mutter in der Küche die Nasenspitze mit Mostrich beschmiert und führte sie so vor den Schrank. "Guck mal, deine Mutter, wie die aussieht!" Sie war entsetzt, als sie mich da oben sah. Er drehte sie aber um und leckte ihr genüsslich den Mostrich von der Nase. Dann erst bequemte er sich, mich vom Schrank zu holen.

So zu erleben war er besonders dann, wenn sich seine Stimmung auf ein Hoch zubewegte. Keiner, schon gar nicht meine Mutter, konnte ihm etwas übel nehmen. Sie liebte ihn samt seiner Schelmereien und nahm ihn immer anderen gegenüber in Schutz: "Nicht ernst nehmen, der macht nur Spaß!" Mit solchen Worten "assistierte" sie einmal bei einer größeren Gesellschaft von Offizieren. Vater trichterte uns Kindern ein: "Wenn wir euch hereinrufen, dann stellt ihr beide euch an der Tür nebeneinander auf, ballt die rechte Faust - so müsst ihr machen -", er zeigte es uns, "und dann schreit ihr gemeinsam: Rot Front!, verstanden? Ich verlasse mich auf euch!" Es wurde ein Riesenerfolg. Seine Kameraden guckten erst etwas konsterniert, dann brüllten sie los und hielten sich die Bäuche. Um das Jahr neunzehnhundertzweiunddreißig muss das gewesen sein. Hitler kam erst noch.

Wir erreichen Nördlingen, einst eine freie Reichsstadt. Damit befinden wir uns bereits im tiefsten Schwaben. Die schöne alte Stadt mit ihren vielen Stadttoren und Mauertürmen blieb bis auf wenige Bauten nahezu unzerstört. Erst viel später las ich nach, dass es allein in Nördlingen noch eine komplett erhaltene Stadtmauer mit einem rundum begehbaren Wehrgang zu besichtigen gibt. Um die Mittagszeit ziehen wir durch die historische Altstadt, und wieder ist es ein Kirchenmann, bei dem wir speisen können. Pastor Gussmann vertritt die evangelische Konfession. Wir kommen mit einer Empfehlung von Dr. Herzog und werden herzlich aufgenommen. Ein nahrhaftes Süppchen mit einer Scheibe Brot tut an diesem heißen Tage auch wohl. Die Gespräche kreisen wieder um weltpolitische und religiöse Probleme. Vater erlangt zunehmend Perfektion in der Argumentation und in der Fähigkeit, seine Meinung klar auszudrücken. So vergeht auch hier die Zeit wie im Fluge.

Während die Alten noch diskutieren, suche ich einen Augenarzt. Er soll eine Flechte am linken Augenrand untersuchen. Vater hat keine Ruhe gegeben: "Lass' das unbedingt behandeln, wer weiß, was sich daraus entwickeln könnte." Die Sache stellt sich als gutartig heraus und ich bekomme in einer Apotheke Tropfen und Salbe zur Selbstanwendung. Inzwischen erkundet Vater bei einer Fahrbereitschaft eine Mitfahrgelegenheit in unsere Richtung, am besten natürlich gleich bis nach Heidelberg. Leider hat er keinen Erfolg und wir müssen weiter laufen.

Nach einer nochmaligen kleinen Ruhepause beim Pastor ziehen wir bis Bopfingen. Gussmann hat sogar bei einem seiner dortigen Kollegen angerufen, um uns anzukündigen. Es will mir scheinen, Vater habe sich nach den Bauern jetzt auf die Seelenhirten orientiert. Im Stroh der Scheunen fand ich es eigentlich fast spannender. Aber er ist ein Mann "gesetzten" Alters und zieht der naturnahen Schlafstatt ein - wenn auch noch so einfach geartetes - Bettlager vor. Lässt seine Kraft nun etwa nach? Ich hoffe nicht, denn wir wissen nicht, was noch alles kommt.

Wir queren eine Landschaft, die vom Flohberg beherrscht wird. Der ist aber nicht klein wie sein Name vermuten lässt, sondern ein steil aufragender Felsen mit einem tollen alten Schloss obenauf. Auch in Bopfingen, früher ebenfalls freie Reichsstadt, wird uns durch den vorinformierten Pastor ein herzlicher Empfang zuteil. Während die beiden Männer miteinander reden, nimmt die Pastorsfrau meine an einigen Stellen zerschlissene Joppe kritisch in Augenschein. "Gib mal her, mit ein paar Stichen bringe ich das schnell in Ordnung!" Und die rührige Frau hat rasch die aufgegangene Naht repariert. Dabei habe ich das Kleidungsstück nur in den frühen Morgenstunden getragen, wenn es noch frisch war, es war eben keine Friedensware mehr. Wir freuen uns über die unverhoffte Schnellreparatur, denn wie Landstreicher wollen wir keinesfalls durch die Gegend ziehen oder gar zu Hause ankommen.

Wir erhalten ein Nachtquartier in richtig guten Betten, denn die großen Kinder sind schon aus dem Haus und ihre Zimmer frei. Dort sollten schon Bombengeschädigte einquartiert werden, aber aus irgendwelchen Gründen ist das unterblieben. Bopfingen hatte ebenfalls das Glück, vom Krieg weitgehend verschont zu bleiben. Einige Einschüsse aus Handfeuerwaffen, von Panzergranaten und Flugzeugen stellen wir als einzige Schäden fest.

Mein Vater studiert im Beisein des Pfarrers die Landkarte und beziffert die Marschleistung des Tages mit "schwachen" sechsundzwanzig Kilometern. Die lassen sich nur erklären durch diverse Unterbrechungen wie auch durch den zu späten Abmarsch. "Tja, mein Lieber", spricht er, "da werden wir uns wohl ein bisschen mehr anstrengen müssen!" Aber es soll anders kommen. Nachdem wir mit unseren Gastgebern noch ein wenig geplaudert haben, begeben wir uns in getrennten Zimmern zur Nachtruhe.

In den für uns geradezu feudalen Betten verschlafen wir beide prompt und hoffnungslos. Vater wollte sich eigentlich mit mir nach einer "schnellen Tasse Muckefuck und einem Kanten Brot" spätestens um sechs davonschleichen. Verpasst! Sicher haben die Strapazen der letzten Tage meinen sonst sehr präzisen "Wecker" außer Dienst gestellt. So sind wir beide zu einer extra Ration Erholung gekommen und nicht wirklich sauer, erst gegen halb acht Uhr durch geschäftiges Rumoren in diesem gastlichen Haus aufzuwachen. Und wir kommen nach der ausgiebigen Morgentoilette noch zu einem gediegenen Frühstück mit den Gastgebern. Wieder wird über Gott und die Welt geredet. Der Pastor ist ein aufgeschlossener Mann und freut sich darauf, dass die Deutschen endlich Gelegenheit bekommen, Demokratie zu lernen. "Aber sind sie überhaupt fähig zur Demokratie? Das setzt doch nach der absoluten Führergläubigkeit der letzten zwölf Jahre völliges Umdenken voraus, die Übernahme von Verantwortung durch jeden einzelnen. Das Subordinationsprinzip muss dann der Vergangenheit angehören." Ob wir auf unserer Wanderung schon eine Aufbruchstimmung im Volk bemerkt hätten? “Nein”, antwortet Vater, “die Menschen sind noch viel zu sehr mit dem Aufräumen beschäftigt.”

Ich kann meinem Vater ansehen, wie es in ihm brodelt, als er dem Pastor aufmerksam und geduldig zuhört. Es drängte ihn mit Macht, ganz entschieden *seine* Meinung zu sagen, nämlich, dass Ordnung und Gehorsam sein müssten, um einen geregelten Ablauf der Dinge zu gewährleisten; Demokratie also erst viel später. Aber er nimmt sich zurück und merkt schließlich nur an: “Sie mögen recht haben. Ich bin da noch völlig anderer Auffassung, aber auch ich lerne um.” Und er zieht sich in seine Gedankenwelt zurück. Demokratie? Was ist das überhaupt? Werden wir Deutschen das können? Wie soll das funktionieren? Wer führt da? Sind in Zukunft die Amerikaner für uns Vorbild? Eine gewaltige Umstellung wäre das, aber vielleicht ganz spannend.

Obwohl es schon spät ist, geht er nach dem Gespräch noch einmal zur Bürgermeisterei hinüber, um nach einer Mitfahrgelegenheit nach Heidelberg zu fragen. Auch heute vergeblich.

Nachdem wir noch der Einladung der Pastorsfrau zu einem leckeren Dampfnudelessen nachgekommen sind, wandern wir weiter. Der Himmel ist trübe, aber es regnet nicht, also ideales Wanderwetter. Etwas missmutig meint Vater: “Heute sollten wir noch ein gutes Stück schaffen. Wir haben am Vormittag sündhaft lange herumgetrödelt.” Dabei weiß er genau, dass er die Ruhepause dringend gebraucht hat. Ich frage mich ohnehin schon länger, wer und was ihn denn so fürchterlich treibt. Wichtig ist doch nur, dass wir gesund ankommen.

Plötzlich trauen wir unseren Augen nicht. An uns fährt die Wagenkolonne einer größeren deutschen Wehrmachtseinheit vorbei. Später sehen wir am Straßenrand ein Hinweisschild: “I. Kav. Korps / Stab”. Über diesen Anachronismus können wir uns nur wundern. Dann erfahren wir, dass es sich um Teile der aus Österreich herangeführten Armee handele, die in dieser Gegend aufzulösen ist. Ich halte derartige Formalien für ziemlich überflüssig. Aber Vater ist wieder stolz auf seine Wehrmacht, die ihm lange Jahre hindurch Heimat gewesen ist.

Schließlich werden es noch siebenundzwanzig Kilometer, die wir an diesem achten Tag schaffen. Wir treffen spät an der Scherrenmühle ein, drei Kilometer vor Abtsgemünd, wo Vater um Nachtquartier bittet. Das wird von der zierlichen, freundlichen Müllerin gewährt, leider nur auf altem Stroh in der Scheune. Zuvor reicht sie uns noch eine Satte mit kühler Dickmilch und dazu herzhaft duftendes Landbrot. Wir leben sichtbar auf. Sie setzt sich noch ein Weilchen zu uns.

Vater errechnet anhand seiner Karte die heutige Marschleistung und erwähnt, dass wir erst gegen halb drei von Bopfingen abmarschiert sind. Unsere Leistung sei zwar nicht übel, doch wir sollten noch mehr schaffen. "Denk an die Russen, die nach Thüringen wollen." Das ist es also, was ihn hetzt. Das hatte ich schon fast vergessen. Unter anderem hat er Sorge um seine kostbaren Jagdtrophäen: acht auf einer Berliner Jagdausstellung prämierte Rehbockgehörne. Die sollen noch eine wahre Odyssee erfahren, bevor sie wieder zu ihm gelangen[7]. Das Gehörn ist für ihn ein Heiligtum, denn an jedem Stück hängen besondere Jagderinnerungen sowie Herren- und auch Damenbekanntschaften. Ob er wohl jemals wieder zu einem Schuss kommen wird? Es wäre ihm zu wünschen.

Den folgenden Tag, es ist bereits der elfte Juni, bleiben wir zu meiner großen Verwunderung in der Scherrenmühle. Vater treibt es zum Stab des I. Kavalleriekorps, er will "die Lage erkunden"! Es findet sich ein Herrenfahrrad, das die Müllerin ihm leiht, und er strampelt sich gut zehn Kilometer ab. Als Vorwand gibt er an, für uns nach einer Mitfahrgelegenheit zu suchen. Aber ich denke, dass er mit den alten Kameraden reden will. Das gönne ich ihm, aber dann soll er nicht wie gestern wegen der Tagesleistung solche Sprüche klopfen.

Er bleibt sehr lange weg. Ich schaue mir inzwischen die Mühle an. Bedingt durch den akuten Männermangel verrichten auch hier einige Frauen Schwerstarbeit. Bewundernswert!

---

[7] Die Trophäensammlung hat ein guter Bekannter mit seinem Speditionsunternehmen zunächst nach Westberlin gebracht. Von dort gelangte sie während der Berliner Luftbrücke 1948/49 in einer der zahlreichen leer zurückfliegenden Maschinen nach Westdeutschland, gewissermaßen als "Ballast".

Der Müller, ein kräftiger Mann in den besten Jahren und mit fröhlichen Augen, sieht mich in meinem putzigen Aufzug. "Na, Junge, wohl auch Heimkehrer? Kannst gleich mitmachen." Da rede ich mich heraus, wir wollten doch gleich weiter. Schließlich ist mir die Situation peinlich, und ich gehe hinaus in die freie Natur, lege mich ins Gras und warte auf den "Aufklärer".

Strahlend taucht er wieder auf und ist bester Laune. "Dort gibt es einen Oberstleutnant Neumeister, ein alter Afrikakämpfer, und da kam ich natürlich nicht los. Mensch, hat der erzählt!" Wir sitzen in der Stube, die Müllersfrau hantiert scheppernd mit Töpfen und Kasserollen. "Sollen wir helfen?" Wir bieten uns an, aber sie lehnt dankend ab, will alles wie gewohnt allein erledigen. Da erzählt er mir und dem Müller, der inzwischen in das Haus gekommen ist, von Rommels großem Coup bei Bir Hacheim, als der die Briten in einer ausweglos erscheinenden Situation täuschte. Seine Panzerarmee war nahezu eingekreist. Mit einem frontal vorgetragenen Scheinangriff brachte er die Tommys arg in Verwirrung. Neumeister war mit seinem Bataillon am Umzingelungsangriff auf Bir Hacheim, dem südlichen Eckpfeiler der englischen El-Gazala-Linie beteiligt. Aber dann gerieten die Angreifer vorübergehend in Bedrängnis, denn sie liefen Gefahr, von ihren Nachschublinien abgeschnitten zu werden. Rommel leitete nun mit verkehrter Front kurzentschlossen einen Ausbruch über das Wüstenfort Got-el-Ualeb ein und bekam wieder Luft.

Das war einer seiner fantastischen Tricks, eine Beinahe-Niederlage in einen Sieg zu verwandeln, denn als Bir Hacheim gefallen war, stieß er mit dem Gros seiner Truppen nach Nordosten zur Küste vor, nahm in einem für die Briten völlig überraschenden Vorstoß Benghasi wieder ein und eroberte im Januar neunzehnhundertzweiundvierzig innerhalb von siebzehn Tagen den Italienern ihre Cyrenaika zurück.

"Und dann hat der Neumeister auch noch erzählt, wie Rommel auf eigene Faust einen Rückzugsbefehl gab, obwohl ihm Hitler als Oberster Kriegsherr den Befehl erteilt hatte, auszuharren. Ende Oktober zweiundvierzig kehrte er nach einem Sanatoriumsaufenthalt an die Alamein-Front zurück und fand eine ausweglose Lage vor. Sie ließ nur eine Entscheidung zu. Das sah er vor Ort einfach klarer als Hitler im fernen Rastenburg. Schließlich musste Hitler seinen Rückzug als vollendete Tatsache akzeptieren. Übrigens habe ich Neumeister unseren Aufenthalt hier mitgeteilt. Vielleicht ergibt sich doch eine Mitfahrgelegenheit in Richtung Heidelberg."

Da leuchten auch des Müllers Augen. Vater redet weiter: "War schon ein toller Kerl, unser Rommel! - Vorbei, aber er ist Geschichte und mir eine Erinnerung, die mir keiner nehmen kann, keiner! Übrigens war er ein Landsmann von Ihnen, nämlich Schwabe." Das hat er mit einer solchen Vehemenz gesagt, dass wir beide ihn überrascht ansehen. Wütend ist er, wütend, weil er nichts Genaues weiß über das Schicksal seines Generals.

Das Gespräch wendet sich anderen Themen zu. Nachdem wir wieder gut gespeist haben, muss der Müller zurück in seine Mühle. Ich helfe der Müllerin freiwillig beim Abwasch des Geschirrs. Dann muss auch sie hinüber, ihren Mann unterstützen. Seitdem auch die "Fremdarbeiter" gegangen sind, fehlen überall zupackende Arbeitskräfte.

Vater radelt wieder hinüber und zieht bei Oberstleutnant Neumeister, seinem Afrika-Kameraden, weitere Erkundigungen ein. Und er fährt noch nach Abtsteinach, wo er für die Müllerin etwas aus der Apotheke zu besorgen hat. Dabei gerät er in in den lange herbeigesehnten, in Strömen fallenden Regen und wird pitschnass. Da es ein warmer Regen ist, stört ihn das nicht besonders. So ganz nebenbei erfährt er unterwegs von einem anderen Heimkehrer, dass übermorgen früh ein Lastwagen nach Heidelberg fahren soll. Freudestrahlend kommt er zurück, um mir das mitzuteilen. "Na, halten wir es noch eine Nacht aus, hier im Stroh?" - "Aber klar, sind ja so nette Leute. Aber willst du nicht die Mutti anrufen, dass wir kommen?" - "Nein, absichtlich nicht. Soldatenfrauen müssen warten können, auch in Ungewissheit." Als er meinen missbilligenden Gesichtsausdruck bemerkt, fügt er mit leiser Stimme entschuldigend hinzu: "Es soll doch eine Überraschung sein, verstehst du das?"

So verbringen wir noch eine zweite Nacht bei der Scherrenmühle im Stroh. "Auch die alte Infanterie hat Verschnaufpausen einlegen müssen", meint er zur Selbstberuhigung. Ich versuche, mir einen Reim darauf zu machen, vergeblich! Hat er plötzlich keine Lust mehr zum Laufen? Oder ist er körperlich schon derart mitgenommen, dass er seinen Kräften nicht mehr vertraut? Ich schweige, will ihn nicht noch zusätzlich bedrängen. Wahrscheinlich leidet er im tiefsten Innern und hat womöglich Angst vor der Heimkehr, auch Angst vor der Zukunft. Und nach dem Gespräch mit Neumeister packt es ihn erneut, dass er zu früh von den „Afrikanern" weg ist, dass er bei Rommel noch einiges hätte bewirken können – aber der verdammte Körper! Er hat zwar sehr locker "vorbei" gesagt, doch es ist noch lange nicht vorbei und wühlt weiter mächtig in ihm. Er hätte damals seine körperliche Schwäche überwinden müssen. Rommel hatte auch einen Zusammenbruch, aber der ist wieder hingegangen und hat immerhin einen geordneten Rückzug gegen Hitlers Willen vollzogen. Der wollte seine Soldaten aufsparen - wie einst der Preuße Yorck. Bestimmt quält ihn jetzt, dass er seinen General damals im Stich ließ.

Mit solchen Gedanken ist es schwer einzuschlafen. Er wälzt sich auf seinem Strohlager und wird denken: "Der Junge, Hubertus, scheint ruhig zu schlafen. Ein bisschen militärischen Schliff hätte er schon noch vertragen, um später besser bestehen zu können. Förster will er werden. Warum nicht? Ein wundervoller Beruf, für mich leider nichts mehr, dafür bin ich zu alt. Müsste ja erst eine komplett neue Ausbildung absolvieren. Das mute ich mir nicht mehr zu. Was könnte ich sonst tun? Vertreter werden? Nach dem vorherigen großen Krieg haben die ausgedienten Offiziere meistens so etwas gemacht, mehr schlecht als recht. Reden und Aufschwatzen kann ich wohl. Aber es widerstrebt meinem Innern, zumal ich von dem, was ich vertrete, überzeugt sein muss. Dann ist es auch nicht nötig, mein Zeug jemandem ‚aufzuschwatzen', dann kann ich es ehrlich anbieten. Was wird nur werden? Zuerst einmal nach Hause kommen. Und ich komme nicht mit leeren Händen. Ich habe Hubertus gefunden! Wie wird sich Waldtraut freuen. Waldtraut ... “ Er denkt ein Weilchen an sie, bis auch er allmählich schläft.

Der folgende Tag ist völlig verregnet. Da sind wir sehr froh, dass wir nicht hinaus müssen. Wir bleiben noch lange im Stroh liegen, stehen gemächlich auf und waschen uns unter dem Wasserhahn im Hof. Vater schabt sich den Bart ab, dann bereiten wir uns ein Frühstück zu. Eine Emaillekanne mit dem omnipräsenten Malzkaffee steht für uns auf dem heißen Herd. Brot und Mus, sogar ein wenig Butter und Kunsthonig sind auch da. Während wir essen, kommt die Müllerin herein: “Na, gut geschlafen? Wir sind schon eine ganze Weile auf. Das ist ja ein Wetter, seien Sie froh, dass Sie hier bei uns im Trocknen sind.” - “Ja, Frau Ladenburger, wir sind Ihnen auch sehr dankbar für die großzügige Gastfreundschaft, die Sie uns noch gewähren. Morgen früh haben wir endlich einen Lastwagen, der uns ein gutes Stück mitnehmen wird. Dann muss der Regen auch wieder aufhören, damit wir weiter laufen können. Zwar sind wir nicht aus Pappe, aber Nässe auf die Dauer ist ungesund.” - “Da haben Sie Recht. Sie dürfen nicht krank nach Hause kommen.”

Später ist Vater wieder verschwunden, nachdem er sich nochmals das Fahrrad erbeten hat. Natürlich radelt er wieder zu seinem Afrika-Kameraden. Er braucht das jetzt mehr denn je. Ich langweile mich, wandere hierhin - dorthin. Später, als der Regen etwas nachlässt, raffe ich mich auf und suche einen Schuster. Der soll meine Zweitschuhe neu besohlen, die ich in Altötting bei einem Lager der Organisation Todt erstand. Einer erledigt die Arbeit freundlicherweise sofort. In der Wartezeit laufe ich durch das fast unzerstörte Abtsgemünd, erfreue mich an einigen schönen Hausfassaden und kehre erst am Abend zur Mühle zurück.

Vater ist wieder da und berichtet, was ihm Neumeister alles noch so erzählt hat. Die Müllersleute haben schon ihren wohlverdienten Feierabend. Plötzlich sagt Ladenburger: “Und jetzt hole ich eine Flasche guten Württemberger aus dem Keller. Wir müssen doch auf den Frieden anstoßen!” Wir sind ziemlich perplex über die persönliche Geste. Vater fügt hinzu: “Und wir werden ein ganz spezielles Wohl auf Sie beide ausbringen, weil

Sie uns so angenehm bewirtet haben." Der Müller hat die Flasche geöffnet. Wir stoßen an und genießen den süffigen Weißwein.

Das Gespräch bewegt sich wieder um die Zukunft: was wird nun werden? "Herr Oberst, Sie sind nun Ihren Beruf los. Es dürfte wohl klar sein, dass Deutschland bald kein Militär mehr haben wird. Was werden Sie also tun, denn von etwas müssen Sie ja leben." - "Ich werde mich voll und ganz meiner Landwirtschaft widmen. Da ist sehr viel zu tun, aber ... nein, nein, das stimmt nicht ganz", er holt tief Luft, schaut bedeutungsvoll die beiden und dann mich an, "natürlich muss ich erst einmal Ausschau halten, wo es eine Industrievertretung oder so etwas für mich gibt. Das mit der Landwirtschaft war geflunkert, verzeihen Sie mir. Das ist nur für die amerikanischen Kontrollen bestimmt." Er erzählt erneut die ganze Geschichte und hat auch hier die Lacher auf seiner Seite. "Wissen Sie, der Anfang wird bestimmt hart sein. Ich hatte mich sehr gern für die Offizierslaufbahn entschieden - damals, neunzehnhundertsechzehn, mitten im Krieg. Da hofften wir noch, dass es anders ausgehen würde. Ich war kaisertreu, aber auch sehr christlich erzogen und konnte gar nicht anders, weil mich diese Einstellung überzeugte. Ich habe immer gern gedient, hatte gute Vorgesetzte und echte Kameraden. Ich fühlte mich wohl und war nach kurzer Zeit bereits in der Lage, meine Familie zu ernähren. Die Familie hat jetzt natürlich Vorrang."

Da schaut er wieder mich an, und ich kann ein Strahlen in seinen Augen sehen. Ich spüre, dass diese Worte nicht einfach dahingesprochen sind und ich glaube ihm. Eigentlich war er immer für uns da - ausgenommen in Afrika und natürlich in den Zeiten im Lazarett. Mit der Jagdpassion war es schon anders. Wie er seine Familie nun weiter führen wird, ist völlig offen. Möglicherweise fällt er zunächst in ein tiefes Loch. Ladenburger schenkt Wein nach. Der Abschiedsabend bei den Müllersleuten ist wirklich schön. Als wir später in das Stroh kriechen, scherzt Vater noch: "Natürlich wäre die alte Infanterie an mindestens einem der beiden Tage weitermarschiert. Aber die brauchten ja nicht auf Lkws zu warten."

Der elfte Tag seit unserem Weggang von Altötting, zugleich unser neunter Wandertag, beginnt. Wir erheben uns beim ersten Vogelgezwitscher – das ist bereits um halb fünf Uhr morgens. Der Wasserhahn im Hof liefert wieder die nötige Erfrischung und Frau Ladenburger hat uns tatsächlich schon einen Morgenkaffee bereitet. "Sie werden uns doch nicht ohne Frühstück verlassen wollen", meint sie in einer Tonlage, die einem erhobenen Zeigefinger entspricht. Sie hat unseren Aufbruch bemerkt und überreicht Vater sogar noch ein schönes rundes Brot, "als Mitbringsel für Ihre Waldtraut!" Wir sind gerührt. Vater drängt auf Abmarsch, denn er will so rasch als möglich nach Abtsgemünd, damit wir auf keinen Fall den Laster verpassen. Der Müllersfrau gelingt es dennoch, ihn zurückzuhalten, und wir haben noch ein bescheidenes Frühstück. Vater kaut schweigend, und man merkt ihm die Unruhe an. Am liebsten würde er "losloslos!" und "dallidalli!" rufen. Ich bin bereits angesteckt von seiner Hektik und wage nicht, ihn zu bremsen. "Bis wir dort sind, brauchen wir mindestens eine halbe Stunde, und es wäre schlimm, wenn wir nur noch die Rücklichter sähen von dem Fahrzeug!"

Aber wir kommen rechtzeitig, müssen sogar noch ein Weilchen warten. Dann erscheint der Lastwagen, einer mit einem großen Holzgaskessel an der Seite. Mit diesem Ersatztreibstoff fährt er natürlich nicht besonders schnell und ist auch nicht so stark belastbar wie ein Benziner. Vater darf wieder vorn beim Fahrer sitzen. Ich finde meinen Platz auf der Pritsche, muss mich mit einem Stapel Decken begnügen, auf denen es sich recht erträglich sitzen lässt. Später steigen noch zwei Heimkehrer zu, die sich auf ihre Rucksäcke setzen. Ich habe das Wägelchen wieder zwischen die Beine geklemmt, damit es nicht fortrollt. Der Wagen rumpelt und rattert fürchterlich, der Holzgaskessel neben uns gibt sein Pfeif-Dröhn-Geräusch dazu, so dass eine Unterhaltung zwischen uns kaum möglich ist.

Die Fahrt geht über Gaildorf, Schwäbisch-Hall und Künzelsau. Serpentinenreich windet sich die Straße bergan, um gleich wieder steil bergab zu führen, dann erneuter Anstieg. Der Wagen schnauft bisweilen beängstigend. Vater wird wie ich denken: welch ein Glück, dass wir hier nicht laufen müssen! Ich erfahre, dass die beiden Landser nach Würzburg wollen, das ist auch alles. In Krautheim müssen wir dann leider absteigen, da wir von hier einen anderen Weg haben. Ich hätte es gerne noch länger ausgehalten auf dem urtümlichen Vehikel. Unsere Route steht aber fest und wir müssen, wie gehabt, laufen. Wir nehmen die kleinere, über Neustetten führende Straße.

Der Himmel ist heute wolkenverhangen, aber es regnet nicht mehr und wir können uns zügig fortbewegen. Die Strecke ist leicht hügelig, aber erträglich. Irgendwann stehen wir wieder vor kontrollierender Militärpolizei und kommen auch diesmal problemlos durch, nach "Danzig bei Ludwigshafen". Um den Mittag herum erreichen wir das kleine Örtchen Ballenberg, nicht zu verwechseln mit dem weitaus bekannteren Museumsdorf in der Schweiz. Bei Bauersleuten können wir eine kleine Pause einlegen und werden sogar verpflegt. Es gibt eine deftige Erbsensuppe und Eierkuchen, die hier Pfannkuchen heißen, zum Dessert. Vaters Auftreten ist immer noch so selbstbewusst und einnehmend, dass wir überall "gut ankommen". Ich allein wäre mit meiner Schüchternheit womöglich schon verhungert.

Auf einer Wiese unweit der Straße halten wir nach dem Essen, das Gras hier ist schon wieder trocken, eine kurze Siesta. Danach sind wir so erfrischt, dass mein Vater richtig übermütig wird: "Na, was meinst du, ob wir es bis morgen schaffen?" - "Ich weiß nicht, ist doch noch ein ganz schönes Stück." - "Wir wollen es einfach versuchen. Schön wäre es schon!" Und er guckt mich sehr unternehmenslustig an: "Stell dir vor, morgen abend bei Muttern!" Jetzt hat er sein Lausbubengesicht aufgesetzt, bei dem ihm keiner böse sein kann, "wir werden das schaffen, stellen wir uns doch einfach so ein Ziel!" Ich habe meine Zweifel: "Vater, übernimm dich nicht."

Wie schön das Laufen heute ist, ohne die brennende Sonne und trotzdem trocken. Wir schreiten kräftig aus und kommen flott voran. Als auf einmal die Sonne doch wieder scheint und kräftig brennt, geht es langsamer. Überraschend packt Vater die Deichsel und sagt: "Lass mich jetzt ziehen, du kannst auch mal ein bisschen nebenhergehen, wenn nötig auch schieben." Das lasse ich mir nicht zweimal sagen.

"Was würde Rommel jetzt wohl machen, wenn er noch lebte?", frage ich mehr rhetorisch. "Ich glaube nicht, dass sie den lange festhielten. Er hat sich ja nichts zu Schulden kommen lassen und hatte sogar beim Gegner einen guten Stand. Seine Untergebenen gingen für ihn durch jedes Feuer, obwohl er oft hart kritisierte, wenn Kritik nötig war - nein, der wäre nicht lange in Gefangenschaft. Aber was dann käme, das wissen die Götter. Vielleicht hätte man sich mal getroffen. Tja, was würde er wohl machen? Seine Memoiren schreiben, vielleicht, denn da soll er ein großes Talent gehabt haben. Auf Jagd gehen? Der könnte sogar eine Sondergenehmigung zum Führen einer Jagdwaffe bekommen, woran bei mir in absehbarer Zeit wohl nicht zu denken ist." Die letzten Worte hatte er mit einem bedauernden Unterton gesprochen, er ist nachdenklich geworden. Später, viel später, wir sind schon eine ganze Weile gelaufen, sagt er: "Dieser gottverdammte Fahneneid! Mit dem ist man verraten und verkauft. Leider hat es nur wenige gegeben, die sich darüber hinwegsetzten, viel zu wenige!" - "Hättest du auch im Widerstand mitgemacht?" - "Nee, das nun doch nicht, das war nicht meine Sache. Die sind ja der Front in den Rücken gefallen."

Heute, über sechzig Jahre danach, grübele ich immer wieder über seine Zerrissenheit nach. Im Grunde genommen war er auch ein Spießer. Er mochte zwar die Hoffnungslosigkeit der Lage, die Sinnlosigkeit des spätestens seit Stalingrad verlorenen Krieges eingesehen haben, aber er erkannte nicht die Möglichkeit, diese Tragödie zu verkürzen. Er sah zu spät, dass es sogar Offiziere gab, die ein schnelleres Ende unter Ausschaltung Hitlers herbeiführen wollten. Sie waren auch bereit, den Opfertod zu sterben, falls das misslang. Vater hat wie Millionen andere versucht, auf der sichereren, weniger riskanten Seite zu bleiben; auch für seine Frau, die er über alles liebte, und für eine wie auch immer geartete Existenz danach.

Nun läuft er, der verhinderte General, der kleine, untersetzte Kerl, neben mir, seinem Sohn, einem unbedeutenden beinahe-Soldaten, nach Hause. Auch dafür lernte ich ihn damals, während jener wenigen Tage, mehr und mehr zu schätzen und zu lieben. Sein Innerstes, der Kern seines Wesens, blieb für mich dennoch das große Rätsel, das ich niemals ergründen konnte. Aber darin besteht doch das Spannende jeder zwischenmenschlichen Beziehung, dass man niemals ganz in den anderen hineinschauen kann, so sehr er sich auch öffnen mag.

Jetzt taut er wieder auf, kommt aus seiner grüblerischen Versenkung in die Gegenwart und zu mir zurück. "Weißt du, im früheren Weltkrieg war es besser. Da hat Ludendorff, als nichts mehr ging, als die Heimat meuterte und die Front stagnierte, den Kaiser zum Handeln genötigt. Und der Kaiser hat sich schließlich überwunden, hat dem Waffenstillstand zugestimmt und dann, nicht ganz freiwillig, abgedankt. Ach, schweigen wir davon, ist längst Vergangenheit." Wieder läuft er ein Stück, schweigt und sieht geradeaus, weit in die Ferne. Ganz unvermittelt: "Und du?" Jetzt schaut er mich an, wir gehen wieder nebeneinander, "du willst noch immer Förster werden?" - "Ja, gern, das werde ich nie aufgeben!" antworte ich im Brustton der Überzeugung. "Wir werden sehen, Junge. Ich freu' mich ja, dass du dabei bleibst. Dann komme ich dich ab und zu besuchen. Vielleicht hast du auch mal einen Bock frei für mich, wie der Opapa damals, oder kannst dich beim Jagdherrn für mich einsetzen. Das wäre zu schön!" Nein, der alte Nimrod gibt nicht auf, obwohl er weiß, dass er sich in seiner augenblicklichen Lage nie eine Jagdgenehmigung wird leisten können, ganz zu schweigen von einer Jagdwaffe.

So hängen wir beide unseren Wünschen nach, während wir weiterwandern und dem Ziel Schritt für Schritt näherkommen. Wir passieren die alte Römerstadt Osterburken, bald darauf die Kleinstadt Adelsheim mit ihren historischen Bauwerken. In Osterburken war noch ein Gemüseladen offen. Vater erstand zwei Mohrrüben, "die waschen wir uns am Brunnen. Einen Kanten Brot haben wir noch, der wird uns sonst alt. Heute essen wir zur Abwechslung Rohkost, ja?" Was will ich machen, ich muss mich fügen, obwohl ich großen Hunger habe. Wir lagern an einem Waldrand und mampfen unsere knackigen Mohrrüben wie die Hasen. "Mal sehen, was wir heute abend zu essen bekommen.

Hast du auch schon Hunger?" Da kann ich nur lebhaft zustimmen. Die Ballenberger Eierkuchen sind längst verdaut, denn das Wandern erweist sich als erhebliche Kalorienvernichtung. Aber Vater ist im Moment für Sparflamme, vielleicht besser so!

Stunde um Stunde vergeht. Das Wetter, obwohl die Sonne noch scheint, erweist sich als recht angenehm zum Laufen. Die Straße führt durch einen schönen Hoch-Mischwald. An dem erfreuen wir uns beide. "Der Odenwald um Ursenbach herum", beginnt Vater zu erklären, "ist auch schön, und nach Schriesheim zu gibt es einen tollen Hainbuchenbestand, fast wie ein Dom. Dort wirst du dich auch wohlfühlen. Walter Freudenberg ist dort Jagdherr. Ich will sehen, ob ich da für dich eine Praktikantenstelle bekomme. Ich glaube, drei Jahre musst du lernen, so habe ich das irgendwann gehört."

Jetzt eine leichte Steigung. Vater geht nach hinten, schiebt wie gewohnt, aber nicht zu sehr. Er hat sich auf die Eigenheiten unseres Transportes eingestellt. Ich gehe also wieder an der Deichsel. Auf einer kleinen Anhöhe sehen wir Oberschefflenz liegen. Wir ahnen noch nicht, dass es sich um ein sehr langgezogenes Dorf mit vielen schlichten Fachwerkhäusern handelt. Dort erleben wir eine große Überraschung. Als Vater einen Bauern um Übernachtung in seiner Scheune bittet, sagt dieser bestimmt: "Nein, keine Scheune, Betten bekommen unsere Soldaten!" Eine unerhörte Geste ist das, die besonders den Bittsteller anrührt, denn ich zählte noch nicht wirklich zur kämpfenden Truppe. Essen bekommen wir auch und reichlich. Wieder sind wir sehr dankbar. Es grenzt schon fast an ein Wunder, wie uns die Menschen, insbesondere auf dem Lande, begegnen. Natürlich haben die Landwirte den ganzen Krieg über keine Not gelitten. Doch von den allgegenwärtigen Verknappungen, Reglementierungen und dem Abzug von Arbeitskräften waren auch sie stark betroffen.

Die dann folgenden Erzählungen über den Krieg in Nordafrika, ausgeschmückt mit leuchtenden Farben, kann ich bald nicht mehr hören. Aber wenn ich sehe, wie er dabei auflebt, wie er sich strafft und in seinem Element ist, da muss ich ihn einfach gewähren lassen. Und erneut nimmt er auch mich mit in seine Welt, er kann so wunderbar erzählen. Heute ist sogar Neues zu hören, denn er gräbt eine Episode aus, die einer gewissen Spannung nicht entbehrt.

"Eine recht weite Wadi-Röhre hatten mein Stab und ich uns als vorübergehende Deckung gegen die britischen Kampfflieger und die Artillerie gewählt. Dort drinnen saßen wir mit elf Mann, natürlich mit Telefonverbindung zur Truppe. Diese Röhren müssen so groß sein, weil sonst die Straße bei gelegentlichen plötzlichen Wolkenbrüchen restlos überflutet und unterspült würde. Plötzlich tauchen zwei britische Panzer und ein Panzerspähwagen auf. Sie machen etwas oberhalb unseres Unterschlupfes Rast. Über uns verläuft die Via Balbo, die berühmte Cyrenaika-Küstenstraße. Der Wadi, so heißen dort die Bäche und Flüsse, führte gerade kein Wasser. Wenn ein Tropengewitter mit den berüchtigten Sturzfluten gekommen wäre, dann hätte es für uns schlecht ausgesehen, besonders in dieser Situation. Wir sind also mucksmäuschenstill und beobachten die Tommys. Die merken nichts, plaudern und scherzen miteinander, bewerfen sich sogar mit Tomaten. Auch davon scheinen sie genug zu haben. Wir wurden da weitaus knapper gehalten. Die Motoren haben sie leichtsinnigerweise laufen lassen, so dass sie unsere leise geführten Gespräche nicht hören können. Die Entfernung zu uns beträgt höchstens sechzig, siebzig Meter. Ich rufe meinen Major Bach an, der uns mit seiner Flakabteilung am nächsten lag. Unseren Standort kannte er.

Die Tommys alberten seelenruhig weiter. Inzwischen umging ein Trupp von unseren Leute das kleine Tälchen, in dem die Briten gerade pausierten. Als sie umzingelt waren, stürzten sich die Unseren auf die völlig überraschten Burschen und nahmen sie gefangen. Das ging ganz einfach, denn die Panzerleute hatten keine Schützenwaffen bei sich. Wir kamen aus unserem Versteck heraus und halfen bei der Festnahme. Die haben es nicht mehr in ihre Fahrzeuge geschafft, so überrumpelt waren sie. Das war ein voller, aber unbedeutender Erfolg. Die Gefangenen kamen in ein Camp nach Bardia. Die Beutefahrzeuge wurden von kundigen Männern - da hatten wir Gott sei Dank einige - hinter unsere Linie verbracht, als nützliche Reserve. Zum Kampfeinsatz kamen sie leider kaum, weil die Munition schnell verschossen war und wir keine passende mehr hatten." - "Das hast du noch gar nicht erzählt, Vater." In Gegenwart Fremder nenne ich ihn so und benutze nicht das vertrauliche "Vati". Im Grunde bin ich bin ein wenig enttäuscht von ihm, weil ich die Geschichte klasse finde. "So, habe ich nicht? Dann ist sie mir jetzt gerade eingefallen, verzeih."

Die uns freundlich angebotenen Betten waren die der verstorbenen Schwiegereltern des Bauern und das des verschollenen Knechtes. Dessen Schlafstatt diente zuletzt einem französischen Kriegsgefangenen. Wie gut, dass auch hier noch keine Zwangsbelegung mit Evakuierten erfolgt ist. Mein Vater teilt allen stolz mit, dass wir heute zweiundsechzig Kilometer gefahren und weitere sechsunddreißig gelaufen sind. Zusammen ergibt das achtundneunzig, also rund einhundert Kilometer. Das brachte uns dem Ziel ein großes Stück näher.

In der vermeintlich letzten Nacht unseres Marsches können wir lange nicht einschlafen, obwohl wir in getrennten Zimmern liegen. Vater hat mir noch eine gute Nacht gewünscht. Er kam an mein Bett und drückte mir sogar einen Kuss auf die Stirn. Das war für mich unfassbar und mit ein Grund dafür, weshalb ich Einschlafprobleme hatte. "Nun schlaf mal schön, morgen sind wir bei Mutti", das hat er auch noch gesagt. Was ist das für ein Mensch, denke ich, warum finde ich immer noch nicht den rechten Zugang zu ihm. Es muss wohl doch mehr an mir liegen. Wachse, Hubertus, wachse über dich hinaus, geh ihm entgegen, er verdient es. Und ich nehme mir fest vor, mein Phlegma und meine Angst zu überwinden, aus mir heraus einen Weg zu ihm zu suchen und zu finden. Aber wenn man über eineinhalb Jahrzehnte vor seinem Vater gekuscht hat, kann man nicht plötzlich ein freier Mensch sein. Jetzt wird mir aber bewusst, dass er den Zugang zu mir sucht. Wir befinden uns also beide auf einer Ebene. Er ist nichts mehr und ich bin noch nichts. Das heißt, wir müssen beide unser Leben neu einrichten.

Obwohl wir verhältnismäßig schlecht geschlafen haben, sind wir schon sehr früh auf den Beinen, die Bauersleute natürlich auch. Die Frau bewirtet uns noch fürsorglich mit einem einfachen Frühstück. Um fünf Uhr marschieren wir weiter. Vater hat das knallhart so bestimmt. Außerdem bestand er darauf, dass noch eine Flasche voll Wasser mitgenommen wird. Nun geht es auf zum Endspurt. Ich frage lieber nicht, wie weit es noch bis Ursenbach ist. Er hüllt sich seinerseits in Schweigen und gibt nur vage Andeutungen von sich. Wir legen, da wir so früh losgegangen sind, ein gutes Stück vor. Er schont sich nicht und beginnt wieder anzutreiben. "Wir werden es schaffen, Junge, meinst du nicht auch?" - "Ich schaffe das schon, aber du, Vati, bist nicht mehr der Jüngste, überfordere dich nicht!" - "Ach, quatsch nicht, wenn man so nahe an seinem Ziel ist, dann geht alles viel leichter."

Heute wirkt er unduldsam und hektisch. "Um die fünfzig Kilometer müssten es noch sein!" - "Fünfzig Kilometer! Und das bei *der* Hitze?" Zum ersten Mal mache ich richtig Front gegen ihn: "Aber das ist doch Wahnsinn!" - "Wir werden es schaffen. Ich habe es mir vorgenommen - keine Widerrede, mir fällt das auch nicht leicht!" Da ist er wieder, der *eiserne Gustav*, wie sie ihn in früheren Zeiten genannt hatten, als er noch jung war und sportlich obendrein. Ich füge mich wieder und nehme die Antreiberei hin. Jetzt diskutieren würde nichts bringen.

Der Himmel ist wieder wolkenlos wie vor ein paar Tagen. Noch geht ein kühles Lüftchen, aber bald wird es bestimmt wieder sehr heiß. Und der Heimkehrkommandeur läuft und läuft, als bekäme er das Laufen bezahlt. Ich komme kaum nach. Er ist vorne und zieht. Mal verläuft die Straße nahezu eben, mal geht es hinauf und wieder hinunter. Es wird wenig gesprochen, um die Kräfte für den Endspurt aufzusparen. Dann wechselt er nach hinten, schiebt und ich muss ziehen. Jetzt schiebt er so kräftig, dass ich in leichten Trab verfalle. "Wir werden jetzt ein gutes Stück vorlegen. Nachher, wenn es heiß wird, gehen wir ein wenig langsamer, um gegen Abend, wenn es wieder kühler wird und wir in die Odenwald-Berge kommen, fit zu sein."

Das soll also generalstabsmäßige Planung sein. So hat er sich das Ganze ausgedacht, aber so geht das nicht. Wenn die Luft erst einmal richtig aufgeheizt ist, dann hält sich die Wärme, wenn nicht gar Schwüle, bis in den späten Abend hinein. Es sei denn, es geht ein kalter Wind. Aber der ist heute nicht zu erwarten. Als wir nach Wagenschwend kommen, einem am einstigen Limes gelegenen Örtchen, ist es schon recht heiß. Wir legen die erste Rast ein. Ein paar Stück Brot hat er sich vorsorglich von der Bäuerin erbeten. Sie wollte uns richtige Stullen, sogar mit Butter, machen, aber er lehnte ab. Das schmilzt bloß, bemerkte er. Trocken Brot sei richtig gut. Er holt die Wasserflasche hervor, schon lauwarm. Aber da ist ein Brunnen, wo er sie auffüllt. "Da, trink, aber nicht zu viel, das ist bei dem kalten Wasser ungesund!" Er nimmt einen Schluck, dann spült er sich den Mund mit dem kalten Wasser aus. "Lieber öfter einen Schluck als zu viel auf einmal!"

Ich lerne von ihm und denke, das wird wohl in Afrika üblich gewesen sein. Das Laufen geht jetzt nicht mehr so schnell, zumal beachtliche Steigungen kommen. Und diese Hitze! "In Afrika war die Hitze anders, ich meine, dort ist sie gesünder, durch die Seeluft." Wesentlich ruhiger laufen wir weiter, nehmen die Höhen und die Täler, wie sie kommen, aber schweigend. Nie im Leben können wir das heute schaffen. Die Überraschung muss vertagt werden. Ich beobachte ihn jetzt öfter, wenn er neben mir geht. Sein Kopf ist geneigt. Er schaut weder nach rechts noch nach links, stiert einfach nur auf die Straße. Unsere Füße bewegen sich mechanisch, wir funktionieren wie Maschinen. Das wird heute ein Geh-Marathon. Vaters Gang ist leicht torkelnd geworden, als wenn er einen Rausch hätte. Soll ich eine Rast erzwingen? Ich weiß es nicht.

Die Ausläufer des Odenwaldes werden erkennbar. Er nimmt das kaum wahr, läuft fast apathisch weiter. Ich fühle mich zwar auch kaputt, nehme aber die Veränderungen in der Landschaft mit Vergnügen wahr. Die Spannung wächst mehr und mehr. Bald umgibt uns wieder ein großer Wald mit seiner schattigen Kühle. Schritt folgt auf Schritt, ganz von selbst und ohne Steuerung durch das Gehirn, und Kilometer reiht sich an Kilometer. Aber so leicht, wie ich das heute aufschreiben kann, fielen uns die Schritte bei aller Automatik damals nicht. Eigentlich schien uns jeder Kilometer ein Stückchen länger als der vorherige. Gefühlte Entfernung nennt man das wohl.

Am Nachmittag, zwischen drei und vier Uhr, erreichen wir den Neckar. Unter uns sehen wir sein silbernes Band, daneben eine Autostraße, auf der sich amerikanische Kolonnen wurmartig voranwälzen. Leider müssen wir nach dort hinunter. Es gibt für uns keinen anderen Weg. Unten angekommen brettern bald einige Jeeps in vollem Tempo an uns vorbei. Vater faucht leise. Rechts ein schmaler Straßengraben, dahinter eine steile, felsige Wand - wir können kaum ausweichen. Er geht nach hinten, stemmt seinen Knüppel ein, so dass ich etwas Erleichterung verspüre. Nur wenige Zivilfahrzeuge sind auf der Straße zu sehen. Woher sollen sie auch kommen?

Wir sind nicht weit vor Neckarsteinach, aber noch ist keine der vier Burgen zu sehen. Ich bemerke hinter meinem Rücken eine Veränderung. Vater ist nicht mehr da. Ich sehe ihn ein Stück weit zurück an einem Abzweig unter dem Laubdach einer Buche liegen. Völlig lautlos hat er sich "abgeseilt". Wahrscheinlich ist er einfach unter den Baum gefallen. Ich lasse das Kärrchen wo es gerade ist und laufe zu ihm. Er liegt mit geschlossenen Augen, leichenblass, das Gesicht von einem Schweißschleier bedeckt. Vati, tu mir das nicht an, bittebitte, bis hierher sind wir gekommen, und nun das. Sein Körper hat ihm erneut eine harte Lektion erteilt.

Er macht eine schwache, abwehrende Handbewegung - lass mal! Ich setze mich hilflos neben ihn, bringe kein Wort hervor und bange um ihn. Nach einer Weile sagt er mit schwacher Stimme: "Hol mir ein bisschen Wasser zum Trinken." Schräg gegenüber, auf der anderen Straßenseite, steht ein einsames Haus. Mit der Wasserflasche in der Hand stürze ich hinüber. Unterwegs schießt mir der Gedanke durch den Kopf, was wird, wenn er nun stirbt, so kurz vor der Heimkehr? Wie nahe diese Möglichkeit ist und welche Tragik sich mit ihr verbände, konnte ich mir vor lauter Sorge nicht ausmalen.

"Mein Vater ist zusammengebrochen und liegt im Straßengraben, bitte die Flasche voll Wasser!", erkläre ich mein stürmisches Anklopfen. "Um Gottes Willen", sagt die Frau, füllt eilends die Flasche und gibt sie mir. "Wenn Sie mich brauchen ... soll ich einen Arzt rufen?" - "Ich weiß nicht, neinnein, es geht schon", und bin wieder weg, nicht einmal bedankt habe ich mich, so verstört bin ich.

Er hat sich inzwischen aufgerichtet und lehnt mit dem Rücken am Baumstamm. “Danke!” Seine Stimme ist bereits wieder kräftiger geworden. Du stirbst also doch nicht, eiserner Gustav! Im Übrigen bin ich hilflos, denn so etwas habe ich noch nie erlebt. Hätte man nicht doch einen Arzt holen sollen? Aber hier und jetzt? Er trinkt, dann reicht er mir die Flasche, “nimm auch!” Zwei, drei Minuten später sagt er sanft: “Komm, setz dich neben mich. Da hab’ ich mir wohl doch ein bisschen zu viel vorgenommen. Nach Hause schaffen wir es heute nicht mehr. Wir werden umdisponieren. Die Dürrs, Direktor Dürr, der mit der Lederfabrik, die wohnen in Schönau. Da gehen wir jetzt hin und werden dort noch einmal übernachten müssen. Ich schaffe es nicht mehr bis Ursenbach.” Ein Weilchen bleiben wir noch sitzen, nebeneinander an den dicken Stamm der alten Buche gelehnt, während die Amerikaner, Wagen um Wagen, an uns vorüberdonnern, und das in beiden Richtungen.

Das Wägelchen steht in Sichtweite, niemand hat sich bisher darum gekümmert. Aber nun stehe ich auf und hole es in den Schatten. Nach einer halben Stunde versucht Vater aufzustehen, taumelt und setzt sich gleich wieder. “Muss noch ein wenig warten und Geduld haben. Das geht schon wieder, ist der verdammte Kreislauf.” Wir sitzen im Gras, zu Füßen der alten Buche, und gönnen seinem überlasteten Körper eine Ruhepause. “Ich habe dich belogen, Hubertus, es sind doch weit mehr als fünfzig Kilometer, entschuldige, aber da war der Wunsch der Vater des Gedankens. Ich glaube, es ist eine recht gute Idee, bei Dürrs noch einmal zu übernachten. Dann sind wir morgen frisch und schaffen die restliche Strecke, es dürften etwas mehr als zehn Kilometer sein, spielend.”

Irgendwann steht er auf, wobei er sich ein wenig auf mich stützt. “Das hat uns gerade noch gefehlt! Ich mag solche ‚Querschläger‘ überhaupt nicht”, sagt er ärgerlich. Wahrscheinlich ist er auch wütend, dass er vor mir solche Schwäche zeigte. Ein Offizier geht immer mit gutem Beispiel voran! Er aber ist an der sich selbst gestellten Aufgabe heute gescheitert. Genugtuung empfinde ich zwar nicht, aber der “Dämpfer” kam aus meiner Sicht nicht unverdient. Andererseits hat Vater in den letzten Wochen schon genug zurückstecken müssen. Ich will ihm aber nicht zeigen, welche Sorgen ich mir mache.

Ohne sich mit mir zu beraten, steht er schon nach einer guten Stunde auf. Um jeden Preis will er sich selbst etwas beweisen. Also reißt er sich zusammen, strafft sich und tut so, als ginge es ihm, dem eisernen Gustav und uckermärkischen Dickschädel, blendend. Kurz hinter Neckarsteinach biegen wir ab und laufen in Richtung Schönau. Bald umfängt uns wieder schattiger Mischwald. Es muss hier erst vor kurzem geregnet haben, denn die Straße ist stellenweise feucht. Ein leichter Wind fächelt uns angenehme Kühle zu. Vater lebt auf und sein Schritt wird zunehmend fester. Hoffentlich überlegt er es sich nicht anders und will doch noch heute nach Hause. Aber sein Entschluss scheint festzustehen: zu Direktor Dürr in Schönau.

In dem kleinen Odenwaldstädtchen, das am Ort eines früheren Klosters entstand, treffen wir erst ziemlich spät ein. Es ist schon neun Uhr. Wir müssen eine ganze Weile suchen. Ich bin noch nie dort gewesen und er wohl erst einmal, vor etlichen Jahren. Die völlig ahnungslosen Leute sind zu Hause. "Nein, Herr Oberst!, wo kommen Sie denn her?" Die Wiedersehensfreude scheint echt zu sein. Sie schütteln sich lange die Hände, ich stehe ein bisschen dumm daneben. Die Frau kommt von oben und freut sich auch. "Von Altötting, Oberbayern, zu Fuß!" - "Wie, gelaufen? Da werden Sie doch jetzt nicht mehr nach Ursenbach gehen! Haben Sie schon etwas gegessen? Nein? Hilde, machst du wenigstens ein paar Brote? Und zu trinken? Ein Bier?" - "Nein, bitte nur Wasser, einfaches Leitungswasser, das sind wir so gewöhnt." Ich werde gar nicht gefragt, aber er weiß, dass ich mit allem einverstanden bin. Außerdem: nach dieser Strapaze würde mich ein Bier wahrscheinlich umwerfen.

Dann sitzen wir wie gewohnt mit unseren neuen Gastgebern zusammen. Frau Dürr bringt einige gut belegte Brote: echte Butter, Wurst und Käse, kaum zu glauben! Wir langen kräftig zu und wirken bestimmt wie ausgehungerte Raubtiere. Vater hat sich fantastisch erholt und zeigt Appetit. Es ist wie ein Wunder, er kokettiert schon wieder: “Wissen Sie, das hätte ich mir gar nicht mehr zugetraut. Heute sind wir bestimmt über fünfzig Kilometer marschiert.” - “Donnerwetter, Herr Oberst, alle Achtung!”

Und dann geht es an das Erzählen. “Eine neue Zeit beginnt, Herr Oberst, wir müssen umlernen.” - “Sie sagen es. Ich bin noch gar nicht richtig zum Denken gekommen, es schwirrt mir der Kopf, aber ich bringe immerhin meinen Sohn nach Hause, so dass ich sagen kann: meine Familie hat überlebt.” - “Da können Sie von Glück reden, Herr Oberst. Wir haben leider einen Sohn verloren, und ein Bruder von mir ist ebenfalls gefallen. Richtig glauben können wir das Ganze noch immer nicht. Der Blutzoll, den unser Volk geleistet hat, ist ungeheuer, und wofür?” - “Das steht in den Sternen, Herr Dürr. Der Krieg war ein einziger Wahnsinn. Sicher, die Wehrmacht hat sich tapfer geschlagen, ist aber leider auch mit Blut besudelt, mit dem Blut ungezählter Unschuldiger. Die Wehrmacht ist schamlos benutzt worden, ist hingeschlachtet worden im Wissen um die unausweichliche Niederlage. Hitler und seine Kumpane haben das Volk und das Reich mit letzter Konsequenz in den Abgrund getrieben, für sie gab es kein Zurück.”

Langes Schweigen. Und ich staune: da redet er wieder, schwingt große Reden, obwohl er vor drei Stunden noch im Straßengraben lag, dem Tod schon sehr nahe. Lange wird nicht mehr geredet. Frau Dürr schickt uns bald mit leichtem Nachdruck in die Betten. “Morgen müssen Sie ausgeruht ankommen, Herr Oberst. Sie sind nicht mehr der Jüngste. Und pass’ du weiter auf deinen Vater auf. Er hat Erholung nötig nach der Strapaze.” Vater winkt ab, halb so schlimm. Bald sind wir in die wahrhaft fürstlichen Betten gesunken.

Erst am nächsten Morgen werden die gestern erwanderten Kilometer berechnet. Es waren sechsundfünfzig, der absolute Rekord. Wir sind beide mächtig stolz, und auch die Dürrs bewundern uns. Großsprecherisch erklärt Vater: “Die dreizehn Kilometer bis Ursenbach hätten wir eigentlich auch noch schaffen können, oder?” Dabei guckt er mich an, aber ich sehe, dass er das nicht wirklich ernst gemeint hat. Ein mäßiger Scherz. Dürrs lachen, und der Direktor meint: “Nehmen Sie es mir bitte nicht übel, aber, wenn ich Sie nicht kennen würde, müsste ich jetzt an Ihrem Verstand zweifeln." Damit verabschiedet sich der Gastgeber, denn seine Fabrik "ruft". Aber seiner Frau hat er noch aufgetragen, uns *unbedingt* zurückzuhalten, da er für Vater noch eine kleine Überraschung hätte.

So vertrödeln wir regelrecht den letzten Vormittag unserer Wanderung. Wir gehen bei dem schönen Wetter in den weitläufigen Garten hinaus, der schon beinahe ein Park ist. Frau Dürr pflegt die Blumen. Wir schauen ihr andächtig zu. Vater wechselt auch einige Worte mit ihr, ich bleibe stumm wie meist.

Nach einiger Zeit ist der Hausherr zurück: "Schön, dass Sie noch da sind, Herr Oberst." Und er geht an einen Schrank im Flur des Hauses, kommt nach einem Augenblick mit einem Schuhkarton zurück, öffnet ihn und holt ein Paar wundervolle, nagelneue Herrenschuhe hervor. "Die müssten Ihnen passen - geschätzt - Schuhgröße zweiundvierzig! Ziehen Sie mal an!" Der Beschenkte strahlt: "Donnerwetter, Herr Dürr, das ist aber nett!" Er zieht sie an, läuft hin und her, "fantastisch! Passen wie angegossen! Und die darf ich behalten?" Er ist bescheiden geworden, mein "großer Held". - "Selbstverständlich, das sind Ihre."

Wir müssen auch noch zum Essen bleiben, schöpfen Kraft für die letzte, kürzeste, aber nicht ganz ohne Mühe zu bewältigende Strecke unseres Weges. Vor allem führt der Weg zum Odenwald bergan. Dürr schlägt uns vor: "Ruhen Sie noch ein wenig aus, trinken eine Tasse guten Kaffee und machen sich erst dann allmählich auf den Weg. Einer meiner Arbeiter wohnt in Wilhelmsfeld und fährt immer mit dem Rad dorthin. Ich werde ihn heute vor Feierabend losschicken. Er kann dann bis Ursenbach fahren und Ihre Gattin informieren, dass Sie kommen. Mit dem Telefonieren ist das recht umständlich heutzutage. Von der Heimkehr ihres Sohnes wird er nichts sagen. Das sollte Ihre Überraschung bleiben."

Nach dem Essen findet noch eine allgemeine Mittagsruhe statt, teils im Garten, teils im Haus. Dann geht Dürr wieder in seine Fabrik. Zuvor gab er uns mit seiner Frau noch ein Ehrengeleit zur Pforte und dort einen herzlichen Abschied.

Glückliche Heimkehr und schwieriger Neuanfang

Wir sind wieder auf Wanderschaft und wissen: es sind die letzten Kilometer. Ich bin froh, meinen "Alten" so ausgeruht und aufgekratzt zu sehen. "Anständige Menschen, diese Dürrs. Die habe ich schon immer gemocht." Haben dir ja auch Schuhe geschenkt, denke ich ein wenig gehässig. Es ist bereits gegen fünfzehn Uhr. Die Wärme des Tages liegt noch in der Luft, aber die Sonne wird ab und zu von Wolken verdeckt. Dadurch ist das Marschieren erträglich, und wir können die letzten dreizehn Kilometer beinahe genießen.

Zunächst geht es stetig bergan bis Wilhelmsfeld. Vater gibt sich locker, fast fröhlich. Dann drängen sich doch wieder die Zukunftssorgen in den Vordergrund. "Meinst du nicht auch: morgen wird mal richtig ausgeschlafen und wir lassen uns von Mutti verwöhnen. Und dann müssen wir wohl oder übel schnell nach Mitteldeutschland und unsere Klamotten herausholen, zumindest das Wichtigste davon. Du musst mir dabei helfen, klar?" Das ist ohne Zweifel ein getarnter, aber für mich gut erkennbarer Befehl.

Durch einen prächtigen Mischwald geht es im Tal nach oben, auf Wilhelmsfeld zu. Das Dorf liegt lang hingestreckt, über mehr als zwei Kilometer, am Berghang. Hinter dem Kohlhof windet sich die Straße hinab nach Altenbach, einem sich wunderschön in eine Talmulde schmiegenden Dörfchen. "Heute ist der fünfzehnte Juni", denkt Vater laut, "in einer Woche sind es drei Monate her, dass ich von Mutti weg bin. Kaum zu glauben, was seitdem alles passiert ist. Als Verlierer kommen wir zurück - in gewisser Weise auch als Gewinner, denn unsere Familie ist am Leben geblieben. Du glaubst nicht, wie viel mir das bedeutet!" Und er setzt, nun wieder bedrückt, hinzu: "Mensch, da habe ich mich gestern ja ganz schön verschätzt. Hätte mir nicht passieren dürfen!" Ich schweige. "Du wirst dich auch bald deinem Rittergut widmen müssen. Einen Inspektor hast du ja nicht", wage ich später zu scherzen. Da lacht er laut: “Ja, Rexin, Tante Käthe wird sich im Grabe umdrehen. Vielleicht lebt sie sogar noch, wer weiß!”

Die mehr als Scherz gedachte Bemerkung sollte sich im Nachhinein in gewisser Weise als zutreffend erweisen. Der neue polnische Verwalter hatte der Tante ein kleines Dachstübchen ihres eigenen Besitzes überlassen. Dort vegetierte sie schwer krank und von einer treuen Dienstmagd gepflegt, die letzten fünf Wochen ihres Daseins dahin. Auf Umwegen erfuhren wir erst Jahre später von ihrem Tod. In einer noblen Geste ließen die Polen sie im Park neben ihrem in Afrika gefallenen Sohn beisetzen. Es soll sogar eine schlichte Trauerfeier gegeben haben. Das überrascht um so mehr, als es kein Geheimnis war, dass ihre Familie über enge Beziehungen zu den Danziger Nazigrößen verfügte. Gleichermaßen war rundum bekannt, dass es die polnischen Saisonarbeiter gut bei ihnen hatten. Nun konnte niemand von dort mehr erfahren, dass Vater das Gut durch seinen Einfall kurzerhand an den Rhein verlegt hat. Immer, wenn wir darauf zu sprechen kamen, musste er schmunzeln und war stolz auf diesen Gedankenblitz.

Wir durchwandern Altenbach und kommen zu einem Haus, an dem wir nicht vorbeigehen können. In ihm wohnt die Mäusel mit ihren drei Töchtern, eine sympathische Frau und talentierte Sängerin.

Nach der ersten Verblüffung wird uns ein sehr herzlicher Empfang zuteil. Wir dürfen nicht weiterziehen, ohne die uns angebotene Tasse Tee zu trinken. “Ja”, erzählt sie, “Waldtraut ist oft bei mir gewesen und wir haben herumgerätselt, was mit euch wohl los sein könnte. Es kam ja überhaupt keine Nachricht.” Das klingt vorwurfsvoll, doch er steckt das locker weg. “Aber jetzt weiß sie, dass zumindest ich komme. Das mit Hubertus soll eine Überraschung sein, ich habe ihr versprochen, dass ich ihn mitbringe, aber ob und wo ich ihn finde, das stand natürlich in den Sternen.” Und nun muss er ihr die Geschichte meiner Entführung auch noch erzählen. Dann werden wir von der Künstlerin entlassen, die bereits auf ihr erstes Nachkriegsengagement wartet. “Wir müssen Wiedersehen feiern - irgendwann”, ruft sie uns noch nach. Eine ganze Weile vorher hatte sie ihre Älteste mit dem Fahrrad nach Ursenbach geschickt: "Fahr schnell zu Waldtraut und sag ihr, dass ihr Mann kommt - nicht mehr, hörst du?" Und Beate radelte davon.

Gestärkt und ermuntert ziehen wir die bisweilen recht steile Straße bergan zu unserem Heim. Zwei Kilometer noch bis zum Ursenbacher Hof – einfach nicht zu glauben. Fast wollen die Füße den Dienst versagen. Zugleich wächst in uns beiden die Spannung. Vater hat zu mir aufgeschlossen, läuft schneller und schneller, so dass ich kaum Schritt halten kann. "Mensch, wie ich mich freue! – Das kannst du dir nicht vorstellen!" Und er haut mir kräftig auf die Schulter. Der Schwächeanfall von gestern ist offenkundig längst Vergangenheit. "Ich freue mich auch auf Mutti", antworte ich und verpasse ihm ebenfalls einen kumpelhaften Schlag, nur etwas zaghafter. In diesem Moment sind wir ein Herz und eine Seele. Wenn das so bleiben könnte!

Wir sehen den "Ursenbacher Hof", das dem Dorf in einem Tal vorgelagerte Gehöft. Und da steht *sie* im Hof, fliegt ihm förmlich entgegen, hängt an seinem Hals mit Tränen in den Augen: "Und du hast ihn mitgebracht, mein Lieber!" Nun kann sie gar nicht aufhören, ihn zu umarmen und zu küssen. Ich stehe daneben, verlange auch nach ihr, nach ihrem Willkommenskuss. Dann wendet sie sich zu mir und ist überglücklich. Zwar haben auch wir diesem Augenblick mit Vorfreude entgegengefiebert, doch unser Vermögen, den Empfindungen nachzugeben, ist nichts gegen die Umarmungen einer liebenden Frau und Mutter. Wenn ich heute diesen Gefühlsausbruch als Ausdruck ihrer überstandenen Ängste nehme, lässt sich vielleicht das ungefähre Ausmaß ihrer Sorge um uns erahnen. Und sie war uns gegenüber bis zuletzt im Nachteil. Im Gegensatz zu ihr wussten wir, dass wir leben und unversehrt sind.

Da stehen aber noch drei im Hof, nämlich Weindels, die Bewohner, und der Dritte ist - Ernst Kunz! Jetzt sieht Vater ihn auch. "Kunz, wie kommen Sie denn hierher?" - "Auch zu Fuß, Herr Oberst, außer durch den Rhein, da musste ich schwimmen." - "Ist ja nicht zu fassen! Sie sind durch den Rhein geschwommen?" - "Das erzählen wir dir später. Guck mal, was Herr Weindel da bringt!" Und es ist tatsächlich eine Flasche Sekt mit sechs Gläsern. Weindel schenkt ein, damit wir anstoßen können auf diesen wunderbaren, einmaligen Augenblick des Wiedersehens. Frau Weindel ist kurz verschwunden, um mit einigen schnell zubereiteten Brothäppchen wieder bei uns zu sein. "Kommt, wir setzen uns!" Da sind ein Tisch, eine Bank und drei Stühle. Die Gläser klingen schön wie noch nie und die Freude ist riesig.

"Das ist ja ein toller Empfang. Mensch, Kunz, dass Sie auch da sind!" - "Freust du dich darüber?" - "Aber klar, wir haben uns doch eigentlich gut verstanden, oder?" - "Ja, Herr Oberst, und ob, Sie haben mir immer Freiraum zum Malen verschafft, und dafür bin ich Ihnen sehr dankbar." - "Wissen Sie, Sie und die Wehrmacht, das hat doch überhaupt nicht zusammengepasst, oder?" Da lachen wir alle vergnügt, am meisten aber der Kunstmaler.

Die letzten eineinhalb Kilometer des Heimweges, in das Dorf und in das Haus hinein, werden zu einer kleinen Prozession: Vater und Mutter vorneweg. Immer wieder muss sie ihn umarmen und küssen. Ihm ist das beinahe peinlich, denn hinter ihm läuft ein ehemaliger Untergebener. Der schiebt mit dem Stock den kleinen Karren, den ich wie gewohnt ziehe. "Das ist ja ein putziges Gefährt, habt ihr das selbst gebaut?" - "Na ja, wir haben ein wenig mitgeholfen. Eigentlich ist das eine Erfindung vom jungen Falter, dem Sohn unserer letzten Quartierwirte in Altötting. Der war gerade aus dem Krieg nach Hause gekommen und hat sich gleich mit Eifer daran gemacht, uns zu helfen. Wissen Sie …" - "Wir duzen uns aber schon, hast du das vergessen?" - "Entschuldige, Ernst, ich bin noch ein bisschen verstört."

Im Rückblick will mir scheinen, dass die von den Nazis propagierte und geforderte Volksgemeinschaft vor allem durch die Schrecken des Krieges, durch erlebte Not- und Schicksalsgemeinschaft eine reale Ausprägung erfahren hat. Wie wir zogen auch viele andere aus dem Kriegsdienst Entlassene, die Heimkehrer, kreuz und quer durch das Land, und sie fanden meistens ein Nachtlager und mussten kaum hungern. Ernst hat mir das auch bestätigt. So lernte ich in jener Zeit mein Volk lieben. Nach den zwölf scheußlichen Nazijahren wuchs es über sich selbst hinaus und setzte überraschende Potentiale frei. Ich denke dabei an die Trümmerfrauen in den Städten, die schier Unmenschliches leisteten und das bei äußerst karger Verpflegung. Auch die durch Flucht und Vertreibung bewirkten Veränderungen in den örtlichen sozialen Strukturen wurden verhältnismäßig gut aufgefangen. Weniger überzeugend sollte dagegen die politische und moralische Auseinandersetzung mit der braunen Vergangenheit gelingen. Sie wurde überlagert von einem rasch einsetzenden breiten Prozess der Verdrängung und Vertuschung.

Als Ernst noch im Mai bei Mutter, seiner früheren "Chefin" und Malschülerin auftauchte, war sie nur kurz verdutzt, dann freute sie sich sehr. Der Heimkehrer muss ihr wie ein guter Vorbote erschienen sein. Ernst bekam von ihr das Dachstübchen als vorläufige Bleibe zugewiesen. Dort fühlte er sich schnell wohl. Das Stübchen, eigentlich mehr eine Kammer, war klein und eng. Doch ein Bett, ein Kleiderschrank, ein kleiner Tisch und ein Stuhl fanden darin Platz, ebenfalls eine Waschschüssel und natürlich eine Staffelei, die er sich besorgen konnte. Das ist aus heutiger Sicht nicht viel. Doch wer sich wie wir über Scheunen und Stroh als Nachtlager freute, für den war das Zimmer schon ein komfortables Refugium.

Nun sitzen wir unten zusammen in der Küche. Sie verfügt über eine Eckbank, einen massiven, ziemlich großen Tisch sowie zwei Stühle. Der kleine Kohleherd steht in der anderen Ecke. Wie ein Riesenmöbel wirkt die als Geschirrschrank genutzte Anrichte, die im Nebenraum steht. Die gesamte Einrichtung wirkt rustikal, aber nicht ohne Stil. Alle Möbel in den vier Räumen der Jagdwohnung gehören dem Fabrikbesitzer Freudenberg. Glücklicherweise hat er momentan keine Zeit, seiner Jagdleidenschaft zu frönen. Er weiß auch nicht, dass sich jetzt noch jemand in seiner Jagdwohnung einquartiert hat, nämlich Ernst.

Der Augenblick ist gekommen, da meine Mutter ihren Mann in die veränderte Situation einweihen muss. "Mein Lieber, du wirst das hoffentlich richtig verstehen. Ernst", sie bemerkt den Versprecher, da ihr Gatte sie scharf anblickt, "also Herr Kunz, möchte bei uns bleiben, und ich habe ihm das Stübchen unter dem Dach eingeräumt. Seine Frau hat sich von ihm getrennt, lebt mit einem anderen Mann in Saarbrücken. Das ist jetzt französisch. Er ist hergekommen, weil er zu uns eine gute Beziehung hat. Du warst ihm ein toller Vorgesetzter, und ich habe beim Malen viel von ihm gelernt. - Sag, wie du dazu stehst."

Er schweigt und schaut eine Weile vor sich hin. Ich merke, dass ihn diese veränderte Situation ganz schön überrumpelt. Dann - sie sieht ihn in banger Erwartung an - sagt er plötzlich, beinahe schon vergnügt: "Kunz, seien Sie herzlichst in unserer Familie aufgenommen!" Da ist der Bann gebrochen, der Maler springt auf von seinem Stuhl, ergreift freudestrahlend die ihm hingestreckte Hand seines ehemaligen Chefs, "ich danke Ihnen, Herr Oberst, danke von ganzem Herzen!" Und seine Waldtraut fliegt ihm erneut um den Hals. "Du, ich habe es gewusst! Das ist jetzt ein ganz großer Tag für uns. Eine Flasche Maikammerer habe ich noch aufgehoben, für Euch Heimkehrer. Und dass du auch den Jungen mitgebracht hast! Du wirst sehen, jetzt wird alles gut. "Dann zu mir: "Geh' mal zu Frau Plitt, die Flasche liegt bei ihr im Keller, damit die nicht warm wird bei dieser Hitze." So eile ich nach unten und erlebe dort natürlich erst einmal eine freudige Begrüßung. Zugleich spüre ich, dass Frau Plitt traurig ist. Erst danach erfahre ich, dass ihr Mann schon über ein Jahr als in Russland vermisst gemeldet ist. Sie hofft zwar noch, kann sich aber unserer Fröhlichkeit nur bedingt anschließen, auch weil sie sich um ihre beiden kranken, bettlägrigen Kinder kümmert.

Vater als "Hausherr und Gastgeber" öffnet die Flasche und gießt ein - sogar echte Weinkelche sind da. Wir stoßen feierlich an auf die auf so wundersame Weise erweiterte Familie. "Hubertus, du bist jetzt mein Vizebruder", meint Ernst glücklich und stößt, nachdem wir uns alle in gelöster Stimmung zugeprostet haben, mit mir noch extra an. "Hätten wir das damals in Landau ahnen können? Wie doch das Leben so spielt!"

In der Tat habe ich mich sehr gefreut, dass dieser entwurzelte Mensch zu uns gekommen ist. Das zeugte von einem großen Vertrauen zu uns, und tief im Verborgenen empfand er bestimmt auch eine gewisse Zuneigung zu meiner schönen

Familienbild mit „Vizebruder“ Ernst

Mutter. Vater wird das auch gespürt haben, doch er ließ es zu, aus unvoreingenommener und souveräner Liebe zu seiner Frau. Außerdem glaubte er zu wissen, dass ihm Ernst bei Waldtraut niemals gefährlich werden kann. Dafür war mein Vizebruder schon äußerlich nicht attraktiv genug.

Trotz der überstandenen Strapazen dachte Vater nicht an Ruhe und Erholung. Jetzt wollte er seinen Hausstand neu gründen. Dazu war ihm wichtig, einiges - Vergrabenes und nicht Vergrabenes – aus Thüringen herbeizuschaffen. Wir machten uns erneut auf einen Weg, der durchaus eine Odyssee werden konnte. Diese Aussicht vermochte uns erfahrene Nachkriegsreisende nicht abschrecken. Wir waren mit Fahrrädern, auf Kohlenzügen und zu Fuß unterwegs. Manchmal durfte ich auch allein handeln und entscheiden. Inzwischen vertraute mir Vater, zumal ich inzwischen über erhebliche Erfahrungen verfügte. Allmählich brachten wir den Hausrat wenigstens zu einem kleinen Teil zusammen. Die Möbel in seiner Geraer Dienstwohnung, die Vater 1943 an einen Kriegsgerichtsrat untervermietet hatte, waren leider für immer verloren. Thüringen und Sachsen fielen im Tausch für einen Teil Berlins an die Sowjetrussen, und ein kommunistischer Funktionär übernahm die Wohnung. Sicher war der froh über das schöne und geschmackvolle Inventar.

Nun ja, andere hatten im Krieg und danach weitaus mehr zu leiden: in Bombennächten und auf der Flucht durch eisige Winter. Wir durften sehr glücklich sein, dass wir es so gut getroffen hatten mit der Jagdwohnung des Walter Freudenberg. Und der ließ sich nur ganz selten blicken, und wenn, dann fuhr er nach der Pirsch gleich wieder nach Weinheim zurück. Er besaß ein Auto, und das war zu jener Zeit etwas Besonderes. Sein Verhalten empfanden wir als nobel und anständig. Aber das Blatt wendete sich, als eine Geliebte auftauchte. Unser Hausherr reklamierte die Wohnung für sich, er hatte Eigenbedarf an einem Liebesnest.

Da war es 1946. Vater kämpfte nun um die Wohnung, denn wir hatten keine Möglichkeit, woanders hinzugehen. Aller verfügbare Wohnraum war belegt mit Bombengeschädigten oder Flüchtlingen, von denen immer neue Gruppen eintrafen. Bei den Auseinandersetzungen um unser Domizil ging die schon längst nicht mehr existente "Jagdfreundschaft" vollends zu Bruch. Seit Vater "nichts mehr war", setzte eine schnelle Abkühlung ein, und wir bekamen zu spüren, unerwünscht zu sein. Doch man konnte uns nicht einfach auf die Straße setzen. Das zuständige Wohnungsamt sprach uns schließlich die Wohnung zu. Genau zu Ostern 1946 holte Freudenberg alle seine Möbel ab und wir saßen auf dem nackten Boden.

In der Zwischenzeit war jedoch für mich Wesentliches passiert. Mein Wunschtraum, Förster zu werden, nahm schon im September 1945 eine konkrete Form an. Ich verpflichtete mich zu einem Praktikum im Odenwald und nahm der großen Entfernung wegen in einer leerstehenden Jägerhütte bei Heiligkreuzsteinach Unterkunft. Von dort bis Ursenbach waren es etwa zehn Kilometer zu Fuß. Der Förster Fath aus Altneudorf unterwies mich, Forstrat Rochlitz, mit Vater über fünf Ecken bekannt, betreute mich, und ich konnte beruflich guter Hoffnung sein.

Mein unermüdlicher Vater trug sich tatsächlich mit dem Gedanken, ein Haus zu bauen. Da war Herr Freudenberg noch unser Vermieter. Rochlitz vermittelte uns Bauholz, zweiunddreißig schön gewachsene Fichten, selbst zu schlagen mit Hilfe einiger Arbeitskollegen von mir. Vater, Ernst und ich waren natürlich auch dabei. Wir hatten zwei recht anstrengende Wochenendtage, dann waren die Holzstämme gefällt. Den Winter über lagerten sie im Wald ab, doch die Baupläne zerschlugen sich.

Nun wollte Ernst bauen. Er hatte auch schon ein Grundstück in Schriesheim und einen Architekten an der Hand. Das Bauholz wollten wir beisteuern. Aber das reichte nicht. Viele seiner Bilder hätten gut verkauft werden müssen, denn die Errichtung eines Hauses kostet nun einmal Geld. Aber es bereitete viel Spaß, mit ihm zusammen die Baugrube auszuschachten. Vater half dabei nicht mehr mit, denn schon die Baumfällaktion war für ihn anstrengend genug.

Zwischendurch fuhren wir mit der Eisenbahn nochmals nach Altötting, des weißen Opels und unserer dort gelassenen Sachen wegen. Den Wagen hätten wir nicht mehr über die Grenze bekommen. So ohne weiteres gab es noch immer keinen Sprit, vor allem deutete sich ein gewaltiger Papierkram an. So setzte sich Vater irgendwie mit Gadebusch in Verbindung und erhielt die Einwilligung zum Verkauf des Autos. Das Fahrzeug hatte durch einen unsachgemäßen Transport nach München leider auch ziemlich Schaden genommen. Es brachte gerade eintausendzweihundert Reichsmark Erlös, was natürlich ein Witz war. Bedrückt fuhren wir mit zwei Kartons voller Klamotten, dieses Mal halbwegs komfortabel als Anhalter im Lastwagen, nach Hause. Der neue Besitzer des Opels wusste bestimmt nicht, welche Geschichten sich mit seinem Fahrzeug verbanden.

Irgendwann waren wir, wie oben erwähnt, von der Hausbauerei geheilt, nicht aber vom Thema Haus. Nun muss ich über meine große Stunde berichten. Zu Weihnachten 1945 wollte ich meine kleinen Cousins im fernen Westfalen beschenken. Als Försterlehrling schnitzte ich aus einigen Scheiten Fichtenholz ein paar schlichte Häuschen, die ich mit Pappdächern beklebte und bunt anmalte. Woher ich die Farben hatte? Von Ernst natürlich, und Lack zum Fixieren des Ganzen hatte er auch. Bevor ich die Geschenke der Post anvertraute, stellte ich sie bei uns auf den Tisch und präsentierte sie stolz der ganzen Familie.

“Möönsch”, sagt Vater - und haut mir beschwingt auf die Schulter, “das machen wir serienmäßig. Was meinen Sie dazu, Kunz?” Der ist ebenso angetan und meine bescheidene Präsentation gleitet unmerklich über in erste technologische und finanzielle Projektplanungen. Damit beginnt die “Häuschen-Häuschen-Zeit”, also der Bau von Kleinsthäuschen im Großen. “Der Hiebeler muss uns die Profilleisten fräsen und in entsprechende Stücke schneiden, das organisiere ich.”

Meister Hiebeler hatte seine Werkstatt in Leutershausen. Rasch wurde zu ihm Kontakt aufgenommen. Zum Anreiz und als Vorauszahlung erhielt er von uns abgelagertes Fichtenholz, das Vater seinem Wunsch entsprechend auch noch das Sägewerk passieren ließ. Als Bezahlung blieben einige Stämme beim Sägemüller zurück, denn Geld hatten wir nicht mehr. Vater machte einen so guten Eindruck auf Meister Hiebeler – vermutlich stieß auch der nahezu unvermeidliche Bericht über den Feldzug in Nordafrika auf reges Interesse – dass dieser die Arbeiten prompt ausführte. Als Transportmittel hatte sich Vater anderswo zwei stabile Holzkoffer anfertigen lassen. Wie er die bezahlte, das weiß der Teufel. Ich habe auch später nie danach gefragt. Die von Hiebeler geschnittenen Rohlinge wurden in die Koffer gestapelt, zu Hunderten, in den verschiedenen, gemeinsam ausgeklügelten Profilen und Längen.

Vater schleppte die große Last durch Schnee und Eis - der Winter war noch nicht vorbei - nach oben in unser Dörfchen. Ich glaube ihm, dass ihm das schwerfiel. Er brauchte Stunden um Stunden, bis er uns erreichte. Mutter schlug die Hände über dem Kopf zusammen, “mein Gott, Gustavgeorg”, so nannte nur sie ihn, “bist du verrückt?” Das war er sicher nicht, aber sein uckermärkischer Dickschädel hatte ihn unbeugsam vorangetrieben.

Jetzt konnte es losgehen. Ernst und er hockten lange zusammen, um die verschiedensten Haustypen zu entwerfen. Ich mühte mich indessen im Wald mit Schrotsäge und Axt. Beim Aufkleben der Pappdächer half Mutter mit, auch beim anschließenden

Grundieren. Zunächst wurde meist in weiß gefertigt, später auch in anderen Farben. Nach Feierabend, wenn ich aus dem Wald die neun Kilometer zu Fuß zurückgelegt, Abendbrot gegessen und ein wenig geruht hatte, kam mein Part an die Reihe. Ich war für das Ausmalen zuständig, die eigentliche Feinarbeit.

Ernst hatte mich gründlich unterwiesen: schwarzes Fachwerk mit gleichfarbigen Fenstermarkierungen, darin dann die weißen Fensterrahmen und -kreuze, grüne Türen und Fensterläden, über der Tür ein Hirschgeweih – so sah zum Beispiel ein Gutshaus aus. In gleicher Weise entstand die erste Serie mit zehn Stück, dann folgten Stallgebäude, kleine Mauern und als Bäumchen auf kleine Sperrholzständer geklebte Lärchenzapfen. Um letztere brauchte ich mich jedoch nicht zu kümmern, denn das war Sache meiner Eltern. Heute wundere ich mich darüber, wie ich nach der harten und groben Arbeit im Wald an den Abenden noch relativ filigrane Pinselstriche ausführen konnte.

Ernst arbeitete nur sporadisch mit. Eigentlich oblag ihm die künstlerische Leitung. Vater hatte ihn dazu "abkommandiert", vielleicht auch darum gebeten. Gleichzeitig war er damit beschäftigt, die gesamte Familie des Hafermüllers Berg als Gruppenbild in Öl zu malen. Der begeisterte Auftraggeber zahlte mit zwei Zentnern Haferflocken. Der Kunstmaler schleppte die nahrhafte "Währung" rucksackweise nach Ursenbach hoch, je nach Bedarf, und Mutter war glücklich. Ihre Fantasie und ihre Kochkunst kannte keine Grenzen. Fortan gab es aus Haferflocken: Klöße, Kuchen, Suppen, Geditschte-Gedatschte[8] und vieles andere. Wir wunderten uns immer, was da Neues auf den Tisch kam. Experimentierfreudig war sie auf jeden Fall. Über Jahre hinweg lebten wir von dem schier unerschöpflichen Haferflockensegen. Ernst war für uns der Größte, natürlich nur, bis wir das "Geflocke" nicht mehr sehen konnten.

So sind wir von den Hausbauträumen auf die Spielzeughäuschen gekommen. Alle waren begeistert. Die Produktpalette wuchs rasch in die Breite. Wir entwickelten die verschiedensten Zusammenstellungen unserer standardisierten Bauelemente.

---

[8] In der Bratpfanne gebackene Plinsen.

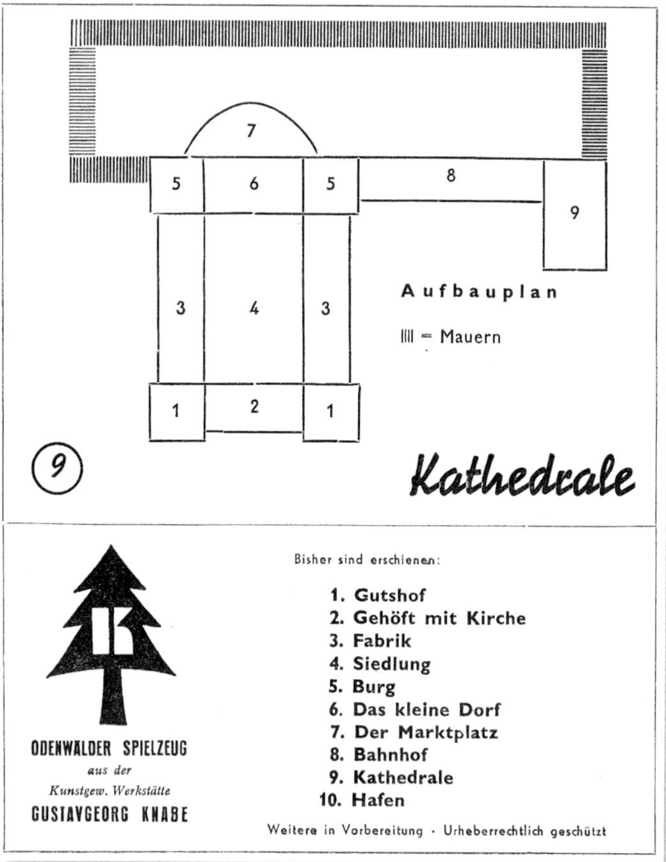

Beipackzettel für einen Hausbausatz mit dem Aufbauplan für eine Kathedrale

Durch die Intuition von Ernst und meine sich weiter ausprägende Kunstfertigkeit in der Ausführung entstanden tatsächlich kunsthandwerklich anspruchsvolle und hochwertige Produkte.

Und Vater, als Planer und Organisator, sorgte für den Absatz. Er reiste mit der fertigen Ware, verpackt in handliche kleine Schachteln, viel im Land umher. Oft war er mehrere Tage unterwegs, mitunter bis in die britische Zone nach Düsseldorf. Dabei besuchte er auch alte Kameraden und Verwandte, zumal sich so Übernachtungs- und Verpflegungskosten sparen ließen. Er schlug sich buchstäblich durch. In der Regel musste er nur die Bahnfahrten bezahlen, so dass vom Verkauf des Spielzeugs genügend Geld zum Leben blieb. Aber unser "Vertreter" brachte nicht nur Bares mit, sondern auch wunderschöne Keramik aus Höhr-Grenzhausen. Die eignete sich wiederum gut zum Tausch gegen Lebensmittel oder andere Dinge. Wir lebten immer noch mit der alten Reichsmark. Das Vertrauen in sie war nicht groß, so dass Tauschhandel und Schwarzmarkt blühten.

Bald hatten wir trotz des allgegenwärtigen Mangels neue Möbel. Wir verdankten sie dem Meister Hiebeler, der dafür noch weiteres Fichtenholz bekam. Ernst hat die rustikalen Möbel wunderschön und stilgerecht bemalt. Mit der Zeit trieben wir noch eine ganze Reihe Leihstücke auf. Dadurch waren wir binnen Jahresfrist wieder komplett, wenn auch wesentlich sparsamer als früher eingerichtet.

Meine Schwester, die "kleine" Waldtraut, kehrte als gereifte Frau aus dem Lazarett in Lindenfels heim. Dort hat sie als Schwesternhelferin des Roten Kreuzes jahrelang Versehrte und Kranke versorgt. Angeregt durch unsere Häuserfertigung stellte sie auch kunstgewerbliche Produkte in Handarbeit her. Sie verschaffte sich über eigene Beziehungen Lederabfälle der Firma Freudenberg, um daraus Handtäschchen und Etuis jeder Art zu nähen. Ihre Erzeugnisse bot Vater bei "seinen" Geschäften gleich mit an. So ernährte sich die fünfköpfige Familie zwar karg, aber redlich durch eigenen Fleiß.

Erst spätere Gespräche ließen uns erkennen, dass Vater damals in einer tiefen Depression steckte, die ihn zeitweise sogar an Freitod denken ließ. Es war meine Idee mit den Häuschen, die ihn wieder aufrichtete und aktivierte. Mit der geschäftlichen Herausforderung kehrte auch der Lebensmut schnell zurück.

Und Ernst entwickelte sich zu einem bekannten Künstler. Er erhielt eine Reihe größerer Aufträge für die Planung und Ausführung von großflächigen Wandmosaiken an öffentlichen Bauten, so in Ludwigshafen, Weinheim und anderswo. Er wurde Mitglied der Pfälzischen Sezession und bezog in Ludwigshafen eine Wohnung mit geräumigem Atelier.

Fast verloren wir einander aus den Augen, denn meine Wege führten in die junge Bundeshauptstadt Bonn. Meine Forst-Bemühungen hatten sich als Fehlschlag erwiesen. Es gab einfach zu viele Flüchtlinge mit bereits abgeschlossener Ausbildung. Deshalb stürzte ich mich mit Elan auf das Tischlerhandwerk und fand meine Lehrstelle im politischen Zentrum der noch jungen Bundesrepublik Deutschland. (Sitzgelegenheiten für politische Hinterbänkler stellten wir jedoch nicht her.)

Vater erhielt seit den frühen 1960er Jahren eine angemessene Pension. Dadurch konnten sich die Eltern den Erwerb eines Siedlungshauses in Bad Dürkheim an der Weinstraße leisten. Das neue Domizil hatte eine schöne Hanglage, und dort lebten "Schmuserich" und "Schlumich" noch ein rundes Jahrzehnt lang, wie es im Märchen so schön heißt, glücklich und zufrieden. Sie pflegten rund um das Haus einen kleinen Garten, in dem alles prächtig gedieh. Bei meinen eher seltenen Besuchen aus Darmstadt oder Berlin verfolgte ich besonders das Wachstum eines Feigenbäumchens, das meine Mutter gepflanzt hatte. Später trug der Baum einmal über siebzig Feigen, die Vater und mich zum heimlichen Naschen verleiteten.

Wenn mein Vater nicht auf Reisen war, las er viel. Er schien nachholen zu wollen, was er über Jahre versäumt hatte. Er las so manches, wenn auch nicht die ganz große Weltliteratur. Vor allem interessierte ihn abendländische Geschichte, insbesondere in Gestalt von Chroniken, Biografien und Memoiren. Daneben verfolgte der passionierte Jäger und Vogelfreund die entsprechende Fachliteratur und abonnierte eine Jagdzeitschrift.

In jenen Jahren verfasste Vater auch drei Fachaufsätze über die Yorck'schen Jäger sowie über die Falkenzucht unter dem Deutschen Orden und später in Ortelsburg. Im Dezember 1972 starb er an Bauchspeicheldrüsenkrebs. Die Beisetzung seiner Urne fand erst im folgenden Frühjahr statt. Am offenen Grab erklangen vier Jagdhörner zum letzten Halali. Zwei Jahre später war auch Mutter tot. Wie so oft in glücklichen Ehen wollte sie offensichtlich nicht länger allein weiterleben.

Das offene Vermächtnis

Die erwähnten Publikationen entstanden gewissermaßen als Nebenprodukt auf dem Wege zu einem größeren Vorhaben. Seinen Ruhestand wollte Vater noch dazu nutzen, ein ganz besonderes Buch zu schreiben. Seit Ortelsburg hatte ihn die Jagdfalknerei nie mehr losgelassen. Immer wieder redete er von seinem Falkenhof und von den Jägern, die ihm damals so treu geholfen haben. Und er wusste auch, dass es Kreuzritter waren, welche die Falkenjagd aus dem Morgenland mitbrachten, und dass kein Geringerer als der Stauferkaiser Friedrich II. sogar ein Buch geschrieben hatte über „Die Kunst, mit Falken zu jagen". Das war im Hochmittelalter.

Den Faksimiledruck der Jubiläumsausgabe dieses Buches besorgte sich Vater unter erheblichen finanziellen Opfern. Selbst der Nachdruck von fünfzig Exemplaren ist eine bibliophile Kostbarkeit, die bis heute von der Familie gehütet wird. Die Lektüre veranlasste Vater, sein spärliches Schullatein wieder auszugraben und sein Wissen über diese Zeit zu erweitern.

Als er dann noch erfuhr, dass die Deutsch-Ordensmeister ihre Diplomatie mit Falkengeschenken zu untermauern verstanden, fing er wissenschaftliches Feuer. Er begann Archiv auf Archiv zu durchstöbern, bis er in Göttingen fündig wurde. Dort entdeckte er mit Hilfe eines sehr verständnisvollen Archivars die uralten Handschriften der Begleitschreiben zu den besagten Geschenken. Die Falkenpräsente und die in bestimmter, meist politischer Absicht verfassten Schriftstücke gingen im Laufe des dreizehnten bis fünfzehnten Jahrhunderts an nahezu alle europäischen Fürstenhöfe. Mit großem Fleiß, der ihm eigenen Ausdauer und unter Inanspruchnahme zahlreicher hilfsbereiter Mitmenschen transkribierte Vater die Briefe und brachte sie in eine heute gut lesbare Fassung. Damit schuf er den Grundstock zu einem wissenschaftlichen Sachbuch.

Leider ist er über diesem Vorhaben verstorben. Ganz bestimmt hätte sich mein Vater nie vorstellen können, wie die gut gemeinte Absicht einer Veröffentlichung seiner Arbeit den Charakter einer Farce annahm. Sein Manuskript, also die mühevolle

Arbeit von etwa zehn Jahren, vereinnahmten kurzerhand gleich mehrere Leute. Alle gaben vor, es zur Veröffentlichung bringen zu wollen. Vermutlich dachten sie nie wirklich daran, dies unter seinem Namen zu tun. Er konnte sich ja nicht mehr wehren. Das übernahm für ihn meine Schwester, so gut es ihr möglich war.

Nach Vaters Tod verfügte sie zunächst über das Manuskript. Dann übergab sie es gutgläubig einem Wissenschaftler, ohne sich eine Abschrift anfertigen zu lassen. Nach Jahren erzwang sie per Gerichtsbeschluss eine Rückgabe. Dann bot sich ein Hochschulprofessor an, er ist Historiker, das Werk mit einer fachlichen Einleitung zu versehen und zum Druck zu bringen. Das war im Jahre 1975, nur knapp drei Jahre nach Vaters Tod. Seitdem sitzt der Fachmann für die Geschichte des deutschen Ordens an besagter Einleitung. Meine wiederholten Bitten, mir wenigstens das Skript zurückzugeben, blieben bis heute erfolglos. Nachdem bereits meine Schwester gestorben ist, soll wohl auch mein Tod abgewartet werden.

Bis einmal das Unvermeidliche eintritt, werde ich weiter um das geistige Eigentum meines Vaters kämpfen. So darf mit einem Verstorbenen nicht umgegangen werden. Inzwischen dürfte der besagte Gelehrte schon emeritiert sein und findet vielleicht jetzt Zeit, sein Versprechen einzulösen. Ich stehe mit ihm lose in postalischer Verbindung und werde nicht eher ruhen, bis er sein Wort eingelöst hat.

Ein vorläufiges Resümee

Wir leben heute in einer Zeit, die so völlig verschieden ist von der in diesem Büchlein selektiv und subjektiv beschriebenen. Die Menschen aber mit ihren Vorzügen und Fehlern haben sich kaum geändert. Machtpolitik, technischer Fortschritt und Profitgier haben unseren Planeten in historisch kürzester Zeit gewaltig verändert. Mit Hiroshima und dem nachfolgenden nuklearen Wettrüsten wurde die totale Vernichtung der Spezies Mensch zu einer realen Gefahr. Diese hat in den letzten Jahrzehnten zum Glück an Relevanz verloren, ohne jedoch wirklich verschwunden zu sein.

Neben die Möglichkeit einer raschen Zerstörung aller Zivilisation und allen Lebens ist zudem die wissenschaftlich untermauerte Tatsache getreten, dass allein schon die unveränderte Fortsetzung der gängigen Produktions- und Lebensweise die natürliche Umwelt so schädigt, dass unsere Zivilisation in absehbarer Zeit nicht mehr aufrechterhalten werden kann. Der vermeintliche und vor allem ungebremste Fortschritt entpuppt sich als zuverlässiges Instrument der schleichenden Selbstvernichtung.

Ich bin ein alter Mann geworden. Bald werde ich mein achtes Lebensjahrzehnt vollendet haben. Mich wird unsere Erde noch bis an mein Ende tragen, aber für die nachfolgenden, heute schon lebenden Generationen gilt das bereits nicht mehr in gleicher Weise. Ich sehe auf die Menschheit eine schreckliche Wahl zukommen: ein Ende mit Schrecken oder ein Schrecken ohne Ende; in klassischer Bildprache die Wahl zwischen Skylla und Charybdis. Denn falls es nicht gelingt, der Erwärmung der Erde und den damit verbundenen Folgen wirksam zu begegnen, gerät auch ein mit nuklearen Waffen geführter Überlebenskampf in Reichweite.

Mein Vater war ein Kind des zwanzigsten Jahrhunderts, zuerst davon durchdrungen, sein Vaterland für den Kaiser verteidigen zu müssen. Schon damals galt die Clausewitz'sche Devise: "Angriff ist die beste Verteidigung". Falsche Bedrohungsperzeptionen und überspannter Idealismus führten zum Opfergang ganzer Völker und nicht nur ihrer jungen Generationen. Danach sollte sich der Glaube als Trugschluss erweisen, dass sich die Verhältnisse trotz des ungerechten Friedens von Versailles zum Besseren wenden würden. Beamtenstatus und Pflichttreue machten Vater vermittels einer zutiefst demagogischen Ideologie zu einem winzigen Rädchen in einer barbarischen Überfall- und Vernichtungsmaschinerie. Erst spät ging er auf Distanz und am Ende gelang es ihm sogar auszusteigen und sich vom Krieg zu verabschieden. Ich wurde unmittelbarer Nutznießer seiner Entscheidung, die mir womöglich das Leben rettete. Indem er den ehedem ungeliebten Sohn zum Wandergenossen auf dem langen Weg nach Hause machte, schuf er die tragfähige Grundlage für ein neues Miteinander.

Und Ernst Kunz, mein Vizebruder? Viele Bilder von ihm befinden sich in unserem Besitz. Zu ihnen gehört auch eine eher unscheinbare Rötelzeichnung von einem einsamen Waldstück. Vermutlich hätte er es niemals zur Vorlage genommen, denn es entbehrte jeglicher Attraktivität. Er zeichnete es allein seinem verehrten alten Kommandeur zuliebe, der oben am Hang im Gebüsch hockte. In der Hand hielt er einen Wehrmachtskarabiner Typ 98k, den er sich von einem Wilderer ausgeliehen hatte. Das war 1946, als uns Deutschen noch jeder Waffenbesitz streng verboten war. Aber seine Jagdleidenschaft muss mit ihm durchgegangen sein. Er wollte das kapitale Stück erlegen und wir, Ernst und ich, mussten "Schmiere" stehen.

Mein stilles Leiden mit dem schönen Tier, das wir lange zuvor schon beobachtet hatten, wurde belohnt. Er kam nämlich wieder einmal nicht zum Schuss, da der Bock eine trächtige Ricke im Schlepp hatte. Da schießt ein echter Waidmann nicht. Vater schlich also durch die Büsche zurück zum Versteck des Gewehrs. Ernst packte seine Malsachen zusammen, und wir wanderten durch den abendlichen Wald nach Hause. Hinterher sagte er keinesfalls traurig: "Kunz, ich danke Ihnen für die Hilfe, es hat denn wohl nicht sein sollen." Übereinstimmend verliehen wir dem Bock den Namen "Felix", was bekanntlich "der Glückliche" heißt. Mutter, vor der er das Ganze wohlweislich geheim gehalten hatte, fiel, als sie es erfuhr, ihrem Mann um den Hals und sagte bloß: "Na, Gott sei Dank!"

Es ist November geworden, nasskalt und ungemütlich. Die Zeit der Totentage ist wieder da. Man gedenkt still der Verstorbenen, wird plötzlich ernst und ergriffen. Wie der Mensch doch "programmiert" sein kann. Dabei sind viele Gedenkriten eigentlich sehr oberflächlich, "weil man das eben so tut!" Ich kann mich da nicht ausnehmen. Wenn die Tage kurz sind und die Stimmung trübe, dann rücken die Gedanken an den Tod näher. Kommt er als Freund? Kommt er als Feind? Er kommt auf jeden Fall.

Ich bin nun ruhiger geworden, denn ich habe mein Vorhaben umgesetzt und diese Zeilen niedergeschrieben. Das lag mir am Herzen, weil ich meinen Vater ehren will. Er verhalf mir zu einem zweiten, besseren Leben und öffnete mir die Augen für viel Wesentliches. Sicher, er hätte auch ein guter, ein aktiver Demokrat sein können. Seine Grundeinstellung war schließlich demokratisch. Er ließ auch die Ansichten anderer gelten, war sogar bereit, sich unterzuordnen, wenn man ihn überzeugen konnte. Sein Sinn für Gerechtigkeit war stark ausgeprägt. Wahrscheinlich hätte er als Demokrat einer anderen Partei angehört als ich. Denn trotz vieler Ähnlichkeiten glichen wir uns nie.

Vermutlich laufe ich ständig Gefahr, ihn zu glorifizieren. Das ist aber nicht meine Absicht, denn niemand hat wahrscheinlich seine Schwächen intensiver zu spüren bekommen als ich. Die mehr als drei Jahrzehnte, die er schon tot ist, tragen natürlich auch dazu bei, seine Fehler und Schwächen in einem milderen Licht zu sehen. De mortuis nil nisi bene.

Das muss ich trotzdem noch loswerden: Viele der geschilderten Ereignisse liegen weit zurück, für unser schnelllebiges Heute sogar sehr weit. Mein Vater hat damals und auch später viel erzählt. Ich war ein blutjunger und recht unbedarfter Mensch und glaubte ihm lange Zeit einfach alles. Leider habe ich nur wenig von dem, was er mir erzählte, auf seinen Wahrheitsgehalt hinterfragt. War er wirklich noch in der „Höhle des Löwen", unter der Reichskanzlei? Oder hat er uns das bloß weisgemacht, um sein Handeln zu rechtfertigen? Es gibt heute kein Dokument mehr, auch nicht den besagten

Marschbefehl, mit welchem ihn jener General seinerzeit in den Süden schickte. Zumindest letzteren hat er uns damals noch gezeigt. Deshalb glaubten wir ihm bedingungslos, und ich habe es so niedergeschrieben, wie er es erzählte.

Als mein Vater noch lebte, wäre ich nie auf den Gedanken gekommen, ein solches Buch zu schreiben. Nun ist es in Teilen eine autobiografische Skizze geworden, in anderen Teilen so etwas wie ein historischer Bericht. Die Darstellung beruht auf eigenen Tagebuchaufzeichnungen und auf authentischen Abschnitten aus den Wehrmachtsberichten. Unsere Wege, zurückgelegt im Auto oder zu Fuß, sind ebenfalls authentisch. Die Gespräche, Monologe und Dialoge sind entweder mühsam aus dem nicht mehr ganz intakten Gedächtnis ausgegraben, vereinzelt nur der dichterischen Freiheit zuzuordnen.

Den Aussagewert meines Buches werden die Leser sicher unterschiedlich beurteilen. Ich habe mich nach Abschluss der Arbeiten selbst dabei ertappt, dass ich nach einem spezifischen Gewinn für mich suchte. Er besteht vor allem darin, die beinahe lebenslange Auseinandersetzung mit meinem Vater zu einem gewissen, wenn auch nicht rundum befriedigenden Abschluss gebracht zu haben. Darüber hinaus beeindruckt mich an der Geschichte der tolldreisten 'Fahnenflucht' die Möglichkeit des Ausstiegs. Eine solche Option ist für den Einzelnen wie für große Menschengruppen unverzichtbar. Es gibt keine unumkehrbaren Wege in Verhängnisse und Katastrophen, weil auch die Umkehr und der radikale Ausstieg möglich sind.

Weiter möchte ich, falls sie noch leben und das Buch lesen sollten, all jenen Mitmenschen danken, die uns damals Obdach gewährt und uns auch sonst unterstützt haben. Sie sind namenlos geblieben, was ihren Verdienst keineswegs schmälert.

Im Juli 1997 bin ich eine Woche lang die alte Wanderstrecke von Altötting nach Ursenbach mit dem Auto nachgefahren. Es war mir ein Bedürfnis, die durchschrittenen Orte und Landschaften noch einmal zu sehen. Hier und da tauchte das Erlebte wieder auf. Bei Abtsgemünd hatte ich das große Glück, Frau Ladenburger anzutreffen, damals Gattin des Müllers der Scherrenmühle. Die Mühle sah inzwischen anders aus und hatte neue Besitzer.

Frau Ladenburger wohnte etwas abseits in einem vierstöckigen Mietshaus. Nachdem sie ihre Wohnungstür geöffnet hatte, sah sie mich fragend an, sie erkannte mich nicht. Als ich mich vorgestellt und einige Erinnerunssplitter erzählt hatte, kam ein Leuchten in ihre Augen. Sie bat mich in die kleine Wohnung. Im Verlaufe unseres Gespräches stellte sich Erinnerung ein: "Da war doch der eine Offizier, der sich immer eines unserer Fahrräder ausgeliehen hat …" Andere Einzelheiten fielen ihr nicht mehr ein, "es sind doch damals so viele Heimkehrer gewesen, die bei uns eine Rast einlegten."

Ich machte mich wieder auf den Weg, zumal ich noch eine Bleibe für die Nacht suchen musste. Die fand sich schnell in einer bescheidenen Pension, zeitgemäß für ein bezahlbares Entgelt.

Die Begegnung mit Frau Ladenburger bildete den Höhepunkt meiner kleinen Exkursion. Sie hinterließ in meiner Gefühlswelt eine eigenartige Mischung aus Zufriedenheit und Enttäuschung. Ich war froh, dem beinahe zwanghaft gewordenen Drang zu dieser Fahrt endlich nachgegeben zu haben. Weiter freute ich mich, vieles wiedererkannt zu haben, sei es ein Kirchturm oder verinnerlichte Eindrücke von einer Landschaft.

Zugleich hatte sich unendlich viel verändert. Die Ortschaften waren weit über ihre damaligen Ränder hinausgewuchert und oft genug in wenig charmante Gewerbegebiete eingepackt. Aus den Nebenstraßen von einst sind zumeist stark befahrene Verkehrsadern geworden, andere Wege schienen nicht mehr auffindbar oder waren – wie gut – für Kraftfahrzeuge gesperrt. Die insgeheim gehegte Vorstellung, den einen oder anderen unserer früheren Helfer anzutreffen, hat sich bis auf die geschilderte Ausnahme leider nicht erfüllt. Vielleicht hält der Zufall noch eine Überraschung bereit - die Hoffnung stirbt bekanntlich zuletzt.